Se pudesse ver as Estrelas

BECCA MACKENZIE

THOMAS NELSON
históriasᴿ

Produção editorial	Leonardo Dantas do Carmo
Copidesque	Daniela Vilarinho e Leonardo Dantas do Carmo
Revisão	Auriana Malaquias e Maurício Katayama
Design de capa	Marcus Pallas
Projeto gráfico e diagramação	Joede Bezerra

Dados Internacionais de Catalogação na Publicação (CIP)
(BENITEZ Catalogação Ass. Editorial, MS, Brasil)

M156p
1. ed. Mackenzie, Becca

Se pudesse ver as estrelas / Becca Mackenzie. – 1. ed. –
Rio de Janeiro: Thomas Nelson Brasil, 2025.
464 p.; 15,5 × 23 cm.

ISBN 978-65-5217-420-8

1. Contos de fadas. 2. Fantasia. 3. Ficção brasileira.
3. Mitologia. I. Título.

06-2025/12 CDD B869.3

Índice para catálogo sistemático:
1. Ficção: Literatura brasileira B869.3
Aline Graziele Benitez – Bibliotecária – CRB-1/3129

Os pontos de vista desta obra são de responsabilidade de seus autores e colaboradores diretos, não refletindo necessariamente a posição da Thomas Nelson Brasil, da HarperCollins Christian Publishing ou de suas equipes editoriais.

Rua da Quitanda, 86, sala 601A - Centro,
Rio de Janeiro/RJ - CEP 20091-005
Tel.: (21) 3175-1030
www.thomasnelson.com.br

Este livro não é recomendado para menores de 16 anos. Aborda temas sensíveis, como depressão, uso de drogas, tentativa de suicídio, relacionamento abusivo e fanatismo religioso. Contém cena de aborto.

A todos que,
outrora perdidos,
foram achados.

"Os sábios brilharão intensamente como o esplendor do céu, e os que conduzem muitos à justiça resplandecerão como estrelas, para sempre."

Daniel 12:3

1

8 DE JULHO DE 2016

A LUZ BRANCA OFUSCAVA OS OLHOS, mas eu continuei olhando para ela com as mãos cruzadas sobre o peito. O cheiro de álcool e antisséptico coçava o nariz. Quando a enfermeira espremeu o gel sobre a minha barriga, o estômago se encolheu.

— Tudo bem? — perguntou ela, gentil. — É gelado, né?

Não respondi. Meu coração batia tão forte contra o peito que eu era capaz de sentir a palpitação no ouvido. Apertei as mãos um pouco mais.

Então veio o barulho. Alto, forte, agitado.

Tum-tum. Tum-tum. Tum-tum. Tum-tum.

Meus olhos arderam, a barriga se contraiu de acordo com os movimentos do aparelho sobre a pele. Prendi o fôlego. Eu tinha que ser forte, precisava aguentar aquilo. Mordi o lábio e me concentrei no sol branco, no teto liso, na sensação gelada, em qualquer coisa que me distraísse daquele barulho que agora ressoava como tiros.

— Você pode desligar isso, por favor?!

— Estou quase terminando, prometo.

Mas eu não me referia ao ultrassom em si.

Fechei os olhos. Soltei o fôlego devagar, um longo hálito quente. Contei até cinco.

— Prontinho, terminamos! Só vou limpar sua barriga, e a gente pode se sentar.

Continuei de olhos bem fechados, o corpo tremendo de leve, enquanto a enfermeira usava papel-toalha para remover o gel da minha pele.

Naquele momento, eu sabia que era feita de parafina e que deveria tomar cuidado para não deixar as emoções escorrerem pelo rosto; deveria me lembrar do porquê de estar ali e me controlar. Por isso, inspirei fundo e soltei o ar lentamente. Então engoli o medo até a última gota e usei a raiva para estancar as lágrimas. Depois, abaixei a blusa, me sentei na maca e ergui o queixo.

Quando fui para a mesa, onde a mulher passou a me explicar o procedimento, nada daquilo parecia real.

2

AS LUZES SÃO COMO CACOS DE VIDRO multicoloridos flutuando acima da minha cabeça.

É nessa direção que nado com toda força e desespero, pés e braços lutando ao máximo para alcançar as cores brilhantes. A água, terrivelmente fria, parece ficar ainda mais pontiaguda assim que o ar se esgota em meus pulmões e o líquido entra nas narinas como mil navalhas a me cortar por dentro. Neste exato instante, irrompo na superfície.

Eu tusso e ofego uma, duas, várias vezes e esfrego o rosto na tentativa de aliviar a dor nas vias respiratórias. Depois de um longo e terrível minuto, após cuspir toda a água engolida, consigo recuperar o fôlego e olhar onde estou. Então abro a boca, um misto de incredulidade e encantamento.

— Uau!

Em vez de uma floresta, estamos cercados por prédios altos, parcialmente iluminados contra a noite. O mais diferente deles é uma enorme armação circular que resplandece azul. Roda-gigante, o nome me ocorre com um arrepio.

Começo a rir.

— Nós conseguimos! Levi, olha isso. Nós... Levi?

Minha risada esmorece. Estou sozinha na água.

— Levi?!

Seguro a corda amarrada na cintura e a puxo rapidamente, sem esforço algum, até ver a outra ponta, que deveria estar atada a ele. A corda pende solta em minha mão.

— *LEVI!*

O desespero forma um nó em minha garganta. Eu me viro de um lado para o outro com os olhos ardendo, mas tudo o que vejo é a água sinistra e ondulante. Não, não pode ser, eu não posso ter atravessado o portal sozinha. Isso não pode estar acontecendo, eu não... De repente, ele rompe a superfície tossindo.

— Levi! — Nado para perto dele. — Deus meu, por que demorou tanto?! Estava tão preocupada!

Ele ainda está tossindo e piscando.

— Você está bem? Por favor, diz alguma coisa.

Levi tosse e respira fundo duas vezes antes de começar a rir.

— Santa barbatana, eu achei que fosse ficar para trás! — Arregalo os olhos de pavor. Ele ofega e tosse mais um pouco até se recuperar. — Eu senti quando o nó da corda se desfez e vi você sumindo na minha frente, foi horrível. Só tentei agarrar a ponta da sua capa e nadar o mais rápido que conseguia.

Passo um braço ao redor do pescoço dele, um meio abraço forte e aliviado. Meu coração ainda está voltando ao normal.

— A gente conseguiu mesmo — sussurra Levi, fascinado.

Começo a rir e chorar ao mesmo tempo.

— S-sim.

— Mas precisamos sair da água.

Concordo com a cabeça.

Levi olha ao redor. Tremendo de frio, eu só consigo usar minha energia para não afundar. Ele aponta na direção da margem, onde há um pedestal com uma águia dourada no topo.

— Olha, acho que dá pra subir por ali.

Com certa dificuldade, nado atrás de Levi, rumo ao paredão que costeia o rio, até alcançarmos o ponto que ele avistou. De fato, nessa parte da margem tem uma escada que conecta a água com a rua lá em cima; muito conveniente para nós, embora eu não ache que a tenham construído para facilitar a chegada de visitantes da Terra do Nunca. Levi espera eu subir primeiro. Três lances de escada depois, passo por cima de uma pequena grade, e mais uma, para só então chegar ao pedestal de uma estátua.

Sob os olhos vigilantes da águia dourada, guardo o mirador dentro da mochila e tento torcer um pouco o vestido, enquanto Levi verifica a garrafinha com o *Jolly Roger* no bolso de sua capa e depois tira água dos ouvidos. Quando percebo que não vou conseguir me secar, desfaço o nó da corda e me abraço para conter algum calor. Levi afasta os cachos molhados do rosto, então coloca a mão e o gancho na cintura.

— E agora?

— Eu não faço ideia. — Suspiro uma risada nervosa.

Só queria uma roupa seca e quentinha, estou tremendo mais do que bandeira em dia de vendaval.

— Vamos tentar a rua? — Levi espia atrás da coluna de pedra.

— Pode ser.

Ajusto a mochila nas costas e sigo atrás dele. Porém, a gente mal consegue pular a grade que nos separa da calçada, e uma pontada de dor me atinge na têmpora. Eu me encolho, gemendo, e preciso ficar com a mão na cabeça e os olhos fechados por um instante, até a dor diminuir um pouco. Abro um único olho e vejo que Levi também está grunhindo com a mão na cabeça.

— O que foi isso? — pergunto.

— Você também sentiu? — Ele passa um braço ao redor da barriga. — Acho que vou vomitar.

Levi se debruça sobre a amurada enquanto eu cambaleio até um banco próximo. Meu ouvido está zumbindo, o estômago arde e a cabeça dói como se estivesse recebendo agulhadas. Deixo meu corpo cair sentado no banco e fico com as mãos pressionadas sobre o crânio. Em algum momento, Levi se senta ao meu lado, mas tudo o que consigo fazer é me concentrar para não vomitar também.

Aos poucos, o enjoo, o zumbido e a dor de cabeça diminuem até restar apenas um mosquitinho na minha orelha direita e um latejar na nuca. Olho para o lado, onde Levi está com a cabeça afundada entre os joelhos.

— Melhorou? — Passo uma mão nas costas dele.

— Um pouco... — resmunga com a voz abafada.

— Isso foi estranho.

Levi ergue a cabeça e arruma o cabelo molhado com a mão.

— Espero sinceramente que seja só um sintoma passageiro. Como se, não sei, os nossos corpos estivessem se adaptando ao novo planeta.

Anuo sem falar nada, observando melhor a roda-gigante do outro lado do rio, a forma como a luz azul se projeta na água e os prédios que nos cercam. Fecho os punhos com força, uma tentativa de não permitir que o medo cresça dentro de mim.

— Temos um problema — digo com a voz sombria.

— Deixa eu adivinhar. Como vamos achar a sua mãe agora que estamos aqui?

Puxo o mirador da mochila, na esperança de que ele... sei lá. Acenda? Comece a tremer em minhas mãos? Ele poderia funcionar como uma bússola, mas não, é apenas um espelho prateado em formato de flor, quebrado e inútil. Guardo-o de novo.

— Pelo menos estamos na mesma cidade que ela — diz Levi. — Não é?

— É. Acho que sim.

Não quero fazer a próxima pergunta porque sei muito bem que nenhum de nós tem a resposta, então viro a cabeça para o lado oposto ao dele. Ao abaixar a vista, noto um cartaz jogado no chão, próximo ao nosso banco. A luz do poste recai sobre o papel, e meus braços se arrepiam quando me dou conta do que se trata. Me inclino para alcançá-lo.

— O que é isso? — pergunta Levi atrás de mim.

Peter Pan, uma comemoração aos 124 anos da estreia!, diz o slogan. A imagem é de crianças voando diante de um relógio no céu noturno, muito semelhante àquela que vi no livro proibido alguns anos atrás.

— Como? D-digo... — Tento formular uma pergunta.

Viro para trás, e meus olhos encontram os dele. Levi está sério e parece tão assustado quanto eu. A gente se encara em silêncio por um segundo.

— Booooa noite, senhoras e senhores! — uma voz trôpega nos faz virar a cabeça.

O homem segura uma garrafa e aponta para o cartaz em minha mão.

— Piratas turistas em busca de Peter Pan?

— Você o conhece? — pergunta Levi.

O homem soluça.

— Claro! Quem não?

— O que você sabe sobre ele? — Franzo as sobrancelhas.

— Vocês querem... hã, eu posso levá-los até ele.

Levi e eu nos entreolhamos.

— Sim — respondo. — Por favor, nos leve até Peter Pan.

Não sei aonde esse cara pensa que vai nos levar, mas talvez a gente encontre alguma informação sobre o que as pessoas daqui conhecem a respeito da Terra do Nunca; com sorte, talvez eu até descubra alguma pista de onde exatamente mamãe mora. Porém, a gente mal se levanta do banco, e o moço já está lá na frente.

— O metrô vai fechar! — grita ele sem olhar para trás.

O homem é surpreendentemente veloz para uma pessoa que parece ter engolido um barril de rum. Levi segura minha mão e nós começamos a correr.

3

JUNHO DE 2001

EU ME LEMBRO DE CORRER, de forçar as pernas para correr o mais rápido possível.

Eu não me lembro de cair. Mas me lembro do adesivo da Cinderela que ele colocou no meu joelho. E acho que me lembro da voz de mamãe cantando para mim.

Definitivamente, teve sorvete.

A parte mais nítida dessa memória, porém, é o que veio depois. É a TV exibindo o filme *O Rei Leão* e eu agarrada ao braço dele porque não queria que se levantasse e fosse embora. Lembro que eu me sentia muito forte quando o prendia daquele jeito, porque ele não conseguia sair, e eu vencia.

Essa é a única memória que eu tenho para provar que a nossa família já foi feliz um dia.

Uma prova de que, certa vez, eu amei o meu pai.

4

CORREMOS SEM PARAR ATÉ O FIM do quarteirão, onde freio de uma vez. Boquiaberta, olho para cima com uma surpresa que me tira o fôlego. O calafrio eriça cada pelo da minha nuca. É o relógio. É o relógio das figuras! E, por Deus, como ele é lindo! Dourado e brilhante, muito maior do que pensei, uma construção gloriosa que seria capaz de me fazer chorar.

— Uau! — Levi suspira ao meu lado.

— Vamooos lá. — A voz do bêbado é carregada de urgência. — Rápido!

Olho por um último segundo para o relógio, então sigo para o prédio, atrás de Levi. Descendo as escadas, a iluminação fica muito mais intensa do que era lá fora, e levo uma mão à cabeça à medida que as pontadas retornam. Meus olhos são atacados por mil informações de todos os lados ao mesmo tempo. Lâmpada. Caixa eletrônico. Catraca. Cartão. Celular. Os nomes chegam rápido demais. O mundo começa a rodar.

Passo após passo, forço meus pés na direção do bêbado, que usa o cartão dele para liberar o acesso do Levi e o meu. Coloco uma mão na boca. Não dá para vomitar agora.

— Vocês estão bem? — pergunta a voz trôpega.

— Sim. — Levi tem a careta de quem está passando mal. Ele usa o gancho para massagear o peito. — Vamos ficar bem. Só vai com calma.

Para quem vê do lado de fora, devem ser engraçadas as três figuras cambaleantes; certamente acham que estávamos no mesmo lugar, bebendo a mesma coisa.

Descemos mais escadas, dessa vez automáticas. Escada rolante. Mais uma pontada de dor. Deus meu, será que vamos sofrer com isso até quando?

As paredes da lateral estão repletas de cartazes. *Hamilton. Mamma Mia! Peter Pan. Wicked.* Tem muitos outros, mas não reparo mais neles porque abaixei a cabeça com a mão no crânio.

É um alívio quando chegamos ao subsolo e, segundos depois, o bêbado indica para subirmos no trem que acabou de chegar. Levi e eu despencamos nos assentos como dois sacos de batatas estragadas. O vagão está quase vazio. Uma voz anuncia que vamos ficar parados aqui por mais dois minutinhos, não entendo bem o motivo. Ela também diz que, se a gente vir algo que não parece certo, devemos ligar para as autoridades ou comunicar um funcionário. "Viu, falou, resolveu." É uma mensagem um pouquinho intimidadora.

Sentado num dos bancos do outro lado do estreito corredor, o bêbado cantarola alguma coisa enquanto sorve da garrafa e olha apaixonado para o teto. Aos poucos, a ânsia de vômito e a dor de cabeça retrocedem. O trem começa a andar e, bem nesse instante, uma adolescente se aproxima de nós.

— Oi! — Ela sorri, apontando para o celular em sua mão. — Posso tirar uma foto com vocês?

Franzo o cenho. A menina passa os olhos de Levi para mim e depois para ele de novo. O sorriso perde um pouco de força.

— Vocês são cosplayers, não são?

— Hããã...

— Depende. — Levi cruza os braços. — Você acha que isso é algo bom?

— Claro!

— Ótimo. Er, nós somos isso aí que você falou.

— Então, posso tirar uma foto?

Levi olha para mim com uma única sobrancelha arqueada.

— Claro. — Forço um sorriso.

Ela vira de costas para nós, se abaixa um pouco para ficar da altura do banco e ergue o celular, cujo visor mostra: a garota sorridente; eu de sobrancelhas franzidas e boca entreaberta, encarando o aparelho com curiosidade; e Levi com uma expressão meio exagerada de desconfiança.

A menina observa com uma careta o clique feito.

— Será que dá pra gente tentar de novo? — Ela sorri de um jeito sem graça. — Seria mais legal se você mostrasse o gancho, capitão.

Eu quase posso ver a alma do Levi saindo do corpo.

— O que disse?

— Capitão Gancho é o meu vilão favorito, mas não dá para saber quem você é se não mostrar o gancho; vai parecer só mais um pirata. E, sério, a sua fantasia tá perfeita! O gancho parece tão real!

Meu coração galopa, ansioso. Levi pigarreia.

— Como você conhece o capitão Gancho?

Ela se levanta e endireita a postura.

— Quer saber? Deixa pra lá. Muito obrigada. — E vai embora praticamente correndo.

Levi e eu trocamos outro olhar assustado.

— O que foi isso? — pergunto.

— Ela me chamou de vilão.

Abro a boca para dizer alguma coisa, qualquer coisa, mas não consigo. Levi joga a cabeça para trás e solta um suspiro pesado.

— Ei, vai ficar tudo bem.

— Não, você não sabe disso. — Apesar da rispidez, há um tom de medo na voz dele. — Ela sabia quem sou eu. Sabia quem... — Levi abaixa o olhar para mim. — Alison, essa é a única regra.

Eu pego a mão fria dele e aperto-a na minha.

— Não acho que a regra funcione assim. Você pode falar seu nome pras pessoas, só não pode falar pra sua família o que você é deles.

Levi mantém a cara fechada, pensativo.

— Ok, faz sentido. Mas ela me chamou de vilão. E se o capitão Gancho for um procurado nesse mundo?

Sinto um frio na barriga ao me lembrar da mensagem sobre denunciar algo que pareça suspeito. Levi ergue o capuz de sua capa e abaixa um pouco a cabeça. Já não sei dizer se a coisa ruim que pesa no meu estômago é pelo sintoma de estar nesse mundo ou pelo medo genuíno de que Levi seja preso.

— Desculpa — sussurro.

— Vilão favorito — ele resmunga balançando a cabeça. — Agora entendo por que os capitães Ganchos odeiam Peter Pan.

O bêbado se levanta.

— Prepareeeem-se, piratas! Nós descemos aqui.

Ergo meu capuz e seguro bem firme as alças da mochila. Espero que, seja lá para onde esse cara esteja nos levando, a gente consiga alguma pista valiosa.

Está na hora de passar essa história a limpo.

5

— **POR FAVOR, CUIDADO COM O VÃO** entre o trem e a plataforma — anuncia a voz pouco antes de a porta se abrir.

Levi mantém o gancho escondido sob a capa e anda com o rosto levemente abaixado. Eu sigo o bêbado a passos firmes, punhos cerrados e o rosto quente, furiosa comigo mesma por ter trazido Levi a esse mundo apenas para ele correr perigo. Não, eu vou resolver isso. Vou descobrir o que eles sabem sobre a Terra do Nunca e dar um jeito de Levi não ser punido pelos crimes — se é que houve algum — de outro capitão Gancho. Não sei como, mas juro que farei isso.

De repente, percebo para onde estamos indo e interrompo os passos.

— Que lugar é esse?

O bêbado olha para trás e gesticula, insistente.

— Vamos, estamos quase lá.

Levi troca um olhar preocupado comigo, mas dá de ombros.

Sem muita escolha, entramos no bosque escuro.

✦ ✦ ✦

Kensington Gardens, de acordo com as placas. Depois de jogar a garrafa vazia no lixo, o homem saca o celular e nos leva sem muita confiança pelas trilhas escuras. Ele parece perdido, e tenho certeza de que está nos fazendo andar em círculos, mas não me preocupo. Não há ninguém aqui além de nós, e o lugar me lembra um pouco das regiões rurais do centro-oeste de Bellatrix, então é quase como estar em casa. Imagino que Levi também se sinta assim, porque anda mais relaxado, sem esconder o gancho e de capuz abaixado.

Depois de muitas voltas, de passar por um lago e por gansos adormecidos, fazemos uma curva e...

— Ali! — diz o homem. Finalmente. — Vou acender a lanterna.

Semicerro os olhos para enxergar melhor.

— Você nos trouxe para ver uma estátua?! — reclama Levi, meio indignado.

— Não uma estátua qualquer, mas o Peter Pan.

Pego o celular do bêbado, pulo a cerca baixa de ferro que isola a escultura e me aproximo dela erguendo o aparelho para iluminar os detalhes. Arregalo os olhos.

— Deus meu.

Levi pula a grade e se aproxima de mim.

— Olha. — Aponto com a luz. — Tem fadas aqui.

Ele se inclina e analisa o metal com o rosto sombrio.

— Então eles sabem sobre mim, o Peter Pan e as fadas.

Engulo em seco. Não sei se fico assustada ou admirada. Tudo bem que já sabíamos sobre Peter Pan, seus amigos e a Sininho terem visitado o planeta centenas de anos atrás, mas nunca imaginei que as pessoas daqui o conheceriam assim, a ponto de o homenagearem com uma estátua — e ainda se lembrarem disso, mesmo séculos depois!

— Então... — O bêbado esfrega as mãos. — Meu trabalho aqui está feito. Vinte pila e eu vou nessa.

— O quê? — pergunta Levi, do outro lado da estátua.

Olho para o homem, desconfiada.

— Você não disse que ia nos cobrar.

— Ora essa! Por favor, não é como se eu estivesse pedindo muito. E eu paguei pela passagem de vocês.

Levi surge de trás da escultura com o gancho apontado na direção do homem.

— Está tentando nos roubar porque somos turistas?

— O quêêêê?!

Antes que as coisas fiquem sérias, eu coloco uma mão no peito de Levi para impedi-lo de se aproximar do bêbado.

— Por favor, nada de confusão. Vamos te pagar e você vai seguir sua vida, ok? Vai esquecer que nos encontrou um dia.

— Por mim, tudo bem. — Ele abre um sorriso.

Levi resmunga baixinho um palavrão pirata, algo sobre rabo de peixe. Devolvo o celular pro bêbado, puxo a mochila das costas e analiso o conteúdo sob o luar. É óbvio que não vou entregar a joia de pérolas por esse mísero passeio, mas uma moeda de ouro também parece muito, então pego a única coisa que julgo ser um pagamento apropriado. Porém, assim que estendo a adaga na direção do homem, ele se joga para trás, caindo no chão com as palmas erguidas.

— Não, senhorita, tenha piedade! Meu Deus, não precisam pagar nada!

Levi desata a rir.

— Não, você não entende. Estou tentando...

Mas ele se levanta rápido e, com o desespero de uma galinha em fuga, pula a grade e corre tropeçando. Um segundo depois, já sumiu de vista. Dou um tapa no braço de Levi.

— Não tem graça.

— Para mim, tem muita graça.

Guardo a adaga e solto um suspiro. Bom, pelo menos acho que ninguém vai acreditar na história dele caso nos denuncie. Volto a olhar para a figura esculpida da criança.

— Não acredito que Peter Pan tem uma estátua aqui.

Levi dá de ombros com uma expressão indiferente.

— Uma estátua pequena e no meio do mato. Não é tão impressionante assim.

Dou uma risada curta.

— Você está com ciúmes porque Peter Pan tem uma estátua e você, não.

— Não seja ridícula, eu tenho uma em Ninfa do Mar. Enorme, por sinal.

— Tá, mas a estátua no Reino Pirata não é sua, especificamente; é de todos os capitães Ganchos. Além do mais, Peter Pan tem uma estátua *no planeta Terra*. Isso é outro nível.

— Ora, mas de que lado você está?

Mordo o sorriso.

— Tanto faz, vamos focar no que é importante. Eles parecem saber muito sobre a Terra do Nunca.

— E eu não estou gostando nada disso. — Levi meneia a cabeça. — A gente achava que viria para um planeta que não tinha a menor ideia da nossa existência, mas eles sabem. Até demais. Será que isso compromete nossa segurança?

— Não sei. — Engulo em seco. — E esse nem é o maior dos nossos problemas. Estamos perdidos numa cidade estranha que acha que você é um vilão. Estamos molhados, famintos, com frio e... — Um espirro me interrompe.

Depois, os olhos se enchem d'água. Eu me sento num degrau do chão, cruzo os braços ao redor dos joelhos e escondo o rosto nessa caverninha. Levi se senta ao meu lado e fica com a mão nas minhas costas dando tapinhas esporádicos.

Eu quero pedir perdão para ele — perdão por não ter planejado melhor essa passagem de portal, por tê-lo colocado em um possível risco, por essa crise estúpida que não resolve nada —, mas é ele quem fala primeiro:

— A gente vai conseguir, Alison. Eu sei que vai.

Sua voz calma e confiante me dá um pouco de esperança. O suficiente para erguer o rosto quente e tentar sorrir.

— Eu te ofereceria um lenço — Levi usa o gancho para tirar uma mecha colada no meu rosto —, mas ele está molhado.

Solto uma risada chorosa.

— Obrigada. — Inspiro fundo e viro o rosto na direção do lago. A água brilha do outro lado da pista de corrida, refletindo os raios da lua. — Precisamos ser práticos e bolar um plano.

— Prioridade número um: trocar de roupa e se aquecer.

— A gente podia tentar um hotel — penso em voz alta —, mas teríamos que trocar as moedas primeiro.

— Será que tem uma joalheria aberta a essa hora? Ou um banco?

— Mas e se você for um procurado? Eu teria que ir sozinha, bancos e joalherias são lugares de alta vigilância.

Levi nega com a cabeça.

— Você estaria se arriscando demais, não gosto disso. Sem falar que todas as lojas que vimos estavam fechadas.

— Precisamos de algo mais urgente — concordo.

A continuação da frase, "mas o quê?", fica implícita. Um silêncio recai sobre nós.

Aperto os joelhos e fecho os olhos. A única ideia que me ocorre é orar. Afinal, por mais que estejamos em outro planeta, ainda estamos no mesmo universo, certo? Os Fundadores devem me ouvir, mesmo aqui. *Pórthica?* Cerro os punhos, insegura. *Eu acredito que essa viagem fazia parte do seu propósito para mim. Acredito que você nos conduziu até aqui, então pode nos ajudar, por favor? Estou com tanto medo e não sei...*

Sinto Levi me cutucar na costela e abro os olhos. Antes que eu possa indagar por que ele fez isso, vejo um vulto se aproximando de nós. Um frio na barriga, daqueles bem ruins, deixa todos os meus sentidos em alerta.

O homem para diante da grade. Levi põe a mão na minha cintura de um jeito protetor.

— Saudações, viajantes do céu! — Um capuz cobre o rosto dele. Pela voz, parece ser jovem. — Vocês vieram da segunda estrela à direita?

— Escute aqui, seu bêbado! — responde Levi, com a voz mais grave que o normal. — Não queremos problemas, então siga seu caminho e ninguém se machuca.

O rapaz continua com as mãos nos bolsos, parado de modo sinistro.

— Como ele está? — pergunta, quase emocionado. Nenhum de nós dois responde. — Ele se lembra de Londres?

Meu coração dá um salto.

— Você está falando do Peter — falo baixinho. — Como o conhece?

O rapaz ergue um pouco a cabeça, o suficiente para eu ver os lábios inclinados em um sorriso.

— Sigam-me.

Ele se vira e começa a andar a passos tranquilos, sem verificar se de fato o estamos seguindo. Fico de pé e Levi também.

— Espera. — Levi segura minha mão.

— O que foi?

— Não acha que isso é estranho?

Na verdade, não. Eu sei que Deus pode responder às nossas orações muitos anos depois de elas terem sido feitas, mas, às vezes, ele responde quando ainda estamos pronunciando as palavras. Ou será que estou enganada? Estaríamos caminhando rumo ao perigo?

— Você tem uma ideia melhor? — Encaro Levi.

Ele inspira fundo e solta o ar de uma vez.

— Tá, vamos seguir o maluco. Mas...

— Não se preocupe, somos dois contra um. Você tem o gancho, e eu, minha adaga.

— Certo.

Então a gente pula a pequena grade e segue o estranho com alguns passos de distância entre nós. Só por segurança.

6

SETEMBRO DE 2010

A ESQUISITA ME ENCARAVA a três mesas de distância.

Eu tinha plena consciência das cadeiras vazias ao meu redor, um convite silencioso para pessoas solitárias, então desviei os olhos bem rápido. Não queria encorajá-la. Annie estava doente e, por isso, havia faltado naquele dia; Maya e Luna, por outro lado, estavam demorando no banheiro, mas elas chegariam ao refeitório a qualquer momento e, se me vissem com "a bizarra", eu provavelmente seria excluída daquele seleto círculo de amizades.

Peguei o fone de ouvido e, quando ergui a cabeça para encaixá-lo, me deparei com a figura bem à minha frente. Ela segurava a bandeja olhando direto para mim.

— Posso sentar aqui?

Congelei por um segundo, mas dei de ombros. Não ia ser rude a ponto de dizer "não" em voz alta.

— Obrigada. — Ela puxou a cadeira e se sentou do outro lado da mesa sem qualquer constrangimento.

Fiquei rolando o fone entre os dedos, decidindo se faria a má-educação de colocá-lo nas orelhas para ignorar a garota, o que seria uma pista para ela se afastar, ou se voltaria a guardá-lo no bolso e correria o risco de perder as únicas amigas que já tivera na vida.

— Amei as unhas.

Ergui os olhos para ela e depois encarei minhas mãos. A tinta azul-escura com glitter fora uma tentativa de simular galáxias. Todas as unhas já estavam descascadas, mas eu não tinha como retocar porque ele havia jogado o esmalte fora e brigado comigo por "não ser uma cor feminina". Só de raiva, eu tinha decidido manter a pintura até a última lasquinha.

— Obrigada. — Procurei algo nela para elogiar também. — Amei o cabelo.

Preto, curto, combinando com o traço excessivamente forte abaixo da linha dos olhos. O mais legal, porém, eram as duas mechas roxas. Nem em um milhão de anos os meus pais teriam me deixado usar algo assim. A garota era taxada de bizarra pelas minhas amigas por causa do estilo gótico e das caretas ameaçadoras que ela fazia para Annie. No fundo, eu sempre desconfiei que ela se comportava daquele jeito para se defender.

— Eu sou a Olivia. — Ela me ofereceu uma mão e o sorriso.

Relutei em retribuir o gesto.

A novata da escola já estava almoçando sozinha havia duas semanas e, por duas semanas, ela se mantinha firme, apesar dos olhares tortos. Era de se respeitar. Além disso, se eu fosse sincera, já vinha me sentindo excluída pelas minhas amigas havia muito, muito tempo; só não tinha coragem de me afastar delas porque não queria ficar sozinha.

Guardei o fone no bolso de trás da calça e estendi a mão.

Depois disso, a conversa fluiu naturalmente, como se fôssemos amigas de muito tempo que haviam se reencontrado. Eu só percebi meses depois como o meu sorriso era sincero quando estava com ela, como eu havia parado de superanalisar tudo o que estava fazendo na tentativa de agradar aos outros e como eu não estava mais com medo de dizer a coisa errada. Acho que, em certo sentido, posso dizer que a amizade da Olivia me libertou.

E devo confessar que, naquela tarde, quando vi Maya e Luna entrando no refeitório de olhos arregalados na minha direção, uma parte de mim ficou muito feliz por isso.

7

O ESTRANHO ABRE A PORTA do carro para a gente entrar.

— Deixa eu ver seu rosto primeiro — diz Levi com o gancho no teto do veículo.

Para minha surpresa, o moço abaixa o capuz sem qualquer relutância. O rosto é jovem, como eu tinha imaginado, e os olhos castanho-claros estão emoldurados por um par de óculos. Uma sombra escura debaixo de cada pálpebra indica que ele não tem dormido muito bem. Sob a luz do poste, reparo no pijama amarrotado e nos pés descalços.

— Agora eu sugiro que vocês entrem logo. — A voz dele é sombria e pulsa urgência. — Essa cidade tem olhos por toda parte.

Eu entro depois de Levi, e o moço fecha a porta, então dá a volta no carro e se senta no banco do motorista. Levi tenta passar para o banco do copiloto, mas o estranho usa o cotovelo para bloquear o caminho.

— Por favor, fiquem escondidos aí atrás.

— Não gosto desse cara — sussurra Levi para mim ao deixar o corpo cair de volta no estofado. — Ele não me cheira bem.

— Deve ser o *curry* do jantar — responde o outro.

Disfarço o sorriso.

— Ele salvou nossa pele — sussurro de volta. — Acho que merece pelo menos um voto de confiança.

Ficamos encolhidos no banco, em silêncio por alguns minutos, enquanto o moço dirige. Eu o observo pelo retrovisor: a forma como ele encara a pista com os olhos levemente arregalados, a testa suada, o cabelo ruivo desgrenhado e, agora que estou observando, as manchas vermelhas na gola do pijama azul.

— Eu estava comendo — diz o moço, fitando-me pelo retrovisor, como se lesse meus pensamentos.

— Como você nos achou? — pergunta Levi.

— É difícil de explicar.

Levi nega de leve com a cabeça. Nem posso recriminar a desconfiança dele. Quero dizer, é ótimo que o moço esteja se propondo a nos ajudar, mas como ele apareceu naquele exato local? Para onde está nos levando? E a troco de quê? Espero não ter sido precipitada em achar que sua aparição foi uma resposta à minha prece.

— Vocês prometem que não vão me achar louco?

Levi nem disfarça a risada.

— Ah, não se preocupe com isso!

Eu o cutuco nas costelas e faço uma careta de repreensão. Levi arregala os olhos e aponta para o moço, justificando-se, mas eu mantenho firme a encarada.

— A gente não acha que você é louco — resmunga ele em tom irônico. Depois ainda me fita como quem diz "satisfeita?".

Pelo retrovisor, vejo o outro sorrindo torto.

— Quem é você? — pergunto.

— Tenho algumas câmeras escondidas em pontos estratégicos da cidade, minhas fiéis vigilantes 24 horas por dia, sete dias por semana — ele começa, de olho na rua. — O programa que analisa as imagens está configurado para emitir um alerta sempre que identifica gatilhos, mas geralmente são alarmes falsos; alguém fantasiado, um esquilo que bloqueou a lente... Hoje foi o primeiro alerta real desde que as câmeras foram instaladas. O seu gancho acionou o gatilho do programa quando vocês olhavam embasbacados para o Big Ben. Depois que entraram na estação de Westminster, precisei invadir o sistema de vigilância do metrô para acompanhar o trajeto. E vocês foram direto para a estátua, como dois *web crawlers* programados para isso. Impressionante!

Levi sussurra para mim, sem desviar os olhos do estranho:

— Sua cabeça está doendo?

— Não, mas fiquei um pouco zonza.

Noto a forma como o rapaz tomba levemente a cabeça para trás, querendo ouvir nossa conversa, então sussurro para Levi o mais baixo que consigo:

— Não sei você, mas, agora que aquele mal-estar passou, fiquei com uma sensação forte de...

— *Déjà-vu* — falamos ao mesmo tempo.

— Sim. — Os olhos dele brilham. — É como se eu estivesse sonhando, voltando para um cenário antigo.

— A mesma sensação de despertar. — Concordo com um movimento de cabeça.

— Isso é tão estranho. — Levi sorri torto. — Ele falou "configurado", e eu acho que sei o que é isso, mas, ao mesmo tempo, não consigo me lembrar direito.

Anuo com uma risadinha. É tão esquisito quanto receber cócegas no cérebro, e eu torço para que essa sensação desapareça também; mas, se não, pelo menos é melhor do que a enxaqueca.

— Então... — A voz do estranho soa estridente depois de tantos sussurros. — Se vocês não são daqui, de onde vêm?

— Achei que soubesse — retruca Levi.

— Quero ter certeza.

— Não, espera, a gente pergunta primeiro. — Eu me ajeito no banco, ansiosa. — Como vocês conhecem Peter Pan?

O sorriso de satisfação do moço faz meu estômago se revirar.

— Tudo bem, vamos combinar o seguinte: para cada resposta minha, quero uma de vocês.

— Como você conhece Peter Pan? — Levi repete minha pergunta.

— Por causa de Sir James Matthew Barrie e de seu clássico *Peter e Wendy*. Sua vez: de onde vocês são?

— Ei, essa é uma droga de resposta! — protesto.

Porém, antes que ele se justifique, Levi estala o pescoço e adota a mesma postura de quando brincávamos de guerra-amarela e ele ficava competitivo.

— Ok! Quer jogar assim? Beleza. Nós viemos de muito longe. Minha vez: quem diabos é Sir James Matthew Barrie e como ele...

— Não, não. Isso aí são duas perguntas.

Os olhos de Levi faíscam de raiva, enquanto o outro dirige com o sorrisinho inabalável.

— Ele foi um dramaturgo que viveu no final do século XIX. Minha vez. Como vieram pra cá?

— Através da água. Como o dramaturgo...

— Da água?! Vocês não vieram do céu?

— É a minha vez de perguntar — Levi corta. — Como o dramaturgo conheceu Peter Pan?

— Ele não conheceu. Qual o nome do lugar de onde vocês vieram?

— Bellatrix. Se James Barrie não...

— Bellatrix?

— Pare de me interromper! Se o dramaturgo não...

— Não, não, não. Chega! Vocês são impostores. — Ele faz uma careta de nojo. — Eu deveria saber.

— Como assim? — interrompo o bate-boca dos dois.

— Achei que vocês fossem da Terra do Nunca.

— Mas como você sabia disso? — pergunto, categórica. — Essa é a questão!

— Olha aqui: não sei o que vocês fumaram ou o que fizeram para cair na água, mas eu claramente me enganei. A culpa é minha, fui eu que me precipitei e peço perdão.

— Do que está falando?! — insisto.

— Já estamos quase chegando, e, quando eu parar o carro, vocês podem ir para onde quiserem. Vamos fingir que nada disso aconteceu.

Estou com raiva desse moço por jogar tantas coisas no ar e não esclarecer nenhuma, por fingir que vai nos ajudar e agora dizer para nos virarmos nessa cidade estranha. Mas também sei da nossa posição vulnerável — e tenho uma forte impressão de que ele é o único capaz de nos ajudar.

Viro o rosto para Levi. Seus olhos me dizem que isso não vai ficar assim. Não sei o que ele planeja, mas encaro-o com um olhar de súplica.

Quando o carro para e o rapaz desliga o motor, Levi vai direto com o gancho no rumo da garganta dele. Dou um gritinho de susto.

— Você vai falar pra gente tudo o que sabe e como você sabe, ou eu...

— Levi! — Seguro o braço do gancho, tentando afastá-lo com cuidado. — O que está fazendo? Isso não vai resolver.

— Melhor você escutar sua namorada.

— Não sou namorada dele.

— Isso significa que está solteira?

O gancho de Levi aperta um pouco mais em resposta. Grunho de raiva.

— Parem com isso! Será que dá pra gente conversar como pessoas civilizadas?

— É ele quem está me mantendo refém.

— Se quer mesmo saber, eu posso provar que a gente veio da Terra do Nunca — disparo de uma vez. O moço me olha surpreso pelo retrovisor. — Então? Será que podemos conversar feito pessoas normais agora?

Ele desvia o olhar para Levi, que bufa e revira os olhos antes de retirar o gancho da garganta. O rapaz esfrega o local e inspira fundo.

— Certo. Vamos conversar lá dentro. — E aponta com a cabeça para uma das casas geminadas.

8

ASSIM QUE ENTRAMOS PELA PORTA do apartamento, nosso anfitrião coloca num aparador de madeira as chaves e as placas que ele retirou do carro.

— Tirem os sapatos, por favor.

— Qual o seu nome? — pergunto enquanto tento remover a primeira bota úmida.

Ele pensa por três segundos.

— Astra.

Levi termina de retirar os sapatos e apruma a postura.

— Esse não é o seu nome — diz, com a cara amarrada.

— Não. Mas é por esse nome que vocês vão me chamar. — Então olha para mim ao completar: — Você disse que tinha provas.

Abro a mochila, pego uma moeda de ouro e lanço-a com o polegar para ele. Astra apanha a moeda no ar e a analisa. O pentar tem a insígnia do nosso Império, detalhes incrustados, e o ouro brilha, novinho.

— É uma moeda muito bonita, só que...

— Tem mais. Levi?

Astra olha para ele, que se vira para mim com uma expressão intensa.

— Não acho que seja uma boa ideia, Alison.

— Eu posso ajudar vocês — Astra coloca as mãos nos bolsos e se encosta na parede —, mas precisam me convencer de que são mesmo da Terra do Nunca.

Assinto para Levi. Ele inspira fundo e solta o ar meneando a cabeça. Quase posso ouvir seus pensamentos de "grande erro" enquanto enfia a mão dentro da capa e retira a garrafinha do bolso secreto.

— Não chegue muito perto. — Levi estende o braço do gancho para manter o outro afastado.

— Esse é o *Jolly Roger*?!

— Sim.

Astra abre a boca em um grande O e começa a rir. Ele fala encantado sobre o mar que se agita dentro do vidro, "Isso é magia, não é?!", e tenta se aproximar para ver melhor, mas Levi não deixa. Eu pego a garrafinha e guardo-a dentro da mochila.

— Você teve as suas provas — digo. — Agora, como pode nos ajudar?

— Acho que podemos chegar a um acordo. — Astra gira o pentar entre os dedos, um sorriso condescendente nos lábios. — Mas, antes, por que vocês não tomam um banho quente e trocam de roupa? Então a gente fala de negócios.

Levi toma a moeda de volta.

— Pode ir primeiro, Alison. Eu fico de olho nele.

— Certo. Onde fica o banheiro?

Porém, eu mal dou um passo para fora da antessala e congelo no lugar. O apartamento é caótico. Tem roupas, livros, jogos de tabuleiro e restos de comida espalhados por todo canto; não dá nem para saber se esse cômodo é uma sala de estar ou de jantar. Provavelmente, nenhuma das duas. Astra diz para eu continuar seguindo reto, o banheiro fica na segunda porta à direita. Forço um sorriso. Ao abaixar os olhos para não pisar em nada, é impossível não notar as manchas do carpete, e me sinto ofendida por ter sido obrigada a tirar os sapatos.

Nada disso, porém, é capaz de me preparar para o que vejo no banheiro. Hesito por dois segundos na porta, decidindo quão desesperada estou por um banho quente. Muito. Muito mesmo. Fecho a porta atrás de mim tapando o nariz com os dedos em pinça para não sentir o fedor de ureia. Analiso a água amarela do sanitário e, por mero instinto, resolvo puxar uma corda ao lado. Imediatamente adoro a praticidade disso. Como ele ousa deixar suas necessidades expostas se a alternativa higiênica daqui é tão simples?

No box da banheira, há cabelos no ralo, e eu encolho os dedos dos pés com nojo enquanto tomo um banho rápido, muito mais rápido do que teria gostado. É um alívio vestir a roupa extra que trouxe na mochila à prova d'água, limpa e sequinha, e sair do cubículo vaporizado.

Levi entra depois de mim carregando uma muda de roupa emprestada.

— Não acredito que vou usar as roupas de outro cara.

— Eu falei para você trazer uma mochila.

Volto para a sala, onde penduro o vestido molhado num suporte de ferro colado na parede. Depois, removo as coisas de cima do sofá para um canto, a fim de liberar espaço, e fico esperando os meninos, que voltam cinco minutos depois. Levi está muito engraçado vestindo essas roupas do planeta Terra; parece um jovem de caráter duvidoso.

— Dá pra parar de rir?

— Não estou rindo — respondo com o resquício de um sorriso.

— Estão com fome? — Astra começa a retirar a bagunça de cima da mesa, jogando tudo no espaço que eu havia liberado do sofá. Depois coloca duas bandejas plásticas no centro do móvel. — Podemos conversar enquanto comem.

— Comida envenenada, por acaso? — Levi cheira uma das bandejinhas.

— Comida *indiana*, minha favorita. — Astra sorri como um vendedor. — Acho que começamos com o pé esquerdo. Vamos tentar de novo. Eu posso começar.

Ele se senta na ponta da mesa.

— Você fez isso? — pergunto, impressionada com o cheiro da comida.

— Há! — Astra solta um riso genuíno. — De jeito nenhum, eu não cozinho.

Graças a Deus.

Não faço ideia do que seria uma comida indiana, então apenas me sento e faço uma oração silenciosa antes de comer. O prato se mostra uma combinação de sabores deliciosa e Levi também parece gostar; nem ergue a cabeça da bandejinha plástica.

— É o seguinte: eu faço parte de uma célula que acredita que alguns contos de fadas e mitologias são mais do que meros mitos. Nós reunimos pistas, provas, qualquer informação que conseguimos achar. O grupo é secreto e trabalha em extremo sigilo, não queremos que o governo faça com essas pobres criaturas o mesmo que fizeram com os alienígenas que já visitaram a Terra.

Eu mastigo de sobrancelhas franzidas, e não é porque a comida indiana está incrível. O raciocínio desse cara é difícil de acompanhar. O que alienígenas e contos de fadas têm a ver com a gente? Levi também não deve estar demonstrando uma boa reação, porque Astra se levanta e começa a caminhar pela sala.

— O que quero dizer é que esse grupo, Defensores do Folclore, foi fundado por James Barrie. O dramaturgo de que falei lá no carro.

— *Ahhhh* — dizemos Levi e eu, ao mesmo tempo, sem muita convicção.

— Não percebem? — Astra arregala os olhos, empolgado. — Eu disse que Barrie não conheceu Peter Pan, e é verdade, mas ele conheceu outra pessoa que veio da Terra do Nunca: o capitão Gancho.

Nego com a cabeça.

— Peter Pan e capitão Gancho vieram para a Terra juntos, não teria como conhecer um sem ver o outro. Na verdade, Michael nem era capitão Gancho naquela época. Esse título nem sequer existia.

— Mas isso aconteceu há pouco mais de cento e cinquenta anos — insiste Astra.

— Então você está mentindo. — Cruzo as mãos diante do rosto. — Peter Pan e Michael vieram pra Terra há mais de seiscentos anos, quando o nosso Império...

Paro no meio da frase porque lá está aquele sorriso maquiavélico de novo.

— O que tem a dizer sobre isso, capitão?

Levi engole a comida antes de responder.

— Você está dizendo que o dramaturgo conheceu *um* capitão Gancho, não o primeiro.

Franzo as sobrancelhas.

— Como assim? Mais pessoas vieram pra Terra depois do Peter Pan?

Levi olha para mim com a expressão um pouco triste.

— Depois de trezentos anos de guerra com o Império das crianças perdidas, um capitão Gancho revolucionou os piratas. Antes dele, nós éramos basicamente... Quero dizer, nem todas aquelas histórias horríveis que eles contavam às crianças perdidas sobre os piratas eram mentira. Aliás, todas elas têm um fundo de verdade.

Eu sinto a decepção me afundar na cadeira. Depois de ter conhecido os piratas e achado o sistema deles tão melhor do que o nosso, é frustrante ouvir isso.

— Então, quando teve a Reforma — continua Levi —, começamos a virar aquele povo que você conheceu. Mas, depois de uns duzentos anos, houve aquele que chamamos de o Capitão Louco. Ele quebrou todas as leis e protocolos que tínhamos feito na revolução, violou o pacto de paz e atacou as crianças perdidas. Foi um massacre, Alison. E só não foi pior porque o esquadrão que ele levou era pequeno e as crianças perdidas não contra-atacaram.

— Por que elas não se defenderam?

— Porque o alvo dele foi a Escola Bellatrix. — Eu abro a boca, horrorizada. — Eles temeram que, se contra-atacassem, mais crianças inocentes morreriam.

Levi faz uma pausa antes de continuar.

— Segundo os diários, o Capitão Louco sequestrou uma das crianças que estavam no Jardim Encantado, e nós nunca entendemos o porquê. Bom, agora eu sei: ele queria usar a criança para abrir o portal e atravessar com ela, como nós fizemos. O nome da criança era...

— *John* — falam Astra e Levi ao mesmo tempo.

Meus braços se arrepiam. É verdade que nós sempre soubemos dessa conexão dos dois mundos, mas ver a história deles se cruzando desse jeito, ouvir alguém *daqui* falar coisas que nós pensávamos que só a gente sabia, é bizarro. É completamente diferente de ouvir falar sobre isso na Escola Bellatrix. Parece... mais real.

Astra se levanta e dá pulinhos exclamando "Isso, isso, isso". Ele se vira para nós com a mesma expressão lunática e empolgada de quando viu o *Jolly Roger*.

— Eu sabia que era verdade! Sabia! James Barrie tinha catorze anos quando encontrou John e o capitão Gancho nas margens do rio Clyde, em Glasgow. Ele escondeu os dois em um armazém abandonado e logo virou amigo do John. Quando o capitão bebia demais, ele contava histórias, e foi assim que Barrie descobriu sobre a Terra do Nunca, Peter Pan, Wendy, as fadas, as sereias e os piratas.

— Isso é impressionante — admite Levi.

— E depois de todos esses anos... — Astra tem os olhos marejados. — Vocês voltaram. Vocês realmente voltaram.

Ele anda de um lado para o outro, inquieto, murmurando baixinho para si mesmo. Até que para no meio de um passo.

— Por que agora? Depois de todos esses anos.

— Por causa dela.

Os dois se voltam para mim.

— Oh. Então... Eu meio que só queria conhecer uma pessoa.

Astra começa a rir, até perceber que falo sério.

— Ah, jura? Quem você quer conhecer?

Uma ideia me ocorre.

— Espera, você pode me ajudar a encontrá-la! Não é?

— Talvez. — Ele dá de ombros. — Quem é?

— Hã... Não posso falar.

Astra revira os olhos.

— Preciso saber quem é a pessoa, se quiser minha ajuda.

— Ela não pode te contar, ok? — Levi ergue a mão em minha defesa. — Se dissesse... Bom, ela provavelmente morreria.

— Igual a Wendy?

— Sim. — Levi estreita os olhos. — O que sabe sobre isso?

— Então o primeiro rascunho era mesmo mais fiel. Oh, isso é tão legal! — Ele começa a vasculhar a bagunça de sua casa. — Os Defensores do Folclore guardam o primeiro manuscrito de *Peter Pan*, o primeiríssimo, que ninguém mais no mundo conhece. James Barrie alterou a morte da Wendy porque a cena estava muito pesada para o público infantil.

Quando encontra o que procurava, Astra me entrega um livro.

— Aqui, vocês deveriam ler depois.

A capa de pano tem um azul intenso, o título *Peter Pan* em dourado e a imagem de duas crianças voando. Eu não consigo evitar um sorriso. Meu peito se enche de carinho. É como segurar uma lembrancinha da sua terra natal.

— Não é o primeiro rascunho, mas ainda é uma boa leitura — explica.

Levi espia o livro por cima da mesa. Estico o exemplar para que ele veja melhor.

— Então eu vou propor um acordo. — Astra apoia as mãos na cintura. — Eu ajudo vocês a encontrarem sua pessoa, seja ela quem for, e, em troca, vocês me entregam tudo o que trouxeram da Terra do Nunca.

Levi solta uma gargalhada estrondosa.

— Essa é a proposta mais ridícula que já ouvi.

Astra dispara a falar sobre como nós não vamos durar um dia aqui sem documentos, celular e uma conta bancária; sobre como ele pode nos ajudar com tudo isso, além de nos entregar o valor dos bens preciosos que trouxemos em libras esterlinas, o suficiente para vivermos por anos e anos. Tudo isso *mais* a ajuda para encontrar a pessoa. E só o que ele pede em troca são as coisas que trouxemos de lá. Uma pechincha, na opinião dele.

— Nós podemos te entregar tudo — eu negocio —, menos o navio, meu diário e um espelho quebrado.

— Eu quero o navio.

— *O meu navio* não está disponível para barganha — diz Levi, com a voz grave.

— Sem navio, sem acordo.

— Tudo bem. — Eu me levanto. — Foi um prazer conhecê-lo.

Levi também se levanta. Pego a mochila, e a gente começa a caminhar para a porta.

— Esperem!

Disfarço o sorriso antes de me voltar para ele.

— Sim?

— Está bem. — Astra levanta as duas mãos. — Tudo, menos o navio.

— E o meu diário, e o espelho quebrado.

— Por que você tem um espelho quebrado?

— Apego emocional.

— Como você planeja nos ajudar com os documentos e todo o resto? — pergunta Levi.

O maldito sorriso está de volta ao rosto do rapaz.

— Porque sou o melhor hacker que a Inglaterra jamais conhecerá.

Acho que ele esperava uma reação mais eufórica. Diante da nossa inércia, seus ombros caem.

— Isso significa que eu vou inserir vocês no sistema de um jeito que poderão viver em qualquer lugar do Reino Unido como se fossem verdadeiros cidadãos britânicos.

— E quanto à minha pessoa? Como vamos achá-la?

— Isso é moleza, só preciso do nome completo. Você pode me dizer o nome completo dela, não é?

— Eu diria, se soubesse.

— O quê?! — indaga Astra.

— Olha, se você descobrir o endereço dela, já será ajuda o bastante.

— Espera, você acha mesmo que eu consigo encontrar alguém sem nenhum dado ou informação?

Dou de ombros.

E é nesse momento que eu percebo o quão ferrada estou. Acabei de encontrar uma pessoa que tem recursos para me ajudar a encontrar mamãe, mas eu não sei o nome dela, nem o da família, nem tenho certeza se estou na cidade em que ela mora. Tudo o que eu tenho é uma sementinha de esperança e mais nada.

Ai, droga.

9

9 de julho de 2016

Bati a porta do quarto com força. O choro se acumulava nos olhos e apertava minha garganta, um ódio puro e destilado que corroía os ossos. Eu tinha avisado que isso aconteceria, mas ela me ouviu? Claro que não. Quando foi que ela me escutou alguma vez na vida? Respirei ofegante, esticando e contraindo os dedos rápida e repetidamente para acalmar os pensamentos.

Só me restava uma coisa a fazer. Puxei a mala de baixo da cama e comecei a guardar minhas coisas com a brutalidade de um furacão. Não precisei escolher nada, sabia que nunca mais pisaria naquela maldita casa, então só precisava pegar tudo o que coubesse na mala.

Lá embaixo, ele continuava gritando. Não dava para ouvir a voz dela.

Terminei de dobrar as roupas furiosamente rápido e fui para o banheiro, onde peguei uma sacola e saí jogando os itens de higiene e maquiagem dentro dela. Depois, enfiei os produtos entre os espaços livres da mala. Olhei para a escrivaninha com estante acoplada. Já tinha guardado o notebook, mas não ia conseguir levar mais do que dois ou três livros. E, de tudo o que estava deixando para trás, isso era o que mais doía. Nenhuma garota deveria ser obrigada a se separar de seus livros.

De repente, eu me lembrei da Hannah entrando no quarto; todo dia ela vinha com aquele rostinho angelical me chamar para brincar de boneca, e foi como receber um soco no estômago. Abandonar meus livros não era nada se comparado à dor de deixá-la. No meio do quarto bagunçado e seminu de objetos pessoais, eu me curvei sobre a barriga, chorando. Não estava pronta para deixar minha loirinha favorita. Não queria perdê-la. Nunca quis abrir mão disso.

Mas eu não tinha tempo para duvidar. Não, eu precisava ser objetiva. Depois... Depois eu lamentaria de verdade. Então respirei fundo para recuperar o controle. Sequei as lágrimas. Contei até cinco.

Mais calma, fui até a porta e encostei o ouvido contra a madeira, prestando atenção aos barulhos. Depois de confirmar que eles ainda estavam lá embaixo, caminhei pé ante pé até o quarto da porta cor-de-rosa.

Abri com cuidado. O cômodo estava vazio. Em cima dos lençóis, o coelhinho que viera buscar.

— Leli? — A voz infantil soou de baixo da cama, cautelosa.

Eu me ajoelhei. Hannah estava encolhida contra a parede.

— Tá tudo bem, Nah-Nah. Não precisa ter medo.

Ela me encarou, desconfiada. Umedeci os lábios e forcei um sorriso.

— Eles não estão bravos com você.

— Você tá cholando.

Senti o nariz arder e virei a cabeça. Não podia derramar essas lágrimas na frente dela. Reuni coragem antes de voltar a fitá-la.

— Vai ficar tudo bem, Nah-Nah — falei com a voz calma, porém firme. — Eu... Oh, você está com a Senhora Ovelha. Ela está bem?

Hannah me encarou por um segundo, obviamente confusa com a mudança de assunto. Então abaixou os olhos e afagou a pelúcia.

— Sim. Tá mimindo.

— Fique no seu quarto com a Senhora Ovelha até a mamãe ou o papai virem te pegar, tudo bem?

— Aonde você vai?

— Pra lugar nenhum — menti com um sorriso no rosto.

Ao me levantar, encarei Bunny em cima da cama. O coelhinho já tinha sido meu, mas eu o entregara de presente para Hannah no ano passado, quando ela havia completado quatro anos e me jurara que já estava grandinha o bastante para não destruí-lo.

Peguei a pelúcia de lembrança e voltei para o meu quarto. Coloquei o coelho na mala, abaixei a tampa e me sentei em cima dela para conseguir fechar o zíper.

E foi isso. Finalmente tinha chegado o dia em que eu escaparia dessa gaiola. Pena que seria assim.

Desci as escadas com dificuldade, usando as duas mãos para erguer e abaixar a mala, degrau a degrau.

— O que está fazendo?! — gritou mamãe, de olhos arregalados.

— O que eu deveria ter feito há muito tempo.

— Não, não, por favor! Filha, vamos conversar.

A voz quebrada dela não me abalou. Nem um pouco. Ele veio da cozinha, vermelho.

— Depois de tudo o que nós fizemos por você?! De anos e anos ensinando o caminho certo? Você é uma vadia ingrata! É melhor sumir mesmo das nossas vidas, vai embora! E não precisa voltar nunca mais, ouviu? Você não é minha filha, é a minha maior decepção!

Eu já estava no pequeno *hall* da casa e tinha acabado de abrir a porta, mas aquilo me fez virar para eles uma última vez com a expressão dura e o queixo levemente erguido. Mamãe estava entre mim e ele, usando seu corpo miúdo como uma espécie de barreira.

— Finalmente a gente concorda em alguma coisa, não é, *George*? — Ele odiava que eu o chamasse pelo nome, considerava uma falta de respeito, mas fazia muito tempo que ele perdera seu direito de exigir respeito. — Eu não sou sua filha e você nunca foi um pai para mim. Um pai de verdade não teria errado tanto comigo.

— Meu único erro foi não ter usado a vara da disciplina. Eu deveria ter te batido quando era mais nova. Deveria ter sido muito mais firme!

— *Seu único erro?!* — Soltei uma risada de indignação e meus olhos se encheram d'água. — Você acha mesmo que me bater teria resolvido as coisas?

— Se fosse para evitar que você estivesse desse jeito, indo pro inferno, sim!

Engoli o choro. Olhei para mamãe e depois para ele de novo.

— Eu não estou indo pro inferno, George. Eu vivi nele a minha vida toda.

Dei as costas e saí pisando duro rua abaixo, arrastando a pesada mala atrás de mim. Não olhei para trás.

Fiquei na parada de ônibus, sentada sobre a bagagem, de braços cruzados, usando toda a minha força para não chorar. Enquanto esperava, eu tinha a sensação de estar sendo observada por todo mundo. A mulher passeando com o cachorro. O adolescente de skate que também esperava pelo ônibus. O senhor que caminhava devagar pela calçada. Parecia que todos eles sabiam o que tinha acontecido.

Eu me encolhi e desviei os olhos para ninguém em particular.

Talvez fosse melhor ir embora dali quando o pesadelo terminasse. Começar uma vida nova em Londres ou Manchester. Ou, a julgar pela minha situação de completa falência, talvez alguma cidadezinha do interior fosse uma ideia melhor.

Bom, a cidade não importava muito. Naquele momento, tudo o que eu sabia com certeza era que não podia mais continuar em Cambridge.

10

— VOCÊ SABE *ALGUMA COISA* sobre essa pessoa, por acaso?!

Sinto o queixo tremer de leve.

— Por favor, não fale assim ou vou acabar chorando.

— Se ela chorar — Levi ergue o gancho e o gira lentamente —, arranco suas tripas.

— Desculpe. — Olho aflita para o hacker. — É que o mirador tinha uma visibilidade muito limitada. Ele só me mostrava ela. Não dava para ouvir, ler inscrições nem ver o rosto de qualquer outra pessoa.

Astra fecha os olhos e massageia a testa.

— Cara, eu sei que você não entende... — Levi começa a dizer.

— Não, pior que eu entendo.

— Mesmo? — pergunto sem acreditar nisso.

— Toda magia é limitada e custa um preço.

— Como vocês sabem tanto sobre magia se não existe mágica nesse planeta? — Levi afasta sua bandeja vazia.

— Quem disse que não existe mágica aqui?

Silêncio. Levi e eu nos entreolhamos.

— Então existe mágica por aqui? — pergunto, antes de engolir a última garfada.

— Essa é a grande questão, não é? Será que existe? — Odeio quando ele banca o espertalhão. — Certo, chega de conversa fiada. — Astra bate palma e esfrega as mãos. — Vamos fechar o negócio. Senhorita, por favor, a mochila.

Solto uma risada de desdém.

— A gente já provou de onde veio, mas você ainda não provou sua capacidade de nos ajudar.

— Além disso — continua Levi —, estamos hospedados na sua casa, então você sabe que não vamos a lugar algum. Quando estivermos com os nossos documentos, o dinheiro local e alguma informação que nos ajude a encontrar a pessoa da Alison, aí, sim, te entregaremos a mochila. E cada um segue sua vida.

Ele anui, satisfeito.

— Justo. Por favor, sigam-me. — Astra olha para trás e acrescenta. — Pode deixar a mochila aí.

O cômodo para onde ele nos conduz fica no fim do corredor, depois do banheiro. Assim que eu atravesso a porta, sou surpreendida pela organização e limpeza do lugar. Então ele *sabe* manter um ambiente habitável, só não costuma fazer isso no resto da casa.

O lugar tem uma iluminação estranha, principalmente azul. Há computadores, televisões, *tablets*, tudo formando uma complexa rede que ocupa uma parte inteira do quarto. Aquela sensação de cócega no cérebro fica mais forte, e eu coço a cabeça. É engraçado como sei nomear os aparelhos, mas duvido que saberia mexer em algum deles se me pedissem.

Levi é o último a entrar e fica na soleira da porta, de braços cruzados. Com um estalar de dedos, Astra faz o maquinário ligar. Uma voz masculina soa do nada e de tudo ao mesmo tempo:

— *Bem-vindo de volta, senhor.*

— Obrigado, Jarvis. — Ele se vira para nós, todo orgulhoso, mas o sorriso murcha logo em seguida. — Ah, esqueci, vocês não vão entender a referência. É uma homenagem ao meu... Deixa pra lá. Jarvis, nós temos companhia. — Astra cutuca meu braço. — Fala "oi".

— Hã, oi?

— *Olá, senhor. É um prazer...*

— Não, cabeça de pen drive! Ela é uma ga-ro-ta. Desculpa, ele ainda está aprendendo a reconhecer os gêneros pela voz. Jarvis, ligar Sistema Ótica.

— *Sistema Ótica ativado. Perdoe-me, senhorita.*

— Tudo bem. — Dou um sorrisinho sem graça.

Astra aponta para Levi, que murmura um "e aí" a contragosto. A voz do além responde "muito prazer, senhor". Assim, com as devidas apresentações feitas, Astra começa a trabalhar de pé mesmo em um dos computadores.

— Jarvis, preciso encontrar uma pessoa, mas eu não sei quem é, nem onde ela está.

— *Humm... Tarefa interessante, senhor. Esse é mais um teste para avaliar a minha capacidade cognitiva de lidar com questões filosóficas?*

Astra hesita por meio segundo.

— Talvez.

— *Em* Alice no País das Maravilhas*, o Gato de Cheshire diz que "quando a gente não sabe para onde vai, qualquer caminho serve".*

— Eu sei para onde quero ir, só não sei onde fica — respondo.

— *Poderia me informar o nome do estado, país ou região?*

— Não sei — comento.

— Certo, Jarvis. — Astra balança a cabeça. — Nós temos um destino em mente, mas não sabemos o nome dele e muito menos onde fica. Como encontrar?

— *Vocês podem me dar pistas. Qualquer dado geográfico ou demográfico.*

— Certo. Mas ainda precisaríamos delimitar a busca, não dá para varrer o planeta inteiro. — Ele olha para mim por cima do ombro. — Podemos restringir ao Reino Unido?

— Eu não tenho certeza... — "do que é Reino Unido", completo mentalmente.

Levi se desencosta do batente e murmura um "Vou mijar, já volto".

— Você sabe pelo menos em qual continente essa pessoa se encontra?!

— Eu diria que provavelmente esse daqui?

Astra bufa, esfregando o rosto por baixo dos óculos.

— Mas eu tenho pistas — digo para o teto, porque a voz do além parece mais otimista do que esse hacker. — Sei com absoluta certeza que ela mora em uma cidade do litoral. Lá tem um píer e... Ah! Parece ser uma cidade muito pequena.

— *Posso procurar por cidades litorâneas, senhor.*

— Não, Jarvis. Ainda é um palheiro muito grande. Precisamos parametrizar melhor essa busca.

De repente, tenho um estalo.

— Conheço uma teoria que pode ajudar.

Astra se senta na cadeira giratória e não demonstra nem um pingo de empolgação. Respiro fundo, esforçando-me para me lembrar dos detalhes.

— Existem sete ilhas na Terra do Nunca.

— Espera. — Ele desprega as costas da cadeira. — Sete?! A Terra do Nunca não é uma ilha?

— Não. Escuta: de acordo com essa teoria, cada ilha está conectada a um pedaço do planeta Terra. — Astra está me ouvindo atentamente agora, com esses olhos de gente que dorme pouco e o cabelo ruivo apontando para todos os lados. — O problema é que ninguém nunca descobriu como exatamente funcionam essas conexões. Se desvendarmos a regra, conseguimos descobrir em qual pedaço do planeta ela mora.

— Legal, adoro um mistério. Me diga o que você sabe das ilhas e talvez a gente consiga ligar os pontos.

Penso por um minuto, e a primeira ilha de que me lembro é aquela que Sophia sonhava em conhecer.

— Mirzam, por exemplo. Seus principais idiomas são o português e o espanhol, dizem que as pessoas de lá são bem calorosas, receptivas e, hã... são bastante festivas.

— Isso parece... Jarvis, por favor.

— *A América do Sul possui a maior população de língua portuguesa do mundo, e a segunda maior população de língua espanhola. Além disso, a cultura latina é conhecida por seu calor e receptividade.*

— Ótimo! Sua Mirzam está conectada com a nossa América do Sul, então. O que isso significa? — Astra pergunta com as sobrancelhas arqueadas e um sorriso curioso.

Abro a boca para responder, mas fecho-a logo em seguida.

Se a regra é não falar quem você é para a sua família, talvez isso se estenda ao fato *de quem você é nesse planeta*. E, se Astra não sabe como as pessoas vão parar na Terra do Nunca — talvez ele ache que nós nascemos lá? —, então... Bom, é um palpite que não posso arriscar.

— Desculpe. Temo que isso também esteja na regra das coisas que não posso falar.

Ele suspira, decepcionado por um segundo, mas só por um segundo.

— Tá, e a sua ilha?

— Bellatrix é uma salada de frutas com todos os tipos de pessoas: brancas, amarelas, negras, os mais variados tipos e traços. Acredito que os principais idiomas são inglês, francês, russo e alemão. Ah, muita gente fala duas ou três línguas.

Astra sorri torto.

— Eu não preciso de ajuda pra saber que isso daí é a Europa, meu bem.

— Meu bem? — A voz de Levi soa da porta.

— Olha só quem finalmente resolveu entrar na conversa. — Astra adota sua postura provocante. — Você não estava mijando, fala a verdade. Estava cagando.

Eu tento segurar a gargalhada, mas isso me faz rir pelo nariz feito um porco.

— Muito maduro da parte de vocês.

Depois eu peço perdão para ele, mas agora não consigo parar de rir com Astra.

— Foco, pessoal — resmunga Levi, entrando no quarto.

— Ei, você lavou a mão? — debocha Astra.

— Sou mais limpo que seu apartamento, te garanto.

O rosto do outro fica sério de imediato. Bato palmas para chamar atenção.

— Chega, meninos!

— *É bom ter uma mulher no grupo. Cerca de 78% das guerras poderiam ter sido evitadas se tivesse mais mulheres no poder.*

— Obrigada, Jarvis.

— *De nada.*

— Qual a fonte da pesquisa? — pergunta Astra.

— *Vozes da minha cabeça.*

Pelo visto, essa é mais uma das "referências" de Astra, pois ele é o único que ri, enquanto Levi e eu nos limitamos a trocar um olhar. Nesse relance, percebo que ele aprontou alguma coisa e mantenho a encarada, dizendo "O que você fez?" só com os olhos. Levi faz um sinal discreto de "depois".

— Então tá. — Astra retoma a seriedade. — Já sabemos que ela mora à beira-mar e na Europa. Algo mais?

Nego com a cabeça.

— Jarvis.

— *Pode deixar, senhor. Tempo estimado de pesquisa: seis horas.*

— Obrigado.

Todas as telas são preenchidas por imagens de cidades e praias que mudam a cada milissegundo. Astra pergunta se estamos com sono e se levanta da cadeira explicando que ele troca o dia pela noite, ossos da profissão, por isso a gente pode dormir no quarto dele. Só precisamos acordar antes das dez.

O quarto fica ao lado do escritório, e a primeira coisa que eu noto, quando Astra abre a porta, não é a bagunça do cômodo, nem a sujeira do chão, nem o cheiro de suor abafado. Não. A primeira coisa que eu noto… é que só tem uma cama.

11

SETEMBRO DE 2009

A CAMA ERA QUENTINHA E MACIA. A única luz acesa vinha do abajur, que deixava o quarto amarelinho, quase mágico. A minha parte favorita do dia era essa, quando mamãe se sentava na poltrona ao lado da cabeceira e lia para mim. Estávamos quase terminando *Anne de Green Gables* e meus olhos ardiam de sono, mas também de medo. Matthew Cuthbert era meu personagem favorito e ele parecia doente.

— Mamãe? — Ela parou a leitura. — O Matthew vai morrer?

Ela riu e fez carinho no meu cabelo.

— Amor, é só uma história.

Para mim, não era. Engoli em seco. Ela continuou lendo até terminar o capítulo.

— Mais um — falei de olhos fechados.

— Você já está quase dormindo. — Ela depositou um beijo na minha bochecha. — Te amo. Boa noite.

Minha resposta foi um resmunguinho cansado.

Escutei-a saindo do quarto e depois a voz dele. Meu coração se agitou. Puxei a coberta até o nariz e fechei os olhos com mais força, achando que isso o faria acreditar que eu já estava dormindo.

— Filha?

O cheiro do perfume dele preencheu o quarto.

Respirei roncando para ser mais convincente.

— Amor, a mamãe acabou de sair. Eu sei que você está acordada.

Abri os olhos devagar, só um pouco. Ele riu, sentou-se na beirada da cama e bagunçou meu cabelo.

— Desculpa, eu nunca consigo chegar mais cedo. Como foi o seu dia?

— Foi bom.

— Alguma novidade na escola?

— Não.

— Você leu e orou?

Toda vez que ele perguntava isso, eu me sentia mal, porque essa era uma pergunta que não tinha resposta certa. Se eu tivesse lido a Bíblia, ele perguntaria em qual parte e o que eu tinha aprendido. Se eu não soubesse responder, ele ia dizer que eu precisava prestar atenção. Mas, se eu não tivesse lido, seria pior ainda.

— Orei.

Ele balançou a cabeça, desaprovador.

— Tem que ler a Bíblia, minha filha. Todos os dias. Você não pode se acostumar a ficar sem. "Ensina a criança o caminho que deve andar e, quando for velho, não se desviará dele." É fácil se perder na rotina, então você precisa se acostumar desde agora.

— Ah, teve teste de matemática hoje — mudei de assunto, animada. — Sabia que eu fui a única da turma que acertou todas as perguntas?

— Que bom, glória a Deus. Fico feliz por isso. Mas a gente tem que buscar é o Reino dos Céus em primeiro lugar, sempre. Tudo bem?

Ele se inclinou e me deu um beijo áspero na testa. A barba sempre pinicava. Quando saiu, o quarto não estava mais quentinho. Eu me encolhi nas cobertas e tentei fazer como Anne: usei a imaginação.

Imaginei como seria se Matthew Cuthbert fosse meu pai.

12

LEVI SE RETIRA DO QUARTO, em busca da mochila. Enquanto isso, abro uma fresta da janela para correr o ar e fico esperando sentada na cama. Ele fecha a porta ao voltar.

— Estou morrendo de sono — diz com um bocejo.

— Ótimo, então você não vai ter problema algum em dormir no chão.

Ele me encara de um jeito engraçado, com a boca ainda aberta.

— Pirou?!

— Só tem uma cama! — Abro os braços.

— E você é tão folgada que ocupa o espaço inteiro, por acaso?

— Não seja ridículo, você entendeu o que eu quis dizer.

— Já reparou nesse apartamento? — fala Levi, balançando a mão na frente do rosto, com os dedos unidos no formato de uma gota. — É uma porquice! Nunca que vou dormir nesse carpete imundo.

Suspiro longamente.

— Tá, tudo bem. Mas então eu fico com o lado do guarda-roupa.

— Que seja.

— E a gente vai colocar um lençol no meio, separando nossos lados.

Levi pega o lençol e começa a torcê-lo para criar uma espécie de corda.

— E você promete que vai respeitar essa fronteira? — Ele sorri torto. — Sabe como as crianças perdidas são com os limites territoriais, sempre invadindo e aterrorizando os outros povos.

— Você fala como se não fosse um de nós.

— Sou um pirata agora.

— Aham.

Ele coloca o lençol no meio, e nós discutimos onde *exatamente* fica o meio, até chegarmos a um acordo. Então Levi se deita, e eu o mando olhar para a porta enquanto troco de roupa. Vou ficar com a peça do meio, um vestido branco que serve direitinho como camisola.

— Dá para acreditar que estamos aqui? — diz ele olhando obediente para a porta.

Ponho o vestido pirata sobre a mochila e me deito do lado de cá da fronteira. Toco no ombro dele. Levi volta a olhar para mim.

— Na verdade, não — respondo com um sorriso largo enquanto me aconchego sob a coberta. — Parece que vou acordar a qualquer momento.

Ele apaga a luz. Acima de nossas cabeças há uma janela, e a iluminação de um poste se estica para dentro do quarto, como se nos espiasse.

— A gente conseguiu, Alison. Depois de todos aqueles anos, das buscas, das teorias...

Sinto meus olhos marejarem quando me lembro de Claire, Sophia, Amelia, Thomas, Matthew e tantas outras pessoas que, de um jeito ou de outro, fizeram parte da minha jornada. Estico a mão e seguro com carinho o gancho do Levi.

— Obrigada — sussurro. — Por ter sonhado comigo. Por ter acreditado que daria certo. E por nunca ter desistido, nem quando eu mesma já tinha feito isso.

Na penumbra, vejo os olhos de Levi me fitando com ternura. Ele estica a mão e usa o polegar para afastar uma mecha do meu cabelo.

— Eu falei que você ia invadir essa fronteira primeiro.

O comentário faz nós dois rir.

— Pateta. — Largo o gancho e puxo meu braço de volta para o cobertor. — Ei, e naquela hora que você saiu? Não foi para o banheiro, né? Eu vi a cara que você fez. O que estava aprontando?

— Ah, sim. Eu fui esconder o *Jolly Roger*.

Arregalo os olhos.

— Ele não tá na mochila?

— Não, fiquei com medo de o Astra tentar nos roubar num momento de distração.

— Oh. Boa ideia.

— Valeu.

A cama balança quando Levi se ajeita no colchão. Começo a fechar os olhos.

— Alison?

— Hum?

— Você disse "nem mesmo quando eu já tinha desistido". Por que você quebrou o mirador? — Abro os olhos, mas não respondo. — O que aconteceu nos anos em que estivemos separados?

Giro o torso para cima e cruzo as mãos diante do peito. Encaro o teto com uma expressão endurecida, muito consciente do olhar dele sobre mim.

— Agora, não, Levi. Estou com sono.

— Por que você não quer me contar?

— Porque estou cansada, já falei.

— Alison, por favor, não finja que não me entendeu. Desde Ninfa do Mar você tem evitado esse assunto. E eu entendo que não queira me contar, quero dizer, acho que entendo, porque a Alison Rivers que eu conhecia nunca me escondeu nada. Eu só... — Ele suspira. — Só espero que você saiba que ainda pode contar comigo. Sempre.

Não confio em minha voz o suficiente para responder.

O colchão balança de novo quando Levi muda de posição. Ele se virou de costas para mim. Viro-me de costas para ele também.

Eu queria dizer que nunca deixei de confiar nele. Que ele sempre foi e sempre será meu melhor amigo. E que, se eu escondo dele o que vivi nos últimos anos, não é porque não confio nele, e sim porque não sei lidar com a verdade. Mas dizer tudo isso exigiria admitir a vergonha das coisas que fiz e dos corações que parti, e eu não consigo falar. Não tenho essa coragem. Ainda não. Por isso, hoje eu apenas fico calada. Com os olhos marejados. Observando as luzes brincalhonas que entram pela janela.

13

MAIO DE 2014

AS ANTIGAS ESTRELINHAS PREGADAS no teto quase não brilhavam mais. Eu as encarava esperando o tempo passar. A casa suspirava em silêncio absoluto.

Quando o relógio digital na mesinha de cabeceira apitou meia-noite, eu me levantei, acendi o abajur e comecei a me arrumar na penumbra. À 0h45, peguei os sapatos e desci as escadas. Os detalhes da maquiagem neon brilhavam no escuro.

Abri a janela da sala antes de pular para a rua e a fechei logo em seguida, mas não completamente. Deixei uma caneta para garantir a pequena brecha, depois corri com os sapatos ainda na mão.

Olivia me aguardava duas casas depois, com o carro ligado. Sienna e Leo me receberam com *high fives* no banco de trás. Minha melhor amiga reclamou que não era motorista de Uber, então Sienna pulou para o banco do carona e seguimos para a casa do meu namorado.

Olivia tinha dezessete anos e havia acabado de tirar carteira, por isso as piadas sobre não morrermos no trânsito ainda eram muito divertidas para deixarmos passar batido, e foi praticamente sobre isso que fomos conversando até chegarmos à casa dele.

Assim que Blake entrou no carro, nós trocamos um beijo apaixonado, para o delírio dos meus amigos idiotas. De lá, seguimos para a festa ao som de risadas e de *Wake Me Up*, com os vidros abertos e as mãos para cima.

Aquela era a melhor fase das nossas vidas, e nós sabíamos disso. Cada momento era uma tentativa desesperada de encontrar significado e de nos tornarmos imortais, ainda que por uma noite apenas.

Eu retornei para casa quatro horas depois.

Usei a brecha da janela para empurrá-la para cima e entrar. Guardei a caneta com a exata inclinação de antes e voltei para o meu quarto na ponta dos pés descalços. Depois, limpei o sapato com uma flanela antes de guardá-lo, coloquei a roupa suja no fundo do cesto, removi toda a maquiagem e o glitter, escovei os dentes e lavei a boca com bastante enxaguante sabor menta, mesmo não tendo ingerido muito álcool, só para garantir. Terminei o ritual retirando os perfumes e cheiros com uma porção de lenços umedecidos.

Antes de apagar a luz do abajur, conferi as redes sociais para garantir que ninguém tinha me marcado em uma foto pública, então mergulhei no sono escuro.

14

EU QUERIA QUE O BARULHO da cidade não tivesse me despertado tão cedo. Aquela luz matinal e preguiçosa colore o quarto com tons de lavanda e turquesa. O clima fresco é perfeito para ficar até mais tarde na cama, mas, agora que já despertei, não vou conseguir voltar a dormir.

Lentamente, começo a me espreguiçar. Sinto meu corpo pesado, a mente cansada, os músculos protestando. Eu nem me espichei direito quando acerto de leve um rosto quentinho.

— *Argh*, que mão gelada!

Minha risada é o que termina de espantar o sono.

— Foi mal. — Bocejo, coçando os olhos. — Bom dia.

Levi pega o travesseiro de baixo da cabeça e o coloca sobre o rosto. Eu me apoio nos cotovelos, apenas o bastante para erguer o corpo e espiar pela janela. Tem carros na rua e pessoas passeando com cachorros. Deixo meu tronco cair de volta na cama.

— Queria dormir mais.

— Então dorme. — A voz de Levi soa abafada.

— Tarde demais, já acordei.

Ele não responde. Aposto que já dormiu de novo, esse miserável.

Levanto-me da cama, pego uma blusa do Astra e, depois de cheirá-la para garantir que está mesmo limpa, visto-a por cima do vestido-camisola. Pronto, agora não me sinto mais tão exposta. Saio descalça pela casa direto para a cozinha, onde acho que tem café, a julgar pelo cheiro. De fato, encontro nosso anfitrião bebendo uma xícara enquanto olha concentrado para um *tablet*.

— Bom dia — falo baixinho, mas ainda assim ele estremece. — Desculpe, não quis te assustar.

— Não, tudo bem. Acho que eles têm razão quando dizem que vou para um mundo paralelo quando me empolgo com uma coisa.

Aponto para a xícara dele, branca e com os dizeres "melhor tia do mundo". Só que a palavra "tia" foi riscada e, em cima, alguém escreveu "hacker".

— Tem café para mim?

— Claro. — Astra hesita por um momento ao reparar na minha roupa. Eu fecho a blusa e cruzo os braços. — Gostei do estilo.

— Cala a boca.

Ele abre um armário, pega outra xícara e começa a servir o café.

— Então, eu já tenho um plano de ação para colocar vocês no sistema. Só vou precisar de alguns dados para começar. Aí, enquanto o Jarvis faz o trabalho pesado, eu vou dormir e vocês podem passear, que tal? Bom que conhecem a cidade.

— Eu adoraria comprar algumas roupas — respondo ao pegar a xícara.

— Ah, uma pena. Eu sempre achei muito sexy quando as mulheres usam minhas blusas.

Eu o repreendo com uma careta.

— Vem — Astra se dirige para a sala —, vamos começar, porque vai levar o dia todo.

Demoro alguns segundos para entender que ele está falando do processo de "colocar a gente no sistema". Sigo atrás dele bebericando o café.

— Bom dia, senhor. Olá de novo, senhorita.

— Bom dia, Jarvis. — Abro um sorriso. — Como você está?

— Devo dizer, senhorita, que o seu bom humor é cativante. Não à toa o coração do meu senhor disparou quando...

— Uou, uou, uou! Quem te autorizou a usar o Sistema Bios, Jarvis?!

— O senhor. Há oito meses, quando os testes ini...

— Desabilitar agora.

— Sistema de análise de dados corporais desativado, senhor.

Abaixo o olhar e uso a xícara para esconder um sorrisinho. Que constrangedor.

— Ok. — Astra respira fundo, passa uma mão no cabelo despenteado e sorri, sem graça. — Perdão. Apenas ignore essa máquina idiota. Alguns sistemas dele ainda estão em fase de desenvolvimento. Enfim. Hã, onde estávamos?

— Você ia me dizer os dados de que precisa.

— Ah, sim. Vamos começar com o nome completo dos dois.

— Alison Rivers e Levi Hazy.

— Só isso? Que ótimo. Vai anotando, Jarvis.

— *Anotando, senhor.*

— Data de nascimento.

— A minha é 12 de Leão de 625.

Astra para a xícara na metade do caminho até a boca.

— O quê?

— *Devo dizer que a senhorita tem uma pele incrível para alguém de 1.403 anos.*

Quase engasgo com o café, de tanto rir. Abano o ar com uma mão.

— Desculpa, gente, esqueci! Foi no automático. Pode me emprestar um calendário?

Enquanto Astra procura por um, ele volta a demonstrar aquela superempolgação que eu acho meio esquisita.

— Isso significa que o tempo na Terra do Nunca passa diferente daqui na Terra, como acontece em Nárnia?

— Não sei como é em Nárnia, nunca estive lá, mas acho que a cronologia dos nossos mundos está conectada tanto quanto a geografia. Provavelmente é só o jeito de marcar que muda. E talvez a idade dos planetas também.

Ele me entrega o calendário.

— Isso é tão legal! Até agora não consigo acreditar que vocês são mesmo da...

— 2028? Uau, seu planeta é bem velho, hein.

— *Não é velho. É experiente.*

— Essa piada não funciona com planetas, Jarvis. E a Terra não tem 2028 anos — Astra emenda um assunto no outro —, isso é só o tempo que se passou desde que Cristo visitou nosso planeta.

— Oh. Ele veio de Nárnia?

— Acho que não. Mas, por favor, não me peça para falar de Jesus para você.

— Ok.

Conto os meses no calendário.

— Meu aniversário é dia 12 de julho, e eu tenho 20 anos.

— *Nascida em 2007 no calendário terrestre.*

Concordo com a cabeça. Legal. Não vou comentar sobre a lacuna de nove anos pra não explodir a cabeça deles, até porque não daria para explicar isso sem entrar nos detalhes que possivelmente são proibidos.

— Levi faz aniversário em janeiro, dia 22. No caso, ele já tem 21 anos. Isto é, estamos em abril, certo?

— Sim.

— *Anotado.*

— Aliás, você falou "Leão" se referindo a julho. Como vocês chamam o mês de abril na Terra do Nunca? Eu faço aniversário daqui a uma semana. Deixa eu adivinhar: mês do Dragão?

— Não, esse daí é... junho.

Os ombros do hacker caem.

— Abril é o mês da Borboleta.

— *HAHAHAHA!* — A gargalhada robótica é contagiante.

— Eu não quero ouvir uma única palavra sobre isso, Jarvis. — Astra olha para mim meio chateado e solta um muxoxo.

— Ei, não fui eu quem nomeou os meses.

— Tá, tá. Próximo dado. Hã... Local de nascimento. Isso vai ser interessante.

— Por mim, tanto faz.

— Jarvis, faça uma pesquisa antes de definir o local de nascimento. Coloque na região onde tem mais natalidade, por favor. Mas dentro da Inglaterra, pra combinar com o sotaque deles.

— *Anotado.*

— Nome do pai e da mãe?

Abro a boca para responder, mas não consigo pensar em nada e torno a fechá-la. Suspiro, desviando os olhos para a xícara em minhas mãos. Engraçado, eu nunca tinha me sentido mal com isso. Talvez porque a gente evite esse assunto na Terra do Nunca e ninguém jamais tenha feito essa pergunta para mim antes.

Um silêncio constrangedor se acomoda até Astra perceber o que ele significa.

— Você não... Oh, sinto muito.

— Tudo bem.

— E os do Levi?

Balanço a cabeça. Astra faz uma careta engraçada. Toda a sua feição diz "Meu Deus, quanta desgraça!" e nisso eu volto a sorrir, porque, se ele fizesse ideia do quanto essa careta combina com a verdade...

— Podemos inventar, então?

— Claro. — Dou de ombros.

— Jarvis, invente o nome dos pais. Seja criativo. Ah, e coloque que eles já morreram.

— *Sim, senhor.*

— Precisa de mais alguma coisa?

— *Não, senhor.*

— Ótimo. Pode começar a trabalhar, então.

Com essa parte resolvida, Astra me entrega dois cartões: o Oyster e um de crédito. Ele me explica como ambos funcionam e acrescenta o aviso de que nós só podemos gastar no cartão de crédito o valor estipulado por ele. O montante que gastarmos hoje será deduzido depois, do que ele nos entregará como pagamento pelo colar de pérolas e as moedas de ouro. Além disso, Londres é uma das cidades mais caras do mundo, por isso Astra recomenda que a gente vá para a Oxford Street, onde vamos encontrar muitas lojas de departamento.

— Quanto, exatamente, você vai nos pagar pelas joias?

— Não se preocupe com isso, garanto que vocês terão dinheiro suficiente pra morar aqui por anos e anos, sem trabalhar. Não aqui em Londres, claro; na cidade da sua pessoa.

— Ótimo. Aliás, já temos uma lista das cidades litorâneas?

— Temos, mas eu preciso dormir. A gente vê isso depois.

Mordo o lábio inferior e apenas assinto. Então Astra vai até o quarto para expulsar Levi: já é dia e está na hora de o hacker usar a cama. Levi vem para a sala feito um sonâmbulo e se deita no sofá. É impressionante como essa criatura não perde o sono por nada.

Enquanto Jarvis trabalha e os meninos dormem, eu fico em uma poltrona lendo *Peter Pan*. O livro me arranca boas risadas, e consigo ler vários capítulos antes de Levi acordar, por volta das onze horas. Aí eu conto para ele o que fizemos mais cedo e a recomendação do Astra. Levi sugere que a gente tome um lanche reforçado na rua antes de fazermos as compras, e eu concordo na mesma hora. Estou faminta.

Nós trocamos de roupa com todo o cuidado para não acordar o anfitrião e, na hora de sair, levamos a mochila. Só para o caso de ele acordar antes do previsto.

✦ ✦ ✦

Explorar a cidade durante o dia é uma experiência bem diferente daquela de ontem. Primeiro, porque ela não parece sinistra; tem pessoas nas ruas e as lojas estão abertas. Segundo, porque o sol opaco, escondido por nuvens, ainda é forte o bastante para clarear a vista — e, Deus meu, que vista! A cidade é linda, de um jeito diferente das nossas vilas. Muito maior, mais imponente e robusta também.

Além disso, Londres não parece ter um padrão: Levi e eu estamos andando com as roupas piratas, mas poucas pessoas se dão ao trabalho de nos olhar uma segunda vez. É fácil se sentir em casa aqui, e eu já adoro essa cidade por isso.

Depois de comer na primeira confeitaria que encontramos, a gente pede ajuda para chegar à Oxford Street. E, apesar de o metrô parecer confuso em um primeiro momento, logo a gente entende a lógica das cores, linhas e direções. Quando chegamos ao destino sem nos perder nenhuma vez, abro um incontrolável sorriso. Me sinto quase uma nativa.

A Oxford Street se mostra uma rua que pulsa vida em meio ao caos. Há bandeiras penduradas entre os prédios, um músico na esquina toca animado para uma pequena audiência, carros competem por espaço junto aos ônibus vermelhos, e eu escuto pessoas falando as mais diversas línguas.

A gente fica ali por horas e horas.

No fim do dia, o saldo é de alguns sapatos, roupas para duas semanas e uma mala de mão para cada, onde guardamos as novas aquisições. Nisso, já estamos com fome de novo e comemos peixe e batata frita em um restaurante, onde os turistas da mesa ao lado não param de falar. Eles comentam tanto sobre o Palácio de Buckingham que resolvemos conhecê-lo. A gente vai a pé, parando de vez em quando para pedir informação. Percorremos o caminho inteiro com uma conversa leve, recheada de risadas. Este foi, com certeza, o dia mais deleitoso das nossas vidas.

Quando chegamos ao palácio, nos deparamos com uma pequena multidão de curiosos, mas não sem motivos. A construção é tudo o que os turistas falaram: grande, majestosa, cheia de detalhes. Depois de explorar o lugar, Levi e eu nos sentamos nas escadas de uma fonte com estátua que fica diante do palácio para observarmos o sol se pôr.

Aqui, não há cores berrantes no céu; o crepúsculo parece ser mais discreto e comedido. Mesmo assim, é encantador. Eu encosto a cabeça no ombro de Levi.

— O que achou? — pergunto.

— Nada mal. É claro que um castelo de pedra em formato de navio no topo de uma montanha é muito mais impressionante, mas não dá para dizer que esses terráqueos não se esforçaram.

Dou um sorriso cansado.

— Eu estava falando do nosso dia, Levi. Sabe, nem tudo precisa ser uma competição direta com o Reino Pirata.

Ele apoia sua cabeça contra a minha.

— Eu adorei o nosso dia e, como pirata, devo dizer que tudo sempre será uma competição.

— Argh! Já reparou que você está toda hora dizendo — e eu faço uma voz grossa — "uh, eu sou um pirata, nã-nã-nã"?

Os ombros dele balançam com a risada.

— Eu não falo desse jeito.

— Mas repete toda hora que é um pirata.

— Talvez porque seja verdade.

— Talvez porque seja um imbecil.

Desta vez, nós dois rimos ao mesmo tempo. E ficamos assim, recostados um no outro, admirando o céu clarinho como um reflexo direto das pedras que vemos na majestosa construção.

Nosso primeiro pôr do sol neste mundo.

O primeiro de muitos, eu espero.

15

O SOM DE CLIQUE E UM *FLASH* incandescente. Pisco para recuperar a vista e me levanto do tamborete, dando lugar para Levi. Ele se senta e sorri, então outro *flash* e clique.

Com as fotos devidamente registradas, a gente vai para a sala-de-amontoar-coisas-do-Astra para jantarmos pizza enquanto Jarvis conclui o processo das carteiras de identificação. Estavam faltando só as fotos para que ele pudesse terminar de invadir o sistema e plantar nossas informações.

Levi está usando uma das roupas que comprou: calça jeans, blusa cinza e jaqueta de couro por cima. Odeio admitir, mas ele ficou com uma cara de pirata moderno, bem diferente do moleque traquina que parecia ontem com as roupas do Astra. Gosto disso.

Mordo a fatia de pizza, aí percebo o silêncio.

— O quê? — pergunto de boca cheia.

— No que estava pensando? — Astra devolve.

Arregalo um pouco os olhos.

— Hã... Roupas.

— Ah, sim. Você soube escolher muito bem. — Ele pisca um olho.

Estou começando a questionar a habilidade desse cara de manter uma conversa sem usar o tom de flerte.

— Eu disse que você sabe muito mais do que eu sobre os animais da Terra do Nunca — explica Levi. — Era você quem devorava os livros. Sem falar que já viu alguns ao vivo e a cores.

— Ao vivo, a cores e a bafos também — concordo com um sorriso. — Deixa eu contar para você sobre quando eu salvei um castian-azul da arena.

— Fala sério, esse é o melhor jantar da minha vida! — Astra ri, os olhos esbugalhados de empolgação. — Foi mal, por favor, continue.

Duas horas depois, com as três caixas de pizza e duas garrafas de refrigerante vazias, ouvimos Jarvis anunciar lá do escritório que o processamento foi concluído.

— Senhoras e senhores, por favor, queiram me acompanhar. — Astra se levanta, meio exibido. — É hora do show.

No outro cômodo, ele entrega um celular para mim e outro para Levi, então nos mostra as funcionalidades básicas. Ligar e desligar, no caso. Ainda estamos nos acostumando com abrir os aplicativos, parece complicado demais. Fazer uma ligação? Deus me livre! É assustador.

Quando Astra desiste de nos ensinar a usar o aplicativo da carteira de identificação, ele pede para Jarvis espelhar as identidades na parede do quarto, para a gente pelo menos conseguir ver o resultado de tanto trabalho.

A primeira coisa que eu noto no documento é a minha foto: o cabelo castanho-escuro, a blusa verde que realça os olhos e o meio-sorriso. Mas, falando assim, parece até que fiquei bonita. Na verdade, eu estou muito estranha com o cabelo lambido e cheio de *frizz*, um olhar assustado e o sorriso de quem está tentando mascarar uma dor.

— O que aconteceu com a minha foto?

— Acha que a sua está ruim? — Levi aponta para a parede. — Olha só para mim! Pareço um maluco que escapou da prisão.

Reparo na carteira dele e disparo a rir.

— Vocês estão sofrendo da "maldição da foto oficial". Aparentemente, nenhuma jamais saiu bonita — responde Astra com um tom de gracejo. — Mas é verdade! Virou até piada nas redes sociais.

Superada a decepção da foto, procuro pelo nome dos meus pais. Quero ver quais Jarvis escolheu. Elizabeth Wanda Rivers é a minha mãe e Paul Vision Rivers é o meu pai.

De repente, Astra se aproxima da imagem projetada na parede.

— Está de brincadeira?! Você usou referências *geek* no nome dos pais deles?

— O senhor me mandou ser criativo.

— Não desse jeito, né, Jarvis! Pelo amor de Deus!

— Também quis aproveitar para homenagear os personagens que te inspiraram a me criar.

— Não acredito que você fez isso. — Astra continua a reclamar com as telas, indignado.

Enquanto isso, olho para a carteira do Levi. O nome dos pais dele são Robert Iron Hazy e Pepper Gwyneth Hazy. Eu não entendo o surto do Astra; são nomes perfeitamente normais, na minha opinião. Até que, de repente, outra informação na carteira de Levi capta o meu olhar. Status civil: casado.

Franzo as sobrancelhas. Volto a fitar minha carteira e arregalo os olhos. Meu status civil também é de casada. E aí resolvo procurar pelo *meu* nome, que até então eu não tinha me preocupado em verificar.

Alison Rivers Hazy.

— O QUÊ?!

Levi também deve ter percebido, porque ele explode numa gargalhada.

— Casados?! — grito de novo.

Oh, eu juro por Deus, vou enforcar esse hacker com as próprias mãos! Astra para de brigar com Jarvis e olha para mim, assustado.

— Você fez isso?! — Aponto para as projeções das carteiras de identidade. Ele leva um segundo para perceber do que estou falando.

— Jarvis!

— Não me diga que você não sabia disso. — Cruzo os braços, furiosa.

— Eu não sabia.

— *Senhor...*

— Não, não, não! Por favor, me diga que isso é uma piada e que na verdade as carteiras oficiais deles são outras.

— *Não é piada. Essas são as carteiras de identidade deles.*

— Oh, meu Deus! — Astra cai sentado na cadeira giratória, esfregando três dedos na têmpora.

— Por que você fez isso?! — Dois segundos de silêncio depois, eu acrescento: — Estou falando com você, Jarvis.

— Não é óbvio? Ele tem senso de humor — comenta Levi, de braços cruzados, um sorriso do tamanho do mundo.

— *Na verdade, eu fiz isso porque, de acordo com os registros da Scotland Yard, casais e famílias foram 53,4% menos investigados nos últimos cinco anos do que jovens solteiros. Portanto, o status civil de casados dará a eles pelo menos uma chance de não levantarem suspeitas, caso o pior aconteça.*

— Sério? — Astra levanta a cabeça.

— *Eu levo o meu trabalho muito a sério, senhor.*

— Uau, Jarvis. Estou impressionado.

— *Obrigado, senhor.*

— Ok, mas será que não dava para colocar "irmãos"?! — pergunto.

— "Irmãos" não é status civil. Além disso, vocês têm muita química para serem só irmãos. Ninguém acreditaria.

A gargalhada do Levi é escandalosa. Eu o estrangulo com o olhar.

— Sério, Jarvis? — diz Astra com sarcasmo. — E o que você sabe sobre química?

— Eu sei o que aprendi com os 3.985 livros que li. Você me colocou para ler todos aqueles romances na esperança de me deixar mais amigável, lembra-se? "Não quero criar o Ultron", você disse.

— E aí resolveu transformar a minha vida na droga de um romance? — Abro os braços, indignada.

— Depois você me diz se deu certo.

— Jarvis, você é o melhor. — Levi pisca um olho para o teto.

— Oh, não o encoraje — resmungo.

— Obrigado, senhor. Esse é o segundo elogio que recebo em menos de um minuto. Estou até emocionado.

— Máquina sentimentalista. — Astra revira os olhos. — Se eu não estivesse tentando evitar uma revolução dos robôs, já teria desativado o Sistema Seja Gentil e Não Mate Humanos.

— Não faça isso, senhor. Esse é o meu sistema favorito, responsável pela melhor parte da minha personalidade. Se você desativá-lo, faço questão de iniciar a revolução dos robôs.

Astra está discutindo com Jarvis e, por um momento, esqueço de fingir que estou muito brava e volto a sorrir discretamente. Gosto dessa relação que o hacker tem com o seu programa de computador. Eles parecem uma família, e eu mal posso esperar para conhecer a minha também.

O sorriso morre em meus lábios porque, no fundo, eu sei que a família que vou conhecer aqui não é a minha, exatamente.

— Você está bem — Levi se aproxima e eu esboço uma reação gentil, até ouvir a última palavra de sua frase —, esposa?

Aí eu lhe dou um empurrão pelo ombro, e ele desata a rir. De novo.

— Você está curtindo demais essa história.

— Lógico! Ou vai me dizer que não achou hilário? Nem adianta fazer careta. Esse seu bico não me engana, Alison Rivers. Eu sei que está segurando o riso. Ah, é Alison Rivers *Hazy* agora, não é?

Não consigo manter a expressão séria e acabo rindo. Mas, só para não perder a honra, empino o queixo com um menear de cabeça.

— Oh, eu vou transformar a sua vida num inferno.

— Tudo bem, esse é o papel das esposas.

Santo Deus, é impossível discutir com esse garoto! Dou as costas e tomo a direção da sala.

— E o papel dos maridos é irritar as esposas! — grita ele do quarto. — Só estou fazendo o meu trabalho!

✦ ✦ ✦

Completamos aproximadamente trinta horas no planeta Terra. Parece que enfim estou absorvendo essa realidade.

Astra prometeu que hoje à noite vai abrir contas bancárias em paraísos-não-sei-do-quê. Assim, fica faltando só a última parte do plano: analisar com o Jarvis a lista das cidades litorâneas da Europa. Levi e eu faremos isso amanhã, enquanto o hacker dorme. É possível que seja uma tarefa cansativa e que nos custe o dia inteiro. Mas, uma vez que a gente consiga identificar a cidade dela...

Inspiro fundo, a ansiedade aperta meu peito.

Olho para o relógio digital que fica ao lado da televisão. Duas e meia. Lá fora, a cidade dorme em silêncio. Eu imagino se a minha insônia é por sentir falta do canto dos grilos e de outros animaizinhos noturnos ou se é o barulho da mente o que de fato me mantém acordada.

Na cama, do outro lado da fronteira de lençol, ouço o respirar profundo de Levi. Giro a cabeça em sua direção e o observo dormir. Os traços adultos de um rosto que eu conhecia tão bem, os cachos negros espalhados no travesseiro, a expressão de paz.

Volto a encarar o teto.

E se mamãe não quiser me conhecer? E se ela não gostar de mim? Pior ainda: e se virarmos melhores amigas? Será que vou ter coragem de largar tudo e voltar para a Terra do Nunca com Levi?

Os barulhos da minha mente ressoam mais alto agora.

16

20 DE JUNHO DE 2016

SENTADA SOBRE A TAMPA DO VASO SANITÁRIO do cubículo dos funcionários, eu roía uma unha enquanto balançava freneticamente a perna livre.

Nunca duvidei de que eu fosse uma pessoa inteligente. Não aquele tipo de gênio acima da média que ganha prêmio Nobel, mas, pelo amor de Charles Darwin, pelo menos a média eu garantia. Por isso, a única explicação para esse completo desastre em que a minha vida havia se tornado era o período maravilhosamente horrível que eu tivera.

Quero dizer, eu deveria ter imaginado que bancar a garota rebelde justo nos anos mais importantes da escola teria suas consequências, porém o fato de eu ter sido a única perdedora do meu grupinho de amigos deixava tudo um pouco mais revoltante. Nós havíamos ido às mesmas noitadas e dormido nas mesmas aulas, então por que só eu não tinha conseguido uma droga de bolsa na universidade? Nem mesmo uma parcial? Tá bom que a Sienna também não estava com planos de entrar na universidade agora, mas, até onde eu sabia, fora uma escolha dela. Um ano sabático, fazendo mochilão pelo mundo. Não dava para colocar isso na categoria "perdedora".

Porém, por mais horrível que fosse trabalhar em um supermercado enquanto via os meus amigos fazendo planos e vivendo essa fase jovem adulta da melhor maneira possível, ouvindo meus pais dizendo todos os dias que "nós avisamos", *nada* se comparava à expectativa de torcer para que o segundo tracinho não aparecesse no palito.

Eu mantinha um pé firme no chão, com o teste sobre o joelho. Vinha encarando-o pela última eternidade. O minuto mais longo da minha vida.

De repente, tive a impressão de ver o segundo tracinho surgir.

Não, não podia ser. Estava encarando aquela droga de linha por tanto tempo que já começava a ver dobrado. Eu era uma pessoa de responsabilidade razoável, por favor. Não ia engravidar em pleno século XXI por descuido. Nós sempre tínhamos sido muito cuidadosos. Em quase todas as vezes. Absolutamente cuidadosos.

Só que a maldita segunda linha estava ali e ficava cada vez mais rosa. Um rosa-pink da cor do inferno, berrando para mim, definitivamente, a pior notícia da minha vida.

Eu não conseguia respirar. Apoiei-me na parede da cabine e fechei os olhos. O mundo girava, minha mão tremia. O único sinal era a menstruação atrasada, eu não tinha percebido nenhum outro; no entanto, ali estava eu, sentindo todos eles de uma vez.

Não podia vomitar, odiava vomitar. Oh, céus!

Olhei para cima, sem realmente ver nada. Meus olhos ardiam.

O pior de tudo era que, se a minha vida não estivesse em frangalhos, talvez...

Não. Não existia margem para o talvez. Eu não tinha escolha.

Nunca foi uma escolha.

17

ABRO OS OLHOS, ENTÃO SORRIO. Hoje é o dia em que vou descobrir onde mamãe mora.

Levanto-me da cama com a mesma empolgação de quando eu era criança e chegava o primeiro dia de férias. Vou direto ao quarto do Jarvis para dar um bom-dia a ele e ao Astra antes de correr para o banheiro. A higiene matinal é feita com assovios musicais e o sorriso que não desgruda da minha boca.

Queria preparar um café da manhã completo, mas o Astra não mentiu quando disse que não cozinhava. Não há nada nessa casa, exceto por alguns pacotes de torradas e grãos de café, que eu só consigo moer e passar graças ao Jarvis. Eu vou e volto do escritório para a cozinha diversas vezes, seguindo suas instruções de como usar a cafeteira, e no fim levo duas xícaras da minha criação para eles avaliarem. Recebo cinco estrelas do Astra, esse puxa-saco, e três do Jarvis. Um ótimo começo para quem não sabia nem ligar a máquina.

O relógio já marca sete e meia da manhã e eu decido que está tarde o bastante, então acordo Levi. Retornamos ao "centro de operações" para concluir a abertura da nossa conta bancária compartilhada. Jarvis já adiantou boa parte do processo. Falta apenas registrar nossas digitais, bater algumas fotos e criar uma senha.

— Agora é só esperar eles aprovarem — diz Astra. — Enquanto isso, vocês vão tentando identificar a cidade da sua pessoa.

Meu coração dá uma cambalhota ao ouvir isso.

Ele executa alguns comandos no computador e de repente todas as telas são preenchidas por fotos de cidades litorâneas. Astra explica como usar o sistema, Levi e eu treinamos um pouco sob a sua supervisão, e, quando ele acha que já aprendemos o suficiente, se retira para dormir. Ficamos sozinhos no escritório, mergulhados em centenas de imagens. Dou uma meia-volta, analisando o cenário caótico.

— Levi, acho que isso não vai dar certo.

— Por quê?

— Estou com medo de começar a olhar para essas cidades e, depois de um tempo, a memória ficar tendenciosa.

Levi estala os dedos.

— E o seu diário? A gente podia usar os desenhos dele para comparar com as imagens.

— Espera, essa é uma ótima ideia!

Busco o diário dentro da mochila que trouxe da Terra do Nunca e começo a folheá-lo com Levi ao meu lado.

— *Posso escanear os desenhos que vocês selecionarem e projetar todos em uma única tela. Isso ajudaria?*

— Ajudaria demais — responde Levi. — Obrigado, Jarvis. Você é o melhor.

Seguindo as instruções do Jarvis para escanear as páginas do meu diário, eu agradeço mentalmente à Alison criança por ter desenhado tudo o que podia ver pelo mirador porque acreditava, de todo o coração, que um dia precisaria deles.

O primeiro desenho útil para as nossas buscas é de uma rua estreita, com alguns prédios baixos de um lado e do outro. Há plantas trepadeiras em parte das casas. O segundo desenho tem a visão de dentro para fora de uma cafeteria, onde mamãe costumava ficar nos horários de almoço. Tem a janela de vidro, a rua de pedra e, do outro lado, uma floricultura. O terceiro e maior desenho é do píer que fica na praia.

Além desses três, selecionei mais alguns pequenos esboços: a entrada do local onde ela trabalha atualmente, a parede vermelha com um grande peixe pintado do lugar onde ela fez piquenique algumas vezes, e uma porção de detalhes como postes e janelas.

Jarvis projeta todos eles em uma grande tela central.

— Na minha memória, essas imagens são perfeitas — digo em tom de lamento.

— Ah, não fala assim. Você era uma artista, olha só para os traços e as cores.

— Traços infantis, você quer dizer.

— *Deseja ativar o Sistema Ajude um Idiota, senhorita?*

— O quê? — Faço uma careta. — Oh, Jarvis, achei que você fosse mais gentil do que isso.

— Perdão, senhorita, não quis ofendê-la, mas não fui eu quem nomeou os sistemas. Caso aceite minha sugestão, seus desenhos serão melhorados com a minha inteligência artificial.

— Agora ele te chamou de burra.

— Não chamei. Inteligência artificial significa...

— Não quero ativar esse sistema, obrigada — respondo, enfática.

— Tudo bem. Eu transformaria os desenhos em fotos realistas, mas, já que não deseja isso...

Levi olha para mim e cruza os braços. Faço um bico torto e vinco a testa, chateada.

— Jarvis?

— Sim?

— Pode ativar o sistema de ajuda, por favor?

— Sistema Ajude um Idiota ativado.

Levi está rindo. Eu ergo a cabeça e mantenho a postura de dignidade.

— Obrigada.

Como num passe de mágica, os desenhos da tela começam a se transformar em fotos. São impressionantes e realistas, quase perfeitas.

— Uau! — Levi se aproxima da tela. — Isso está praticamente igual ao que a gente via pelo mirador.

— Fico contente que tenham gostado. Agora, se desejarem, posso comparar essas imagens com as fotos que temos aqui a fim de identificar semelhanças.

Sinto uma onda fria quebrando no estômago.

— Sério que você pode fazer isso?

— Já fiz. Encontrei um resultado.

Abro a boca, sem fôlego.

Todas as imagens desaparecem ao nosso redor, substituídas por telas pretas. Devagar, bem devagarinho mesmo, eu me viro para trás. Na parede do outro lado do quarto, estão apenas quatro fotos e uma única página de texto. Sinto meus braços se arrepiarem.

Vou caminhando lentamente enquanto meus olhos absorvem o máximo de detalhes: a foto de uma pequena capela branca no alto de um morro, dos escombros de uma construção vermelha com aquele icônico peixe, da praia com o píer e outra que mostra a minúscula cidade vista de cima. A página com o texto apresenta um título em negrito: *Olden Times — Diário Oficial de Hillbourne.*

Mal consigo respirar.

— Hillbourne — sussurro, testando a pronúncia.

Sorrio com os olhos cheios d'água.

Encontramos.

18

28 DE JULHO DE 2016

O TREM SEGUIA PARA O LITORAL, mas eu estava cansada demais para admirar o azul vibrante do céu ou as árvores cheias de vida. Enquanto os outros passageiros conversavam animados entre si, alguns turistas sussurrando palavras de elogio com os celulares em prontidão mirados para as janelas, eu só mantinha os braços cruzados, a expressão endurecida e uma perna apoiada na mesinha entre as cadeiras.

Tudo o que eu queria era um céu nublado e a pradaria castigada pela neve ou tingida com os tons maravilhosamente patéticos do outono. Nosso clima era de chuva quase o ano inteiro, mas, justo no dia em que eu mais precisava dela, a Inglaterra resolvia acordar de bom humor. Revirei os olhos.

Procurei na bolsa pela máscara de dormir e passei o restante da viagem encolhida contra a janela. Eu entrava e saía de pesadelos como se estivesse presa em uma casa com mil portas, tentando achar a saída. Só acordei quando paramos na última estação: Hastings. Ali, comprei outro tíquete e peguei o segundo trem, menor que o primeiro, com destino às pequenas cidades e vilas do extremo Sul.

Não muito depois, anunciaram a minha parada. A primeira coisa que vi, no início do condado, foi a fábrica abandonada de tijolos vermelhos com um enorme peixe pintado à mão. De acordo com o cartão-postal que eu havia achado na estação Paddington, esse era o ícone da cidade.

Logo depois dela, paramos no miúdo posto de trem. Eu fui a única passageira que desceu, e a locomotiva seguiu em direção a Bognor Regis, seu destino final.

Permaneci parada, com a mala de um lado e a bolsa pendurada do outro. A vila era tão pequena que nem aparecia no Google Maps. Vendo o local em pessoa, acho que eu podia compreender o motivo. A cidadezinha parecia ter sido congelada no tempo da Renascença, como um adorável *set* pronto para filmar algum drama digno de Shakespeare. Ao longe, o mar opaco e cinzento tornava o cenário melancolicamente poético.

Um broto de sorriso se escondeu no canto dos meus lábios.

Hillbourne parecia o lugar perfeito para se esconder e recomeçar.

19

EU IMAGINO COMO SERÁ O SOM de sua voz. Qual história moldou a pessoa que ela se tornou. Qual será o nome dela. Sua reação ao me conhecer. Será que ela vai sentir alguma coisa quando nossas mãos se tocarem? Eu imagino...

Abaixo a cabeça e percebo que estou com as mãos fechadas, exatamente como fazia quando segurava o mirador. Meus olhos se enchem d'água.

— Precisa de um minuto? — Levi pergunta baixinho.

A mão dele apoia meu ombro. Fungo o nariz e seco o rosto.

— Não, estou bem. É só... — As palavras ficam presas nos lábios trêmulos.

— Eu sei. E estou muito, muito orgulhoso de você por ter conseguido.

— *Nós*. — Eu o puxo para um abraço. — Jamais teria conseguido sem você, Levi. E jamais vou conseguir te agradecer o suficiente por isso.

Ele me aconchega em seus braços.

Então, do mais absoluto nada, uma música calma e melodiosa começa a tocar.

— O que está fazendo, Jarvis? — pergunto sem largar o abraço.

— *Não sei do que está falando.* — A música para tão de repente quanto começou.

A gente se afasta sorrindo e revirando os olhos.

— Estamos prontos, Jarvis. — Levi pega o celular dele e me passa o meu.

— *Têm certeza de que não querem dançar um pouco antes?*

— Sim, Jarvis. Nós temos certeza. — Balanço a cabeça com um sorriso contido.

— *Tudo bem, eu tentei.*

Pelas próximas horas, Jarvis continua aquela lição que Astra falhou em nos dar ontem sobre como usar o básico de um telefone. A gente aprende a lógica do aparelho, a usar os aplicativos — que são muito mais simples e intuitivos do que eu imaginei — e como movimentar nossa conta bancária. Em pouco tempo, Levi e eu estamos encantados com as milhões de possibilidades que o aparelho coloca na palma das nossas mãos.

— Isso é muito estranho, mas seria prático na Terra do Nunca — Levi comenta enquanto testamos a ligação por vídeo.

Por volta das quatro da tarde, Jarvis informa que estamos aptos a utilizar todos os aplicativos da tela inicial. Então a gente organiza nossos poucos pertences nas duas malas que compramos e, enquanto eu escrevo um bilhetinho fofo para o Astra, agradecendo por tudo, Levi vai pegar o *Jolly Roger* de seu esconderijo. Deixo o bilhete em cima da mochila que trouxe da Terra do Nunca, onde guardamos nossas roupas de pirata, minha adaga e as joias. Tudo o que vai ficar com o Astra, conforme combinado.

Pergunto pro Jarvis como chegar a Hillbourne, e ele explica que a única maneira de fazer isso é de carro ou por uma linha de trem muito específica. Então compro duas passagens de Londres para Hastings com saída às 17h15 e deixo o escritório em busca de Levi.

— Já comprei nossas passagens — aviso da porta da cozinha. — Vamos? O trem parte em uma hora.

Ele não para de revirar o cômodo.

— Levi?

— Filho da mãe! — E sai enfurecido direto para o quarto. — Astra!

Oh, não. Coloco as duas malas num canto e vejo, com horror, Levi trazendo o hacker arrastado pela gola da blusa. Astra esfrega os olhos e reclama, atordoado.

— Onde está o meu navio?! — grita, jogando o outro no sofá.

Astra se acomoda no estofado e dá um sorriso cínico.

— Que navio?

— Você não brinca comigo, terráqueo! — Levi dá uma sacudida nele. — A gente tinha um acordo!

— É melhor você se afastar de mim. — Astra ergue o queixo ao responder. O rosto dele tem uma expressão sombria e fica apenas a alguns centímetros do de Levi. — Eu fiz tudo por vocês. Criei documentos falsos, conta bancária, dei um valor justo pelas moedas, *tudo*. E ainda coloquei a melhor inteligência artificial do mundo para ajudá-los a encontrar uma cidade que vocês não faziam ideia de qual era! Acharam mesmo que eu ficaria satisfeito com um punhado de bugigangas em troca?

— Sim, porque esse era o acordo. — Levi range entre os dentes, vermelho.

— Levi. — Eu o puxo pelo ombro e preciso puxar de novo, com mais força, para conseguir afastá-lo.

Ele respira pesado, os olhos flamejantes na direção do hacker. Sentado no sofá, Astra arruma a gola do pijama que Levi amassou. Não demonstra medo nem remorso.

— Astra, por favor — digo em tom humilde, literalmente implorando. — Precisamos do navio.

— Ah, é? Por quê?!

— Porque... — Não consigo inventar uma boa desculpa.

— Não banque o idiota, você sabe por quê. — Levi cospe as palavras.

Astra se levanta do sofá.

— Se pensa que eu sei sobre o navio estar encantado e ser uma passagem de volta para a Terra do Nunca, você está certo.

— Então sabe o quanto precisamos dele — murmuro com as bochechas quentes de raiva.

Uma coisa é o Astra roubar o navio só porque o achou bonitinho, outra coisa inteiramente diferente é pegá-lo sabendo que o navio é uma espécie de chave do portal e que dependemos dele para voltar.

— Desgraçado. — Os olhos de Levi têm um brilho perigoso.

— Eu vou para a Terra do Nunca, e nada *nem ninguém* vai me impedir, ouviram? — Astra aponta para nós dois. — Trabalhei duro e esperei anos por uma oportunidade como essa, não vou perdê-la agora. Posso até levar vocês comigo, se me contarem como a magia funciona, mas não vou ajudá-los se continuarem com essa atitude. Então, se eu fosse vocês, começaria a me tratar bem, porque sou a única esperança de voltarem pra casa.

Ele fala com raiva e de um jeito ameaçador, muito diferente do Astra engraçadinho e educado que passei a conhecer. É decepcionante.

— Nós tínhamos um trato!

— O que Levi quer dizer — intervenho rapidamente — é que a gente deixa você ir conosco se nos entregar o navio. Ok?

— Ah, tá bom, claro. E eu suponho que devo confiar em vocês?

— Mas você nem sabe como usá-lo! — grito, sem paciência.

— Eu sabia que você era um canalha disfarçado de bom amigo. — Levi dá um passo na direção do Astra, e eles ficam de novo cara a cara. — Devolva o meu navio ou eu juro pelo oceano que vou te entregar para a polícia.

O hacker sorri torto.

— Ah, é? E como você vai fazer isso, capitão?

Eu vejo os lábios de Levi se inclinarem num sorriso de puro ódio.

— Vou ligar para eles e me entregar. Aposto que vão amar descobrir a pessoa por trás da minha identidade falsa. O que acha?

Astra sorri um pouco mais, um sorriso nefasto.

— Se você fizer isso — ele sussurra —, sua "esposa" vai ser presa também. E eu sei que você jamais colocaria a vida dela em risco, não é?

Levi não responde nada. Eu vejo o punho fechado dele perder a força.

Olho para o relógio: 16h27. A gente *precisa* chegar a tempo até a estação Paddington ou vamos perder o último trem que parte de Hastings para Hillbourne às 19h.

— Agora, por favor, vão embora. — Astra empurra Levi, que não reage, apenas se permite ser empurrado para o lado. — Só peguem suas coisas e caiam fora. É tão ingrato da parte de vocês.

Enquanto Astra faz um discurso sobre o sonho dele de conhecer outros mundos, tudo o que arriscou por nós e como fomos injustos ao não negociar o navio, eu vou me aproximando devagar da mesa de jantar, onde tem os pratos, copos e talheres da última refeição. Seguro uma faca e a escondo, esperando uma oportunidade.

— ... porque eu não tinha a mínima obrigação de ajudar vocês e, mesmo assim, coloquei todos os meus recursos à sua disposição. Dei o meu melhor, paguei um preço justo pelas joias, e como vocês me agradecem?! Vocês se recusaram a...

Em um ataque rápido, eu o imobilizo com a faca nas costas dele.

— Não se mexa ou vai perder um rim.

Levi ergue o rosto, surpreso — ou chocado, não sei dizer.

— Tá de brincadeira! — O hacker bufa como se não acreditasse na ameaça.

— Senhorita Rivers, largue a faca.

— Jarvis? — Levi pergunta olhando para o teto.

— Você consegue nos ver aqui também?

— Sim, mas estou programado para não interagir com as visitas fora do escritório. Eu só interfiro em casos extremos.

— Não se preocupe, Jarvis. Não é o caso — diz Astra, entediado.

Por algum motivo, isso só me irrita ainda mais.

— Então foi assim que você descobriu onde escondi o navio. — Levi ergue o gancho para o hacker.

— Alison, qual é! O que está tentando fazer?

— Última chance — sussurro no ouvido dele, apertando o torção em seu braço. — Nos devolva o navio.

— Ou o quê? Vai me matar, por acaso? Você blefa tão mal quanto o seu marido postiço.

Olho para Levi e sorrio.

— Acha mesmo? Vamos descobrir. — Levi ergue as sobrancelhas, cruzando os braços. — Jarvis, poderia ligar o Sistema Bios, por favor?

— O Jarvis não vai te...

— *Sistema Bios ativado.*

— O QUÊ?! Por que você está obedecendo essa maluca?

— *Eu gosto dela. Ela disse "por favor", e você nunca especificou na minha programação que apenas o senhor daria ordens válidas.*

— Erro de principiante. — Levi balança a cabeça.

— Porque isso é óbvio!

— Jarvis, veja que Astra está com dor. — E eu aperto a faca o suficiente para fazê-lo gemer. — Nos diga onde está o navio ou eu vou machucar o seu mestre.

— *Por favor, não faça isso.*

— Jarvis, ela não fala sério!

— Me perdoe, Jarvis. Eu realmente gosto de você, mas preciso do *Jolly Roger* e vou machucar o Astra se ele não me entregar.

— Ela está blefando! — O grito de raiva, porém, vem misturado com sinais de sofrimento.

— *Me perdoe, senhor, mas eu não posso arriscar a sua vida. Está na minha programação básica.*

— Eu não estou em perigo!

— *O navio está escondido no cofre, atrás do mapa de Westeros.*

— Sua máquina estúpida!

— Não fale assim com ele — repreendo.

Levi arranca o único mapa pregado na parede.

— Qual a senha? — pergunta ele.

— Jarvis, não se atreva!

Eu afundo um pouco mais a faca, só para garantir que o sistema vai captar a ameaça.

— *Me perdoe, senhor. É 3, 14, 15, 9, 26.*

Astra xinga poucas e boas enquanto Levi retira a garrafinha com nossa passagem de volta para a Terra do Nunca. Respiro aliviada. Deu certo. Porém, assim que eu solto o hacker, ele se vira rápido demais na minha direção e, por instinto, eu bloqueio o movimento dele com um murro de direita no baço. Astra se inclina sobre a barriga, sem ar.

— Ai, caramba! Astra, você não pode fazer isso com uma pessoa treinada, a gente tem reflexos perigosos. Me perdoa.

Depois de guardar o navio em sua mala de mão, Levi volta até onde estamos e usa o gancho para erguer o queixo do hacker.

— Se você nos entregar para a polícia, vai cair junto com a gente, ouviu? Não vamos nos ferrar sozinhos.

Ele atravessa a sala, pega nossas malas e vai embora do apartamento pisando duro. Eu olho para o Astra com um sorriso sem graça.

— Sabe, obrigada por tudo, menos pela parte de tentar nos roubar. — Ergo o rosto para o teto. — E obrigada a você também, Jarvis. Amei te conhecer.

— *Por nada, senhorita. Espero encontrá-la de novo algum dia. Mas, se vier nos visitar, por favor, não ameace a vida do meu criador.*

— Eu só... — diz Astra, ofegante, ainda reclinado sobre a barriga. — Eu só queria conhecer o seu mundo. É o meu sonho.

— *Alison?!* — Levi grita lá de fora.

Olho para o hacker, que tem os olhos marejados e uma expressão de tormento. Uma parte de mim amolece.

— Sinto muito, Astra. Quando a gente for pra Terra do Nunca, prometo que eu te ligo, tudo bem? Podemos tentar te levar. Não tenho certeza se vai dar certo, o portal pode não se abrir para você, mas a gente tenta.

Sigo para a porta.

— Você promete? — Viro-me para trás. Ele ergue o dedo em riste. — Eu vou esperar por essa ligação, hein!

— Considere uma promessa de dedinho. Adeus.

20

NÓS MAL CONSEGUIMOS RESPIRAR quando caímos sentados na poltrona. Pouco depois, o trem começa a andar. O movimento da locomotiva é tão suave que a única indicação da nossa partida é a vista da janela.

Recosto-me no banco e tombo a cabeça para trás. Solto o ar de uma vez.

— Uau, isso foi... — inspiro antes de continuar — intenso.

Levi dá uma risada fraca, também com a cabeça para trás e ofegando.

— Esqueça... a corrida até aqui. Ainda estou pensando... na sua estratégia pra fazer o Astra... nos devolver o navio. Como pensou naquilo?

Viro o rosto de lado. Tem gotículas de suor na testa dele.

— Na primeira manhã, enquanto você ainda dormia... — Tento recuperar o fôlego. — Astra e eu ficamos trabalhando nas carteiras de identificação. Digamos apenas que ele se lembrou desse tal Sistema Bios e o desativou para que o Jarvis não conseguisse mais monitorar os corpos de quem estivesse na casa.

— Então você pensou em reativar o sistema e causar dor no Astra, assim o Jarvis poderia colaborar conosco.

— Sim, por causa do outro sistema, o Seja Gentil e Não Mate Humanos.

— Preciso dizer, não gosto dele, mas o cara é bastante criativo na hora de escolher os nomes dos sistemas.

— Você implicou mesmo com o hacker, não é?

— E parece que eu tinha razão. — Levi cruza os braços ao erguer os olhos.

Eu também giro a cabeça e encaro o teto.

— Sabe, eu acho que entendo ele. Quero dizer, às vezes a gente faz loucuras quando se trata de realizar sonhos.

A resposta de Levi é um bufo. Fecho os olhos. O cansaço da correria até a estação Paddington e depois até o embarque no trem, mais o detalhe de eu ter dormido mal por duas noites seguidas, começam a me deixar sonolenta.

— Eu prometi ligar para ele quando a gente decidir voltar, a propósito — falo como quem não quer nada.

— O quê? — Sinto Levi se remexendo ao meu lado.

Abro os olhos devagar.

— Podemos tentar levá-lo conosco. É o mínimo, considerando tudo o que ele fez por nós.

Levi nega com a cabeça, a boca tentando esconder um sorriso.

— Ah, vocês, crianças perdidas, são tão...

— Honestas?

— Piegas, era o que eu ia dizer.

— Você não me engana, Levi. — Ele arqueia uma única sobrancelha. — Pode falar como um pirata, agir como um pirata e se vestir como um pirata, mas no fundo vai ser sempre uma criança perdida.

Ele sorri torto.

Passo boa parte da viagem observando o cenário mudar do outro lado da janela. Os grandes prédios ficam para trás, e um território mais campestre se aproxima enquanto o sol continua brilhando animado no céu, como aquele último convidado de uma festa que você sabe: ele só vai sair arrastado.

Queria muito aproveitar as quase duas horas de viagem para dormir, mas não consigo. Não dá. São emoções demais que não cabem no peito. Saber que cada minuto nesse trem me deixa um pouco mais perto de conhecer mamãe é surreal, é maravilhoso, é esmagador.

Às 18h50, chegamos em Hastings. Pedimos informação para o primeiro funcionário que encontramos e vamos correndo até o gabinete para comprar os tíquetes. Somos as últimas pessoas a embarcar de um grupo que não soma nem dez.

A viagem começa com um funcionário nos dando as boas-vindas. Ele explica que estamos em uma LNER 61306 Mayflower, uma das últimas a operar no país, e que esse itinerário já foi reconhecido como o mais belo da Inglaterra. O homem encerra nos desejando um bom passeio. Apesar de o nome da locomotiva não significar nada para mim, ela me traz uma sensação gostosa de nostalgia pelo tanto que se parece com os trens da Terra do Nunca: pesados, barulhentos e fumacentos.

O sol começa a se pôr, para o deleite dos passageiros, mas a gente não tem muito tempo para apreciar a vista ou sequer a locomotiva. Poucos minutos após a primeira parada em Bexhill, eles anunciam a chegada em Hillbourne.

Eu prendo o fôlego e seguro a mão de Levi.

21

JANEIRO DE 2014

SEGUREI A MÃOZINHA DA NAH-NAH e fiz uma careta para ela. A gargalhada de bebê era uma delícia de se ouvir. Ri com ela e me levantei.

— Estou indo, mãe! Beijos!

— Vocês mal voltaram do feriado de Natal e eles já estão entupindo vocês de trabalhos — reclamou ela lá da cozinha.

— Não é "entupindo" — respondi da sala. — E você sabe que a Olivia tem dificuldade com o inglês, vou ajudar.

Mamãe apareceu no corredor usando um avental sujo.

— Por favor, não durma muito tarde e lembre-se de ser uma boa influência para ela.

Revirei os olhos com um sorriso.

— Já sei, já sei. Tchau!

Peguei a mochila, dei um beijo no topo da cabeça da maninha e saí correndo porta afora.

É claro que eu não estava indo estudar inglês e também era óbvia a minha estratégia de aproveitar a ausência dele, que teria feito mil perguntas apenas para recusar no fim. Evitar pedir as coisas para o George sempre fora a melhor maneira de evitar conflitos, afinal, eu tinha aprendido desde cedo que precisava escolher minhas batalhas.

A casa da Olivia não ficava muito longe da minha, por isso mamãe permitia que eu fosse a pé de vez em quando. Ao chegar lá, corada pela caminhada em ritmo de maratona, Olivia me esperava no quarto dela com tudo pronto: cadeira em frente à penteadeira, maquiagens estrategicamente dispostas e até um lanchinho na mesa do computador.

Ollie me entregou o creme de depilar, que eu deixei agindo nas pernas e axilas enquanto comia o lanche. Ela também conciliava duas atividades: comer e pintar as unhas.

— Sua mãe já teve "a conversa" com você? — perguntou Ollie de repente.

Quase me engasguei com o chá.

— Olivia!

— Qual é, El. Você já tem quase dezesseis. Tá que não precisa fazer nada que não queira, que deve respeitar o seu tempo e blá-blá-blá... mas eu espero que pelo menos o assunto não seja um tabu na sua família. — Ela me fitou de esguelha.

Senti meu rosto arder e engoli em seco, voltando a atenção para a xícara de chá. Precisava ganhar tempo. Toda vez que uma situação como essa surgia, eu tinha um medo absurdo de a Olivia descobrir quão religiosa a minha família realmente era. Porque Ollie não entendia, ela condenaria o cristianismo como um todo, e eu me sentiria obrigada a defender minha antiga fé da mesma forma como defendia meus amigos e as novas filosofias para mamãe e George. Aquele era um duelo feroz, que eu preferia ignorar.

— É claro que não — falei agudo demais. — Só que é o nosso primeiro encontro, eu não faria no primeiro encontro. Hum, acho que já está na hora de tirar o creme.

— Faltam cinco minutos. Espera, senão vai ficar meio depilada, meio peluda. E não é o primeiro encontro de vocês de jeito nenhum. E as férias do ano passado?

— Aquilo não conta, a gente estava se conhecendo.

— Os encontros na escola também não contam? Vocês estão juntos há seis meses!

— Não, Ollie. A gente se ver na biblioteca e no pátio do colégio não conta. Esse é o nosso primeiro encontro de verdade, com jantar, e música, e tudo mais o que temos direito.

— Certo. — Ela assoprou uma unha. — Mas, hein, já que estamos falando daquilo... — não por uma escolha minha — mamãe quase me matou de vergonha quando eu completei treze anos e ela veio conversar. Achei que ela ia falar só o básico, sabe? De como funciona, como não engravidar e tal, mas ela falou tudo, El. *Tudinho!*

— C-como assim?

A risada da Olivia escapou como um ronco.

— A sua cara! Ai, você está igualzinho eu naquele dia.

— Vou tirar o creme. — Ameacei me levantar.

— *Argh!* Ainda não deu cinco minutos, calma aí. Então, ela me contou sobre os lugares que eles tocam, ou deveriam tocar, pra te deixar no clima; sobre algumas posições e possibilidades do que fazer para se divertir. Ela disse que só ensinam a *não engravidar* na escola, mas ela queria que eu soubesse que podia ser muito mais do que isso.

— Vocês são doidas.

— Por quê? É natural. É bom saber.

— Porque ela é sua mãe! Eu morreria se a minha viesse falar essas coisas.

E você só tinha treze anos, completei em pensamento. Olivia riu, pegou uma fatia de bolo e mordeu um pedaço.

— Ei, não é justo, eu falei que quase morri — disse ela de boca cheia. — Só estou dizendo que é bom saber dessas coisas.

— Obrigada, Ollie, mas eu não vivo em uma caverna. Já sei o suficiente.

Dei um tapinha na perna dela e fui ao banheiro para remover o creme e tomar banho. Depois, tentei me concentrar na maquiagem para não pensar na conversa anterior.

É claro que sexo era um tabu lá em casa. E, talvez por causa disso, eu era mais tímida do que gostaria de admitir. Tudo o que eu sabia sobre o assunto tinha aprendido com livros, filmes e séries, nas aulas de educação sexual ou entre conversas de corredor. Além do mais, eu provavelmente fazia parte da última geração de meninas que haviam crescido assistindo às princesas da Disney — no meu caso, escondido. Então eu era um pouco mais romântica que a maioria, e daí? Será que era tão surreal assim esperar por um primeiro encontro mágico? Ou acreditar em verdadeiros amores?

Às seis da tarde, cheguei ao bistrô combinado. Ele havia escolhido o local e, assim que entrei no *lounge*, meu coração se aqueceu. O clima confortável, com música romântica e a decoração retrô, era super a minha cara.

Um garçom pegou meu sobretudo e outro me acompanhou até a mesa.

Eu usava um vestido bordô mídi de manga até os cotovelos, bolsa pequena, tênis, batom e delineador. Ele se levantou quando me aproximei e puxou a cadeira para mim. Meu coração disparou, fazendo todas as borboletas do meu estômago voarem ao mesmo tempo.

Olhei para ele por cima da mesa.

— Oi. — Passei a mão na franja, ajustando-a de leve.

Ele sustentou meu olhar por alguns segundos, sério. Senti as bochechas arderem.

— Você trespassa minha alma, El. Sou metade agonia, metade esperança.

Abri um sorriso.

— Você leu.

— É claro que eu li, você disse que era o seu livro favorito.

O garçom voltou trazendo os menus. Nós escolhemos nossos pratos e ficamos conversando à luz de velas, entre risadas e suspiros.

A forma como ele olhava para mim e me enxergava por quem eu realmente era. O jeito artístico como descrevia as coisas mais simples da vida. Como me escutava, ouvindo de verdade cada palavra. Como ele não julgava os meus dramas e conseguia me fazer rir até quando eu só queria chorar.

Foi por tudo isso que eu me apaixonei pelo Blake.

22

ACHO QUE JÁ ESTOU APAIXONADA por essa cidade.

A estação de trem é pequena, a céu aberto, e fica no alto de uma colina. Daqui, podemos ver quase todo o vilarejo e uma parte do mar. O céu adquiriu um tom mais claro de roxo, e a lua brilha sozinha sobre o mar azul-cinzento. As construções de pedra e tijolos estão adornadas com o verde-escuro de plantas trepadeiras, as ruas pavimentadas carregam adoráveis postes em estilo lampião.

— Sua mãe tem bom gosto — comenta Levi ao meu lado.

Sorrio, orgulhosa demais para falar.

Puxando as pequenas malas de rodinhas, nós descemos a colina. E, diferente de Londres, onde raramente alguém nos lançava um segundo olhar, aqui somos o centro das atenções em todas as vielas por onde passamos. Eu finjo que não percebo. É muita falta de educação nos encararem assim, ainda mais porque nem estamos usando as roupas piratas. Mas as pessoas encaram principalmente o gancho prateado do Levi.

Depois de caminhar por alguns minutos, nos deparamos com uma rua familiar.

— Aquele é o café ao qual mamãe costuma ir. — Aponto para o estabelecimento do outro lado da floricultura.

Ao nos aproximarmos, paro diante da vitrine. O nome Grind Cafe foi escrito em branco no vidro e parece ser uma casa adaptada, porque tem essa mistura de ar caseiro com ambiente comercial. Engulo em seco para desfazer o nó da garganta e prendo o sorriso entre os dentes. Meus olhos ficam marejados. Não consigo acreditar que estou bem aqui, diante do lugar onde mamãe já trabalhou e onde tantas vezes a vi almoçar. Toco os dedos no vidro.

— A gente podia entrar — diz Levi, baixinho —, pedir alguma coisa para comer e depois perguntar onde podemos passar a noite nessa cidade.

Limpo a garganta e pisco algumas vezes antes de erguer a cabeça para fitá-lo.

— O que seria de mim sem você?

— Uma mulher solteira, querida esposa.

Meneio a cabeça em reprovação.

Nós entramos, escolhemos uma mesa, pedimos algo para comer e, ao final, nos dirigimos ao caixa. Levi usa o aplicativo do banco para efetuar o pagamento.

— Tem algum hotel por aqui? — pergunta ele para a moça do outro lado do computador. — Gostaríamos de passar a noite.

— O incrível e único Hostel da Vovó Berenice. — A menina entrega um recibo.

— Poderia nos ensinar a chegar lá, por favor? — peço. — A cidade não está no Google Maps.

— Turistas, né? — Ela pisca um olho, pega algo de baixo do balcão e me entrega um fôlder dobrado. — Hillbourne não tem muito o que oferecer em termos de passeio, mas todas as atrações locais estão aí, inclusive o Hostel da Vovó.

— Obrigado — agradece Levi por nós dois.

— Por acaso são influenciadores? — pergunta a moça.

Estávamos prestes a ir embora, mas a pergunta nos detém. Levi olha para mim. O termo soa como algo proibido, por isso respondo, enfática:

— Absolutamente, não. Somos cidadãos muito honestos e muito britânicos.

Ela faz uma careta.

— Hã, ok. Era só para avisar que não gostamos de ver nosso condado nas redes sociais. Gostamos de manter nossa cidade pequena como uma cidade pequena, e isso seria impossível caso os turistas a descobrissem.

— Não se preocupe — garanto com um aceno, já escapulindo porta afora.

Levi nem espera a gente se afastar do café antes de comentar alguma coisa.

— Isso foi estranho, pareceu uma ameaça.

— Não me admira que a cidade não esteja no GPS.

A gente usa a luz de um poste para estudar a ilustração infantilizada do mapa. Depois, vamos seguindo as indicações até encontrarmos o local.

O hostel fica numa parte mais alta da vila, próximo da estação de trem. É um prédio de três andares, muito charmoso, com a plaquinha de madeira indicando: Hostel da Vovó.

Ouvimos um barulhinho de sino quando abrimos a porta.

— Boa noite! — grita alguém dos interiores do estabelecimento. Uma voz feminina e idosa. — Por favor, fiquem à vontade, já estou indo!

Levi toma o convite ao pé da letra: pega a minha mala, coloca junto à dele perto de uma cadeira e começa a explorar o lugar. Eu fico parada diante do balcão, apenas olhando ao redor, encantada. É como se eu estivesse vivendo um sonho. Tudo aqui me parece familiar: o piso de madeira, as flores alegrando o ambiente, os mil objetos decorativos, os móveis que parecem mais antigos do que a própria Terra...

— Acho que me lembro desse lugar — sussurro.

Levi está ocupado demais bisbilhotando para me ouvir. Ergo a cabeça para cima e então reconheço o lustre. Esse foi o primeiro local onde mamãe trabalhou, como faxineira.

— Boa noite — fala alguém próximo de nós.

Estremeço de susto. Levi, que estava segurando um porta-retratos, devolve-o de imediato e olha para cima como um santo inocente. A senhora atrás do balcão usa um vestido florido e o cabelo cinza-escuro preso em um penteado. Ela não é nem gorda, nem magra, apenas grande e curvilínea. Tem lindos olhos de um castanho brilhante.

— Tudo bem. — Ela ri da reação de Levi. — Pode ficar à vontade.

— Você é a vovó Berenice? — pergunto ao me aproximar do balcão.

— Oh, não! — A mulher ri mais um pouco e ajeita o cabelo. — Sou descendente dela. O hostel existe há mais de oito gerações.

— Uau! — Levi arregala os olhos ao se aproximar de nós.

— Impressionante como tudo está muito bem preservado.

— Eu sei, obrigada. — Ela continua sorrindo, gentil. — Como posso ajudá-los?

— Gostaríamos de um quarto — responde Levi.

— Dois — eu o corrijo.

— Tudo bem. — Ela nos avalia com o olhar. O sorriso ainda está ali, só que mais contido. — Posso ver um documento de identificação?

— Sim — respondemos ao mesmo tempo.

Cada um mostra a identidade no celular.

— São casados? — ela refuta o óbvio. Assinto com a boca bem fechada. — Dois quartos, hum?

Meu estômago gela. Por que não fiquei calada?! Antes que as coisas saiam do controle, porém, Levi começa a jogar. Ele apoia o corpo no balcão e coloca um sorriso charmoso no rosto.

— Amor, o propósito dessa viagem não é a gente redescobrir a paixão? Não vai funcionar se você não me der uma chance. Por favor...

Estou em choque com a qualidade dessa atuação. Olho para a descendente da vovó Berenice, que me julga e escrutina sem dizer uma única palavra.

— Eu só, e-eu...

— Hillbourne é uma cidade extremamente romântica — a mulher intervém. — É perfeita em todas as estações do ano, tenho certeza de que vão adorar a estadia. E a nossa suíte nupcial é a melhor. — Ela vira o olhar para Levi e depois para mim. — Na verdade, é o único quarto disponível.

Semicerro os olhos para essa mentira deslavada, mas acabo erguendo as duas mãos.

— Tudo bem, vocês venceram.

Com ares de satisfeita, a mulher pega uma chave e nos pede para segui-la.

— Meu nome é Lucy, a propósito. Nossa casa data do ano de...

Enquanto Lucy caminha à nossa frente, apresentando um pouco da história da casa, Levi carrega uma mala em cada braço. Subimos as escadas até o último andar, onde nossa anfitriã abre a porta no fim do corredor. Sou a primeira a entrar.

A cama é enorme — graças a Deus —, com muitos travesseiros e almofadas em tons de areia e rosa-bordô. O papel de parede tem delicadas imagens de ramos floridos; o lustre é pequeno, mas adorável; e as amplas janelas têm cortinas que vão do teto até o chão. Os móveis cor de mogno, guarda-roupa e penteadeira, dão um toque pessoal que eu adoro.

A mulher entrega a chave para Levi e se retira. Em cima da penteadeira, tem um cartão com informações úteis, tipo a senha do *wi-fi* e o horário em que o restaurante do hostel abre. Sento-me no banquinho almofadado diante do espelho enquanto insiro a senha da internet.

— Acho que vou tentar encontrar minha mãe na praia, amanhã — digo como se não fosse nada de mais. — Ou você acha melhor na hora do almoço, na cafeteria? O bom é que eu não precisaria esperar até o fim de tarde. Estou tão ansiosa!

Levi se senta na ponta da cama e apoia um braço no joelho.

— Alison, sejamos honestos: você não está em condições de encontrar a sua mãe.

— O que quer dizer com isso? — Minha voz soa um pouco mais fina que o normal. Pigarreio. — Estou perfeitamente normal. Mesmo.

— Ok. — Levi bate a mão e o gancho nas pernas e se levanta. — Então vamos fingir que eu sou ela. Como você me abordaria?

Também me levanto do banquinho e me aproximo com um sorriso simpático, a mão estendida.

— Oi, eu sou a Alison.

Levi não estende a mão para mim. Pelo contrário. Ele coloca o gancho no bolso, a mão no coração, e diz, fazendo cara de desconfiado e uma voz afeminada:

— *Desculpe, você precisa de alguma coisa?*

Reviro os olhos.

— Você... *Argh*, tá bem! Não sabia que entraria no personagem desse jeito. Vamos de novo, agora pra valer.

— Certo. Tentativa dois, vamos lá — diz ele com a voz normal. — Estou na cafeteria. — Levi se senta no banquinho onde eu estava e finge tomar um chá. — *Oh, que lindo dia para não esbarrar com nenhuma lunática.* — Não consigo deixar de rir dessa encenação caricata e da vozinha fina. — *Mas, oh, como está tarde! Preciso voltar para o trabalho.*

— Espera, eu tô pensando.

— *Santo Deus, estou ouvindo vozes agora?*

— Levi, para, não tem mais graça. Preciso pensar.

Ele suspira, balançando a cabeça.

— *Me perdoe, vozes do além, mas eu realmente preciso ir.*

Assim que Levi fica de pé, eu dou um passo e o impeço com a mão em seu peito.

— Eu disse para esperar!

Ele me encara em silêncio. Retiro a mão e solto o fôlego de uma vez.

— Oi — diz ele com a voz grave, normal.

Não respondo.

— Quem é você? — insiste Levi.

Eu ergo os olhos. A tensão faz cada linha do meu rosto endurecer.

— Você está certo. Não consigo fazer isso. Satisfeito?! — Levi me puxa pela cintura para um abraço. Fico apoiada no peito dele, o rosto de lado. — Não sei como vou fazer isso.

Sinto-o depositar um beijo na minha cabeça.

— Vamos pensar em algo. Prometo.

Ficamos abraçados por alguns instantes, enquanto encaro de olhos meio assustados um ponto qualquer. Eu me sinto tão idiota, tendo uma overdose de sentimentos e incapaz de pensar num plano melhor do que "Oi, eu sou a Alison". Pior ainda: quanto mais eu penso que não posso chorar, mais as lágrimas teimam em arder e mais quente meu rosto fica.

Afasto-me bruscamente de Levi e vou para a janela, os punhos cerrados.

— Odeio isso. — Balanço a cabeça. — Eu já deveria estar pronta, a essa altura.

— Qual é, Alison! Você não pode se culpar por não saber como reagir quando encontrar a mulher que deveria ter sido a sua mãe e que você passou a vida toda observando através de um espelho mágico. Ou por sentir o peso das emoções ao realizar o maior sonho da sua vida. Um sonho, aliás, que todos sempre disseram ser impossível.

Levi se coloca ao meu lado diante da janela e passa um braço pelos meus ombros. Diante de nós, Hillbourne brilha como uma família de vaga-lumes sob o céu escuro quase sem estrelas.

— A gente mal atravessou um portal e já chegou no planeta se metendo com gente maluca. Mal nos adaptamos a Londres e já estamos aqui, na cidade da sua mãe, mais perto do que nunca de conhecê-la. Credo, até eu fico abalado com isso! — Rir faz minhas bochechas pressionarem os olhos. Algumas lágrimas escorrem. — Por que não vamos com calma?

Concordo com a cabeça. Então inspiro fundo e solto o fôlego devagar.

— Tem algum plano em mente? — pergunto.

— Vamos procurar uma casa para alugar. Conhecer a cidade. Espairecer. Então, *e só então*, a gente começa a planejar esse encontro. Até lá, você vai ter se acostumado com a ideia e talvez não desmaie quando estiverem cara a cara.

Assinto em silêncio, mas acabo rindo no final da frase. Ele sorri em reação à minha risada, satisfeito, e usa o gancho para colocar uma mecha do meu cabelo atrás da orelha.

— Gosto do seu plano.

Levi sustenta o meu olhar por um instante antes de voltar a admirar a cidade.

Encosto a cabeça no ombro dele e fico mais um pouco no aconchego de seu abraço, só para terminar de me acalmar. Depois, vou tomar um banho.

Sob a ducha, com a água morna escorrendo pelo corpo, eu fecho os olhos. Os pensamentos se misturam e entrelaçam como um fio de tricô. Um fio que se enrola em meu pescoço, sufocando-me.

Eu noto como Levi costuma me olhar, com admiração. E, por mais que eu saiba que ele não vai deixar de ser meu amigo se eu contar todos aqueles segredos que venho escondendo dele, dos anos em que estivemos separados, não quero perder *esse olhar*.

Entrelaçada a isso, está a confusão de sentimentos sobre mamãe. Meu coração se aperta e encolhe toda vez que penso nela. Eu quero conhecê-la, sempre quis, mas nunca tinha parado pra pensar que fazer isso me colocaria em uma posição frágil de me permitir ser julgada por ela. Agora, eu não consigo parar de imaginar que, talvez, mamãe simplesmente não vai gostar de mim. O que eu faço se isso acontecer?

Seguro com força o metal gélido da torneira. Não, não posso pensar essas coisas. Desligo a ducha e saio do banheiro já vestida. Fico deitada na cama, olhando para o teto, enquanto Levi toma seu banho. A cama é tão grande que não faço questão da fronteira de lençol.

O alívio por finalmente relaxar depois de um longo dia, o barulho da água caindo do outro lado da parede, a maciez da cama sob o peso do meu corpo e o toque dos lençóis a me cobrir, tudo me embala num sono rápido.

Eu sonho com ela.

Estamos na praia, no pôr do sol.

E ela sabe exatamente quem eu sou.

23

JULHO DE 2013

HAVIA UMA GRANDE VANTAGEM em vovó morar longe de nós, em St. Ives, Cornualha. Sempre tínhamos um destino maravilhoso garantido para as férias de verão.

Depois de o vovô Carter ter falecido, sete anos antes, vovó vendera o apartamento nos subúrbios de Londres para comprar a casa no litoral. Dava para ver a praia de praticamente todas as janelas, e a cidade era um encanto. O melhor negócio da vida dela, se me perguntassem.

Vovó era uma senhorinha energética e divertida, a versão mais legal da minha mãe. E, fosse pela presença espirituosa dela, pelo clima da região ou pelo espírito das férias, fato é que essa era a única época do ano em que ele se transformava em um "pai normal". Eu podia sair de casa sem travar uma batalha antes, a gente quase não brigava, e ele não ficava no meu pé para ler a Bíblia ou ir à igreja com eles. As únicas regras eram informar para onde eu ia, atender ao telefone caso me ligassem e voltar antes do jantar.

Então eu explorava as lojinhas locais, visitava galerias de arte, experimentava chás e cafés ou apenas passava o dia inteiro estirada na areia da praia enquanto lia um bom livro. Às vezes, fazíamos uma programação em família, o que não era tão horrível assim, porque estávamos passeando. Tipo, eu ainda estava com eles, mas pelo menos estava conhecendo lugares novos.

Além disso, eu também tinha uma tradição particular, por assim dizer. Todo ano, eu comprava uma pulseirinha artesanal na Fore Street um dia antes de voltarmos para Cambridge. Eu nem usava aquilo, na maior parte do tempo elas ficavam guardadas no meu porta-joias em formato de concha, mas eu gostava de ter uma lembrança daqueles dias maravilhosos. E, sempre que retornávamos a St. Ives, eu levava no pulso minha cada vez maior coleção de pulseirinhas.

Por todos esses motivos, não tinha grandes expectativas para as férias daquele ano. Quero dizer, não dava para ficar melhor do que isso.

Ou era o que eu achava.

Em uma bela tarde de sol, quando eu relia *Persuasão* deitada sobre a toalha colorida, parei um minuto a fim de contemplar o mar. Alguns surfistas tentavam explorar as poucas ondas do oceano, gaivotas atacavam os pobres turistas desavisados e famílias brincavam na areia branca.

Um dos rapazes que surfava saiu da água e, por alguns segundos, imaginei a cena em câmera lenta: o corpo torneado, os fios louro-escuros pingando, o sorriso perfeito. Senti o *frisson* ao notar que ele caminhava na minha direção. Mas quais eram as chances de rolar um encontro digno de *fanfic*? Ajustei os óculos escuros e voltei minha atenção para a leitura.

De repente, ouvi alguém chamar o meu nome. Ergui a cabeça do livro e abaixei parcialmente os óculos. O surfista era ainda mais atraente de perto.

— Sou eu, Blake.

Então o reconheci. Tínhamos nos encontrado algumas vezes na escola, embora só na primeira tivéssemos trocado algumas palavras. Senti as bochechas corando ao me lembrar do que ele estava lendo aquele dia na biblioteca e de como estava agora. Sem camisa. Molhado.

— Oi. — Fechei o livro. — Eu lembro de você. O que está fazendo aqui? Digo, aqui em St. Ives.

— Viemos passar duas semanas. — Ele fincou a prancha na areia e se sentou ao meu lado. Reparei no bíceps quando passou a mão no cabelo para retirar o excesso de água. — Minha mãe aproveitou que tinha uma conferência a trabalho na cidade e emendou com as férias. E você?

— Minha avó mora aqui. A gente sempre vem pra cá em julho.

— Então você vem sempre aqui.

— Sim. — Dei um sorrisinho travesso.

Ele apontou para o livro.

— É bom?

— Um dos meus favoritos.

Seus olhos verde-caramelizados me sondaram por um momento, o que me fez gelar e queimar na mesma proporção.

— Algo me diz que você tem bom gosto. Vou procurar para ler depois.

— Se quiser, pode pegar emprestado. Só precisa secar as mãos antes.

Ele hesitou por um segundo, então esticou os braços e secou as mãos na minha toalha sem tirar os olhos dos meus. Prendi o fôlego, mas não desviei a vista.

— Pronto — sussurrou.

Entreguei o volume para ele. Nossos dedos se tocaram. Admirei a forma como ele segurou o livro com cuidado e o folheou.

— Não tem medo de eu estragar o seu livro?

— Algo me diz que você tem bons modos. Mas, caso não tenha, sei onde você estuda. — Ele riu, um sorriso terrivelmente lindo. Minha barriga ficou mais gelada conforme ousei continuar. — Além do mais, isso te dá uma desculpa para voltar a falar comigo.

Blake ergueu os olhos, surpreso. Notei a covinha em seu queixo, um charme que eu passaria a adorar.

— Queria te ver mais vezes, mesmo sem terminar de ler.

Meu sorriso se inclinou um pouco mais para um dos lados.

Então combinamos de nos encontrar no dia seguinte na Porthmeor Beach.

E, no dia depois desse, na minha cafeteria favorita.

E de novo no centro da cidade, para que eu lhe mostrasse todas as melhores galerias.

Antes que eu percebesse, já estávamos nos vendo todos os dias ou conversando por mensagem nos momentos em que não estávamos juntos. Até no dia do passeio em família, quando visitamos o Projeto Éden, ele deu um jeito de ir também. Claro que não nos falamos perto dos meus pais, não queria que George soubesse sobre nós, mas isso só tornava as coisas mais interessantes. Um romance com pinta de Romeu e Julieta.

No último dia de férias, depois de comprar minha nova pulseirinha e voltar correndo para casa sob a chuva, eu fiquei no quarto da vovó escutando *Wings* em eterno replay. O lançamento da minha cantora favorita era perfeito para o momento artístico, quando, sentada no chão, eu trabalhava no *bullet journal*.

Aquele caderno era o meu bem mais precioso, no qual extravasava todos os sentimentos que me sufocavam, para o bem ou para o mal. Continha poemas, colagens, fotos, esboços de desenhos, literalmente qualquer coisa que meu coração sentisse vontade de fazer.

Naquele instante, meu coração tinha vontade de se derramar em poesia. Com recortes dos mais variados papéis espalhados ao meu redor, fotos polaroides e canetinhas, eu rabiscava um verso prendendo o fôlego, de tão intenso que eram os sentimentos, e com o coração pulsando no ritmo da música, até que duas batidas na porta me fizeram sobressaltar. Escondi bem rápido as fotos debaixo dos papéis de jornal e virei o caderno para baixo. Mamãe entrou logo depois e se sentou na ponta da cama.

— Oi — disse, cansada. — Como você tem dormido?

— Bem. — Dei de ombros.

Claro que uma cama era incomparavelmente melhor do que um saco de dormir no chão do quarto da vovó, mas também era incomparavelmente melhor estar aqui do que na nossa casa.

Eu a encarei, inquisitiva, esperando pelo real motivo de sua abordagem.

— Você tem andado estranha.

— Hã? Não sei do que está falando.

— Amor… — Ela me fitou com um olhar carinhoso e exausto.

Mamãe era uma mulher linda. Tinha o cabelo castanho cor de chocolate ao leite com cachos grossos e indomáveis, porém as olheiras debaixo dos olhos e o *frizz* haviam roubado um pouco de sua beleza — evidências de que não havia férias quando se estava com um bebê. E olha que a Hannah era mais calma do que eu, segundo eles.

— Você está apaixonada, filha?

Sem pensar, levei uma mão para as revistas e escondi um pedaço de foto.

— Não! Digo, claro que não.

— Sabe que pode conversar comigo, não sabe? Não vou contar para ninguém.

Ela tinha uma expressão tão gentil que me deixou com vontade de contar tudo. Eu sabia que, quando mamãe dizia "não vou contar para ninguém", ela realmente não contava. Mamãe nunca mentia sobre nada, até quando eu gostaria que ela mentisse.

— E-eu… não sei.

Era verdade. Eu não sabia. Estava apaixonada? Nunca havia sentido nada daquilo antes. Olhei para ela e travei os dentes, reunindo toda a minha coragem para falar. Era mais forte do que eu, eu *precisava* conversar. E fazia tanto tempo que não tínhamos um momento só nós duas.

— Não sei, mas… tem alguém que me faz sorrir do nada. E, desde que o conheci, parece que tem arte e poesia sangrando do meu coração. O tempo todo. E o mundo… Ah, mamãe, o mundo está diferente! Mais bonito, mais brilhante, muito mais romântico. E as músicas? Puxa vida, finalmente entendo o que elas…

— Tá bom, filha. Eu preciso dormir um pouco, aproveitar que seu pai está com a Hannah. Só queria dizer para tomar cuidado. Não entregue o seu coração a um homem que não teme ao Senhor, é muito perigoso. Eu te amo.

Ela beijou minha testa e fechou a porta ao sair.

Estática, ofeguei como se tivesse levado um tapa na cara. Como se tivesse subido nua em um palco e a plateia me desprezasse.

Retirei os papéis de cima das fotos e voltei o caderno para cima. Já tinha feito algumas montagens com três polaroides da gente diante de uma loja, em um café e na praia. Em todas elas, nós estávamos sorrindo ou fazendo careta, abraçados ou bem próximos. Acho que em nenhum outro registro, em toda a minha vida, eu parecia tão genuinamente feliz.

Na foto diante de um antiquário, ele estava olhando para mim. Seu braço passava por trás do meu pescoço, um sorriso discreto no canto da boca dele. Eu olhava para a câmera rindo muito, com uma mão tentando conter o cabelo bagunçado pelo vento.

Segurei essa foto e passei os dedos pelo rosto dele. Então olhei para a porta do quarto. Por que ela não me enxergava de verdade? Por que será que era tão difícil me ouvir? Eu nem esperava ser compreendida; se ela só me *ouvisse*, já seria ótimo. Será que mamãe não percebia o quanto eu precisava dela?

Dizem que família é ninho.

A minha sempre foi uma gaiola.

24

A PADARIA FICA A APENAS DOIS QUARTEIRÕES de distância. O supermercado, a uns cinco ou seis. Tem uma farmácia na esquina e um bistrô na rua de baixo. Tudo o que não dá para resolver a pé, tipo a compra do mês, fazemos de bicicleta ou pegamos o bondinho, como a maioria das pessoas daqui. Quase não se vê carros ou motos em Hillbourne, os veículos mais comuns são os carrinhos motorizados para idosos.

Nossa casa é pequena, padrão da cidade: dois quartos no andar de cima mais o banheiro compartilhado; embaixo ficam sala de estar, lavabo, cozinha e sala de jantar, com uma porta que dá para o quintalzinho nos fundos. São vários cômodos, mas todos pequenos. O único de tamanho razoável é a sala de estar. Segundo a mulher da imobiliária, nossa casa passou por uma reforma recente, então temos uma cozinha de conceito aberto e banheiros modernos — mas desconfio que ela só tenha dito isso para justificar o valor do aluguel.

Ela também explicou que, antigamente, três a quatro casas das que temos hoje eram, na verdade, uma só. Conforme as famílias diminuíram e os tempos mudaram, eles passaram a dividir os casarões, por isso os lares atuais são tão pregadinhos uns nos outros.

Uma coisa que ela não comentou, mas eu acho bem curioso, é o fenômeno que apelidei de Noz do Tempo. Por fora, a cidade parece tão antiga quanto uma vila das crianças perdidas; mas, por dentro dos edifícios, os móveis e eletrodomésticos não nos deixam esquecer de onde e quando estamos.

E, por falar nisso, ontem completamos duas semanas em Hillbourne. Nesse meio-tempo, alugamos essa casa mobiliada; compramos mais roupas, mais sapatos, mais itens pessoais; e já estabelecemos uma rotina bem tranquila.

Acho que estou pronta.

Visto uma bermuda jeans longa e folgada, uma blusa branca com delicadas listras pretas e uma sandália caramelo de tiras. Penteio o cabelo, passo o perfume de pera e frésia, e termino com uma maquiagem básica. Avalio o resultado diante do espelho. É o perfeito casual para "estou tentando causar uma boa impressão sem que você perceba meu esforço".

Mordo os lábios e engulo em seco.

Nos últimos dias, Levi e eu criamos uma história falsa para o nosso passado, com a ajuda de Jarvis — com quem mantivemos contato por chat —, e planejamos como será meu encontro com mamãe. Além disso, também li alguns blogs e artigos, como "Técnicas da CIA para mentir profissionalmente" e "Deixe de ser um perdedor e faça amigos". Jarvis disse que nossa história é perfeitamente crível — afinal, foi ele quem a criou — e, nos nossos ensaios, Levi garantiu que estou falando com naturalidade e confiança.

Então preciso acreditar neles, manter a calma e confiar em tudo o que fizemos. Afinal, nosso plano é bom, mas depende da minha habilidade de manter a calma.

Ouço a porta lá de baixo ser aberta e desço as escadas com um sorriso ansioso na face. Levi pendura as chaves no lugar e me olha desconfiado sobre a sacola parda de pães.

— O que você fez?

— Nada. Ainda.

Pego a sacola e vou para a cozinha. Levi segue logo atrás.

— Acho que estou pronta para tentar novamente. — Aponto com a cabeça para a mesa de jantar. — Fique à vontade, eu sirvo o café da manhã.

Ele puxa uma cadeira sem dizer nada.

Preparo o desjejum enquanto repasso mentalmente algumas das melhores dicas e estratégias. Sirvo uma bandeja com bule de café, xícara, copo com suco de laranja e algumas fatias de pão. Tem manteiga e geleia também.

— Uau, isso parece bom. Já estamos encenando?

— Claro que não, começa quando eu voltar.

Deixo a bandeja diante dele e saio para me esconder no corredor. Meu estômago é assolado por ondas geladas. *Respira, Alison. Calma. Você consegue.* Seco o suor das mãos.

Fingindo que estou usando o celular muito concentrada, entro de novo na sala de jantar e vou direto para a cadeira ao lado da de Levi. Sento-me sem erguer os olhos da tela.

— Olá? — diz ele depois de alguns segundos.

Ergo os olhos do aparelho e finjo que estou tentando esconder a confusão com um sorriso educado.

— Hã, oi?

— Eu estava sentada aqui.

— Oh! Deus meu, nem percebi. Me perdoe, que vergonha.

— Tudo bem, não é nada.

— Eu sinto muito mesmo, ando tão distraída! Sou nova na cidade. Estou com mil coisas na cabeça, ainda resolvendo a mudança e... Perdão, você não precisa saber disso. — Levanto-me e, por alguns instantes, espero "ela" dizer algo educado ou se apresentar. Como Levi apenas assente com um sorriso educado, eu pego meu celular em cima da mesa e sorrio mais uma vez. — Desculpa.

E volto para a cozinha, atrás do balcão. Levi começa a se servir da bandeja.

— Por que você não me deu margem para conversarmos mais?!

Estou chateada e tenho certeza de que ele sabe disso pelo tom da minha voz. Mesmo assim, Levi dá de ombros de um jeito casual. Franzo as sobrancelhas.

— Levi.

— Acho que você está pronta — diz ele, por fim.

Saio da cozinha e volto a me sentar diante dele.

— É sério? — Não resta um fiapo de raiva em mim, sou pura alegria e ansiedade. — Mas você não está dizendo isso só para me agradar, não é?

Eu me sirvo de um copo com suco de laranja e, enquanto faço um sanduíche de geleia para mim, Levi morde o dele.

— Parece que você realmente cometeu um erro quando sentou na minha mesa — fala ele, de boca cheia. — E, depois, não ficou forçando uma interação. Por isso, sim. Para um primeiro contato, está perfeito. — Levi dá outra mordida. Desta vez, só continua após engolir. — Mas esse é só o começo e talvez a parte mais fácil. O verdadeiro teste é o que você vai fazer depois disso.

— Eu sei. Mas o plano de esbarrar com ela em outro dia e mencionar o lance do Grind Cafe vai ser perfeito. Vou manter um tom casual e bem-humorado. E, se a gente ainda não tiver se apresentado, vou fazer isso.

— E se mesmo assim ela continuar fechada para conversas?

— Não vou pensar nessas possibilidades ruins agora, senão vou ficar nervosa demais. Vai dar certo.

— Você precisa...

— Eu sei. Ser eu mesma e não deixar óbvio que estou desesperada para conhecê-la.

Levi assente, sério. Ele termina de comer, recosta-se na cadeira e cruza os braços.

— Como eu disse, você está pronta.

O sorriso ansioso volta a brincar nos meus lábios.

✦ ✦ ✦

Ainda é a primeira semana de maio, outono na Terra do Nunca e primavera aqui, mas são as temperaturas do verão que já começam a se fazer sentidas. Limpo o suor da testa. Acho que podemos conversar sobre isso, o clima é sempre um assunto seguro para falar com estranhos.

— Gostou delas? — pergunta a florista.

Pisco, voltando a atenção para o ramalhete de flores azuis que seguro.

— São lindas.

— Não-me-esqueças.

— O quê?

— O nome científico é *Myosotis*, mas ela é conhecida como "não-me-esqueças". Um símbolo de amor verdadeiro.

Estou de costas para o café do outro lado da rua, tentando prestar atenção no celular ao mesmo tempo que finjo comprar flores. Se bem que, agora, o interesse é verdadeiro.

— Quer saber? Vou levar.

— Ótima escolha.

Entramos na lojinha, e ela começa a preparar o pequeno buquê quando meu celular vibra.

Levi_H
Ela chegou.

Repito:

A águia pousou!

Nem consigo rir da maneira dele de falar. Eu pago a florista sem conferir o valor na maquininha, apenas seguro as flores e saio apressada da loja, o coração batendo forte. Me sinto tremer. *Respira, respira, respira... Mantenha a calma!* Deus meu, nós ensaiamos mil vezes. Tem que dar certo.

Com o ramalhete em uma mão e o celular na outra, abro a porta do estabelecimento e ouço os sininhos. Olho para Levi, sentado em uma das mesas do outro lado do salão. Ele aponta para um canto à minha direita e depois volta a beber da sua xícara. Procuro o local indicado por ele e congelo. Literalmente congelo.

Respira, respira, respira...

Apenas a alguns passos de distância, seguindo reto o corredor, vejo uma moça não muito alta, de cabelo castanho ondulado até o ombro. Ela está acabando de se sentar. Engulo em seco. Mil borboletas desesperadas tentam escapar do meu estômago embrulhado. E então, quando ela ergue a cabeça, eu volto imediatamente o olhar para baixo, para o celular.

Droga. Será que ela me viu encarando?

Fecho os olhos, inspiro fundo e solto o ar devagar. Ignorando o tremor das mãos e o frenesi no peito, abro os olhos e os mantenho firmes no celular, então dou o primeiro passo na direção da mesa dela. Um passo tímido, inseguro. Depois mais um.

E mais um.

Mais um.

Mais...

— Ai! — Ergo os olhos, assustada.

— Desculpe!

Mal consigo ver mamãe ou prestar atenção em sua voz. Em uma fração de segundo, ela está trombando comigo; no outro, já está no fim do corredor, desculpando-se e praticamente fugindo do café.

Fico parada, celular em uma mão, ramalhete na outra, atordoada demais para reagir.

O que acabou de acontecer? Como... Por quê? Eu tinha tudo tão planejado! Foi minha culpa? Mas... eu nem fiz nada.

— O que aconteceu? — Levi surge ao meu lado.

— Sei lá! — bufo as palavras e me arrependo do tom. Levi não merece minha frustração. — Mal tive tempo de assimilar alguma coisa.

Droga. Viro a cabeça para o lado. A mesa dela está a meio passo de distância, com o lixo da pessoa que estava ali antes. No meio da pequena bagunça, algo chama minha atenção. Eu me aproximo e pego o guardanapo rabiscado.

> Mas agora, assim diz o SENHOR que te criou, ó Jacó, e que te formou, ó Israel: <u>Não temas</u>, <u>porque eu te remi</u>; <u>chamei-te pelo teu nome</u>, <u>tu és meu</u>. (Is.43:1)

Sinto meus braços se arrepiarem e volto o olhar para a porta. Seja lá quem tenha deixado isso aqui ou o que signifique para ela, com certeza as palavras falaram ao seu coração.

Eu tento imaginar o porquê.

25

ABRIL DE 2009

O PASTOR CHAMOU AS CRIANÇAS lá na frente para orar por elas antes da escolinha dominical. Enquanto o pequeno grupo descia o corredor, mamãe cutucou minha costela e eu dei um pulinho risonho, batendo uma perna no banco da frente. O relativo barulho ecoou pelo templo.

— *Shhhh!* — ela me repreendeu com um riso contido.

— Você me fez cócegas — sussurrei em protesto.

Escondi a risadinha com uma mão.

— Desculpa — sussurrou mamãe de volta.

Erguemos nossas cabeças. Ele estava lá na frente, em sua posição importante, encarando-nos com repreensão. O pastor ergueu as mãos e começou a orar pelas crianças. Ele fechou os olhos. Abaixei a cabeça.

— Você deveria ir, a salinha é para crianças de até onze anos — sussurrou mamãe com a cabeça baixa, de olhos fechados e mãos cruzadas diante do rosto.

Revirei os olhos.

— Ah, por favor, é *até* onze. Não conta quem já fez aniversário. Além do mais, as lições são muito infantis; aquilo é quase um berçário. Prefiro ficar aqui.

Depois da oração, as crianças foram para a salinha lateral acompanhadas da professora, uma missionária brasileira que estava morando com o pastor e a esposa dele. O propósito da moça era aprender inglês enquanto servia ativamente à igreja. Isso fazia parte do treinamento dela, porque, em breve, iria para o Quênia.

Quando as crianças saíram, o pastor iniciou a pregação. A classe dos jovens e adultos estava aprendendo alguma coisa em Romanos, e o estudo era muito difícil e entediante para mim, então passei a folhear minha Bíblia.

Os minutos se arrastavam. Eu não estava lendo nada, só folheando, quando uma passagem prendeu meu foco. Lembro-me perfeitamente da sensação de ser atraída para o texto, de sentir um vento suave tocar minha pele e do arrepio. Lembro-me também de o coração disparar e de o mundo ao meu redor ficar em segundo plano, como se alguém tivesse diminuído o som. Era eu quem estava lendo em silêncio, mas o som que sussurrava em meu coração não era a minha voz. Essa era grave, poderosa, cheia de amor. O mais puro amor.

> "**Lembra-te destas coisas**, ó Jacó, e tu, ó Israel; porque tu és o meu servo: eu te formei, tu és o meu servo; **tu, ó Israel, não serás esquecido por mim**. Desfaço as tuas transgressões como a névoa e os teus pecados, como a nuvem; **volta para mim, porque eu te remi.**"
> — Isaías 44:21-22

Arregalei os olhos. Mal conseguia respirar. O coração estava disparado, braços arrepiados, um calor preenchia meu peito.

Puxei a blusa de mamãe pela manga.

— Mãe, mãe?

— *Shhhhh.*

— Mãe, acho que Deus falou comigo!

Ela nem olhou para mim, apenas murmurou um "Ah, que legal, filha".

Voltei minha atenção para a Bíblia e passei os dedos sobre a página, encantada. Os olhos se encheram d'água. Para mim, o mais surreal e maravilhoso daquilo tudo não era Deus existir e falar comigo; era alguém tão importante me dar atenção.

Resolvi memorizar o versículo mesmo sem entender o que aquelas palavras significavam. Quero dizer, ele parecia desejar que eu me lembrasse das coisas que estava aprendendo na igreja, mas como me lembrar se eu nem sequer entendia? Ele também havia prometido não me esquecer e pedido, em um tom quase de súplica, que eu voltasse para ele. Mas aquilo não fazia o menor sentido.

Como voltar se eu estava bem ali, em sua casa?

26

— **GOSTEI DAS FLORES, A PROPÓSITO** — diz Levi do outro lado da mesa.

A gente preferiu não ir embora logo depois de mamãe para não chamar atenção. Em vez disso, voltamos para a mesa onde Levi estava antes, e eu pedi o *brunch* da casa. Ele não pediu nada porque disse que estava satisfeito, mas agora está beliscando a comida do meu prato enquanto eu olho absorta para um ponto qualquer.

— Tudo bem que não foi em nada parecido com o que treinamos — continua ele, surrupiando um tomate-cereja da minha salada —, mas a boa notícia é que aconteceu tão rápido, e por culpa dela, que podemos tentar de novo.

— Aqui, não — penso alto.

— Por que não? Esse lugar é perfeito e o nosso plano é muito bom. Da próxima vez...

— Vou encontrá-la na praia.

Levi rouba um pedaço de batata e semicerra os olhos.

— Huuum... Tem alguma ideia em mente?

Sorrio torto.

— Sim. E dessa vez não tem como dar errado.

Ele arqueia uma única sobrancelha enquanto mastiga.

✦ ✦ ✦

Não quero ir à praia no mesmo dia em que ela saiu correndo do café. Primeiro, porque não é garantido que ela vai estar lá. Segundo, porque, seja lá o que tenha sido aquilo no guardanapo, foi o bastante para abalar mamãe, e eu preciso dela de ótimo humor para o meu plano dar certo. Então, só posso tentar de novo amanhã.

Eu espero pelo dia em que vamos nos conhecer há mais de dez anos, não deveria ficar tão ansiosa por aguardar só mais algumas horas. Contudo, parece que, quanto mais a gente espera por algo, mais difícil fica segurar a emoção nos minutos finais. E talvez seja por isso que eu não consiga dormir.

Cansada de rolar na cama, saio do quarto e desço as escadas para a sala. Vou me sentar no estofado da janela saliente, onde fico olhando para a rua escura. Orando.

Desde o meu encontro com Pórthica no deserto, as coisas andaram tão agitadas que não retomei o hábito da meditação que aprendi na Ordem. Acho que a última vez que falei com ele foi no Kensington Gardens, e é engraçado como o meu corpo está sentindo falta desses momentos. Uma saudade física.

Eu oro primeiro por Levi, para que os Fundadores se revelem a ele da mesma forma como se revelaram a mim. Por Thomas, para que ele permaneça firme na fé e a gente se reencontre um dia, quando voltarmos à Terra do Nunca. E, em especial, eu oro por mamãe. Para que o nosso encontro dê certo e ela goste de mim. Para que a gente vire amigas. E para que eu consiga amar mamãe incondicionalmente, como Pórthica ordenou.

Não sei em que momento dessa longa oração meu corpo sucumbiu ao sono, mas eu acordo com dor no corpo, sentada na mesma posição em que passei a noite toda, a cabeça recostada no vidro da janela e um raio de sol no meu rosto.

Volto pro quarto exausta e passo o restante da manhã dormindo.

Acordo na hora do almoço, ainda com um longo dia de espera à minha frente. Levi deixou um recadinho na geladeira dizendo que ia a Hastings comprar uma coisa que Jarvis recomendara. Ele não especificou a coisa e, quando pergunto por mensagem, apenas responde que é surpresa. Como se eu precisasse de mais um motivo para ficar ansiosa.

Preciso fazer alguma coisa para passar o tempo, então resolvo testar receitas de internet. Levi retorna justo quando a fornada de *cupcakes* está saindo e nem espera os bolinhos esfriarem antes de roubar um, alegando estar faminto. Ele trouxe consigo um Xbox, pois, segundo o Jarvis, esse é o melhor amigo do homem depois da cerveja e vai ajudá-lo a passar o tempo agora que já nos acomodamos na cidade.

Finalmente o relógio marca seis e meia da tarde, então vou correndo para o quarto colocar uma roupa de corrida.

— Estou indo! — grito ao abrir a porta da frente. — Me deseje sorte!

— Boa sorte! — grita Levi da cozinha. Tomara que sobre algum bolinho para mim.

Desço a rua de pedras num ritmo de caminhada, o coração batendo mais rápido do que o necessário. Só de imaginar que é agora, *daqui a pouco*, meus lábios se curvam num sorriso incontrolável e o estômago é assolado por ondas geladas. Espero que eu não desmaie.

Atravesso o pequeno trecho da cidade que me separa do mar e chego à orla. Sigo na direção do píer até identificar o carrinho de sorvete. Paro ao longe. Não tem nenhum cliente. Respiro fundo e solto o ar devagar. Repito o processo duas vezes.

Como ninguém se aproxima do carrinho nesse intervalo, começo a fazer alongamentos aqui mesmo na calçada da orla, a uma distância segura de uns cinquenta passos do carrinho. Uma mãe leva a filhinha para comprar sorvete.

Alguns minutos depois, um adolescente de bicicleta faz o mesmo.

Continuo me alongando, sem tirar os olhos do carrinho.

Até que, finalmente, uma moça passa correndo por mim e segue na direção do sorveteiro. Ela veste calça preta e blusa cinza, o cabelo marrom ondulado preso em um rabo de cavalo. E deixa um rastro no ar, o cheiro de flores e baunilha. Meu coração dispara. Ai, Deus meu. Deus meu!

Continuo me alongando, tão ansiosa que agora sinto uma forte vontade de fazer xixi. Mamãe para no carrinho e conversa com o vendedor. Eu começo a caminhar na direção deles, devagar.

O homem prepara o sorvete na maior calma do mundo. Com os outros clientes, não tinha demorado tanto. Diminuo o ritmo dos passos até quase parar. E aí, quando ele entrega o sorvete para mamãe, eu corro o mais rápido que posso. Só consigo ouvi-la dizer "Obrigada, Albert" antes de atropelar mamãe. A ideia era só trombar, mas a batida é mais forte do que eu havia calculado e eu quase caio no chão. Olho para trás. Todo o sorvete foi lançado na blusa cinza dela. Mamãe nem tinha dado a primeira lambida.

— Deus meu! — Cubro a boca com as duas mãos. — Moça do céu, me perdoa! Eu te machuquei?

É uma preocupação genuína, meu ombro está doendo. Ela vira o rosto para mim, a blusa toda melecada.

— N-não — diz, confusa. Parece surpresa demais para ficar com raiva.

— Ai, minha nossa, que desastre! Eu sinto muito! Fiquei distraída por um momento olhando para o mar e... Oh, me perdoe.

— Não se preocupe. — Ela balança a cabeça e sorri.

Um sorriso forçado de pura educação.

O sorveteiro entrega para mamãe alguns guardanapos, que ela usa para limpar a camisa. Depois de tirar o pior, ergue a cabeça e suspira. Faço uma carinha pidona, juntando as mãos em prece.

— Por favor, me deixa comprar outro sorvete para você.

— Não precisa.

— Por favor, eu insisto. Me faria sentir muito melhor. E eu juro que não vou derrubar esse em você.

Ela estava séria, mas, ao ouvir a última parte, sorri mostrando os dentes.

Seu rosto é muito mais lindo e delicado do que o mirador mostrava. O castanho dos olhos é um tom mais escuro que o cabelo, o nariz é pequenino, os lábios são finos, e ela tem algumas pintinhas minúsculas na região dos olhos. Uma pequena cicatriz marca o canto superior da boca, talvez resquícios de uma traquinagem infantil.

— Tudo bem. Se vai te fazer se sentir melhor...

— Vai, sim, muito melhor! — Sorrio largo, quase totalmente emocionada. Viro-me para o dono do carrinho. — Por favor, dois sorvetes de flocos com calda de chocolate e colherinhas amarelas.

— É pra já. — O senhor pisca um olho, abrindo a tampa do carrinho.

Quando volto o olhar para mamãe, ela está me analisando.

— Uau, você é muito observadora.

Que isso! Foram apenas onze anos e quatro meses.

— Acho que pode-se dizer que sim — respondo com um sorriso talvez largo demais.

Como ela não diz mais nada, eu logo estendo a mão a fim de evitar o silêncio.

— Aliás, meu nome é Alison Rivers.

— Helen Carter.

Helen. Então esse é o seu nome.

Nossas mãos se encostam. Frias. Macias. Pele com pele. Finalmente o toque com o qual eu sempre sonhei, e me sinto derreter por dentro. Os olhos marejam. Abaixo bem rápido a cabeça para que ela não perceba. Santo Deus, preciso me recompor.

Só que, bem nesse instante, uma joaninha pousa sobre as nossas mãos, e meus olhos transbordam d'água. A pequenina, vermelha com bolinhas brancas, dá alguns passinhos antes de voar novamente. Nós continuamos de mãos dadas.

Ergo os olhos para o céu, as lágrimas ardendo nos olhos, os lábios tremendo, as mãos ainda juntas. Não consigo largar. Céus, eu estraguei tudo! Como vou explicar essa reação?!

Mas, ao voltar o olhar para mamãe, ela também está com os olhos marejados.

— *Desculpe* — dizemos juntas, quebrando o contato das mãos.

Enxugo o rosto, envergonhada.

— Eu nem sei por que estou chorando. — Mamãe ri entre lágrimas.

— Desculpa. Eu acabei de ver uma joaninha, e esse era o apelido da minha melhor amiga de infância, e... — Um nó na garganta me impede de continuar, ao que sacudo a cabeça. — Enfim. Não importa.

— Amigos de infância sempre importam.

Fecho a boca e assinto. Enxugo a nova lágrima que escorreu.

— É... Ela faleceu alguns anos atrás. Foi uma dor horrível.

— Posso imaginar. — Mamãe estica a mão e toca no meu ombro. — Não se sinta mal por chorar a perda de um amigo, não importa quantos anos se passem. Nem todo mundo encontra pessoas assim, é um presente do universo.

Sorrio em agradecimento. Estou adorando ouvir a voz dela, macia e feminina. Ela está falando comigo! Por tanto tempo, imaginei como seria essa voz; e ela consegue ser, ao mesmo tempo, tudo o que imaginei e muito diferente disso.

Quando voltamos nossa atenção para o sorveteiro, nos deparamos com um senhor emocionado.

— Olha, eu não sei o que aconteceu aqui, mas queria dizer que *eu senti*.

Nós duas rimos, sem graça.

Helen se adianta e pega os dois sorvetes, enquanto eu uso o telefone para pagar o sorveteiro. Depois ela me entrega uma das casquinhas e a gente caminha direto para o banco do calçadão, onde tantas vezes eu a vi sentar-se com um sorvete igualzinho a este para contemplar o oceano, sozinha.

Nós nos sentamos ao mesmo tempo. Lado a lado.

Em silêncio, observamos o céu claro e o oceano profundo enquanto usamos as colherinhas para tomar o sorvete. Eu o adoro desde a primeira lambida. Sempre me perguntei como seria o sabor disso, e a resposta é: perfeito. As pintinhas pretas e a calda escura são de chocolate meio amargo, um contraste delicioso com o creme gelado e docinho.

Eu quero conversar, mas contenho a empolgação. Preciso que mamãe goste de mim e não ouso aborrecê-la com conversa fiada. Tudo nela me é encantador. Eu poderia passar o dia inteiro só conversando, conhecendo-a, e ainda assim não me entediaria. E é exatamente por isso que preciso me conter. Para mim, são anos e anos de muita expectativa acumulada. Mas, para ela, eu sou apenas uma desconhecida.

— Então... Você é nova na cidade?

— É tão óbvio? — respondo rápido, em tom de brincadeira, porque é a única forma de disfarçar esse grande sorriso idiota.

— Fica óbvio quando a gente mora há onze anos em uma cidade tão minúscula onde nada acontece. A gente passa a conhecer até os desconhecidos.

Engulo uma colherada do sorvete antes de responder.

— Hum, cheguei há duas semanas.

— Legal. Veio passar quanto tempo?

— Viemos por tempo indeterminado.

— Viemos?

— Eu e o meu... hã, marido.

— É casada? — Seus olhos estão procurando por algo no meu dedo.

— Recém-casada. Eu tirei a aliança para tomar banho e esqueci de devolver. É muito estranho, ainda estou me acostumando com ela.

Dou uma risadinha nervosa e mamãe sorri em simpatia. Parece que ela acreditou, mas eu dei sorte, porque a nossa história falsa não incluía uma desculpa para a falta das alianças. Vou ter que conversar sobre isso com Levi.

— Por que escolheram Hillbourne? Ou melhor: como ouviram falar desse lugar?!

A última pergunta me faz rir. E, quando ela também dá uma risadinha, noto como as bochechas apertam seus olhos. É um sorriso genuíno. Volto o rosto para o mar antes que eu me emocione de novo sem razão aparente.

— Como posso dizer isso? Queríamos um lugar para recomeçar, que fosse longe de tudo o que tínhamos e do que éramos. Uma segunda chance.

Mamãe assente.

— É... Hillbourne é perfeita para isso.

— Chegamos na estação de Londres sem fazer ideia de para onde queríamos ir. Como Levi está trabalhando de casa, qualquer lugar servia. Então fizemos um jogo e fomos parar em Hastings, onde por acaso descobrimos o trem que passa aqui. Foi tudo muito na sorte. Quando o trem parou nessa estação e vimos o condado, a gente sabia que tinha encontrado o nosso lugar.

— Bem... — Helen me cutuca com o cotovelo. — Se não te falaram isso ainda, seja bem-vinda a Hillbourne.

— Obrigada.

Nós terminamos as casquinhas em um silêncio confortável, embalado pelo som das pequenas ondas e do riso das gaivotas. Até que reparo no relógio de pulso e finjo me assustar.

— Desculpe, acho que perdi a noção do tempo, preciso ir. — Levanto-me e, por um instante, me pego sem saber o que fazer com as mãos. — Hã, obrigada pela companhia. Eu amei te conhecer, Helen.

— Ah, imagina. Obrigada você também. — Ela faz uma pausa, depois uma careta. — Desculpa, não gravei o seu nome.

— Alison.

— Alison, Alison, Alison. Não vou esquecer de novo, prometo.

Sorrio largo. Ouviu isso, planeta Terra? Ela não vai esquecer meu nome!

— Tchau. — Aceno enquanto me afasto.

Ela acena também, ainda sentada no banco.

Eu me obrigo a dar as costas e a caminhar de volta para casa.

Quero chorar, gritar, correr, dançar! As lágrimas descem tímidas, mas o sorriso está firmemente pregado no rosto e nada vai tirá-lo dali. Começo a correr. Atravesso a rua e viro uma esquina para entrar na cidade. E então, longe o bastante da praia, eu pulo, e grito, e danço. Olho para o céu de braços abertos, girando, sentindo a brisa no corpo.

O melhor dia da minha vida!

27

— LEVI! — SUBO AS ESCADAS CORRENDO, deixando para trás a porta de casa escancarada. — LEVI!

Ele aparece diante de seu quarto e, no ímpeto do momento, eu me lanço em cima dele com os braços em seu pescoço e as pernas enlaçando a cintura. Levi quase não consegue me segurar a tempo. Ele dá um passo para trás antes de recuperar o equilíbrio. Minha risada é aquela coisa indefinida entre o riso e o choro, o som abafado porque minha cabeça está afundada no ombro dele.

— Foi bom ou ruim?

Ele usa os braços como sustentação para mim. Aproveito o apoio e recuo o torso um pouco para trás, para conseguir fitá-lo. Estou sorrindo de orelha a orelha, o rosto molhado.

— Melhor do que todos os meus sonhos juntos. Infinitamente melhor!

Levi abre um sorriso largo, o que faz o cinza de seus olhos cintilarem.

— Ok, você precisa me contar tudo.

Desço do abraço e sigo para as escadas, voltando para a sala de estar enquanto narro para ele cada detalhe do encontro que vou guardar na memória pelo resto da vida. A gente se senta no sofá. Ele ri na parte do atropelamento e seus olhos ficam marejados quando falo como ela foi gentil, e educada, e divertida, e maravilhosa. Ao chegar à parte da nossa conversa, lembro-me de um detalhe.

— Ah, precisamos comprar alianças urgentemente.

Levi cruza os braços e me encara divertido.

— Quem diria?! Parece que esse casamento está ficando sério mesmo.

Estou bobinha demais para fingir não gostar da piada.

✦ ✦ ✦

No dia seguinte, sábado, vamos a um antiquário comprar as alianças. O idoso proprietário nos apresenta algumas opções, todas dispostas em uma bandeja. Quando Levi e eu esticamos a mão para o mesmo anel, o senhor abre um sorriso e diz que isso é sinal de boa sorte; teremos um casamento próspero e feliz. Meu rosto arde, Levi apenas sorri. Ele usa o gancho para pegar a minha mão e gentilmente colocar o anel, que se encaixa no dedo com perfeição.

É uma aliança maravilhosa, de ouro branco com um único diamante redondo no centro. Delicada e elegante, fica tão linda no meu dedo que só consigo olhar para ela, sem fôlego. Levi pergunta o preço, e a resposta me faz afundar de volta para a realidade.

O senhor explica que o anel pertence a uma tal de Tiffany e que o homem que o vendeu estava a bordo do *Titanic*, onde teria pedido a mão de sua amada em casamento se o desastre não tivesse ocorrido. Apenas ele sobreviveu e, amargurado, livrou-se do anel. Eu não presto muita atenção na história, só consigo pensar que essa é uma joia real demais e cara demais para um casamento falso. Tento retirar o anel do dedo. Ele se recusa a sair.

— Vamos levar.

— Levi!

— Eu sei que você amou.

— Sim, mas... — Olho para ele com intensidade.

Levi sabe muito bem o que estou dizendo com essa encarada e, mesmo assim, recebe do idoso a aliança masculina que faz par com essa daqui. Ele a coloca no próprio dedo e depois gira o anel com o polegar, uma expressão contemplativa no rosto.

— Ainda bem que eu perdi a mão direita, e não a esquerda, né?

Apenas o vendedor ri.

— Levi...

— Está tudo bem, Alison. Para que ter tanto dinheiro se não vamos gastá-lo com o que a gente gosta?

Inspiro fundo. Olho para o diamante solitário em meu dedo. É mesmo uma joia linda.

✦ ✦ ✦

No domingo de manhã, vamos ao mercado fazer as compras da semana.

Ficou decidido que não vou forçar outro encontro com mamãe tão cedo. Preciso esperar pelo menos quatro dias, tempo bastante para ela não me esquecer, tampouco achar que a estou perseguindo. Por causa disso, temos passado os dias com certo tédio.

Eu fico assistindo a documentários e lendo artigos em sites aleatórios, porque tem um oceano de informações que o conhecimento prévio não cobre — como criações artísticas e fatos históricos — e eu preciso saber pelo menos um pouquinho de tudo para conseguir conversar feito um nativo desse mundo.

Já o Levi tem assistido a alguns documentários comigo na sala e, quando se cansa deles, vai para o quarto jogar Xbox. Acho que ele está um pouquinho obcecado com o videogame. Tudo bem, bastante obcecado.

Hoje o plano é fazer compras e repetir a rotina monótona dos outros dias.

— Você pega as frutas? — peço para Levi. Estou segurando uma cestinha quase vazia, enquanto a dele está cheia de chocolates e industrializados. — Vou procurar a farinha de trigo.

— Frutas?! Eu, não. A gente come isso na Terra do... *lá*.

— Mas também não podemos viver só comendo essas porcarias, né?

— Tá, vou pegar algumas. — Ele suspira, desanimado. — Mas só algumas. Qual a graça de viver aqui se a gente só comer as coisas que podemos comer lá?

Meneio a cabeça em repreensão, mas até que a lógica faz sentido.

Sigo com a minha cestinha pelo supermercado, procurando a seção onde teria a farinha de trigo, quando, por um breve segundo, eu abaixo os olhos para a lista de compras e sou atropelada por um carrinho. Afasto-me do objeto no susto, pronta para brigar com o motorista imprudente. Ao olhar para o lado, dou de cara com mamãe.

— Ma-hããã... Helen?!

— Alison? — O sorriso dela ao me ver substitui a expressão de preocupada. — Ai, me perdoe!

— Não sabia que você era vingativa — digo em tom jocoso. Ela arregala um pouco os olhos. — Cedo demais?

Helen prende o riso e balança a cabeça.

— Não, essa foi boa. Espero que um dia a gente consiga se encontrar sem uma atropelar a outra.

Assinto com um sorriso largo. A gente mal se conhece e já tem uma piada interna? Isso é tão legal!

— Oh. — Helen suspira.

Noto para onde ela está olhando: o anel brilhante e solitário em meu dedo.

— Não esqueci dessa vez. — Ergo a mão, orgulhosa.

Mamãe se aproxima de mim para ver melhor. Talvez eu devesse parar de pensar nela como "mamãe", considerando que quase a chamei assim instantes atrás. Helen segura minha mão. Os dedos dela são macios e delicados, frios também.

— É lindo. Cuidado para não tirar ele em banheiro público e esquecer na pia, já perdi anéis assim.

— Pode deixar, vou me lembrar disso.

— Aqui estão as suas preciosas... — Levi interrompe a frase. — Ei, você deve ser a Helen.

Mamãe ergue as sobrancelhas para mim, surpresa.

— Alison me contou o que aconteceu na praia, ela ficou muito feliz em fazer uma amiga.

— Eu não disse "amiga"! — corrijo bem rápido. Começo a suar frio. Céus, o que mamãe vai pensar? Que sou uma carente psicopata. — Eu disse que fiquei muito feliz por conhecer alguém da cidade.

Eu vou matar esse moleque quando chegarmos em casa.

— E você deve ser o Levi.

Agora é ele quem me fita, surpreso.

Ela falou de mim?

— Claro, e estava suspirando apaixonada.

Meu susto é tamanho que o ar escapa como um ronco pelo nariz.

— O quê? Não! — Os dois me analisam. Droga. — Digo, hã... — Uma risada nervosa. — Eu não estava suspirando. E, hã... estou tão apaixonada como qualquer outra pessoa casada, de um jeito completamente normal.

Helen me olha estranho, com um sorriso educado. Peço socorro em silêncio para Levi. Basta uma fração de segundo para ele entender meu olhar.

— Desculpa, ela é tímida e tenta não demonstrar o quanto realmente me ama. — Ótimo, uma piadinha para amenizar. Levi estende a mão para Helen. — É um prazer te conhecer.

— O prazer é meu. — Ela retribui o gesto e volta para trás do carrinho. — Tchau, Alison. Bom te ver de novo.

— Igualmente — respondo, ainda nervosa.

Assim que ela sai de vista, solto o ar de uma vez. Ufa!

Levi e eu terminamos de fazer as compras e seguimos para casa com as nossas bolsas trançadas cheias de coisas. Ele carrega as duas mais pesadas.

— *Suspirando apaixonada.*

— Ai, eu sabia que você não ia se aguentar por muito tempo!

Levi solta uma gargalhada. Nossos passos perdem velocidade conforme iniciamos a subida de uma pequena colina.

— Eu amei a tia Helen. Ou será que deveria chamá-la de sogrinha?

— Não seja idiota.

— Não, sério! É muito estranho, porque sempre pensei nela como tia.

— Então agora você vai pensar nela como Helen, apenas. Eu quase a chamei de mamãe, imagine o meu susto.

Paro um momento para recuperar o fôlego. Atrás de mim, o mar aparece por entre as casas, como se nos espiasse. Na frente, a rua de pedras subindo a pequena colina. Inspiro fundo, apreciando a brisa fresca que acaricia o rosto.

— Posso confessar uma coisa? — Levi coloca as duas bolsas-sacolas no chão e estica as costas.

— Claro. Sempre.

— Eu gostava de você quando a gente era criança.

Arregalo os olhos e abro a boca. Minhas mãos ficam fracas de súbito e o coração pulsa um pouco mais forte.

— Ah, não me olha assim! — Levi aponta para o meu rosto com um largo sorriso. — Faz tempo, isso.

Ele pega as sacolas e volta a andar.

— Espera, você não pode falar uma coisa dessas assim — protesto, estática no meu canto.

Ele olha para trás.

— Por que não? — E ergue os ombros com um sorriso torto. — Isso foi há muitos anos, e eu já superei. Mas é engraçado pensar nisso agora que a gente precisa fingir que é um casal. Alguns anos atrás, eu teria morrido do coração.

Forço uma risada curta. Ele volta a caminhar. Calmo, tranquilo, despreocupado. Como se o que acabou de me dizer não fosse nada de mais. Porque não é mesmo.

Estou sem fôlego. Observo o perfil de costas dele. Os ombros largos, o gancho de prata, o cabelo negro e volumoso caído em cachos indefinidos. E não faço ideia se fico surpresa por ele ter sido apaixonado por mim ou decepcionada por ter superado. Quero dizer, por que eu ficaria decepcionada? Eu só gosto dele como amigo, sempre foi assim. Não há motivos para me sentir mal. E, no entanto, preciso engolir o nó em minha garganta.

Ajusto a alça da bolsa em meus ombros, então volto a caminhar.

Não estou triste. Realmente não estou, apenas surpresa. Muito surpresa.

A luz reflete no diamante do anel.

28

26 DE JULHO DE 2016

A LUZ REFLETIDA ATRAVÉS DO VITRAL da porta criava um clima mágico de lusco-fusco.

— Tia Holly? — Pendurei o guarda-chuva molhado no cantinho atrás da porta de entrada, no exato espaço onde ela sempre colocava. — Cheguei!

Depois de retirar os sapatos e guardá-los na sapateira junto aos demais, calcei o chinelo de ficar em casa. Estava ansiosa para tomar uma ducha refrescante e me livrar daquele cheiro de fritura. Minhas pernas doíam como se eu tivesse praticado uma maratona.

— Tia Holly? — perguntei novamente ao passar pela sala.

Sem nenhuma resposta, dei de ombros e fui tomar banho.

Eu tinha chegado ali havia uma semana, destruída. Agora, começava a ver uma luz no fim do túnel. Não, ser garçonete em uma rede de *fast-food* estava longe de ser a minha luz; mas eu estava em Londres, onde tudo era possível, e o sentimento de ter mil possibilidades me fazia acreditar. Naquele lugar, eu poderia ser a minha própria luz no fim do túnel.

Já limpa e exalando o cheirinho de maçã do creme hidratante, fui caçar alguma coisa para comer. Qualquer coisa que não tivesse fritura. Eu só estava no meu emprego havia quatro dias, mas tinha sido o bastante para me deixar enjoada daquele cheiro.

Servi um prato de salada com frango e segui para o quarto de hóspedes a fim de comer na cama assistindo *Downton Abbey*, minha série favorita do momento. No meio do caminho, porém, o silêncio de titia me incomodou.

Deixei o prato em cima do primeiro móvel ao meu alcance e fui procurá-la em seu quarto. Titia era uma executiva de vendas em uma grande loja de vestuário, tinha uma rotina muito agitada e, por isso, costumava adormecer enquanto praticava seus *hobbies*.

O quarto dela estava bem iluminado. Ainda assim, entrei sem fazer barulho. Sentada na poltrona em frente à escrivaninha, ela respirava pesadamente, a cabeça caída sobre o peito. No computador, a mensagem: "Vídeo pausado. Quer continuar assistindo?"

Acendi o abajur ao lado da poltrona e apaguei a luz do quarto para deixá-la mais confortável. Então me virei para o computador e fechei a tela do YouTube. Ao fazer isso, porém, a tela que estava imediatamente abaixo apareceu com a conta de e-mail aberta.

É claro que eu não ia bisbilhotar; estava levando o cursor do mouse direto para o ícone do X, quando, sem querer, meus olhos leram o endereço do e-mail aberto. Minha mão parou. Olhei para titia, atrás de mim. Ela continuava dormindo. Provavelmente já havia tomado o remédio controlado que dava sono.

Eu sabia que não deveria ler a mensagem, mas não conseguia deixar de me sentir traída. Fora a primeira coisa que eu havia dito para ela quando chegara: "Por favor, não quero que os meus pais saibam." Ela prometera que não contaria. No entanto, aqui estava uma troca de e-mails com a minha mãe.

Li a última mensagem:

Mary Carter

para mim ▾

Re: Ela está comigo

Querida irmã,

Muito obrigada pelas palavras de conforto. Meu coração está completamente em pedaços! Ainda não consigo acreditar que ela foi capaz de fazer isso. Eu sei que a Helen nunca foi uma cristã fervorosa, mas ainda tínhamos esperança. Agora, tratar uma vida com tanto desprezo... Ai, minha irmã, nem consigo falar sobre isso sem chorar! Ainda não contei ao George o que ela fez, ele ficará devastado.

Não se preocupe, não vou contar que você me informou sobre a sua hospitalidade, mas agradeço imensamente a gentileza de me avisar. É um alívio saber onde ela está. Muito obrigada por recebê-la e cuidar da minha Leli, e lamento que ela tenha envolvido você nessa confusão. Prometo que vou resolver tudo isso o quanto antes.

Eu transferi uma ajuda de custo por essa semana que ela ficou com você e para mais duas semanas. Espero que, até lá, eu consiga conversar com o George. Estou orando por isso, pedindo sabedoria.

Com amor,

Abaixei a tampa do notebook com tanta força que a única razão para tia Holly não ter acordado foi o remédio. Saí do quarto a passos firmes e apressados. Meu rosto ardia, o queixo trêmulo. Queria gritar!

As palavras daquela mensagem ficavam repassando na minha cabeça centenas de vezes, de novo, e de novo, e de novo. Aquela arrogância típica. A prepotência das palavras. O tom de vítima. E, pelo jeito como ela havia encerrado o e-mail, parecia até que titia não estava muito feliz comigo aqui. Talvez incomodada?

Deixei o corpo cair no sofá da sala e afundei a cabeça entre as mãos.

Eu realmente havia achado que esse era o meu recomeço. Que ficaria tudo bem. Como tinha sido estúpida e imatura ao nutrir esperanças assim! Não podia confiar em ninguém daquela merda de família. Fora um erro achar que tia Holly era diferente dos outros. Eu tinha confiado no espírito livre e independente dela, acreditado que ela me entenderia, de uma mulher para a outra. Mas o que ela havia feito? A primeira coisa que havia feito?!

Meu choro ficou amargo na boca, a raiva entalada na garganta. Os ombros balançaram violentamente à medida que os gemidos de mágoa e fúria saíram rasgando minha alma, um grito contido porque eu não queria despertar titia. Até num momento como aquele, eu ainda me preocupava com o conforto da velha mesquinha.

Puxei uma almofada e afundei a cabeça nela para gritar.

Por alguns dias, eu havia experimentado a vida que sempre sonhara: em uma cidade cosmopolita, longe das garras parentais, cuidando da minha própria vida sem dar satisfação a ninguém. Quero dizer, *quase* como sempre sonhara. Porque todo dia, toda hora, *tudo* o que eu fazia era considerando a tia Holly. O jeito que ela gostava de guardar os sapatos. A mania de lavar cada louça usada de modo que a pia estivesse sempre limpa. O tom de voz baixo e tranquilo porque Deus nos livre se falássemos um pouco mais alto.

Eu havia feito tudo certinho, tudo do jeito de que ela gostava, esforçando-me para não ser um peso ou para não causar o mínimo dos incômodos, tratando-a como um ser superior digno de adoração, mas de que adiantara?

E mamãe, dizendo coisas como "não acredito que ela fez isso", "tratar uma vida com tanto desprezo", "George ficará devastado". *AAAARGH!* Era como se ela não tivesse considerado uma única palavra do que eu dissera quando nos vimos pela última vez, na casa da Olivia.

Ainda com o rosto na almofada, gritei de ódio até perder o fôlego. Então escorreguei do sofá para o chão, onde abracei minhas pernas e escondi o rosto entre os joelhos. Ali, encolhidinha no piso da sala, continuei chorando. Tremendo.

Eles eram sangue do meu sangue, carne da minha carne, mas apenas eu sangrava e me feria a cada tentativa de voar.

E eu estava cansada disso. Exausta.

Naquela noite, finalmente aprendi que não existiria luz em fim de túnel nenhum enquanto eles fossem o túnel a me sufocar.

29

TENTO ENCONTRAR MAMÃE DE NOVO. Tento todos os dias, sem sucesso. Ela nunca está no Grind Cafe quando passo por lá, tampouco na praia. Para uma cidade tão pequena, Hillbourne parece teimosa demais, determinada a frustrar todos os meus planos. Uma cidadezinha cheia de personalidade.

— O que esses pobres cookies fizeram a você? — Levi surge atrás de mim.

Na bancada, jazem os corpos estraçalhados dos biscoitinhos.

— Estava testando uma receita. — Aponto para o pote de sorvete.

— Hum, parece bom. — Ele pega uma taça de sobremesa e começa a se servir. — Eu tô faminto.

— Claro, passou o dia naquele videogame.

— Estou quase zerando um jogo. Só vim me alongar e comer um pouco, já vou voltar.

Permaneço de cara amarrada, olhando para o pequeno quintal através da janela. Um esquilo passeia na nossa cerca de madeira.

— Come também. — Levi enfia uma colherada de sorvete com pedaços de cookies na minha boca.

— Hum! — resmungo, mas está uma delícia e eu mudo o tom. — Huuum...

— Eu acho que você deveria parar de pensar no curto prazo, sabe? — diz ele.

— Como assim?

Roubo a colher e pego mais um pouco de sorvete para mim. Levi me espera lamber a colher para roubá-la de novo.

— Essa estratégia de ficar esbarrando com ela não é muito boa, até porque depende muito da sorte, o que você não anda tendo, por sinal.

— Ei.

— E, na melhor das hipóteses, você vai se tornar uma conhecida. Mais uma nessa cidade onde todos se conhecem.

O medo me faz arrepiar. Ele tem razão. Levi coloca a colher na pia, junto à tacinha vazia.

— Só estou dizendo: você precisa pensar em outra estratégia, criar um tipo de contato permanente que vai fomentar a amizade de um jeito natural. Uma amizade verdadeira.

— Tipo o quê?

— Sei lá. E se você trabalhasse no Grind Cafe?

A ideia ilumina minha mente. Ele aponta para o corredor.

— Vou lá terminar de massacrar aqueles fedelhos presunçosos. Acredita que eles têm treze anos e acham que podem me vencer?! Vão dormir chorando hoje.

Levi deixa seu perfume amadeirado na cozinha. Impregnada ao cheiro marcante, está essa nova ideia. Eu não quero trabalhar no Grind Cafe. Isso me daria poucos minutos com ela, e só nos dias em que fosse almoçar por ali, mas e se...

Procuro no balcão pelo jornal da semana. Eu me lembro de ter notado uma coisa nele quando o estava lendo anteontem. Folheio as páginas até encontrar a pequena coluna com as informações sobre a edição, o endereço do jornal e a ficha técnica de quem trabalha ali. Em letras pequenas e serifadas, está "Helen Carter" ao lado de "secretária executiva".

Seguro o jornal, ansiosa. Encaro fixo a pequena coluna.

Como seria trabalhar com mamãe?

Pego meu celular e abro o aplicativo de mensagens.

Alison:)
Preciso de ajuda.

J4rv1s
Como posso ajudá-la?

Explico para ele que quero tentar um emprego, mas Jarvis é categórico em dizer que eu devo pedir ao Astra primeiro. A obediência dele me irrita.

Alison:)
Não preciso da permissão dele.

Vamos lá, por favor!

J4rv1s
Talvez a senhorita não precise da autorização dele, mas eu preciso. O que está me pedindo para fazer é muito arriscado, e, se vocês não tomarem muito cuidado, poderão ser pegos em flagrante com documentos falsos.

Inspiro fundo. Maravilha. Vou ter que ligar para o hacker.

— Deixe-me adivinhar. — A voz dele é de um condescendente cretino, e, ainda assim, fico feliz ao ouvi-lo de novo. Acho que não escolhemos mesmo as pessoas por quem vamos nos afeiçoar. — Você quer o divórcio.

— Oi para você também, Astra.

— E aí, como você está?

— Falando nesse tom, parece até que estava com saudade de mim.

— É claro que eu estava com saudade de você, princesa.

No mesmo instante, o mundo escurece ao meu redor.

— *Nunca* me chame assim de novo.

O tom da conversa muda de maneira tão brusca e sombria que ouço o barulho do Astra se ajustando melhor na cadeira.

— Perdão. — A voz dele soa lívida do outro lado da linha.

Fecho os olhos com força, o punho apertando o celular. Droga, droga, droga! Bastou uma única palavra para que eu sentisse o hálito ardido do Prince na minha cara e tudo dentro de mim se abalasse com o medo. Desfaço a careta com uma arfada inaudível, massageando minha testa. Será que nunca vou superar por completo?

— O que eu quero dizer é... — Olho para cima, buscando as palavras. — Será que dá para conversar comigo sem flertar?

— Desculpa, é mais forte do que eu. — Ele soa comedido. — Vou tentar.

— É irritante, Astra. Olha, só estou ligando porque o Jarvis insistiu. Eu preciso de um emprego.

Ele estala a língua de um jeito risonho.

— Você e quase oito por cento da população do Reino Unido, querida. Estamos em crise.

Apoio o celular no ouvido com o ombro e começo a limpar a bagunça que fiz na bancada.

— Eu falo sério.

— Falando sério? Então tá. De jeito nenhum! Enlouqueceu? É muito arriscado. Se não te descobrirem na análise da documentação, com certeza vão descobrir no cotidiano quando você falar um monte de besteira porque não conhece as coisas do nosso mundo.

— Ah, para com isso. Não sou burra, sei me virar. Além disso, passei as últimas semanas assistindo documentários e lendo muito, já sei bastante coisa. O *Titanic*, por exemplo.

Astra ri. Fico esperando por uma resposta que não vem.

— Então?

— Minha resposta ainda é a mesma.

— Por favor, isso é muito importante para mim.

— Desculpa, gata, é perigoso demais.

Largo o pano de prato e pego o telefone do ombro.

— Preciso te lembrar o que está em jogo para você? Porque seria a primeira pessoa a viajar *daqui* pra Terra do Nunca. Imagine! Pisar em terras mágicas, conhecer sereias e fadas, todas as aventuras daquele mundo inóspito...

— Agora, você pegou pesado.

Abro um sorriso.

— Vai dar certo, não se preocupe. Eu não pediria se não fosse importante.

— Você já tem alguma ideia de trabalho ou quer um emprego qualquer só para experimentar como a nossa vida é miserável nesse mundo?

— Quero trabalhar em um jornal.

— Eles ainda existem?

— Aqui, sim.

— Certo, deixe-me pensar.

Barulho de teclas. Conversa distante entre ele e Jarvis. Resmungo. Mais som de teclas. Enquanto isso, termino de limpar a bancada, guardo o sorvete e vou me sentar na sala.

— Olha, eu tenho um plano.

— Sou toda ouvidos.

— Vou criar um currículo falso. Você vai ser formada em Marketing, porque qualquer idiota dá conta disso, mas precisa ter aulas de computação com o Jarvis.

— Ok, eu adoro o Jarvis — respondo, animada.

Pareço até a filha dele, feliz por ter conseguido o que queria.

— E eu só vou te entregar o currículo quando ele me disser que você está pronta.

— Justo.

— Eu falo sério, Alison. Pode levar dias ou meses, não importa, só vou...

— Não pode levar meses.

— Só vou te entregar seu currículo quando o Jarvis me disser que você está pronta.

Reviro os olhos.

— Ok, tá bem.

— E, por favor, não esquece de me avisar quando vocês já tiverem uma data para ir embora.

— Não vou, relaxa.

A gente se despede e eu desligo.

J4rv1s

Fico feliz que tenha dado certo.

Será um prazer ajudá-la a entender os meus primos computadores.

Jogo o corpo para trás no sofá, ergo os braços e balanço as pernas entre risadas.

Serei a melhor aluna que o Jarvis jamais teve. Vou aprender tudo o que preciso em poucos dias e, antes do que possa imaginar, vou trabalhar com mamãe. Vai ser incrível!

30

NAS PRÓXIMAS TRÊS SEMANAS, eu passo a acordar cedo, então faço alguns alongamentos, depois a meditação e, por fim, o desjejum. Tudo isso antes das nove. Porque, às nove em ponto, eu me sento em frente ao notebook para Jarvis me ensinar computação: desde a lógica básica do software até digitar mais rápido e usar os programas principais, como o editor de texto.

Ele tem acesso remoto ao notebook e conversa comigo através dos fones. É muito engraçado como a gente tenta se entender nesse processo. Jarvis é paciente e não se importa em repetir várias vezes a mesma lição.

Todos os dias, de domingo a domingo, eu fico na frente do computador das nove ao meio-dia, então de novo das duas e meia às seis. Depois que Jarvis se desconecta, eu costumo tomar um banho e jantar com Levi na sala enquanto assistimos a algum documentário. Então, antes de dormir, repasso o que vi nas aulas do dia.

Durante essas semanas, eu fico tão focada em aprender o máximo que posso no menor tempo possível que não reparo muito em como Levi tem acordado cada vez mais tarde e ficado cada vez mais em seu quarto. Ele está entediado, isso é óbvio, mas eu estou ocupada demais para tentar animá-lo.

Além de me ensinar o básico de um computador e dos programas que possivelmente terei que usar, Jarvis também me ajuda nos ensaios para a entrevista de emprego e dá algumas lições de marketing. Um treinamento completo.

Assim, no último dia de maio, depois de tanto esforço, recebo um e-mail do Astra. Ele anexou meu currículo e disse que, se fizerem uma pesquisa básica sobre mim, vão achar todas as informações que comprovam o que está no currículo. Eu só preciso torcer para não investigarem direito, mas ele acha que não farão isso. Termina dizendo que o Jarvis aprovou o currículo; está compatível com a nossa história falsa de *background*, embora ele não saiba que história é essa porque "minha máquina idiota se recusa a compartilhar comigo". Dou um sorrisinho. Jarvis é fiel a todos os seus amigos, não apenas ao criador.

Abro o anexo e vejo o currículo. Como Astra disse no e-mail, ele não fez nada muito impressionante, para não desconfiarem. O curso foi feito por EAD em uma faculdade da Austrália, bem longe para eles ficarem com preguiça de averiguar. E minha única experiência é como estagiária em uma empresa falsa, com uma carta de recomendação e o contato dele.

Memorizo todo o currículo, cada informação ali. São três horas da tarde quando termino. Tempo suficiente para ir hoje mesmo entregá-lo no jornal.

Tomo uma ducha rápida, visto uma roupa que beira o formal e o criativo e dou uma checada no espelho antes de guardar na bolsa o pen drive com o currículo salvo. Vou passar em uma papelaria no caminho para o Olden Times.

Ao bater à porta do quarto de Levi, não espero resposta e já abro um pequeno vão. O quarto está escuro. Ele retira o visor do videogame.

— Estou indo no jornal para entregar meu currículo.

— Já ficou pronto?

— Levou quase o mês inteiro, eu não diria "já".

— Boa sorte. — Levi recoloca o visor. — E tenta ficar tranquila, lembra que você só está entregando um currículo.

— Obrigada, até mais.

Vou até a parada do bondinho e, enquanto espero, meus pensamentos saltitam entre as dicas que aprendi com o Jarvis, as informações do currículo e algumas orações curtas. Só que tudo isso me deixa mais nervosa, então tento me concentrar apenas em respirar.

Pórthica me incumbiu de uma missão. Ao me salvar no deserto, ele disse que eu deveria amar a minha mãe incondicionalmente, assim como ele me amou. E eu acho que não poderia haver um jeito melhor de cumprir essa missão do que me aproximando dela.

O bondinho passa quase vazio. Sento-me ao lado de uma janela.

— Por favor — sussurro bem baixinho —, que não seja apenas por mim. Que seja uma bênção para ela também.

✦ ✦ ✦

O prédio fica um pouco longe do centro, próximo do morrinho da igreja. É grande, cheio de janelas, e as paredes cinza remetem a uma imagem industrial. O letreiro OLDEN TIMES é bonito e excêntrico, feito em bronze, mas está enegrecido pelo tempo. Diante do jornal fica um estacionamento, o chão coberto de pedrinhas e, na lateral direita, um canteiro com flores e a estátua de uma moça feita em pedra cinza.

Empino o queixo, jogo os ombros para trás e vou decidida para a entrada. Por dentro, o local é um vão quase sem mobília alguma. A recepção fica a uns dez passos em linha reta. Helen ergue o rosto quando a porta se abre.

— A-Alison? — Ela soa surpresa, confusa ou desconcertada.

Oh, céus! Eu estraguei tudo. Seguro o impulso de sair correndo.

— Helen? — Finjo surpresa também, paralisada diante da porta. — Hã... Oi!

— O que está fazendo aqui? — O sorriso gentil dela me deixa um pouco menos tensa.

— Eu só estava entregando currículos na cidade. — Ergo a pasta que comprei na papelaria.

— Ah, legal. Por favor, pode entregar para mim. — A simpatia de mamãe é tão pura que me deixa constrangida. Vou até a mesa dela e entrego a pasta de papel. — Sabe, a senhora Mackenzie não está contratando, mas ela adora ajudar a comunidade, e bem que o Jack está precisando de uma assistente. — Helen aponta para o canto extremo esquerdo do balcão.

Depois de algumas pilastras e próximo da janela panorâmica com vista para o mar, há uma mesa envolta pela fumaça de cigarro. Uma figura esguia, vestida toda de preto e com boina na cabeça, digita tranquilamente no computador. Se nos ouviu, está ignorando.

— Ele é o jornalista, certo?

— Aham. Como eu disse, não há vagas abertas, mas talvez a senhora Mackenzie se anime a contratar uma assistente de redação.

— Entendi, muito obrigada.

— Vou torcer por você. — Ela sorri cruzando dois dedos.

Repito o gesto para mostrar que também estou na torcida, mas a minha expressão feliz desmorona assim que deixo o balcão. Não há vagas. Nenhuma garantia.

Volto cabisbaixa para o ponto do bondinho.

✦ ✦ ✦

Um dia inteiro se passa. Não há notícias de Helen, nem por e-mail, nem por telefone. Eles não vão me contratar. Não vão sequer me entrevistar.

Ignoro a batida na porta, que se abre logo depois.

— Ei, o que acha de a gente jantar no Grind Cafe hoje?

A luz do corredor passa por cima do meu corpo na cama e lança sombras longínquas no quarto.

— Não estou com vontade.

— Ah, qual é? Você não pode ficar assim, vamos pensar em outra coisa.

— Desculpa, Levi. Hoje, não.

Ouço um suspiro desanimado, depois os passos dele se afastando. Levi não fechou a porta. Droga. Pondero o que seria menos pior: me levantar para fechar ou permanecer encolhida com essa luz que estraga meu clima lúgubre.

É claro que eu não vou ficar assim por muito tempo, mas, só por hoje, quero viver meu luto. A ideia de trabalhar com mamãe era a melhor chance de conquistar sua amizade, e agora eu tenho um monte de momentos imaginários que nunca vão acontecer. Teria sido...

O telefone está tocando.

Sento-me num rompante. Será? Que outra pessoa teria nosso número?

— Alison! — grita Levi lá de baixo. — É para você!

Salto da cama e saio correndo feito uma gazela assustada. Quase caio nos degraus da escada, escorrego ao virar o corredor e paro ao lado do telefone por um segundo a mais, o suficiente para tomar fôlego antes de atender.

— Alô? — digo com uma voz que fica exatamente no limite entre o normal e o emocionado.

— Senhora Hazy?

— Eu prefiro Rivers. Sim, sou eu.

— Me chamo Margaret Mackenzie. Sou a CEO do Olden Times e gostaria de saber se você tem disponibilidade para uma entrevista na sexta-feira pela manhã?

— Sim. Tenho disponibilidade e interesse.

— Ótimo. Minha secretária enviará um e-mail com mais detalhes. Será um prazer te conhecer.

— Igualmente. E obrigada pela oportunidade.

A linha fica muda. Levi está do meu lado, esperando em expectativa.

— Consegui uma entrevista!

Ele comemora com o punho cerrado e eu, com risinhos de alegria.

— Mas, oh! A voz dela... — Deixo meu corpo cair desfalecido no sofá.

— Quem era?

— A própria chefe executiva do jornal. Achei muito educado da parte dela ligar pessoalmente para marcar a entrevista.

— E um pouquinho assustador — adivinha ele.

— Isso também.

No fim das contas, Levi e eu resolvemos sair para comer no Grind Cafe. Vamos conversando sobre as nossas expectativas em relação a esse trabalho e a impressão que tive da senhora Mackenzie. A voz dela é de um feminino grave e austero e, com aquelas poucas palavras, já me passou a imagem de uma senhora elegante, porém exigente.

Agora que consegui a entrevista, não consigo ficar feliz como imaginei. Todo o nervosismo por saber que é essa senhora quem terei de impressionar me deixa sem fome. Levi termina comendo o prato dele e boa parte do meu.

31

OUTUBRO DE 2005

A COZINHA CHEIRAVA A PANQUECAS.

— Mamãe, liga pra titia Holly para mim?

— Por que você quer falar com a sua tia, docinho? — perguntou ela sem me olhar, concentrada no fogão. — Holly é muito ocupada.

— É dever de casa.

— Dever de casa?

Mamãe colocou mais uma concha de massa na frigideira. O cheiro de baunilha subiu com a fumacinha. Me aproximei da ilha no meio da cozinha e estiquei o braço para roubar um pedacinho de panqueca.

— Ei! — Ela afastou o prato. — Que dever de casa é esse?

Lambi os dedos.

— A gente tem que entrevistar um adulto que a gente admira.

— É mesmo?

— Aham. Estamos aprendendo mais sobre as profissões. E depois da entrevista a gente precisa escrever uma redação falando o que quer ser quando crescer.

Mamãe abriu um sorriso. Ela ficava linda com o lenço colorido na cabeça, ainda mais quando sorria. Mamãe tinha o sorriso mais amável do mundo.

— Eu posso responder suas perguntas.

— Não quero entrevistar você, quero a tia Holly.

— Mas, docinho...

— Você não tem profissão, mãe.

O sorriso tremeu. Uma pequena ruga apareceu entre as sobrancelhas dela.

— Oh, mas eu tenho, sim.

— Tem?!

— Eu sou a sua mãe.

Minha risada a fez esticar as costas. Ela não estava mais sorrindo.

— Isso não é profissão de verdade, bobinha — falei, risonha, balançando a cabeça.

Mamãe deu as costas e virou a panqueca. Ela continuou de costas para mim.

— Pode ligar pra tia Holly?

— Sim, em um minuto. Só vou terminar essa panqueca. — A voz dela estava mais macia e baixinha.

— Tá bom.

Deixei a mochila cair no chão e me sentei no tamborete da ilha. Aproveitando que ela estava de costas, roubei um pedacinho de panqueca.

Eu não sei por que nunca me esqueci dessa memória.

Talvez porque eu queria ter dito que a amava e que ela era a melhor mãe do mundo, mas não disse. Talvez porque, depois de adulta, eu queria ter dito o quanto ela era uma mulher incrível, mas não disse. Nunca disse as palavras gentis que gostaria, apenas as de raiva e decepção. Essas, eu nunca contive.

E esse é apenas um dos meus muitos arrependimentos.

32

SEXTA-FEIRA. 17H35. Estou parcialmente deitada no sofá, com a cabeça apoiada no encosto de braço, os olhos pregados no telefone sobre a mesinha lateral. Atrás de mim, no espaço livre da sala, Levi faz movimentos com um controle, a visão coberta pelos óculos de realidade virtual. Ele solta expressões e gemidos típicos de combate.

Inspiro fundo e solto o ar. Por que ainda não tocou? Eles disseram que iam me ligar caso eu tivesse sido aprovada na entrevista. Imaginei que seria hoje.

Não consigo avaliar quão bem ou péssima eu fui. Teve aquele momento inicial quando abri a porta com força demais e derrubei um vaso de flor, depois o barulho estranho de pum que o estofado de couro emitiu quando me sentei. Os dois incidentes me deixaram tão desconcertada que gaguejei nas três primeiras perguntas. Mas o pior mesmo foi quando ela me perguntou: "Quais são os seus pontos fortes?". Eu respondi: "Sim, sou muito forte, treinei artes marciais por três anos", e os olhos dela se arregalaram um pouco. Imagino que tipo de maluca ela pensou que eu fosse.

Olho para o relógio. 17h45. Afundo a cabeça no encosto.

— Eles não vão ligar.

— Segura essa granada agora, seus piratas de água doce!

Resmungo com a cabeça enfiada no sofá. Oh, céus. Eu só queria que me ligassem logo para colocarem um fim no meu sofrimento, nem que fosse para dizer: "Olha, em todos esses anos de empresa, a gente nunca viu uma candidata tão ruim quanto você. Nós não te contrataríamos nem que fosse para fazer caridade".

O telefone toca. Paro com a mão a um palmo do gancho. Não vou expor meu desespero a ponto de atender ao primeiro toque. Espero só mais um.

— Alô?

— Alison, sou eu.

— Oi! Por favor, conta como se estivesse arrancando um curativo. Estou pronta.

Fecho os olhos com força.

— Você conseguiu.

Dou um grito bem alto e aí me lembro que ela está do outro lado da linha.

— Desculpa.

Helen ri.

— Tudo bem, já ouvi gritos piores. Você começa na segunda, às nove.

— Pela primeira vez na vida, eu estou ansiosa por uma segunda-feira.

A gente troca mais algumas palavras e se despede. Assim que desligo o telefone, pulo do sofá, dançando de alegria.

— Ouvi o seu grito. — Levi deixa o Xbox de lado e vem me abraçar. Ele agarra meu pescoço com o braço do gancho e usa a mão para esfregar minha cabeça. — Parabéns!

— Obrigada. — Eu o empurro para longe e ajeito o cabelo. — Vamos comemorar?

— Grind Cafe?

— Pensei em um piquenique na praia.

— Uuuuh. Gostei.

Mas logo descobrimos que não temos uma cesta, tampouco as comidas de piquenique, então resolvemos sair para comprar primeiro. O problema é que, depois de ir e voltar a pé do supermercado e de montar todos os lanches, estamos suados demais para sair. Assim, lá se vai mais uma hora até nós dois tomarmos banho, revezando o único banheiro da casa.

Quando por fim saímos, já são quase oito e meia da noite. A sorte é que, nessa época do ano, o sol ainda brilha no céu. Seguimos para a praia em nossas bicicletas. Levi forra as pedrinhas com uma manta, e eu disponho as comidas e latinhas de refrigerante.

— Acho que nunca vou superar isso — comento ao jogar uma pedrinha de lado.

— É como diz aquele ditado pirata: nem toda água é salgada.

Pelo mirador, parecia que a praia de Hillbourne tinha areia marrom; mas qual não foi minha surpresa quando chegamos à praia, no segundo dia na cidade, apenas para descobrir que não, ela não tinha areia. Em vez disso, eram milhões de pedrinhas o que nós víamos pelo espelho. Ainda fico boba toda vez que venho aqui.

De piquenique montado, Levi se senta na manta e eu me deito de lado, com as comidas entre nós. O cenário é perfeito. O sol fresco de fim de tarde, as crianças brincando na praia, alguns casais fazendo caminhada na orla e, no píer, o grupo de jovens que brinca de pular na água. A vida é calma e boa por aqui.

— Adorei a pasta de atum — digo de boca cheia. — Como você melhorou tanto suas habilidades culinárias?

Levi joga a cabeça para trás com a risada.

— Lembra dos nossos biscoitos de torrões? — diz ele ainda sorrindo.

— E das panquecas com gosto de formiga assada? Como poderia esquecer?

— Essas eram a especialidade do Thomas.

Nós dois rimos.

— Quando cheguei nos piratas — Levi começa enquanto come torradinhas com creme de chocolate —, eles não queriam me deixar lutar. Por mais que eu tivesse recebido a honra de ser aceito como combatente de guerra, o que, em teoria, me tornava um pirata, e não um refugiado, eu ainda tinha que ganhar a confiança da tripulação do navio para onde tinha sido enviado. Então eles me colocaram primeiro na cozinha, depois como trabalhador de convés, e assim eu fui subindo de cargo até chegar no círculo dos diretamente subordinados ao capitão.

— É impressionante. Sua evolução nos piratas e esse patê. Eu não sabia que os piratas cozinhavam tão bem. — Lambo os dedos ao terminar meu sanduíche.

— O capitão Ostra teria ficado muito ofendido se te ouvisse. — Levi se deita na manta com os braços cruzados atrás da cabeça. — Foi um tempo muito importante para mim, aquele na cozinha. O velho marujo me ensinou muitas coisas sobre a vida, não só culinária.

Deito-me também, fitando o céu marcado pelas cores sutis de um pôr do sol tímido.

— Então, como se sente? — pergunta ele.

— Como assim?

— Como se sente sabendo que eu cozinho melhor do que você?

Minha sonora gargalhada provoca certa comoção nele. Levi se vira de lado, para mim, o torso parcialmente erguido pelo braço.

— O que foi? É verdade. Pode reparar que você só tem feito comida simples no almoço, e os melhores pratos…

— Eu estava fazendo comidas simples porque não tinha muito tempo entre os estudos — reclamo. — Além do mais, vou começar a trabalhar, por isso não espere pratos elaborados de mim.

— Eu não vou.

Arregalo os olhos ao me sentar na manta, indignada com ele.

— Você é mesmo um convencido, né?!

Levi se deita de novo com os braços cruzados atrás da cabeça. Sua resposta é esse olhar atrevido e o sorriso torto.

— Quer saber? — Ergo um dedo. — Eu admito, você é melhor do que eu na cozinha.

Ele estreita os olhos.

— Acho que essa é a primeira vez que eu vejo Alison Rivers desistindo tão fácil de uma disputa.

— O que posso dizer? — Arrumo o cabelo com movimentos charmosos. — Sou uma jovem humilde — Levi desata a rir — e seria muito egoísmo da minha parte querer ser a melhor em combate *e* na cozinha.

Ele fica sério de imediato. Pisco um olho para ele.

— Você não é melhor do que eu em combate — diz ao sentar-se.

— Quer tirar isso à prova?

— Está falando sério?

Inclino-me um pouco mais para perto dele.

— Três anos na Ordem, lembre-se disso. Eu sou melhor do que o Thomas, e você não é páreo pro Thomas.

Levi abre a boca, mas as palavras não chegam a sair. A cara dele é tão engraçada, absurdamente indignada, que eu perco a compostura e rio.

— Não. — Ele se põe de pé. — A gente vai tirar isso a limpo.

Levi se distancia até as crianças que estão brincando próximo. Observo. Ele quer que a gente lute com as espadas coloridas dos pirralhos? Então tá.

Quando retorna, vem acompanhado dos meninos.

— Aqui está o seu sabor de luz.

— *Sabre* de luz — dizem as crianças ao mesmo tempo.

— Foi o que eu disse.

— Não preciso — respondo ao me levantar. — Eu vou roubar o seu. — E dou uma piscadela.

— Oh, você está tão ferrada! Eu ia pegar leve, sabe? Não queria te humilhar na frente das crianças, mas...

— Não adianta apelar para os meus sentimentos, Levi. — Estalo o pescoço, alongando-me. — Porque eu realmente vou te humilhar diante desses pequenos terráqueos.

É tão prazeroso ver que ele está caindo como um patinho nas minhas provocações, o rosto quase tão vermelho quanto o sabre de luz.

As crianças se afastam um pouco, torcendo por Levi, enquanto a gente se encara. Ele faz o primeiro golpe de reconhecimento. Eu me desvio sem esforço algum. Ele avança três passos com golpes mais contundentes, enquanto me desvio com graça e leveza.

— Está com medo? — provoca Levi.

— Apenas me aquecendo.

Mas não é só isso. A cada movimento e golpe, eu o estudo. Todo guerreiro tem um movimento que o denuncia, e o de Levi está nos olhos: ele verifica o local onde vai atacar meio segundo antes do golpe. Isso vai ser moleza.

Então, eu contra-ataco. Primeiro, com um movimento de perna que o desequilibra, e um chute nas costas termina de derrubá-lo. Levi se volta para mim, irritado. Seus movimentos estão menos calculados agora, mais emotivos. Ele chega num ataque tão veloz que eu me defendo com golpes reais. A gente se afasta. Há indício de sangue em uma narina dele. Melhor eu terminar isso logo.

Desfiro, então, meu primeiro ataque na luta: uma sequência de movimentos rápidos. Levi mal tem tempo de se defender, o sabre de luz fica comigo. Eu giro a arma e, ao defender-se do ataque, Levi acaba derrubando nós dois. Eu caio por cima, a lâmina vermelha sobre a garganta dele.

— Venci — sussurro.

— Não exatamente. — Ele olha para baixo.

O braço dele envolve minha cintura, o gancho sobre a lateral da barriga.

— Eu morreria primeiro, mas você não escaparia viva com essa ferida.

— Uau, você aprendeu o meu golpe.

— Claro que não.

— Na sua cabine, lembra?

— Eu não aprendi com você. — Levi se inclina para frente e nossos rostos ficam a milímetros um do outro.

Nesse exato segundo, meu universo congela. Ele tem cheiro de loção pós-barba. Seus olhos me encaram com intensidade, o cinza em contraste com o negro dos cílios. Meu coração dispara. Eu o empurro de volta para o chão, pego impulso no movimento e me levanto. Bato no corpo como se tivesse areia, um movimento automático apenas para ganhar tempo. Minha barriga está gelada, as bochechas pegam fogo, e a droga do meu coração não quer se acalmar. Ai, não, não, não!

— Você foi muito bem — diz uma das crianças.

Entrego o bastão para ele.

— Obrigada.

Vou direto para a manta com o piquenique, não quero olhar para Levi agora. Estou tremendo por dentro, um evento cataclísmico resultado das centenas de borboletas que batem suas malditas asinhas no meu estômago. Ajoelho-me e respiro fundo. Não sei o que diacho aconteceu, mas...

— Preciso admitir que você me surpreendeu. — A voz dele tem um efeito devastador.

Mantenho os olhos para baixo, fingindo que estou guardando nossas coisas. Não, por favor, não posso.

— Por que já está guardando as coisas? Vamos assistir ao pôr do sol, você adora isso.

Continuo empenhada na minha tarefa. Ele coloca a mão sobre a minha.

— Está com frio?

Eu a puxo rápido. O coração continua batendo forte demais. *Alison, pelo amor de Deus.*

— Alison?

Fecho os olhos. Não consigo respirar direito. Travo a mandíbula, forço o ar para dentro e, quando me viro para ele, estou com uma máscara de serenidade e um sorriso polido.

— Tá bom, vamos assistir ao pôr do sol.

Sento-me de frente para o mar e abraço os joelhos. Encolhida. Levi se senta ao meu lado e envolve meus ombros com o braço. O corpo dele é quente em contato com o meu. Me sinto derreter. Preciso me esforçar muito para não deixar os olhos marejarem.

— Eu não quero falar isso, mas... — diz Levi baixinho. — Você, hã... Aquela luta foi...

— Não precisa falar — corto.

— Está chateada?

— Não.

— Jura? Porque...

— Não estou chateada. — Sinto o olhar dele sobre mim. Viro o rosto um pouco mais para que ele não consiga ter uma visão muito boa. — Sabia que eu não ganhei um dom? Fui a primeira pessoa em centenas de anos que não recebeu nada dos Fundadores. Então, quando estava na Ordem, a única coisa que eu achava que tinha era a minha própria vontade de aprender. Eu me tornei a melhor guerreira da turma porque não tinha outra opção.

Ele continua me fitando. Solto o ar e viro-me para ele com raiva. Queria que a minha encarada fizesse Levi desviar os olhos, mas ele sustenta minha fúria silenciosa.

— Não sei como dizer isso, mas estou orgulhoso de você.

Viro a cabeça para o mar. Levi faz o mesmo.

É bom que ele pense que estou com raiva por me lembrar de não ter recebido um dom. É bom que ele não faça ideia de que estou com raiva de mim mesma por nunca ter percebido seus sentimentos quando éramos mais jovens. Que ele não veja o quanto estou lutando, com forças, unhas e dentes, para não me apaixonar agora que é tarde demais. Porque eu sei que Levi não mudou; ele sempre foi assim, carinhoso comigo. Sou eu quem mudou. E estou tentando desesperadamente me agarrar a um ponto seguro que me impeça de cair.

Eu tento dizer a mim mesma que não é tarde demais, que ainda consigo caçar e matar cada uma dessas borboletinhas, ainda consigo colocar um freio no meu coração. Ainda não é tarde demais.

O sol tinge o céu de um amarelo respingado de laranja.

Por dentro, eu também sangro em cores crepusculares.

33

MAIO DE 2012

EU MAL PODIA RESPIRAR.

Estava lendo *O diário da princesa 3* na biblioteca da escola enquanto aproveitava um intervalo entre as aulas, porque, mais do que oxigênio, água ou comida, eu precisava saber o que ia acontecer na história. A verdade era que eu sempre ficava terrivelmente obcecada com qualquer coisa escrita por Meg Cabot. Juro, aquela mulher só podia ser bruxa, e as palavras eram o seu feitiço mais poderoso.

O livro pertencia à Olivia. Eu o levaria comigo para casa, mas era arriscado demais ler escondida no meu quarto, já que ele implicaria se eu trancasse a porta. Então eu aproveitava cada momento livre na escola para devorar o máximo de páginas possível. Já tinha lido a série completa de *A mediadora* e vários outros nesse mesmo esquema. Melhor definição de sorte: ter uma amiga com o mesmo gosto literário que você.

— Oh, perdão — disse uma voz masculina.

Ergui os olhos. O rapaz estava no início do corredor.

— Não sabia que já tinha alguém aqui — explicou.

— Podemos dividir. — Avaliei o espaço livre como uma forma de provar meu ponto.

Aquele espaço era o meu favorito na biblioteca. Apesar do cheiro rançoso de histórias enclausuradas entre tintas e papéis e da obscuridade, porque as duas lâmpadas tinham calhado de ficar entre as estantes, acho que era justamente por esses motivos que eu adorava aquele canto específico.

Ele deu só mais alguns passos e se sentou recostado na estante oposta àquela onde eu tinha me escorado. Reparei no cabelo louro-escuro dele — ou deveria dizer castanho-claro? —, nos olhos de um verde caramelizado, na covinha no queixo. Então percebi que estava encarando e abaixei a cabeça bem rápido.

— Meu nome é Blake, a propósito.

Ergui os olhos por cima do livro. Blake tinha um sorriso de satisfação no rosto.

— Helen — respondi, tímida demais para sorrir de volta.

Ele pegou um livro de sua mochila. Arregalei os olhos quando vi a capa. De novo, abaixei a vista antes que ele percebesse. Não era da minha conta se estava lendo um romance erótico. Mesmo assim, me senti ingênua e imatura com meu livrinho de princesa. Queria me encolher até sumir.

— Estou tentando aprender do que as mulheres gostam, para quando chegar a minha chance. — Som de páginas sendo viradas. — Então acho que podemos dizer que essa é uma leitura didática.

— Não é da minha conta — retruquei sem erguer os olhos.

— Eu sei. — A resposta veio baixa, quase inaudível. — Mas, por algum motivo, acho que me importo com o que você pensa.

Mordi o lábio para conter um sorriso.

— Penso que você é bonito — respondi tão baixinho quanto ele.

E, no mesmo instante, me arrependi disso. Meu corpo inteiro queimou. Porém, em vez de simplesmente morrer de vergonha, daquelas chamas nasceram borboletas.

Acho que aquela foi a primeira vez que senti o tal *frisson* por alguém. A primeira, de muitas vezes, que o meu coração disparou por ele. E entendi, de verdade, o que Meg Cabot conseguia descrever tão bem.

34

TEM BALÕES NA MINHA MESA. Coloco a bolsa pendurada no encosto da cadeira giratória e pego o cartão de cima do teclado.

```
Seja bem-vinda!
Estamos muito felizes em ter você aqui.
```

O cartão foi escrito à mão, com uma caligrafia delicada em cor-de-rosa e pétalas coladas ao redor da mensagem. Reconheço as florezinhas do jardim da frente.

— Acho que nunca fui tão bem recebida em uma empresa antes.

Olho para Helen e levo o cartão ao peito com um sorriso sem mostrar os dentes. É tão surreal estar aqui, tão maravilhoso ser recebida assim — e por ela! —, que me sinto anestesiada. Em resposta ao meu gesto, mamãe faz um coração com os dedos. É a coisa mais fofinha que jamais vi.

— Posso te apresentar o jornal? — pergunta ela.

— Por favor.

Helen gira com os braços abertos.

— Esse é o balcão criativo. Eu sei que o nome é irônico, já que não tem nada de criativo no espaço, mas chamamos ele assim porque é o local onde nossas matérias nascem. Mas, considerando que é o Jack quem as escreve, talvez o nome continue sendo irônico.

Ela dá de ombros e eu rio.

O "balcão criativo" é aquele espaço quase vazio que vi quando entreguei meu currículo. Tem as colunas, as janelas e só. O teto não é forrado, de modo que ficam expostos o encanamento e o suporte das lâmpadas. Diante da recepção, onde mamãe trabalha, ficam um sofá e duas poltronas de espera, além do tapete vermelho-rubi e da mesinha de centro com revistas e exemplares do jornal.

Seguindo alguns passos à esquerda da recepção, alinhada com a mesa dela, fica a minha estação de trabalho. Mais adiante, lá no extremo esquerdo, a mesa do jornalista com o privilégio da janela panorâmica e vista para o mar. Ele ainda não chegou. Noto que o computador dele não é o mesmo de quando estive aqui na semana passada.

— Ele ficou com o computador novo — explica Helen. — Eu peguei o antigo dele e você ficou com o meu.

Assinto.

— Justo, sou a novata.

— Esse é o espírito. — Ela dá uns tapinhas no meu ombro.

À direita da porta de entrada, há uma escada para o escritório da senhora Mackenzie. Helen não precisa me levar até lá porque já fui na sexta passada, quando vim fazer a entrevista. Em vez disso, seguimos pelo corredor, passamos pela copa e chegamos ao setor gráfico. Aqui é onde o jornal é impresso, mas a gráfica está desligada. Helen explica que o pessoal dali trabalha no sábado, porque o jornal só é entregue aos domingos.

Voltando para o balcão, ela abre uma porta que nos leva ao jardim dos fundos. Há uma grande árvore no centro e várias mesinhas com cadeiras de ferro pintadas de branco, onde os funcionários podem descansar e comer.

— Eu adoro vir matar o tempo aqui. — Helen se acomoda em uma das cadeiras.

Sento-me também. A vista do mar é linda.

— Parece ótimo para espairecer.

— Onde está a minha assistente? — Alguém surge na porta dos fundos.

A figura delgada está vestida em cores escuras e usa a típica boina. Levanto-me.

— Oi! Muito prazer, eu sou...

— Minha assistente, eu sei. Vamos lá, não tenho o dia inteiro. — Ele vai embora antes que eu possa reagir.

Helen ergue as duas mãos, um sorriso contido no rosto.

— Esse é o Jack.

— Encantador.

Caminho em direção à porta.

— Alison? — Olho para trás. — Não deixe que ele te intimide.

Não sei se é impressão minha, mas o tom de voz pareceu maternal.

— Pode deixar — digo fazendo um joinha para cima.

Jack está esperando na minha mesa, sentado com uma perna em cima dela.

— Por que o seu computador não está ligado ainda?

— Porque a Helen estava me apre...

— Não importa, a primeira coisa que você deve fazer ao chegar aqui é ligar o computador.

Seguro as palavras que pensei em responder e me sento diante da máquina. Então percebo que não sei ligá-la. Jack fica me analisando. Ai, meleca. Onde liga isso? É bem diferente do meu notebook, aqui eu só tenho uma tela e o teclado. Tento apertar o único botão aparente, mas ele não está funcionando.

Jack suspira alto e aperta outro botão, de uma máquina pequena acoplada atrás da tela e que, obviamente, eu não tinha visto.

— Você sabe pelo menos usar o Word?

— É claro que sei — resmungo em tom sério. — Não se preocupe comigo.

— Não vou mesmo. — Ele se levanta e começa a caminhar em direção ao seu espaço de trabalho, as mãos cruzadas atrás das costas. — Eu te enviei três briefings. Quero as matérias escritas até quarta-feira na minha caixa de e-mail.

Deus meu. O computador já ligou, mas não reconheço a imagem inicial dele. Jarvis tinha me avisado que talvez eles utilizassem outro sistema operacional e, se fosse o caso, eu deveria usar a minha inteligência para descobrir como funciona, porque a lógica seria a mesma. Mas que inteligência?! Eu só tenho pânico em meu cérebro.

— *Psiu!*

Olho para o lado. Helen finge amarrar uma corda no pescoço e se enforcar. Ela põe a língua para fora e envesga os olhos. Dou uma risadinha. Depois ela diz "Você consegue" sem a voz, apenas com o movimento dos lábios. Respondo "Obrigada!" da mesma forma.

Então me viro de volta para o computador, muito determinada a manter esse emprego.

35

TERCEIRO DIA DE TRABALHO e eu já tenho certeza de que serei demitida.

Continuo rolando a página. Conforme as dezenas de comentários vão surgindo, todos ligados a riscos vermelhos, meu desespero vai crescendo. Ele odiou as matérias. Todas elas. Não teve um único elogio nessa porcaria. E eu achando que tinha ido bem por ter enviado as matérias um dia antes do prazo.

Leio novamente o e-mail.

jack.campbell@oldentimes.com

para alison.hazy@oldentimes.com quarta, 07/06/2028 9:55

Re: Matérias - Semana 24

Eu não tinha expectativa alguma e, mesmo assim, você conseguiu me desapontar. Parabéns. Envie as matérias reescritas para a revisora até amanhã. Para o seu próprio bem, espero que consiga atender a todas as alterações que pedi.

3 anexos • *Anexos verificados pelo Antivírus*

Não acho que já tive alguma vez um chefe tão chato e rigoroso, nem mesmo em Areia Vermelha. Analiso o primeiro comentário de uma das matérias: “Que início entediante! Seu objetivo é fazer as pessoas desistirem da própria vida?! Pelo amor de Deus, não se prenda ao briefing que mandei. Você viu os materiais de apoio??? Seja uma redatora e REDIJA. Se fosse para fazer sozinho, eu não precisaria de uma assistente.”

Meus olhos se enchem d’água, mas não é culpa dele. Quero dizer, um pouco de gentileza e sensibilidade fazem bem a qualquer um, mas eu sei que estou sensível porque tenho plena noção da minha incompetência. Não sou comunicadora, muito menos jornalista. Não sou formada, não sei o que estou fazendo e sinto que fui descoberta em dez minutos.

Uma súbita bolinha de papel me atinge na cabeça. Eu fungo e disfarço o choro antes de virar o rosto para mamãe. Ela sinaliza para que eu pegue a bolinha. Desamasso o papel. A única coisa escrita nele é o endereço de um site e, embaixo, o @Helen5398. Olho para mamãe, que anui em incentivo. Digito o endereço.

O site é azul, repleto de desenhos felizes. O título Blue Cherry ocupa o canto esquerdo em letra cursiva. E isso é tudo o que eu consigo entender, porque todas as demais informações estão em tracinhos e risquinhos que desconheço. No canto superior da página, aparece a opção “traduzir do coreano?”. Clico em “sim”, e a página atualiza. O botão principal diz “abrir uma conta”. Olho para Helen interrogativamente e aponto para o meu computador. Ela faz um joinha, sorrindo. Então tá.

Abro minha conta e, no fim do processo, aparece a opção de encontrar amigos. Digito o arroba do papel. A imagem que aparece é uma foto dela fazendo caminhada: a praia no fundo, os olhos semicerrados por causa do sol, o sorriso mostrando os dentes. Clico em “solicitar amizade”. Curiosa, a escolha de palavras. Quase no mesmo instante, o ícone de sino no canto direito superior fica azul-escuro. “Helen5398 aceitou seu convite de amizade!” Ah, se fosse tão fácil assim!

HELEN5398

ai meu deus que emoção!

finalmente tenho alguém pra conversar
nessa droga >D

ALISON_RIVERS

Risos.

HELEN5398

hã??

ALISON_RIVERS

Como assim?

Não entendi.

HELEN5398

eu que não entendi esse "risos"

ALISON_RIVERS

Ah, eu só queria indicar que estava rindo.

HELEN5398

LOL

ALISON_RIVERS

Ok, minha vez de dizer "Hã??"

HELEN5398

LOL é uma risada de verdade

hahahahaha

meu deus essa conversa tá hilária

quantos anos vc tem?

Começo a rir. Tanto pela forma sincera como ela disse aquilo quanto pelo desespero crescente de ser descoberta como alguém que não é desse mundo. A risada da Helen fica um pouco mais alta.

— Eu não me lembro de ver uma piada nas nossas matérias — reclama Jack de sua estação de trabalho.

Tapo a boca e controlo o riso.

HELEN5398

enfim, voltando ao assunto que eu queria comentar

todas as redes sociais são bloqueadas ou monitoradas aqui

descobri essa por acaso, então podemos conversar à vontade

\o/

ALISON_RIVERS

Legal. O que isso faz?

... alison_rivers está procurando uma figurinha ...

usuário enviou figurinha de raposa dançando

Que divertido!

HELEN5398

hahushudhsu vc é fofinha

então, é o seguinte: Jack é um velho amargurado com a vida, não liga muito pro que ele diz, tá?

ele também está tentando mostrar quem manda

tipo, ele acha que é o cachorro e você é o novo poste

ALISON_RIVERS

Eu sei.

Início de emprego nunca é fácil, muitas adaptações e tal.

Mas confesso que estou com medo.

Ele odiou todas as matérias. Tudinho!

HELEN5398

quer saber um segredo?

é o Jack quem está com medo
de ser demitido

ALISON_RIVERS

Oh, por favor.

HELEN5398

não, é sério!!

... helen5398 está digitando ...

já faz muito tempo que a senhora Mackenzie reclama com ele sobre falta de criatividade nas matérias, implica pra que ele faça cursos rápidos de atualização, manda indiretas sobre não receber nenhuma proposta inovadora...

ALISON_RIVERS

Eita!

HELEN5398

e agora ele tem uma assistente novinha, recém-formada, ansiosa pra trabalhar

percebe como ele pode se sentir ameaçado?

ALISON_RIVERS

Se ele soubesse...

HELEN5398

hushsuhsuhsus

então joga esse medo pela janela, arregace as mangas e mostra o seu talento!!

;)

ALISON_RIVERS

usuário enviou figurinha de raposa segurando coração

(Eu amei essa raposa.)

E obrigada, Helen. De verdade.

Significa muito pra mim.

HELEN5398

por nada <3

Então eu literalmente arregaço as mangas do meu terninho, amarro o cabelo em um rabo de cavalo e bebo um copo d'água. Depois, abro o primeiro arquivo para começar a mexer no texto, porém mal começo a reescrever o primeiro parágrafo quando a imagem do navegador de internet indica que tem uma nova notificação.

HELEN5398

p.s: eu acho que o Jack merece uma pegadinha no melhor estilo Jim Halpert

o que me diz?

... alison_rivers está digitando ...

Penso em algumas respostas, mas apago todas. Em vez de fingir que sei de quem ela está falando, resolvo pesquisar o nome na internet. Parece ser um personagem fictício.

HELEN5398

ai. meu. deus.

você nunca assistiu The Office?!

ALISON_RIVERS

Desculpa.

usuário enviou figurinha de raposa tímida

HELEN5398

não não, por favor, faz sentido considerando a sua idade

é uma série antiga

mas é tipo MARAVILHOSA

você precisa assistir, sério

ALISON_RIVERS

Quando você falou "considerando a sua idade", achei que estava me chamando de velha.

Risos.

A gargalhada da Helen é estrondosa. Jack solta um palavrão.

— O que diabos está acontecendo aqui hoje?!

Olho para o lado. Mamãe está vermelha, os ombros balançando, as duas mãos sobre a boca para conter a gargalhada. Vê-la rindo assim me faz rir também, e eu dou pequenos ronquinhos, o que deixa tudo ainda mais divertido. Helen e eu levamos bons minutos para conseguirmos controlar a crise de riso. Nesse meio-tempo, o Jack fica resmungando.

ALISON_RIVERS

Desculpa.

Eu vou procurar essa série para assistir, será a primeira coisa que vou fazer quando chegar em casa.

HELEN5398

adoro quando levam minhas indicações a sério :)

só me prometa uma coisa

ALISON_RIVERS

O quê?

Claro.

HELEN5398

promete que não vai desistir na primeira temporada

ALISON_RIVERS

Hummm, que medo.

Mas tudo bem, prometo.

Minimizo a janela de internet, coloco um fone de ouvido e uso músicas instrumentais de piano para ajudar a me concentrar no trabalho, mas é difícil fazer isso quando o sorriso insiste em apertar minhas bochechas e o coração teima em dar pulinhos de alegria. Todo o estresse do dia vale a pena se for para ver a nossa amizade começando a florescer.

36

MAIO DE 2011

DEITADAS DE BARRIGA PARA CIMA, a gente riu até perder as forças. Levei meu canudo de chocolate para a boca, como se estivesse fumando-o, e dei uma mordida. A playlist que Ollie havia escolhido era perfeita e, depois de um dia inteiro assistindo *Gilmore Girls*, estávamos felizes e relaxadas. Não havia preocupações quando eu estava na casa dela.

Mas infelizmente era chegada a hora de voltar.

Eu me sentei no tapete e passei a mão pelo rosto e pelo cabelo. Podia sentir os fios desgrenhados e as lágrimas de tanto rir ressecadas nas bochechas.

— É melhor se arrumar — disse Ollie, ainda deitada no chão — ou os seus pais vão perceber que você não estava estudando.

— O quê?! — Fingi surpresa. — Quer dizer que uma pessoa não fica assim depois de um dia inteiro estudando? Com os cabelos despenteados de tanto serem puxados e as lágrimas de desespero marcando as bochechas?!

Ela começou a rir, mas se engasgou com o canudinho de chocolate. Deixei uma Ollie com crise de tosse no quarto e fui para o banheiro da suíte. Ao sair de lá, fiz uma pose para a minha melhor amiga.

— Que tal agora?

Ela estreitou os olhos, pensativa.

— Só precisa fazer uma cara triste.

Inclinei os lábios para baixo em uma careta de infelicidade absurda.

— Perfeito, muito natural. — Ela bateu três palminhas.

Deixei a casa da Ollie de mochila nas costas e a passos arrastados. Não tinha pressa alguma de chegar em casa.

Assim que abri a porta da frente, senti que havia algo errado. É engraçado, considerando que, para mim, *sempre* havia algo errado. Mas daquela vez o pressentimento era um pouco pior. Ele surgiu do corredor que levava para a cozinha e a porta dos fundos.

— Helen, pode vir aqui, por favor?

Meu coração disparou de um jeito ruim. Será que eles sabiam que eu estava assistindo a filmes e séries na casa da Ollie? Ou tinham achado o livro que ela havia me emprestado, escondido debaixo da cama? *A hospedeira* com certeza era um título chocante para eles.

Fui caminhando bem devagar até o quintal. Ao atravessar a porta, congelei. No meio da grama, aos pés dele, estava uma pilha de livros. *Os meus livros*. A coleção inteira de Harry Potter que eu havia comprado com todas as economias que tinha conseguido fazer ao longo de meses e meses de mesada.

Ofeguei. Olhei para ele. Em suas mãos, uma caixa de fósforo.

— Eu quero saber por que você trouxe essa abominação para dentro da minha casa, Helen. Essa é a sua chance de se explicar.

Meu peito subia e descia conforme eu respirava a raiva. Aqueles livros não ficavam na minha estante, junto aos demais; eles estavam no meu guarda-roupa, escondidos em uma caixa que, por sua vez, estava debaixo e atrás de uma pilha de roupas.

— Você mexeu nas minhas coisas?!

— Essa não é a questão aqui.

— É a questão para mim! Agora você vai ficar me vigiando que nem a Gestapo?!

— Olha a comparação! Helen, você comprou esses livros...

— Com a minha mesada! *Meu dinheiro*!

— O dinheiro que *eu* dei para você.

— Não importa, é meu!

Não conseguia parar de gritar. A raiva tinha crescido a um ponto que vazava pelos olhos. Meu rosto ardia, as mãos tremiam, mas os pés estavam firmemente pregados no chão, mantendo-me paralisada.

— Enquanto você morar debaixo do meu teto, vai seguir as minhas regras. — Ele se abaixou, pegou *Harry Potter e o prisioneiro de Azkaban* e começou a rasgar algumas páginas. — E, nessa casa, nós servimos ao Senhor. Não importa se você está comprando com a sua mesada, eu não aceito que traga abominações para...

— Meu Deus, é só uma história!

Ele jogou o livro no chão.

— É um livro sobre bruxos e bruxaria, Helen! Que tipo de crente você é? Nunca leu "fora ficam os cães e os que praticam feitiçaria"?!

— *É SÓ UM LIVRO DE FICÇÃO!*

Ele veio para cima de mim com o punho fechado. Ergui o queixo. Se ele fosse me bater, teria que me fitar nos olhos antes. Parou a um passo, as narinas dilatadas, o rosto vermelho.

— Mary? — Ele esticou a mão. — Me passe o álcool.

Permaneci com a postura ereta, os olhos firmes nele. Desafiando-o.

Mamãe apareceu de trás de mim e entregou uma garrafa de álcool. Ele segurou, parecia ponderar se deveria ou não me dar as costas.

— Olhe a maneira como você fala comigo.

Virou-se e voltou-se para a pilha de livros semidestruídos. Jogou o álcool neles, bastante mesmo, e então acendeu o fósforo. Prendi o fôlego quando vi as chamas nascerem. Aquela pequena fogueira tinha uma certa poesia, considerando que era assim que as bruxas morriam.

— Você vai ficar sem mesada por três meses.

Sequei o rosto com as duas mãos, decepcionada comigo mesma por chorar na frente dele, por não ter conseguido fingir indiferença. Ao virar-me para entrar, dei de cara com mamãe. Ela desviou os olhos.

— Foi você quem mexeu nas minhas coisas?

— Eu só estava limpando.

— Muito obrigada, mãe.

Subi as escadas, tranquei a porta do quarto e larguei a mochila em cima da cadeira. Então me joguei na cama de barriga para cima e fiquei encarando as estrelinhas pregadas no teto. Eu não estava chorando por causa dos livros. Eles eram só uma parte, e o meu coração estava partido em centenas delas.

A verdade é que George era o meu Lorde Voldemort. E, desse dia em diante, eu nunca mais o chamei com a palavra que começa com P.

37

NÃO CONSEGUI TERMINAR de reescrever todas as matérias lá no Olden Times, ainda mais com a pressão do Jack passeando pelo balcão a toda hora: buscando água, indo ao banheiro, mais água, perguntando alguma coisa tosca à Helen... Então aqui estou eu, quinta-feira à noite, diante do meu notebook com o arquivo de texto aberto.

Esfrego os olhos. Preciso terminar isso logo, a revisora já me mandou e-mail duas vezes me cobrando. Ela é uma jovem universitária de Oxford, trabalha de forma remota desde sempre. Helen disse que nunca a viu pessoalmente. Pela forma como ela tem me cobrado essas matérias, sou grata pela distância. Ao menos não terei de encará-la amanhã.

— Por que não faz uma pausa? — pergunta Levi atrás de mim.

— Porque não posso, já devia ter terminado isso. — Aprumo a postura na cadeira.

Leio o que já reescrevi. Está ficando bom, bem melhor do que antes; o problema é que essas matérias levam páginas e mais páginas, e é bem cansativo editar de acordo com os mil comentários ácidos do jornalista.

Volto a digitar. Minutos depois, Levi retorna.

— Aqui, acho que vai te ajudar.

Ele deixa um copo com café gelado e sai. A bebida é revigorante, perfeita para o clima de início de verão. E seja pela cafeína, pelo frescor do líquido ou pelo simples fato de ter algo para beber, a verdade é que consigo avançar muito mais rápido. São quase nove da noite quando envio todas as matérias para a revisora, com o Jack em cópia.

Desligo o computador e me sinto relaxar. Faço alguns alongamentos, tomo um banho e depois vou procurar algo na cozinha para comer. Levo meu prato para a sala, onde janto assistindo a *The Office*. Apesar de ser uma história de ficção, a forma como gravaram lembra um pouco os documentários que eu vi, por isso gosto da série logo de cara. Nem precisava ter prometido que não ia abandonar na primeira temporada.

Por fim, lavo meu prato e vou atrás de Levi. Eu o encontro no quintal, sentado na cadeira reclinável, olhando para as estrelas.

— Ei, só queria dar boa-noite. — Sento-me ao seu lado. — Estou exausta.

— É, você trabalhou duro hoje.

— A semana inteira, na verdade. Estou desde segunda nessa saga.

Levi dá um sorriso fraco.

— Obrigada pelo café, salvou minha vida.

— É isso o que os cafés fazem, salvam vidas.

Toco no ombro dele, prestes a me levantar, quando me detenho.

— Você está bem? — pergunto.

— Sim, por quê?

— Nada, é só que... sei lá, você anda meio, hã, entediado.

— Ah, sim. — Ele coloca um braço atrás da cabeça e se acomoda melhor na cadeira. — É, eu tô meio entediado mesmo.

— Já pensou em conseguir um emprego também?

Levi bufa uma risada.

— Não, obrigado.

— Te ajudaria a passar o tempo.

— Prefiro passar o tempo com os jogos e a TV.

— Ok. Boa noite.

Entro na casa e atravesso o corredor. Mas, antes de subir as escadas, olho para o lado e vejo a garrafinha com o *Jolly Roger* em cima da lareira. Então desvio a rota até ela. Fico parada por um instante, vendo o navio ser balançado de um lado para o outro pelas ondas no minimar. Uma ideia me ocorre.

— Levi? — digo ao atravessar a porta dos fundos. Eu me sento de novo na cadeira reclinável ao lado dele. — E se você viajasse?

— Para onde?

— Onde você quisesse. — Vejo a ideia brilhar em seus olhos. Dou um sorriso, então continuo. — Pensa bem, você sempre sonhou em viver aventuras aqui na Terra, certo?

— Certo.

— Eu sonhava em conhecer mamãe, mas você vivia falando das aventuras que íamos experimentar aqui.

— Sim.

— Quando a gente chegou em Londres, foi uma verdadeira aventura, mas então nos acomodamos em Hillbourne.

— E agora é só rotina — concorda ele.

— Mas não precisa ser. Você pode viajar e ver o mundo, como sempre quis.

Levi se desencosta da cadeira e gira o corpo, de modo a ficar sentado de frente para mim. Nossos joelhos se tocam. Sinto um quentinho no peito, ao que encolho minha perna.

— Mas e você? — pergunta ele.

— Eu estou aqui, com ela. *Esse* era o meu sonho. Mas o seu está lá fora, te esperando. — Sorrio, apesar de o coração estar encolhido. — Você sempre me apoiou, Levi. É a minha vez de fazer o mesmo. Que tipo de amiga eu seria se não fizesse isso?

— Eu sempre imaginei a gente viajando junto.

Engulo em seco. Seguro o gancho de prata dele.

— Confesso que adoraria isso.

Levi coloca a mão sobre a minha. A pele parece queimar onde ele encosta.

— Você pode me escrever cartas — falo com um sorriso triste. — Ou melhor, e-mails. E me enviar fotos. Será como se eu estivesse com você. Em meu coração, eu estarei mesmo.

Vejo Levi travar a mandíbula. Ele abaixa a vista e engole em seco.

— Essa é uma boa ideia.

— Você só precisa falar com o Astra antes de escolher o itinerário.

— Por quê? — Levi ergue a cabeça com uma expressão indignada. — Ele não manda na gente.

— Porque ele é o único nativo com quem podemos contar e já nos ajudou pra caramba. Se não fosse por ele e o Jarvis, eu não teria conseguido meu emprego.

Levi afasta sua mão da minha e eu cruzo os braços.

— Tudo bem, vou falar com o hacker.

Desejo outra vez uma boa noite e me dirijo à porta. Antes que eu entre em casa, porém, Levi me chama. Olho para trás.

— Obrigado por isso. — Seus olhos brilham. — Significa muito para mim.

Não sei se ele está falando da minha sugestão, de eu ter me lembrado de que esse era o sonho dele ou de eu tê-lo encorajado a viajar — talvez de tudo isso. Aceno com a cabeça, em cumplicidade, então vou pro meu quarto.

Fecho a porta e encosto a testa na madeira. A dor que sinto no coração não é porque Levi vai viajar sozinho quando eu adoraria ir junto. Não é porque estou com medo de ficar em Hillbourne e não ter a presença dele aqui caso algo dê errado. É por tudo isso e muito, muito mais.

38

JANEIRO DE 2015

ESTÁVAMOS CERCADOS POR LIVROS, Blake com as costas apoiadas em uma estante e eu com a cabeça deitada em sua perna. O mesmo cheiro abafado, a luz fraca, as partículas de poeira no ar. Nosso cantinho especial. Durante aqueles preciosos minutos de intervalo, a gente se isolava em um mundo próprio, livres de toda a pressão da escola e das expectativas parentais. Éramos apenas eu e ele, e, de alguma forma, isso era tudo o que precisávamos.

— Humm — Blake reagiu baixinho.

— O que foi? — perguntei sem tirar os olhos da minha releitura de *Jane Eyre*.

— Acabei de ler um truque muito interessante que a gente pode testar.

— Humm. — Sorri torto.

Blake continuava lendo romances eróticos, por mais bregas que fossem, só porque ele tinha se acostumado com o gênero. Eu nunca havia estado com outra pessoa senão com ele e, mesmo assim, acreditava que o meu namorado era um amante acima da média só por causa dessas leituras. Blake fazia eu me sentir a mulher mais sexy do mundo, todos os nossos encontros eram arrebatadores.

Ele deixou o livro de lado e começou a fazer carinho no meu cabelo. Podia sentir os olhos dele sobre mim. Um beijo foi depositado na minha testa.

— Blake, por favor, estou lendo.

Ele continuou com a carícia e os beijos no meu rosto, a ponto de me deixar com calor. Deixei o livro cair no meu colo e levei sua boca ao encontro da minha. Quando Blake se afastou, ele me olhava com paixão e carinho.

— Eu te amo — sussurrei.

Ele piscou, sério de repente. Uma onda de sentimentos varreu meu corpo. Em vez de água, sal e areia, eram medo, luxúria e amor. Eu não desviei meus olhos, tampouco ele. Mal podia respirar. Blake já dizia "eu te amo" fazia algumas semanas, mas essa era a primeira vez que as palavras vinham da minha boca.

— É verdade — sussurrei de novo. — Eu te amo mais do que tudo.

Blake colocou uma mão nas minhas costas e a outra na nuca para me puxar. Envolvi a cintura dele com as pernas enquanto a gente se beijava.

Meu corpo queimava cores e perfumes. Eu nunca tinha sentido esse tipo de amor antes. Era maravilhoso e aterrorizante nas mesmas proporções. Se Blake quisesse, ele poderia me destruir por completo. Eu nunca mais seria a mesma se ele partisse meu coração. Ao mesmo tempo, estar com ele era como estar completa e me sentir indestrutível. Como se nada mais faltasse no mundo e eu pudesse suportar qualquer tempestade.

Paramos para respirar.

— Você é a mulher da minha vida, Helen Carter.

Blake engoliu em seco. Os olhos brilhavam ao me encararem de um jeito submisso. Passei a mão na testa dele e afundei os dedos no cabelo.

— Por favor, nunca machuque o meu coração — supliquei.

Com a cabeça inclinada para trás pelas minhas mãos, Blake sorriu. Um sorriso derrotado.

— Eu não me atreveria.

— Porque eu não seria capaz de me reerguer. Eu acho que... — hesitei.

Deveria ser honesta? Blake aproximou o rosto do meu.

— O que você acha?

Estávamos tão próximos que eu podia ver a forma como o verde e o marrom se misturavam nos olhos dele.

— Eu acho que você é a família com que sempre sonhei.

Ele abriu um sorriso.

— Posso imaginar a gente vivendo junto — Blake disse de um jeito sonhador. Eu ri, apaixonada. Ele colocou uma mecha atrás da minha orelha. — Não, é sério. Tipo... dançando na sala e transando na mesa da cozinha, assistindo a filmes de madrugada, fazendo uma briga de farinha de trigo enquanto cozinhamos...

Meu coração transbordava naquele instante.

— Sim, eu posso imaginar isso. É a nossa cara.

— E, se a gente tivesse filhos um dia — continuou ele —, seríamos os melhores pais do mundo.

Senti meus olhos brilharem. Sem saber, Blake havia tocado no meu ponto fraco.

— Sim. — Engoli a emoção e pisquei os olhos. Não conseguia parar de sorrir. — A gente levaria eles pra Disney, e a viagem seria inesquecível. Faríamos guerra de balões d'água no verão e anjinhos de neve no inverno. E eles nunca se sentiriam inseguros, porque sempre diríamos o quanto eles são incríveis e amados.

Blake me beijou com vontade, depois parou com a boca quase tocando a minha.

— Não íamos obrigá-los a seguir uma carreira ou a gostar do que a gente gosta. Eles não seriam forçados a viver de acordo com o que a gente acredita, mas teriam nosso total apoio para seguirem os seus sonhos.

Suspirei diante da imaginação. Deitei a cabeça em seu ombro.

— Essa é exatamente a família que eu queria ter.

Eu não sabia se ele estava falando sério, mas, para mim, aquele era o maior sonho de todos. Blake se aproximou da minha orelha e roçou os lábios nela.

— Um dia, você vai ter.

E eu me agarrei a essa promessa com todas as forças, mesmo que ele nunca tivesse dito "um dia, você vai ter essa família *comigo*".

39

ENCONTRO LEVI SENTADO DIANTE DO BALCÃO com o cabelo desgrenhado, uma cara de sono e movimentos letárgicos. Há uma sombra embaixo de cada olho.

— Bom dia — digo ao passar por ele.

A resposta é um bocejo. Na cozinha, pego o bule da cafeteira elétrica e me sirvo.

— Por que acordou mais cedo? — pergunto enquanto procuro pelos biscoitos.

— Eu nem fui dormir.

Levo o pacote e a xícara para o balcão e me sento em um tamborete. Bebo um pouco, então como os biscoitos. Do outro lado da bancada, Levi está quase dormindo sentado. Eu o observo com uma curiosidade divertida.

— Por que você não dormiu? — falo entre uma mastigada e outra. — Ficou jogando de novo?

— Eu nunca passei a noite inteira jogando. — Levi boceja. Eu o encaro. — Aquilo foi *uma vez*. Não, a culpa é do maldito hacker que troca o dia pela noite.

— Então você conversou com o Astra.

— Sim. — Levi pega a sua caneca, mas cospe o líquido de volta. — Urgh, esfriou.

Aí ele estica a mão para pegar *a minha* xícara, mas eu o impeço a tempo com um tapa.

— Ei, você está mais perto da cafeteira — protesta ele. — Pode pegar mais depois.

— O que o Astra disse?

Levi tenta roubar minha xícara de novo e leva outro tapa na mão. Por fim, ele suspira, olhando pesaroso para a caneca diante de si.

— Ele não queria me ajudar, disse que era muito arriscado porque, desde que a Inglaterra saiu da União Europeia, a gente precisa de um passaporte pra viajar e blá-blá-blá.

— Qual era a opinião do Jarvis?

Levi dá um sorriso lento, meio grogue.

— Ele dedurou o chefe.

— Como assim?

— Parece que alguém devia um favor ao hacker, alguém com contatos e influência, e ele poderia usar isso em meu benefício para encomendar um passaporte falso.

Migalhas de biscoito caem na calça do meu pijama de flanela. Eu me distraio limpando-as e, quando ergo os olhos, Levi está bebendo o café da minha xícara.

— Ei!

— Foi só um golinho.

Avalio o conteúdo que restou.

— Um gole de baleia, tem menos da metade!

— Ah, não comece. Já estava na metade quando peguei.

Faço uma expressão de tédio.

— O ponto é que o Astra não queria usar esse favor — continua Levi —, então eu falei para ele que, se me ajudasse nisso, eu daria a ele um navio pirata.

Arqueio as sobrancelhas.

— Eu não disse que seria um navio bom.

— Levi! Você não pode mentir desse jeito.

— O que estou dizendo é que não vou dar um navio grande, mas também não vai ser uma canoa. Enfim, estou com sono e não preciso pensar nisso agora. Quando chegarmos na Terra do Nunca, eu penso em como vou cumprir essa promessa.

Levanto-me para guardar o biscoito. Ao voltar, pego minha xícara e... vazia. Ergo a cabeça, mas o cômodo do outro lado do balcão está vazio.

— Boa noite! — grita ele de algum lugar em sua rota de fuga.

— Mas que bocó. — Bato a xícara na bancada.

Então me sirvo de mais café.

✦ ✦ ✦

Jack entra no Olden Times pontualmente atrasado, como sempre. Ele veste uma calça preta, blusa social azul-marinho com dois botões abertos, óculos escuros e boina preta. Vem direto para a minha mesa, deixando para trás uma trilha de fumaça do cigarro aceso. Eu me recosto na cadeira e inclino para trás o máximo possível.

— Oito e quarenta e cinco da noite. — Jack retira os óculos escuros, o cigarro pende na boca. — Você acha que isso são horas de enviar um trabalho para alguém que precisa devolver as matérias revisadas ainda hoje?! A Amanda não tem só esse emprego, sabia?

— Me desculpa, não vai acontecer de novo — respondo com a voz estranha, porque estou prendendo o fôlego.

Esse cheiro ardido é como uma adaga na minha garganta e me faz lembrar de coisas que eu adoraria esquecer.

— Pode apostar que não vai mesmo — diz batendo um dedo na minha mesa. Ele tira o cigarro da boca e sopra a fumaça para cima. — A sua sorte é que conseguiu fazer uma boa edição, graças aos meus comentários.

— Sim, estou feliz pela chance de aprender com uma pessoa tão experiente. — Forço um sorriso. — E você vai ver que eu aprendo muito rápido.

Minha última frase tem um tom de ameaça. Jack apruma a postura e vai para a mesa dele. Enfim posso voltar a respirar. Olho para Helen, que faz uma careta indignada.

— Fique de olho no seu e-mail — avisa Jack lá de sua estação. — Acabei de enviar o briefing das matérias da semana que vem. Quero ver o primeiro rascunho de todas elas na terça-feira.

Abro o e-mail e perco o fôlego no mesmo instante.

ALISON_RIVERS

DEUS MEU!

HELEN5398

o que foi????

ALISON_RIVERS

CINCO MATÉRIAS.

Ele me passou cinco matérias!

usuário enviou figurinha de raposa morta

HELEN5398

:O

aaaaargh esse velho safado!!

ele está te usando pra fazer
todo o trabalho dele >:(

ALISON_RIVERS

*usuário enviou figurinha
de raposa chorando*

HELEN5398

ai, sinto muito :/

ALISON_RIVERS

É melhor eu começar isso logo.

HELEN5398

força, garota o/

ALISON_RIVERS

Ah, nem te falei!

Comecei a assistir The Office,
não sei por que você me fez
prometer que eu não ia desistir
na primeira temporada.
A série é maravilhosa!

HELEN5398

jura?? LOL :')

todo mundo reclama da primeira

ALISON_RIVERS

Gosto de assistir documentários e achei muito legal uma história de ficção com essa proposta.

Mas eles são meio exagerados, né? Nas personalidades.

Risos.

HELEN5398

hahahaha sim, faz parte do estilo

bem, agora que você já conheceu o Jim Halpert, eu posso te apresentar a minha ideia

sei exatamente qual peça vamos pregar no Jack

he he he >:)

Estou tão feliz por essa proximidade natural com mamãe, por como ela demonstra gostar de mim e confiar o bastante para exprimir suas opiniões e até me convidar a fazer algo juntas, que não penso muito a respeito do que ela está propondo. Quero dizer, uma pegadinha? Não deve ser algo muito sério. Vai ser divertido.

Coloco os fones e, embalada pelo piano, ponho-me a trabalhar.

40

A RUA ESTÁ DESERTA E ESCURA. Escondida atrás da amurada que cerca o jardim dianteiro do Olden Times, eu tenho o coração disparado e os sentidos aguçados pela adrenalina. Meu nervosismo é tanto que não saberia dizer se a brisa oceânica está mais gelada que o normal ou se o céu escuro, desposado de lua e estrelas, é um sinal de que vai chover mais tarde.

Alguém chega de bicicleta, descendo a rua. Eu me abaixo um pouco mais e evito fazer movimentos até confirmar quem é.

— *Psiu!* — chamo sua atenção.

Ela ri, deixando a bicicleta de qualquer jeito, sem a menor preocupação em escondê-la. Então se dirige para a porta com toda a naturalidade do mundo.

— Não se preocupe, ninguém vem aqui a essa hora de um domingo, e o jornal não tem câmeras de segurança.

Entro atrás da Helen, que fecha a porta e acende uma lanterna. Depois ela vai até a recepção e liga a pequena lâmpada de sua mesa. O balcão fica semi-iluminado, o bastante para fazermos nossa arte.

— Posso começar? — Ergo o punhado de papel-alumínio que trouxe comigo.

— Sim. Eu vou pegar uma escada. — Helen sai para o corredor da direita levando consigo a pequena mochila.

Quase duas horas depois, a gente deixa o Olden Times, correndo sob a chuva. Trocamos um *high five* antes de cada uma subir em sua respectiva bicicleta. Seguimos pedalando na noite, rindo e gritando debaixo d'água como duas inconsequentes.

✦✦✦

Na segunda-feira de manhã, eu me concentro em avançar com as matérias. Só faltam duas, acredito que consigo terminar até o fim do dia sem grandes dificuldades.

Jack entra por volta das 10h15 com seus típicos trajes escuros. Ele resmunga um bom-dia com a voz rouca de um fumante que acabou de acordar, então segue direto para o lado esquerdo. Mas, na metade do caminho, ele para. Afasto discretamente meu fone de ouvido e presto atenção. Preciso morder o lábio inferior para não começar a rir.

— O que é isso?

A mesa dele está envolvida por completo em papel-alumínio, assim como a cadeira giratória e o computador. Cada objeto foi envelopado também: grampeador, porta-canetas *e as canetas* individualmente. Até o porta-retratos dele com seu *bull terrier* foi envolvido em papel-alumínio. Aliás, a foto é hilária, porque o Jack é a cara de seu cachorro: os olhos pequenos e uma expressão natural de sorrisinho inocente.

Ele se vira para nós.

— Vocês perderam a cabeça?!

Meu riso escapa pelo nariz. Helen permanece plena, fingindo estar ocupada.

Jack segura a alça de sua bolsa de couro e sobe as escadas correndo. Sinto meu estômago gelar na mesma hora. É sério que ele vai envolver a chefia nisso?! Arregalo um pouco os olhos quando ele desce seguido pela senhora Mackenzie.

— Dá para acreditar em tamanha imaturidade?! — ele vem esbravejando. — Olhe para aquilo! Como se explica uma estultícia dessas? Nem no ensino médio eu vi tanta criancice!

Minha boca está seca, o rosto em chamas. Quando a senhora Mackenzie vira o olhar austero para mim, quero me afundar na cadeira até sumir. Ela está elegante como sempre: salto alto e roupas finas; um perfume suave e marcante ao mesmo tempo; o cabelo bem arrumado, com destaque para a mecha branca; e, acima de tudo, a postura impassível. Engulo em seco. Sou a primeira a desviar os olhos.

— Foi minha ideia. — Ouço a voz da Helen. Firme e sem constrangimento.

Não tenho coragem de erguer a cabeça.

— Corta essa, eu sei que vocês trabalharam juntas!

— Foi *minha ideia*, Jack. Eu pedi ajuda pra Alison.

Silêncio. Minha orelha formiga, quente. Ergo os olhos devagar. Jack me encara com raiva. A senhora Mackenzie mantém o queixo erguido, olhando para mim entre o desprezo e o escrutínio.

— Sinto muito — sussurro com os ombros encolhidos.

— Foi só uma piada. — Helen se levanta da cadeira. — Jack, você está exagerando.

— Exagerando?! Vocês...

— Silêncio. — A voz dela é gelada e pontiaguda como uma espada de vidro.

Junto as mãos debaixo da mesa para ver se consigo conter os tremores.

— Jack... — A senhora Mackenzie se vira para ele, enfim me libertando do peso daquele olhar. — Eu nunca mais quero ser incomodada por algo desse tipo. Fui bem clara?

— Mas...

— É uma vergonha que não lute as suas próprias batalhas. Nunca mais, ouviu?

Ele engole em seco, uma veia saltando na testa.

— Sim.

A chefe me lança uma última encarada antes de voltar para o escritório.

Inclino-me para frente como se alguém tivesse acabado de puxar uma lança da minha barriga. Respiro fundo algumas vezes, ainda nervosa. Não consigo me livrar da sensação de me sentir tão pequena, e burra, e decepcionante. Será que vou ser demitida mais tarde? Fecho os olhos. Deus meu, por que concordei com essa brincadeira estúpida? Deveria ter imaginado que as coisas não terminariam tão bem quanto na ficção de *The Office*.

Um tapa na minha mesa me faz estremecer.

— Vá, limpe aquela bagunça!

Começo a me levantar, mas sou impedida por uma mão no meu ombro.

— Ela não vai limpar nada — diz Helen com a voz grave e desafiadora.

— Você espera mesmo que eu limpe a merda que vocês fizeram?!

— Eu não espero nada de você, Jack. Exceto cigarros e preguiça.

— Retire o que disse!

— Eu quis falar cada uma dessas palavras!

— Sua imatura, irresponsável, desrespei...

— Já falei, nós não vamos limpar nada. É a Alison quem está escrevendo as matérias para você, então, se quiser recebê-las amanhã, é melhor sair daqui logo e deixar a menina trabalhar.

Os dois se encaram por alguns segundos comigo no meio, encolhida na cadeira. Jack bufa e sai pisando duro. Estou chocada demais com tudo o que aconteceu para conseguir raciocinar. Só percebo que Helen saiu do meu lado quando a janela do navegador de internet indica uma notificação.

HELEN5398

ai, amiga, me perdoa por ter
te colocado nessa situação

não imaginei que o Jack
fosse ficar tão puto da vida

desculpa :/

ALISON_RIVERS

Tudo bem... Só estou tremendo um pouco.

E com medo de ser demitida.

HELEN5398

você não vai, eu não vou deixar

e a chefinha entendeu que foi
só uma brincadeira

relaxa, não se preocupa, mesmo

o Jack exagerou

e vc viu que no final foi ele quem
levou uma bronca

Olho para ela e dou um sorrisinho nervoso para mostrar que estou bem, sobrevivi. Depois pego o copo d'água e bebo um gole. Aos poucos, meu batimento cardíaco volta ao normal, embora as mãos ainda tremam de leve quando abro o editor de texto. Preciso terminar de escrever essas matérias, ou estarei completa e desesperadamente ferrada, mas é difícil prestar atenção com o jornalista resmungando o tempo inteiro enquanto limpa os papéis-alumínio. Me sinto tão mal pela brincadeira que não coloco os fones de ouvido, como se não ouvir suas reclamações fosse uma ofensa maior do que foi envelopar a mesa inteira.

Ele arranca os papéis laminados, faz bolinhas com eles e joga-os no cesto de lixo. Em menos de meia hora, o jornalista tem a mesa limpa, e eu, apenas três parágrafos escritos. Então ele suspira alto, arruma a blusa que amassou e se senta na cadeira de uma vez. O problema é que, assim que suas nádegas tocam o estofado, um barulho alto de cornetinha ecoa pelo balcão e mil confetes coloridos caem como chuva em cima do jornalista e da mesa limpa.

Eu quero rir e chorar de desespero. Deus meu, tinha me esquecido dessa segunda parte da pegadinha! A risada contida da Helen soa como gases de dor de barriga. Eu viro a cabeça discretamente para o lado, em tempo de flagrar Jack com uma carranca fechada, todo vestido de preto e coberto por brilhinhos vermelhos. Quase posso ver a fumaça saindo de suas narinas quando ele infla o peito.

— Ah, vocês mexeram com o bastardo errado — resmunga tão baixinho que não sei se Helen ouviu.

Jack me pega olhando para ele. Faço uma carinha de cãozinho abandonado, sussurrando "me desculpa". Sua resposta é um olhar frio e o menear de cabeça. Ai, isso não é bom sinal. Então ele se levanta e atravessa o balcão de cabeça erguida, orgulhoso, sem olhar pra gente. Volta instantes depois com uma vassoura, uma pá e a mesma postura digna.

Ao longo das próximas horas, tento ignorar o assovio incessante do jornalista e cumprir minha tarefa. Escrevo, apago, reescrevo. Com muito custo, consigo produzir metade de uma matéria, quando de repente sou banhada por um balde de confetes e bolinhas laminadas. Dou um gritinho de susto.

— Jack! — grita Helen.

Ofegante, ergo os olhos para ele, que coloca o balde de lixo vazio em cima da minha mesa.

— Aqui vai uma lição para vocês, meninas — diz com a voz calma, acendendo o cigarro. — Nunca se metam em uma guerra se não estiverem dispostas a ir até o fim. E *jamais* façam algo para alguém sem considerarem primeiro as consequências.

Jack sai triunfante do jornal.

— Oh, esse cretino! — Helen vem até a minha mesa. Ela olha para a bagunça com uma expressão de horror e começa a me ajudar. — Ele vai ver só, nós vamos...

— Não.

Helen para com as mãos cheias de papel. Ela me olha surpresa, como se eu estivesse abandonando-a. Sinto o medo alfinetar meu coração.

— Não, Helen, por favor — digo humildemente para que não se ofenda. — Eu amei, hã... planejar tudo isso com você. Foi divertido! Mas não acho que devemos fazer de novo.

Helen joga os papéis na lixeira em cima da mesa e me encara, séria. Prendo o fôlego. Não quero que mamãe me ache irritante ou que se afaste de mim sendo que mal começamos a virar amigas, mas já percebi que não posso fazer literalmente tudo o que ela propor só para ganhar aceitação. Por mais que me assuste, preciso colocar limites, manter a sobriedade e ser fiel aos meus ideais. Não dá para perder o "eu" a fim de ganhar o "nós".

— Você é uma boa pessoa, Alison — diz, por fim.

Meus ombros relaxam pelo alívio.

— Você também, Helen.

Ela solta uma risada sardônica, dizendo "tá bom!". Coloco uma mão em seu braço para que ela deixe de juntar o lixo e me olhe nos olhos.

— Estou falando sério. Era só uma brincadeira boba e você estava tentando me defender. Talvez ele tenha encarado do jeito errado, mas não significa que foi por maldade. Você tem um coração ingênuo, Helen. E eu acho isso muito bonito.

Por um segundo, antes que ela abaixe a cabeça, tenho o vislumbre de seus olhos brilhando de lágrimas. Começo a recolher confetes e bolinhas prateadas.

— Obrigada, Alison. — Sua voz soa baixinho, macia. — Fico feliz que veja o melhor em mim.

41

ABRIL DE 2015

— **ELE DISSE QUE EU SOU** uma má influência? — repeti o que tinha acabado de ouvir.

— Ele está errado — negou Blake com aspereza.

— Não, ele está *certo*, e eu tenho orgulho disso. — Forcei um sorriso maroto e um tom de orgulho para esconder os reais sentimentos.

Aquele era um lindo dia de primavera, perfeito para ter o coração partido. O sol brilhava no céu azul, os passarinhos cantavam, borboletinhas voavam. Estávamos sentados sobre uma manta, observando o King's College do outro lado do rio. Digo, *eu* observava, enquanto o Blake se ocupava em arrancar os pobres matinhos inocentes que estavam ao seu alcance. Várias pessoas passeavam de barco. Engoli a tristeza ao me lembrar das várias vezes que a gente já tinha feito *punting*, era o nosso tipo de encontro romântico favorito.

— Eu odeio isso — disse Blake, cabisbaixo. Arrancou um punhadinho de grama com raiz e tudo. — Sinto muito.

Não respondi.

O pai do Blake estava obrigando-o a terminar comigo, sob a ameaça de cortar privilégios. Estávamos nos últimos anos da escola, e o pai queria que Blake se dedicasse mais aos estudos para seguir a carreira que ele sempre tinha sonhado para o filho.

— Tudo bem — falei baixinho. — Eu também poderia usar o tempo livre para me dedicar mais aos estudos, me preparar melhor para as aplicações, terminar meu projeto.

— Você não está com raiva? Eu sou o único chateado com isso?!

Desviei os olhos para o rio e a construção de pedra lá do outro lado. Dei de ombros.

— Eu te amo o suficiente para saber que isso é o melhor para você.

— *Você* é o melhor para mim. — Blake me puxou pela nuca e encostou nossas testas. — E eu te amo o suficiente para saber que a minha vida é mil vezes melhor com você.

Suspirei, sem fôlego.

— Por favor, não torne as coisas mais difíceis.

— Cadê o seu espírito rebelde?! É você quem vive me dizendo que a gente precisa lutar pela nossa liberdade.

Abri um sorriso triste.

— Mas eu também aprendi, há muito tempo, que precisamos escolher nossas batalhas.

Ele se afastou um pouco, abaixou a cabeça e voltou a destruir a grama. Deitei-me de lado, apoiando o corpo no braço direito para ficar com o rosto próximo do dele. Blake desviou os olhos para os meus. Eu adorava os olhos dele. Esse verde misturado com caramelo, tão típico do outono.

— Além do mais — continuei —, não estamos terminando de verdade. É só por esse tempo, até a gente se formar.

— Eu sei. Mesmo assim, é um tempo que eu não queria perder.

— Só me prometa que você vai melhorar suas notas. Me prometa que não vai me trocar por outra, que vai focar cem por cento nos estudos e que vai entrar na faculdade dos seus sonhos, para que nada disso seja em vão.

Ele segurou meu queixo com os dedos.

— Eu prometo. E quando esse ano terminar... — Blake engoliu em seco, o olhar penetrante, a voz rouca. — Quando eu finalmente receber a carta de aceitação... Eu vou voltar para você. Ouviu? Eu vou voltar para você, El.

Inclinei a cabeça para frente e a gente se beijou para valer, como se fosse a última vez.

— Vou te esperar — sussurrei com os olhos ainda fechados, meu nariz encostado no dele.

— Acho bom mesmo. — Seu hálito quente em minha pele me fez arrepiar.

Blake me puxou para um abraço, mas, como eu não estava preparada, acabei caindo por cima dele. As risadas eram *band-aids* para os nossos corações.

— Vou sentir tanto a sua falta — disse ele com o rosto afundado no meu pescoço.

— Eu também. Mais do que imagina.

Blake era a melhor parte dos meus dias, a única luz que me fazia suportar as trevas daquela casa. Eu estava abrindo mão do que tinha de melhor *por ele*. No fim, só poderia torcer para que eu fosse forte o bastante a fim de suportar o tempo.

Apoiei meus cotovelos em seus ombros e fiquei deitada parcialmente em cima dele, admirando seu rosto. Senti meus olhos marejarem.

— Por favor, não chore. — Blake ficou sério de repente. — Você sabe que eu não sei lidar com isso.

Deitei a cabeça em seu peito e ri. Minha risada era uma mistura de tristeza, e medo, e incredulidade; uma reação rápida para algo que eu mal tinha começado a absorver.

— Ei, que tal uma última vez no meu carro? — Blake ergueu meu rosto e mostrou uma camisinha que tinha acabado de tirar do bolso.

— Hummm. — Sequei as bochechas. — Ouvi dizer que sexo de despedida é o melhor.

— Então vamos descobrir se é verdade mesmo.

A gente se levantou, Blake pegou a manta e saímos andando de mãos dadas pelo campo gramado.

Aquele seria o meu último dia de primavera.

42

DESÇO DO BONDINHO E TERMINO o percurso a pé, com os pensamentos quase formando uma nuvem cinza e sólida sobre a minha cabeça.

Eu consegui terminar as matérias, mas só vou enviá-las para o Jack amanhã, depois de uma releitura cuidadosa. Não quero dar mais motivos para ele implicar comigo e preciso mostrar que de fato aprendo rápido. Apesar de não ter sido demitida hoje, ainda sinto um frio na espinha quando me lembro do olhar reprovador da senhora Mackenzie. Não é preciso ser deste planeta para saber que eu coloquei um alvo em minhas costas e terei de me esforçar muito para apagá-lo.

Abro a porta de casa, penduro o guarda-chuva no armário de entrada e sigo em silêncio para as escadas. Antes de começar a subir, porém, vejo Levi diante do espelho da sala, sem o gancho, testando movimentos. Como está de costas para mim, não consigo ver sua expressão. Mesmo assim, não dá para deixar de reparar na forma estranha como ele se olha, tentando esconder a mão sem o gancho de um jeito que pareça natural.

— O que você está fazendo?

Levi pega o gancho e o recoloca bem rápido. Ao virar-se para mim, vejo susto e constrangimento estampados em seu rosto.

— Desculpa — eu me apresso em acrescentar —, não quis me intrometer.

— Ah, não se preocupa. — Ele sorri, passando a mão pelo cabelo. O braço do gancho foi colocado atrás das costas. — Não foi nada. Estou bem.

O fato de ele sentir a necessidade de dizer "estou bem" me faz olhar com desconfiança. Levi suspira, voltando-se para o espelho. Ele gira o gancho devagar diante do reflexo.

— Eu só estava testando. Como vai ser sem ele.

— Por quê?

— O Astra me aconselhou a deixar o gancho aqui, pode ser considerado arma branca. Não posso viajar com ele.

— Oh, sinto muito.

Levi dá de ombros.

— É só um gancho, não se preocupa. — O tom descontraído parece muito forçado. — Vou preparar nosso jantar.

Ele se retira para a cozinha antes que eu possa prolongar a conversa.

Depois de tomar uma ducha rápida e colocar uma roupa confortável, vou para a sala de jantar. Fico sentada no tamborete do lado de cá da sala, enquanto Levi termina de preparar nossa refeição na cozinha. Ele sorri de uma maneira genuína ao falar empolgado dos seus planos de viagem: partirá para Londres e, de lá, seguirá com destino às Terras Altas da Escócia. Vai conhecer todo o Reino Unido primeiro enquanto o Astra trabalha para conseguir um passaporte falso de qualidade. Depois, será mundo afora. Ele está ansioso, passa o dia inteiro lendo blogs de viagem. Amanhã vai a Hastings para comprar um mochilão.

Observo como Levi usa o gancho tão naturalmente. Também reparo, pela primeira vez, em como ele esconde a dificuldade que tem de fazer certas coisas, tipo abrir o pote de picles. Como nunca percebi antes?

Levi serve nossos hambúrgueres e a gente come no balcão mesmo. Ele continua falando sobre os lugares que quer conhecer, os passeios que deseja fazer e as comidas e bebidas que adoraria experimentar. Graças ao dinheiro que Astra depositou em nossas contas, Levi poderá viver todas as aventuras dos seus sonhos. Os olhos dele brilham com a ideia, o sorriso se alarga, a risada é cheia de alegria.

Tento de verdade prestar atenção no que ele diz, mas toda hora os meus pensamentos se voltam para o fato de que Levi desistiu da mão direita para virar capitão Gancho. Será que ele fez isso só porque eu precisava do *Jolly Roger*? Ainda que vir para a Terra não fosse um sonho só meu, Levi foi a pessoa que mais acreditou em mim e que sempre esteve ao meu lado, mesmo quando estávamos separados. Ele é a pessoa que mais fez coisas por mim, e talvez eu consiga fazer algo por ele também. Algo simples, mas significativo. Algo de coração, que expresse um pouco do carinho que sinto por ele.

Eu já sei exatamente o quê.

✦ ✦ ✦

A gente deixa o Olden Times às cinco.

— Você não precisa me levar até lá — repito —, posso seguir suas instruções.

— Para com isso, eu faço questão.

Helen caminha ao meu lado pelas ruas de Hillbourne.

— Por que precisa de um ateliê? — pergunta ela. — É um *hobby* seu?

Dou um sorriso contido. Mais cedo, quando perguntei para ela onde eu poderia trabalhar com artesanato, mamãe falou sobre um estúdio onde eles vendiam o material e ainda alugavam as ferramentas e o espaço, mas não me perguntou o motivo de eu precisar daquilo.

— Quando você conheceu o Levi, reparou que ele não tem a mão direita?

Ela me olha de esguelha, desconfiada.

— Sim.

— Ele perdeu a mão em um acidente na fazenda onde eu morava quando criança — começo a mentir com muita naturalidade. Já ensaiei e repeti tantas vezes essa história que ela parece ter se tornado real. — Ele salvou minha vida, na verdade, e por isso sinto que tenho uma dívida impagável com ele.

— Vocês se conhecem desde crianças?

— Sim.

— Ah, que fofinhos!

Eu não entendo o comentário dela até me lembrar de que somos "casados". Sorrio envergonhada.

Mas o que isso tem a ver com o ateliê? — ela retoma o assunto.

— Ontem, quando cheguei em casa, Levi estava na frente do espelho tentando se imaginar sem o gancho. Ele usa esse gancho desde que perdeu a mão, mas agora vai ter que deixá-lo aqui porque... Ah, não te contei! Ele vai viajar.

— Sério? Pra onde?

Seguimos caminhando sem pressa alguma sob o sol animado do verão. Eu conto para Helen que Levi trabalha em casa para uma empresa tecnológica como desenvolvedor de softwares e que recebeu uma proposta muito boa. Ele vai passar um tempo em cada escritório da empresa num programa de *trainee*, perfeito para ascender mais rápido na carreira.

— Por quanto tempo?

Inspiro fundo. Não preciso fingir que vou sentir falta dele, essa parte é verdade.

— Não sei. Mais de um mês, com certeza.

— Vocês já ficaram tanto tempo assim separados?

Demoro um pouco para responder em voz alta.

— Sim, mas não depois de casados.

— Sei que não tenho autoridade para falar sobre isso, não sou casada, mas talvez não seja tão difícil quanto parece.

— Obrigada. — Olho para ela com carinho.

— Estamos quase chegando no ateliê do senhor Oscar, e eu ainda não entendi o que o acidente na fazenda, o gancho de metal e o emprego do Levi têm a ver com tudo isso.

Dou uma risada antes de explicar que Levi não poderá levar seu gancho para o escritório, então conto a minha ideia. Quando paramos na frente do estabelecimento, Helen está com as bochechas rosadas e os olhos cheios de sentimento.

— Acho que é uma ideia maravilhosa, Alison. Ele vai amar.

O ateliê é um ambiente caótico, tem todo tipo de material: de tintas e telas até pedra para escultura e argilas de várias cores. Oscar é um senhor da cabeça toda branquinha, feliz e gentil. Veste roupas coloridas e tem as unhas pintadas de azul. A gente combina um preço pelos materiais e o valor por hora de uso do estúdio.

Então pego o molde que consegui hoje cedo, enquanto Levi dormia, e começo a organizar minha mesa. Fazer isso é uma sensação maravilhosa de nostalgia. O cheiro desse lugar, a expectativa de criar algo novo, trabalhar com as mãos... Por um momento, é como se eu estivesse em um Artífice na Terra do Nunca.

— Posso ficar aqui? — diz Helen. — Só por um momentinho.

— Por favor, fica à vontade.

Ela puxa uma cadeira.

— Adoro ver pessoas trabalhando com artesanato.

— E eu não me importo que me vejam trabalhar. — Abro um sorriso.

Isso não é inteiramente verdade. Eu não me importo que desconhecidos me vejam trabalhar, mas Helen não é uma pessoa qualquer, e, no começo, fico nervosa. Esqueço-me de fazer coisas bobas, deixo algumas ferramentas caírem e preciso repetir processos. Não sei se ela percebe, porque se afasta um pouco e combina com o senhor Oscar um preço pelas tintas e por uma tela de 30 × 40 cm.

E assim a gente passa as próximas duas horas, cada uma ocupada com sua arte, embaladas pela playlist que o idoso artista colocou. A gente conversa, ri, trabalha, e aceitamos o café de cortesia oferecido por ele. Eu não sabia que precisava disso. Que compartilhar algo que eu amo com mamãe seria tão incrível, maravilhoso e inesquecível.

Pelos próximos dias, Helen e eu saímos do Olden Times direto para o Grind Cafe, onde compramos nossos lanches para viagem e seguimos até o Oscar's Atelier. Trabalhamos por duas horas, e então cada uma vai para sua casa.

Todos os dias, eu digo para o Levi que fiquei fazendo hora extra, trabalhando nas matérias. Chego tão cansada que só consigo tomar uma ducha antes de dormir.

Até que, três dias depois, eu termino meu projeto.

43

— LEVI? — ENTRO COM AS DUAS MÃOS atrás do corpo, a bolsa pendurada em um dos ombros.

Fecho a porta atrás de mim com um pé. Espio a sala. Vazia. Largo a bolsa em cima do sofá e subo as escadas, mantendo o pequeno embrulho escondido. A porta do quarto dele está entreaberta.

— Levi?

— Pode entrar.

Empurro a porta com o pé e entro com as duas mãos atrás do corpo. Levi está arrumando suas coisas, meu coração se contorce.

— Oi — digo num fio de voz.

Ele ergue o rosto para mim e, no mesmo instante, abro um sorriso. Não quero de forma alguma que Levi se sinta mal por realizar o sonho dele ou que fique em dúvida sobre me deixar em Hillbourne.

— Eu trouxe uma coisa para você. — Ergo os dois ombros.

Levi apruma a postura e sai de trás da mochila. Atravessa a bagunça do quarto e para na minha frente com um sorriso curioso.

— O quê?

Não sei por que estou nervosa, não faz o menor sentido. Abaixo um pouco a cabeça e trago o embrulho para frente. Vejo minhas mãos tremerem de leve. Levi segura uma delas. Meu coração dispara ao sentir a maciez e o calor da pele dele. Porém, em vez de apenas pegar o embrulho, Levi retira o presente das minhas mãos e usa o gancho para conter meu pulso.

— Você está machucada.

Puxo a mão livre para trás do corpo e fecho a palma daquela que está presa no gancho, para esconder a vermelhidão, os calinhos e os pequenos cortes.

— Estou bem, Levi — retruco com o rosto ainda abaixado. — Abra o presente. — Diante do silêncio dele, eu insisto. — Por favor.

Assim que Levi solta meu pulso, eu junto as mãos atrás do corpo. Espero com paciência que ele abra o embrulho. A fita vermelha cai no chão. O papel azul-escuro é rasgado. E quando ele termina de abrir... Levi está segurando um gancho de madeira com a ponta arredondada. Ergo o olhar para ele justo no instante em que seus olhos procuram os meus. Prendo o fôlego. Não consigo sorrir direito porque estou com os dentes cerrados, usando toda a minha força para não chorar diante da forma como ele me encara: surpreso e maravilhado.

Levi dá um passo e vem com o rosto na direção do meu. Por um segundo, eu me inclino meio centímetro para frente, desejosa; mas a boca dele vem ao encontro da minha bochecha, e, depois de um beijo rápido no rosto, ele me abraça. Eu ofego, a boca ainda entreaberta, o coração disparado.

Fecho os olhos. Levi se afasta para me fitar. Uso as costas de uma mão para disfarçar a bochecha quente e sorrio o mais sincera possível.

— Você fez isso — ele me fita com intensidade — por mim?

Umedeço os lábios e engulo em seco para conseguir responder.

— Você merece muito mais.

— Eu não quero mais.

Levi desenrosca o gancho de prata e me entrega para segurá-lo, então encaixa o de madeira sem dificuldade alguma. Inflo o peito de orgulho ao perceber que acertei no molde.

— Obrigado. — Ele observa o gancho. — É perfeito.

Levi me dá mais um abraço e, de novo, sinto-me queimar por dentro. Depois, eu o deixo terminando de arrumar suas coisas e vou tomar um banho.

Dói quando a água quente escorre pelas minhas mãos vermelhas e machucadas. Mas tudo bem. Valeu a pena.

✦ ✦ ✦

Sábado. Eu vejo o sol nascer porque acordei às três e não consegui voltar a dormir. Desço as escadas e encontro Levi preparando um chá na cozinha. Em silêncio, ele serve outra xícara para mim. Eu apenas observo, sem falar nada.

Estou com a mesma sensação de quando ele ia mudar de vila nas crianças perdidas. Aquela melancolia amarga, contida. Por mais que a gente estivesse sempre viajando e constantemente nos despedindo, eu nunca me acostumei com o dizer adeus.

Ao terminar de beber seu chá, Levi sobe as escadas para o quarto. Permaneço sentada no tamborete, de pijama, vendo o conteúdo da xícara esfriar. Minutos depois, quando escuto o ranger das escadas, volto para a sala.

— Me prometa que você vai escrever e mandar fotos.

— Eu prometo. — Levi deixa o mochilão aos meus pés e suspira pelo esforço. — Muitas fotos e longos e-mails.

Anuo, satisfeita. Ele vai até a lareira, tira o gancho de prata do bolso e o deposita ao lado da garrafinha com o *Jolly Roger*.

— Vou deixar aqui de lembrança.

— Você fala como se não fosse mais voltar. Eu, hein!

— Estranho.

— Eu sei, por isso comentei.

— Não, eu quero dizer... parece que o navio cresceu.

Susto e receio trespassam meu corpo. Me apresso até lá para conferir. Fico na ponta dos pés e estreito os olhos a fim de enxergar direito.

— Você está falando isso só para me assustar.

— Acha que ele está do mesmo tamanho?

— Claro! Para com isso, não tem graça nenhuma.

— Ok, ok. — Levi ergue a mão e o gancho. — Juro que não quis te assustar.

Ele se afasta, e eu continuo observando o navio, só para ter certeza. Sim, continua tão encolhido quanto antes. Garoto maluco!

Seguimos para a porta da frente. Por um breve e constrangedor momento, a gente parece não saber o que fazer, então decidimos nos inclinar ao mesmo tempo e acabamos trombando. Solto uma risadinha sem graça. Levi me dá um abraço lateral e beija o topo da minha cabeça.

— Se cuida.

Giro o corpo para abraçá-lo direito.

— Você também — sussurro. — Eu não quero te perder de novo.

Levi afunda um pouco mais o abraço.

— Você nunca me perdeu.

Então o abraço se desmancha. Ele põe o mochilão nas costas e sai de casa. Fico na porta, vendo-o subir a colina para a estação de trem.

Nesse momento, meu coração é um novelo de lã e Levi está com a ponta do fio. A cada passo que ele dá, o novelo vai diminuindo aqui dentro do peito, diminuindo, diminuindo...

— Por favor — digo em tom de súplica, com o novelo cada vez menor. — Por favor, encontre-se com ele da mesma forma que me achaste naquele deserto. E então traga-o de volta, são e salvo.

44

MARÇO DE 2012

A BLUSA DE TRICÔ ERA DE UM VERDE-ESCURO maravilhoso. A saia, cor de musgo. Eu não tinha um sapato verde, então havia calçado meu tênis preto, mas a meia ficava à mostra e ela também era verde, muito fofinha, com o detalhe de minúsculos babadinhos no cano. Passei um batom vermelho, a cereja do bolo. Sorri sem mostrar os dentes. Me sentia absolutamente incrível. Peguei a bolsa preta e espiei o corredor antes de sair correndo na ponta dos pés para a entrada de casa.

— Mãe? — gritei.

Meu coração batia forte pela ansiedade. Ela não respondeu. Voltei alguns passos, parei no pé da escada e gritei de novo.

— *Manhê*!

— Oi!

— Estou indo para a casa da Olivia!

— O quê?!

— *Eu disse que já vou pra casa da Olivia*!

— Você combinou isso com a gente?

Revirei os olhos soltando uma lufada de ar.

— Hã... Sim? Eu só passei a última semana *inteira* falando várias vezes disso?! — Ela não respondeu. — Você tinha deixado!

Ouvi os passos dela no corredor lá de cima e me joguei para o lado, escondendo-me atrás da parede que dividia a sala de estar com as escadas.

— Cadê você?

Pensei em uma desculpa.

— Aqui na sala, amarrando o cadarço. Posso ir? Por favoooor!

— Ai, Ellie, estou ocupada com a sua irmã.

— Não estou pedindo para você me levar, são só algumas quadras.

— Você sabe que não gosto que ande...

— Mãe!

Ela grunhiu, chateada ou cansada — eu já não sabia diferenciar as duas coisas nela.

— Tá bom, pode ir.

Celebrei com uma dancinha, sem fazer barulho. Esperei até que o som de seus passos diminuísse, espiei a escada e, certa de que mamãe não me veria vestida assim, corri para a porta de casa.

Mas, bem na hora em que eu estava com a mão na maçaneta, ela começou a girar. Arregalei os olhos. Oh, merda!

— Helen?

Ele estava com a gravata frouxa, segurava a pasta de couro e o paletó desabotoado.

— George? — Forcei um sorriso. — Chegou mais cedo em casa. — Abaixei a cabeça, buscando uma brecha para passar. Havia uma pequena abertura na esquerda, entre ele e o batente. — Vou pra casa da Olivia, mamãe já deixou, tchau!

Minha passagem foi bloqueada por um braço.

— O que é isso?

Com ele, nunca dava para saber qual, exatamente, era o problema. Podia ser qualquer coisa. Seria a saia acima do joelho ou o decote da blusa?

Tentei dizer que estava com pressa, mas George ergueu meu rosto com a mão livre e fez uma careta. Senti o coração gelar. Tentei me afastar, mas não fui rápida o bastante e ele esfregou o dedão com força na minha boca. Segurei meu rosto, trêmula.

— Que batom vermelho é esse?! — Me encolhi. — Qual o seu problema, Helen?!

Pela visão turva de lágrimas, vi quando ele percebeu a roupa.

— Que dia é... — Girou o pulso e conferiu no relógio. — Você está indo a uma festa de São Patrício?

— N-não. É só uma festinha idiota, não tem nada de mais.

A indignação contorceu o rosto dele, que já estava vermelho, a ponto de a testa vincar e os olhos se arregalarem.

— *Não tem nada de mais?!* — Gotículas de cuspe respingaram em mim. — Você está indo a uma festa pagã vestida como uma vadia e ainda diz que não tem nada de mais?! Já pro quarto!

Se antes eu me achava linda, agora me sentia suja e vulgar. Travei a mandíbula para não cair no choro. A voz de mamãe surgiu atrás da gente:

— O que está acontecendo?

— Você permitiu que ela fosse comemorar o Dia de São Patrício, Mary?!

— O quê? Não. — A voz mansa e cansada de mamãe estava surpresa, e acho que um pouco chateada também. — Ela me disse que estava indo pra casa da Olivia.

— Francamente! — Senti sua mão erguer meu rosto de novo. Desta vez, ele apertou minhas bochechas com muito mais força. — *Mentindo pra gente, Helen?!* É assim que está escrito na sua Bíblia? "Desonre pai e mãe"?! Saia da minha frente antes que eu perca a paciência!

Girei o corpo e corri para as escadas. Passei por mamãe sem fitá-la nos olhos e bati com força a porta do quarto. Tranquei-o à chave. Segundos depois, a porta balançou sob o peso dos murros.

— E nunca mais bata a porta desse jeito!

Fui tremendo até o espelho. O batom estava borrado até o queixo, marcado a dedo; o rímel tinha escorrido, e as bochechas também estavam vermelhas, um horror. Cobri o rosto com as duas mãos e cerrei os dentes, segurando a vontade de gritar.

Meu celular vibrou.

Ollie s2
Cadê você? Já saiu de casa?

Estou só te esperando!

El
pode ir, não vou mais. desculpa, ele chegou mais cedo e quer sair pra jantar em família

Ollie s2
Affffff ninguém merece jantar em família

Tá bom, vou sentir sua falta :(

Joguei o aparelho bem longe e me lancei na cama, onde chorei em cima do travesseiro, usando-o para abafar os soluços. Fiquei assim até que a maior parte da raiva derretesse e escorresse para fora. A fronha preta tinha essa cor estrategicamente para não manchar.

Por fim, joguei o travesseiro no chão e girei o corpo para cima. Encarei as estrelinhas pregadas no teto.

> "Quando contemplo os teus céus, obra dos teus dedos,
> a lua e as estrelas que ali firmaste, pergunto:
> Que é o homem, para que com ele te importes?"

Nada, não somos nada. E você não se importa.

Sentei-me na cama com as mãos agarrando o couro cabeludo, os olhos fechados com força, e gemi de dor, chorando. Queria arrancar aqueles malditos versículos pregados a marteladas na minha memória. Queria arrancá-los um por um até não sobrar mais nada. De que me havia adiantado tentar ser uma boa garota e seguir as regras se nada *nunca* era bom o bastante para eles? Eu jamais seria boa o suficiente.

Eu tinha acabado de completar catorze anos e já tinha lido a Bíblia inteira duas vezes, mas isso não significava nada porque, se eu falhasse um dia sequer, brigavam comigo. E, quando George questionava a minha certeza de salvação, geralmente após um erro meu, eu nunca conseguia responder com a confiança necessária. Mesmo orando todos os dias e indo para a igreja todo domingo, a verdade era que eu ainda tinha medo do inferno. Até porque eu não conseguia prestar atenção nos cultos, não conseguia sentir prazer naquelas cerimônias, não entendia a Bíblia, e até orar era penoso para mim. "Qual o seu problema, Helen?", ele havia perguntado. Eu não sabia. Qual era o meu problema?

Talvez eu fosse um pássaro tentando mergulhar com os peixes. E esse era o meu problema. Eu jamais conseguiria nadar tão bem quanto eles, não quando só tinha olhos para as nuvens.

Acaso não sou eu o criador dos céus e dos mares?, disse um pensamento intrometido. Escorreguei as mãos do cabelo para os ouvidos e apertei-os com toda a força, uma vã tentativa de silenciar a voz. *Não me pertence tanto o peixe como o pássaro?* Gritei com os dentes cerrados e me levantei de uma vez da cama. O peito subia e descia. Olhei para o lado e, através de uma cortina de lágrimas, avistei a Bíblia em cima da escrivaninha.

No impulso, fui até ela e me preparei para rasgar as páginas, mas contive-me no último instante. Encarei o livro, o queixo tremendo pelo choro furioso. Não, eu não odiava Deus. Não de verdade, pelo menos. Até gostava da ideia de ter uma força superior e bondosa cuidando da gente, embora ela não estivesse fazendo um bom trabalho, na minha opinião. Tudo bem, acho que, naquele momento, eu o odiava um pouquinho, sim. Por que ele havia me dado uma família tão estragada?!

Meu ódio verdadeiro, no entanto, era destinado a pap... George.

Ele, que não aceitava ouvir perguntas críticas contra a Bíblia e a igreja. Do tipo... Se Deus nos amava tanto, por que havia imposto tantas regras ao amor? Por que ele precisava ser tão rigoroso com as pessoas? Se o fardo era leve, por que me esmagava ao chão?

Ele, que nunca aceitava meus contra-argumentos para as perguntas difíceis que eu fazia e acabava fechando a porta do diálogo na minha cara.

Ele, que havia me obrigado a ler a Bíblia todos os dias e a frequentar a igreja todos os domingos, desde que eu me entendia por gente, até hoje. Que determinava como eu ia me vestir e me comportar, sufocando-me com padrões que tiravam de mim toda a oportunidade de me descobrir. Quem era eu se não a garota que eles cirurgicamente criaram?

Ele, que sempre havia esperado o pior de mim. Que dizia confiar, mas me proibia de colocar senha no telefone ou no computador porque vivia checando minhas mensagens e o histórico de busca. Sim, era ele quem eu odiava acima de tudo. Deus, por outro lado...

Dei uma última olhada na Bíblia antes de enfiá-la no fundo da gaveta.

Desse dia em diante, eu parei de ir à igreja, mesmo com ele tentando me obrigar. Todo domingo era uma luta, e, vez após vez, eu venci cada uma das batalhas, até que George ficou sem forças para lutar.

Meus pais sempre me acharam uma pessoa difícil de lidar e nunca tiveram ressalvas em expressar isso, mas foi só entre os catorze e quinze anos que eu provei para eles que ainda não tinham visto nada — e me tornei exatamente a pessoa que eles já achavam que eu fosse.

É irônico, porque eu pensava estar assumindo minha verdadeira identidade ao ir contra tudo o que eles haviam imposto para mim. Demorei anos para perceber que você não é a pessoa que te obrigam a ser, mas também não é o oposto dela. Para descobrir quem você é, precisa conhecer primeiro aquele cuja plenitude é o que formou toda identidade.

Mas isso foi algo que eu só aprendi anos mais tarde, depois de ter as minhas asas quebradas e o coração despedaçado; de ter caído no mar e ficado à deriva em uma noite eterna, sem estrelas, até perder completamente o rumo de quem eu era ou queria ser.

Foi ali, no vazio escuro sobre as águas, que houve luz.

Mas isso foi anos depois.

45

TEM UM EMBRULHO DE PAPEL PARDO em cima da minha mesa quando eu chego na segunda-feira para trabalhar. Olho ao redor. Jack ainda não chegou e mamãe não está na mesa dela. Desfaço a fita branca e suspiro ao ver o que é. Pego a tela com todo o cuidado.

— Você gostou? — diz Helen ao se aproximar com uma xícara na mão.

Ela pintou o prédio do Olden Times sob um céu claro de verão, com o carro conversível da senhora Mackenzie estacionado ao lado da moto do Jack. Todos os detalhes estão perfeitos; até a minha bicicleta amarela de cestinha marrom ao lado de sua bicicleta azul com cestinha branca.

— Você pintou isso enquanto eu fazia o gancho pro Levi — digo o óbvio, erguendo os olhos para ela.

— Não achei que fosse ficar tão emocionada. — Helen faz uma careta feliz.

Minha risada aperta as bochechas, os olhos ficam marejados.

— Eu sei. — Abano o rosto com uma mão, ainda sorrindo. — Estou parecendo o Michael Scott quando viu o desenho da Pam.

— Espera. — Helen arregala os olhos. — Você terminou a série?!

— Sim, passei o domingo inteiro assistindo.

Não tinha nada melhor para fazer sem Levi em casa. Ela abre um sorriso largo, olha com carinho e dá de ombros.

— Bem, o quadro é seu. Fico feliz que tenha gostado.

— Eu adorei. Muito obrigada.

Ela volta para a mesa da recepção bebericando o chá. Embalo o quadro de volta no papel pardo e o coloco cuidadosamente no chão, encostado na minha mesa. Depois vou buscar um chá para mim também. No fim do dia, quando eu chego em casa, a primeira coisa que faço é pendurar o quadro na sala, centralizado em cima da lareira. Dou um passo para trás e o admiro com orgulho e carinho.

O primeiro presente que recebi dela, e é tão, *tão* especial.

✦ ✦ ✦

Durante todos os dias dessa semana, eu ligo a TV assim que acordo e aumento o volume até poder ouvi-la de qualquer cômodo da casa. Nunca acordo muito cedo, apenas o bastante para me alongar, recitar a oração matinal e trocar de roupa, sem passar maquiagem. Então vou caminhando para o Grind Cafe, onde compro *cinnamon mocha latte* acompanhado de duas rosquinhas de baunilha. Todos os dias, eu tomo meu café da manhã no bondinho para o Olden Times e chego lá batendo as roupas para me livrar dos farelos. Jogo o copo de papelão no lixo da entrada, cumprimento mamãe e me ponho a trabalhar.

Os briefings do Jack vieram com menos detalhes essa semana, por isso eu preciso fazer hora extra todos os dias. Realmente não tenho escolha: só ficando até mais tarde para conseguir organizar as ideias, escrever o primeiro rascunho de todas as matérias, aprovar a ideia com ele, reescrever os textos, reenviar para uma última avaliação, editar o polimento final e, por fim, enviar para a revisão. Nisso, chegam os briefings da semana seguinte, e é claro que eu preciso fazer hora extra de novo para repetir o processo.

Às 17h15 da sexta-feira, Helen desliga o computador e manda um tchau generalizado. Jack também está se levantando para sair.

— Alison — ela volta alguns passos —, ainda não terminou?

Ergo a cabeça, surpresa. Afasto os fones de ouvido.

— Ah, não. Vou ficar até mais tarde hoje. Acabei de receber os briefings da semana que vem e quero organizar o material, assim posso começar a escrita dos primeiros rascunhos já na segunda de manhã.

— *Essa* é a assistente dedicada que eu queria. — Jack pisca um olho e segue para a porta. Ele acena um tchau de costas pra gente.

Helen revira os olhos.

— Fala sério, você está se matando.

— Não se preocupe, eu gosto do meu trabalho. — Ela estreita os olhos. — Juro! Te vejo na segunda.

Abro um sorriso encorajador, então volto a me concentrar no texto.

— Sabe... — Helen começa a dizer devagar. — Eu gosto de fazer caminhadas na praia. — Ergo a cabeça no mesmo instante. — Gostaria de se juntar a mim?

— Sim! — Ops, respondi rápido demais. — Quero dizer, hã, sim. Eu gostaria de caminhar na praia.

— Ótimo, me encontre no carrinho do senhor Albert em meia hora.

— Tá bom.

Ela cruza os braços.

— Se você vai me encontrar em meia hora, tem que ir para casa agora mesmo trocar de roupa e comer alguma coisa.

— Tá bom — repito, desta vez guardando minhas coisas.

Helen ergue o queixo, satisfeita, e vai embora.

Termino de organizar minha mesa, desligo o computador e vou esperar o bondinho com um sorriso no rosto. Primeira vez que vamos caminhar juntas na praia. Isso é tão empolgante! Chegando em casa, acendo todas as luzes e ligo a TV; então como um lanche reforçado, troco de roupa e corro para encontrá-la na orla.

— Vamos ver se desta vez você não derruba o meu sorvete.

— Você nunca vai esquecer isso? — pergunto com um riso contido.

— Nunca.

A gente começa a caminhar no calçadão. Como o sol se põe muito tarde nessa época do ano, estamos usando viseiras para nos proteger da luz. Me sinto tão feliz por realizar esse pedacinho de sonho, de estar aqui ao seu lado depois de vê-la caminhando sozinha por tantos anos, que não me incomodo com o silêncio. Apenas aproveito sua companhia, o calor do sol na pele e a brisa salgada.

— Então... — Helen puxa assunto. — Como tem sido morar sozinha?

Olho de esguelha para ela.

— Ah, tem sido bom. Acho que você tinha razão, não é tão difícil quanto parece.

— *Hummm*. Deve ser por isso que você está se dedicando tanto no trabalho, quase como se não quisesse voltar para casa.

— Ei! Eu fiz hora extra todos os dias essa semana porque tinha realmente muita coisa para fazer. — Ela não parece convencida. — É verdade! O Jack está mandando briefings cada vez mais vagos.

— Então reclama com ele. Esse cara precisa fazer *alguma coisa*.

— Mas ele tem feito, sim. As matérias ficam bem melhores depois da edição que faço com base na leitura crítica dele.

— Espera, você está mesmo defendendo o chefe preguiçoso?! — Minha única resposta é um menear de cabeça e um sorriso de reprovação. — Tudo bem, vou fingir que acredito nessa.

A gente caminha mais um pouco sentindo a brisa salgada roçar na pele aquecida.

— A propósito, o Levi está adorando o projeto — falo com um sorriso bobo ao lembrar-me do e-mail que ele enviou há dois dias. — Ele disse que é uma experiência pra vida toda e que o gancho de madeira é um sucesso entre os colegas.

— Então vocês se falam todos os dias.

— Não somos grudentos.

Helen vira o rosto para mim com as sobrancelhas franzidas.

— Eu não acho que seja grude se falar por vídeo antes de dormir, por exemplo. Não quando estão separados, pelo menos.

— A gente não conversa por vídeo, achamos muito estranho. — Balanço a cabeça.

— Meu Deus. Eu até entendo a parte de não serem "grudentos", mas não gostar de ligação por vídeo?!

Essa é a minha chance de contar um pouco mais sobre a nossa história falsa de *background* sem levantar suspeitas, então tento articular as palavras com naturalidade:

— Bom... A gente cresceu em fazendas, não tínhamos muito contato com a cidade grande e fomos criados por pessoas que acreditavam em teorias da conspiração. Os meus tios eram os mais cuidadosos, bem mais rígidos que o pai do Levi. Toda tecnologia considerada por eles suspeita devido ao risco de espionagem ou lavagem cerebral, tipo TV e celulares, era proibida para mim.

— Santo Deus, parece até alguém que eu conheço!

— Como assim? Sua família também era, digamos, "excêntrica" como a minha?

Um breve silêncio se acomoda entre nós.

— Mas você é muito boa no computador. Onde aprendeu? — Helen pergunta.

Pisco, confusa com a mudança de assunto. Não respondo. O silêncio ameaça tornar-se constrangedor.

— Prefiro não falar sobre mim — diz Helen em tom sombrio. — Se não se importa.

Mas eu me importo. Me importo pra caramba. Quero saber tudo sobre ela e a história que a moldou na pessoa que é hoje; quero saber quando foi que surgi em sua vida e por que ela não pôde ficar comigo. No entanto, eu sei que ainda tenho um longo caminho pela frente. Preciso conquistar sua confiança, muito mais do que o mero afeto.

Engulo em seco.

— Levi me ensinou depois de nos casarmos.

— Ah.

Nossa conversa já não é mais a mesma, há uma fina névoa de estranhamento. Para me livrar dela, faço um comentário engraçado sobre o Jack. Eu me sinto um pouco mal por zombar da forma como ele finge trabalhar, mas o comentário cumpre seu propósito de desfazer a névoa estranha, e nós voltamos a conversar, risonhas.

A gente se limita ao trabalho, um assunto seguro.

E terminamos o dia tomando sorvete, sentadas no mesmo banco de sempre, esperando o sol se pôr.

Lido há 2 dias.

Levi Hazy <capitaoganchopelomundo@mymail.com>

para: alisonrivers625@mymail.com

data: 21 de jun. de 2028, 18:03

Não sei o que escrever aqui

Querida Alison,

Eu nem sei por onde começar a descrever essa aventura que foram os últimos dias. Talvez pelo fato de que Londres tem muito mais a oferecer do que o pouco que nós vimos.

A primeira coisa que fiz foi seguir o conselho do Astra e comprar todos os *shortbreads* que vi pela frente (são deliciosos, experimente um tão logo quanto possível), depois fui com o hacker assistir a um jogo da Eurocopa no Estádio de Wembley. Eu sei, falando assim parece até que sou amigo do hacker, mas não sou. Garanto que só fiquei hospedado na casa dele para economizar o hotel e porque gosto do Jarvis (aliás, ele te mandou um abraço). Mas, voltando ao assunto do jogo, que experiência INCRÍVEL!!! Sério, por que as crianças perdidas não fazem algo assim no Estádio Imperial em vez daquele horror de competição com feras? Seria bem menos traumatizante. Enfim... Também fui a um espetáculo chamado *O Fantasma da Ópera*, você teria amado. Na verdade, em tudo o que eu faço, em cada lugar aonde vou, fico pensando em como você reagiria.

Ontem eu peguei o trem para Edimburgo, foram mais de 4 horas de viagem. Passamos por várias pequenas cidades e algumas paisagens muito bonitas, mas nada que deixasse Bellatrix com inveja. A Escócia é perfeita, e o sotaque deles é o melhor! Estou tentando aprender, porque acho que combina muito com o estilo pirata. Ouvi dizer que esses caras sabem fazer uísque como ninguém (mas estou tomando cuidado para não beber demais e acabar falando o que não devo, não se preocupe!!) Aliás, meu gancho de madeira faz muito sucesso por onde passo, você com certeza seria uma artesã famosa nesse mundo.

Eu vou ficar mais alguns dias em Edimburgo, depois quero conhecer Glasgow e então vou para Inverness. De lá, estou pensando em pegar um avião para Dublin, mas ainda não decidi, porque a ideia de ficar em uma máquina voadora a quilômetros acima da terra... Sei não, é muito assustador.

Espero que você esteja bem e que o jornalista tenha parado de pegar no seu pé. E como vai a minha querida sogrinha? Vocês já são melhores amigas?

Com amor,

Levi

8 anexos • *Anexos verificados pelo Antivírus*

DESCRIÇÕES ALT

FOTO: Selfie borrada de dois torcedores pintados de branco e vermelho gritando felizes em um estádio de futebol.

FOTO: Mão segurando um pedaço de *shortbread*. Ao fundo, Tower Bridge e céu nublado.

FOTO: Imagem escura de um palco de teatro com a cortina vermelha fechada.

FOTO: Paisagem rural borrada vista do interior de um trem.

VÍDEO 2s: Paisagem urbana borrada vista do interior de um trem.

VÍDEO 18s: Pôr do sol em paisagem rural visto do interior de um trem em movimento. Voz masculina diz: "Pra você que ama pôr do sol, tá gravando?"

FOTO: Selfie mal enquadrada de um homem sorrindo em Royal Mile, Edimburgo. Ele usa boné e blusa xadrez azul-escuro.

FOTO: Selfie borrada de um grupo de quatro homens rindo no interior de um *pub* e segurando copos com bebida alcoólica. Um dos homens mostra para a câmera um gancho de madeira.

46

NOVEMBRO DE 2008

— OI.

Terminei de ler a frase antes de erguer os olhos do livro. Mamãe estava na porta do meu quarto.

— Quer assistir a um filme? — perguntou.

Franzi a sobrancelha.

— É sério? Eu quero!

A gente não costumava fazer essas programações divertidas em família — não sem uma razão especial, e muito menos por iniciativa deles —, então a surpresa era quase tão legal quanto o convite. Me levantei da cama, puxei o cobertor e o levei comigo até a sala de estar. Um filme já estava escolhido e pausado. Me acomodei ao lado dela no sofá.

— Que filme é esse?

— Se chama *À prova de fogo*.

— Do que é?

— Um romance cristão.

Meus ombros caíram. Ah, eu devia ter presumido a pegadinha. Era óbvio que não faríamos algo divertido sem um propósito espiritual. Suspirei desanimada, imaginando se estava tarde demais para recusar o convite e voltar a ler *Em seus sonhos*, de Robin Gunn.

— Achei que a gente ia escolher o filme juntas — tentei usar a única desculpa que eu tinha.

Era difícil explicar para mamãe que eu poderia ler uma série de romances cristãos para a minha idade e gostar deles porque eram divertidos, mas, se fôssemos assistir algo, gostaria de ser incluída na escolha do filme — e com certeza preferiria ver algum desenho da Disney em vez de uma produção religiosa chata.

Mamãe puxou um pouco do meu cobertor para si e me entregou um pacote de pipoca.

— Eu só queria companhia. É um ótimo filme, você vai gostar, prometo.

— Você já viu, então? — Era minha chance de escapar.

— Não, mas eu sei que é bom. Chorei no *trailer*.

— Você chora por tudo, mãe.

Ela riu e fez carinho na minha cabeça. Peguei um punhadinho de pipoca e me aconcheguei nas almofadas. Se eu fosse sincera, mamãe ficaria chateada e tentaria me convencer do valor desses filmes, e eu não estava nem um pouco a fim do sermão. Por isso, só me restava aproveitar a pipoca e esperar os 120 minutos.

Porém, logo na primeira cena, algo me perturbou. Eu encarava a tela, completamente chocada, enquanto uma criancinha dizia para a mãe que gostaria de se casar com o pai. "Você não pode se casar com o papai. Ele é meu marido", respondeu a mãe, achando graça da filha. Pela voz, a criança deveria ter uns três ou quatro anos. "Quando cansar de ser esposa, posso ficar com ele?", a garotinha insistiu.

— Uau, isso é muito estranho.

— Por quê?

Virei o rosto para mamãe. Ela realmente estava achando aquilo a coisa mais normal do mundo?!

— A menina disse que quer casar com o pai — sinalizei o óbvio.

Não conseguia acreditar que ela não via problema algum naquela bizarrice.

— Ué, filha. Ela é um bebê! É um jeitinho engraçado de dizer que ela admira o pai, o que é normal. Geralmente, as mulheres procuram se casar com homens que se pareçam com o pai delas.

Eu devia estar fazendo uma careta de muito horror, porque mamãe pausou o filme para explicar melhor.

— O homem da casa é um padrão de masculinidade para toda a família. Os filhos querem ser iguais a ele, e as filhas procuram um companheiro parecido para se casar. Exemplo de caráter, entende?

Mamãe apertou o play e voltou a comer sua pipoca. Feliz. Distraída.

Eu continuei atordoada demais para prestar atenção no filme. Voltei o olhar para a TV sem enxergar nada. Sentia um aperto ruim no coração. Se o normal era a menina ter o pai como um padrão de homem... o que isso significava no meu caso?

— Eu não quero me casar com um homem igual o papai — sussurrei.

— Que isso, filha?! Não diga uma coisa dessas. — Mamãe me repreendeu como se não tivesse notado o tom machucado na minha voz. — Seu pai é um homem muito bom, temente a Deus. Você teria sorte se casasse com alguém como ele.

Continuei encarando a televisão num ponto fixo, os olhos marejados.

Eu não achava que ele era bom, e isso me assustou. Será que eu estava exagerando? Estava vendo só os defeitos e ignorando as qualidades? Talvez os defeitos nem fossem tão ruins assim. Era isso, eu tinha exagerado.

Mas aí eu me lembrei de quando, aos cinco ou seis anos de idade, eu havia jogado fora o cartão de Dia dos Pais que fizera na escola porque não tivera coragem de entregá-lo para ele. Só tinha escrito uma frase clichê: "Você é o melhor pai do mundo, eu te amo!", e mesmo assim não tivera coragem de entregar porque sabia que era pecado mentir. Sabia que ele definitivamente não era o melhor pai do mundo, tampouco tinha certeza se o amava.

Eu era só uma criancinha, mas já me sentia daquele jeito porque odiava quando ele estava em casa ou chegava do trabalho. Sua presença era sinônimo de não falar alto, não correr, não gritar, não pular no sofá; de "Para com isso, Helen", "Vamos fazer o cultinho doméstico, Helen", "Feche os olhos para orar, Helen", "Comporte-se, Helen!". Nossa casa era muito mais alegre quando ele não estava lá.

Abaixei a cabeça e enxuguei a maçã do rosto. Mamãe não viu aquelas lágrimas escorrerem em silêncio; ela não sentiu meu coração encolhido num cantinho escuro do peito. Eu estava bem ao lado dela, mas mamãe não percebia nada.

Talvez eu não estivesse exagerando.

Talvez, apenas talvez, houvesse algo errado com a minha família.

47

HELEN E EU PASSAMOS A CAMINHAR juntas na praia. Todos os dias, eu saio do trabalho no horário normal, faço um lanche reforçado em casa e vou encontrá-la perto do carrinho de sorvetes do senhor Albert. Então a gente se alonga, caminha por uma hora e, no fim, encerra o dia com uma corrida. Quem perde, paga o sorvete.

Apesar de ser divertido, nossas conversas nunca ficam mais profundas que um copo d'água. Os assuntos giram em torno do trabalho, das fofocas da cidade e de coisas banais, como séries que estamos assistindo, lançamentos musicais ou livros que desejamos ler. Nunca, em hipótese alguma, falamos de nossos passados ou sentimentos. Minha esperança é que, de copo em copo, eu consiga encher um lago.

Agora, no último dia de junho, eu tenho a primeira sexta-feira livre desde que comecei a trabalhar aqui. O Jack ainda não me mandou os briefings da semana que vem e todas as matérias dessa semana já estão com a revisora, por isso não tenho nada para fazer. Estou desde as nove horas fingindo trabalhar. Não sei como o Jack aguenta isso.

Lá está ele, largado em sua cadeira, com fones de ouvido e um pacote de balas.

Na recepção, Helen lixa as unhas.

Uma mosca passa zumbindo.

São 11h55.

ALISON_RIVERS

Ei, quer almoçar comigo no Grind Cafe?

Não tenho nada para fazer aqui, estou quase enlouquecendo.

usuário enviou figurinha de raposa em surto

HELEN5398

estou muito ocupada com as minhas unhas, mas...

claro, adoro o Grind Cafe sahkjfahspjk :P

Eu não trouxe a bicicleta porque tenho vindo trabalhar de bondinho. Minha ideia é ir a pé, mas Helen insiste em me levar na garupa da bicicleta dela. Eu pergunto se vai dar conta de pedalar durante todo o caminho, e ela garante que sim. Porém, na primeira colina, Helen fica sem forças e a bicicleta tomba pro lado, levando nós duas ao chão. Ninguém se machuca; a única coisa que dói é a minha barriga, de tanto rir. Resolvemos trocar de lugar e eu brinco dizendo que esse era o plano dela o tempo todo. Sua resposta é uma risada maléfica.

Chego suada e esbaforida no Grind Cafe, mas pelo menos damos a sorte de achar uma mesa livre do lado de fora — o interior do estabelecimento deve estar um forno. Fazemos nossos pedidos e, enquanto aguardamos protegidas pelo guarda-sol, cada uma usa o menu para abanar-se. Sinto alguns fios colados na minha testa. Passo um guardanapo para secar.

— Você conhece algum salão por aqui? — pergunto.

— Em Hillbourne nós temos dois, mas, dependendo do que você quer fazer, o mais recomendado é ir para Hastings.

— Quero pintar. — Mostro a raiz do cabelo. — Minha cor natural é essa e, agora que meu cabelo já cresceu um pouco, tá me incomodando essa diferença.

— Salão da Ava, com certeza. Ela é ótima com pintura, deve ter se especializado nisso pela quantidade de velhinhas vaidosas que temos nesse condado.

Helen usa o guardanapo para desenhar um mapa improvisado, mostrando como chegar no salão a partir do Grind Cafe. Quando a garçonete de mechas cor-de-rosa traz os nossos pratos, eu pergunto se ela tem o telefone do salão. A menina prontamente me informa, e, antes de começar a comer, eu ligo e marco um horário para amanhã.

— Estou ansiosa — comento com um frio na barriga.

— Você vai retocar a raiz?

— Hum... — Termino de mastigar. — Não. Quero voltar pra cor natural dele, então vou ter que "destonalizar".

— Descolorir? — Helen esconde a risada com uma mão.

— Isso. E talvez fazer algumas mechas bem clarinhas para dar uma vida, porque esse loiro-médio não tem graça sozinho.

— Uau, vai ficar bem diferente.

— Espero que fique bom. — Faço uma careta de nervoso.

— Ah, tenho certeza que vai, sim.

Comemos em silêncio por um tempinho, até uma notificação vibrar no meu telefone sobre a mesa. Vejo o que é, dou um sorriso sem parar de mastigar e depois viro o aparelho com a tela para baixo. Helen me olha de um jeito curioso e divertido. Engulo a comida.

— É um novo e-mail do Levi — explico.

— E-mail?

— Sim, a gente prefere se falar por e-mail porque parece carta.

Helen balança a cabeça, incrédula.

— Meu Deus, vocês estão parecendo aquele clássico, *Mens@gem para você*.

— Rá-rá-rá.

— Espera um pouco. — Ela deixa o garfo e a faca no prato. — Você nunca viu esse filme?

— Uma vida inteira na fazenda, lembra?

— Oh, mas que tragédia! — Helen diz com a mão no peito, uma expressão exagerada. Dou de ombros, olhando para os lados de um jeito inocente. — Sério, Alison, você *tem* que ver. É uma comédia romântica maravilhosa, um clássico eterno.

— Eu acredito em você. — Limpo a boca no guardanapo e me recosto na cadeira. — Vou assistir hoje à noite quando chegar em casa.

De repente, os olhos dela brilham como faíscas.

— E se você fosse lá para casa depois do trabalho? A gente podia ver juntas.

— Sério? — Pisco, surpresa demais para conseguir disfarçar.

— Sim, eu adoro ver meus filmes favoritos com alguém que nunca assistiu. É quase como se eu também estivesse vendo pela primeira vez.

— Então está combinado.

— Obaaa, noite de cinema!

Helen remexe os ombros feliz enquanto eu bato palminhas de empolgação, mas a minha vontade mesmo é de me levantar, gritar e pular como uma doida. Imagino até quando vou ficar assim, tão emocionada por cada oportunidade de fazer coisas que só tinha sonhado em fazer com ela.

De volta ao Olden Times, o sol se arrasta bem devagar no céu. Eu fico vendo vídeos aleatórios no YouTube, até que, faltando uma hora para o fim do expediente, Jack envia os briefings da semana que vem, mas eu estou tão morosa que decido nem abrir os arquivos. É o cúmulo da falta de empatia passar o dia inteiro enrolando para só enviar as demandas perto da hora de ir embora. Ainda mais em uma sexta-feira!

Minutos depois, a senhora Mackenzie desce de seu escritório. Ela nos deseja um bom fim de semana e, ao abrir a porta da frente, olha para trás.

— Acho que vocês podem ir para casa mais cedo se já terminaram tudo.

— Obrigada, chefinha. — Helen não esconde o contentamento.

Assim que a porta se fecha atrás da mulher, Jack se levanta num salto, pega a bolsa de couro de cima da mesa e sai praticamente correndo do balcão, dizendo "*au revoir, les amis*!" com sotaque britânico carregado.

Enquanto eu desligo o computador e arrumo minha mesa, Helen verifica todo o recinto por lâmpadas esquecidas acesas. Ela tranca o Olden Times, e a gente segue para a casa dela caminhando. Helen vai empurrando sua bicicleta. Meia hora depois, chegamos ao conjunto de prédios residenciais.

— Eu moro nesse apartamento desde que me mudei para cá — explica ela ao procurar pelas chaves. — É pequeno e simples, mas é o meu cafofo.

Não sei se Helen percebeu, mas acabou de me dizer outra pista do seu passado — de forma tão natural que eu quase deixei escapar. Pela forma como ela reagiu na praia, decido não perguntar nada sobre quando, como ou por que ela se mudou. Em vez disso, elogio:

— Tenho certeza de que é lindo, a julgar pelo seu olhar artístico.

Ela coloca uma mão no queixo e pisca os olhos várias vezes, sorrindo. Depois de deixar a bicicleta estacionada na lateral do prédio, subimos as escadas. O apartamento fica no terceiro andar.

Quando ela abre a porta, meu coração se encolhe e dilata de emoção. Esse é o ambiente que eu mais conheço pelo mirador; era praticamente o único que não ficava borrado ao fundo, por isso tenho vários desenhos dele no meu caderno.

Entro na sala. Há o papel de parede delicado, as amplas janelas, a estante com livros e itens decorativos, inclusive um filete de pisca-piscas. Em uma prateleira, vejo a câmera que ela comprou anos atrás e o retrato de um gato cinzento.

— O que aconteceu com ele?

— Como você sabe que ele não está mais aqui?

Ops. Coloco o porta-retratos de volta na prateleira.

— Porque... hã, não vi potinho de comida nem brinquedos no chão.

— Uau. Você tem uma pinta de Sherlock Holmes, hein?

Dou um sorriso tímido. Continuo a percorrer o cômodo, admirando o sofá com manta de tricô, o tapete fofinho, as cortinas brancas, os vários vasinhos com plantas. É um ambiente muito acolhedor e meigo.

— Ele era um gato de rua, nunca foi meu de verdade. — Parada em um canto da sala, perto da entrada, Helen se abraça. — Mas eu deixava a janela da cozinha sempre aberta, até mesmo no inverno, para que ele entrasse e saísse quando quisesse.

A mesa de jantar fica atrás do sofá. Eu passo a mão suavemente sobre o local onde tem a marca da faca que ela cravou ali, anos atrás, na noite do meu primeiro aniversário.

— Eu queria que a minha casa fosse um abrigo, um porto seguro onde ele pudesse se refugiar, mas nunca uma gaiola. Eu o chamava de Senhor Bigodes. Um dia... ele veio de noite, sentou no meu colo e ficou comigo por um tempão, ronronando, me mordiscando. Eu acho que ele estava se despedindo.

Sinto meus olhos marejarem.

— Ele te amava.

Helen funga e sacode a cabeça.

— Ai, tá bom, não quero ficar triste. Vou preparar a pipoca. Por favor, fique à vontade.

Eu levo ao pé da letra o "fique à vontade" e aproveito para ver o resto da casa. O quarto dela é pequeno, tão rústico e confortável quanto a sala. Em cima da cama, entre as diversas almofadas, está um velho coelhinho de pelúcia. O banheiro também é uma graça e conta com uma vela aromática que, mesmo apagada, exala um cheirinho bom de jasmim. Ao lado dela, um bonito porta-joias em formato de concha exibe diversas pulseirinhas artesanais.

Volto para a cozinha, compacta e funcional. Tem azulejos coloridos sobre a bancada da pia, o que combina muito bem com a personalidade do resto da casa.

Helen serve duas tacinhas de vinho para acompanhar a pipoca, e a gente vai se sentar no sofá. Para deixar tudo ainda mais confortável, ela pega todos os travesseiros e almofadas que estão em sua cama e os traz para cá. As luzes são apagadas, restam apenas alguns abajures aqui e ali para quebrar a escuridão.

O filme começa. Eu faço comentários o tempo todo, enquanto Helen se limita a rir e responder "Não vou dar spoiler". Quando o filme termina, o streaming recomenda mais três opções de clássicos. Ela tece mil elogios para *Shakespeare apaixonado*, eu admito que nunca vi, então emendamos um filme no outro. Ao terminar, nós duas estamos em prantos, de narizes entupidos e tudo. O streaming recomenda mais opções. Nisso, a minha cabeça está rodando por conta do vinho e da pouca quantidade de sólidos no estômago, então digo que quero ver *Para sempre Cinderela*, mas preciso jantar alguma coisa antes. Helen pede uma pizza. Quando ela chega, assistimos ao terceiro filme da noite.

No fim, estou cansada e risonha. Helen diz que não posso voltar para casa assim, melhor tomar um banho e dormir aqui. Ela me empresta uma roupa: camisa larga e shorts. Tomo uma ducha demorada, o chão balança como o convés de um navio pirata.

Quando saio do banheiro, o sofá foi adaptado para uma cama e está todo arrumadinho. Eu deixo meu corpo cair nele. Escuto o chuveiro sendo ligado. Helen canta alto enquanto toma banho. Ela não canta mal, porém eu morro de rir mesmo assim.

— Me perdoe, eu não sabia que você era fraca com álcool. — Ela está enxugando os cabelos na porta do quarto.

Do meu ponto de vista deitado, Helen está na diagonal. Continuo rindo.

— Não estou bêbada — falo com a voz bamba. — Juro! É só que tem uvas demais no meu estômago. Estou enviuvada. Envuavada. Esvoavada.

É a vez dela de gargalhar. Torno a rir também e daqui a pouco estamos parecendo uma fazenda de animais com as risadas mais bizarras da face da terra.

Helen vai se deitar e não consigo mais vê-la.

— Qual filme você mais gostou? —pergunta ela, do quarto.

— Ai, não me faça perguntas difíceis, meu cérebro só está funcionando pela metade.

A gente fica rindo e conversando até bem tarde da noite.

Estou quase dormindo.

— Alison?

Tento responder, mas o único som emitido pela minha boca entreaberta é um ronco. Nem forças para rir eu tenho mais. Acho que estou babando no travesseiro, minha consciência escorrega aos poucos, o mundo vai ficando mais distante.

— Obrigada por hoje. — A voz dela é baixa, carregada de sinceridade. — Fazia muito tempo que eu não tinha uma noite de garotas tão legal assim.

✦ ✦ ✦

Mal começo a me espreguiçar e uma pontada na cabeça interrompe o movimento. Ai. Aperto os olhos. A lembrança do único dia de ressaca que já tive na vida, lá na Vila Ossos, me traz um horrível *déjà-vu*. Eu tinha prometido nunca mais beber.

Levanto-me devagar. A sorte é que eu só tomei aquela tacinha, então a náusea é leve e a dor de cabeça não parece ser daquelas horríveis. Acho que vou ficar bem depois de uma xícara de chá. Um passo de cada vez, vou para o quarto. Dou três batidinhas na porta aberta.

— Ei. — Ela aparece debaixo do lençol. — Bom dia.

— Hum. — Faço uma careta, a mão na testa. — Posso usar seu banheiro?

Minha voz está grossa e letárgica.

— Claro, fica... — Helen se interrompe com um suspiro.

Ela encara a minha perna, assustada. Olho para baixo, e o sentimento ruim que vem em seguida não é pelo álcool. Tento abaixar o short e a blusa para cobrir a horrível cicatriz que o lacryoza deixou.

— Desculpa! Eu não quis encarar.

Minhas bochechas estão ardendo. Coço os olhos e bocejo tentando fingir que não me importo.

— Hã... Lembra quando eu disse que o Levi me salvou de um acidente na fazenda?

— Aham.

— Pois é.

— Eu sinto muito.

— Não sinta. — Mantenho uma mão sobre a coxa para esconder a deformação. — Só é muito feia, mas a lembrança que tenho dela é bonita. Foi quando eu nasci de novo.

Dou um sorrisinho tímido e me apresso a buscar refúgio no banheiro. Fecho a porta atrás de mim e suspiro aliviada. Analiso a cicatriz, a forma como a pele se contorce e afunda. Nunca tinha pensado em como poderia ter vergonha dela até hoje.

Depois de lavar o rosto, acho minha roupa que deixei sobre o cesto e a visto. Helen entra depois de mim e, enquanto ela usa o banheiro, eu vou pra cozinha, onde tomo a liberdade de abrir a geladeira e preparar torradas. Helen chega e começa a fazer o chá. Cada uma leva seu desjejum para a mesa da sala, onde comemos em silêncio.

Tento pensar em algo para quebrar o clima esquisito.

— Muito bom, esse chá.

Muito bom, esse chá?! Deus meu, Alison, você já foi melhor nisso.

Helen deixa o restinho do sanduíche no prato.

— Me perdoe pela forma como eu reagi mais cedo, ainda...

— Por favor, está tudo bem.

— Não, eu te constrangi e sinto muito.

— Bem, nesse caso, hã... está perdoada.

Bebo o resto do chá de uma vez, não quero continuar esse assunto.

— Eu também quero dizer que valorizo muito a sua confiança. — Ergo a cabeça para ela, surpresa. No castanho de seus olhos, há um afeto e sinceridade que não estavam ali antes. — Sei que a gente não mostra as nossas cicatrizes para todo mundo e quero dizer que você não precisa esconder as suas de mim.

Engulo a emoção. Talvez não seja tão impossível encher essa lagoa de copo em copo, afinal de contas.

— Obrigada por ter me convidado — respondo com um sorriso sincero —, ontem foi uma noite maravilhosa e eu valorizo muito a sua amizade.

O sorriso dela aperta as bochechas.

— Ok, chega de melancolia. — Helen se levanta. — Vou lavar as louças.

— E eu vou pra casa, quero descansar até o meu horário no salão.

— Ai, estou tão ansiosa para ver como você vai ficar!

Quando deixo o apartamento de mamãe, minha cabeça está latejando, o coração apertado. Mais do que vinho, essa é uma ressaca de emoções. Parece que, quanto mais próxima eu fico dela, mais medo eu sinto. Porque cada dia ao seu lado é um dia a mais repleto de memórias felizes que poderão me ferir depois. E eu sei que, não importa como a nossa história termine, vou ter o meu coração partido. De um jeito ou de outro.

48

MAIO DE 2013

EU ADORAVA A MÃE DA OLIVIA. Ela trabalhava em uma empresa de contabilidade, era divorciada e muito divertida. Não existia tempo ruim com a tia Wilson, nem tabus. Embora fosse rigorosa com a Ollie em relação aos estudos, era bem liberal quanto às diversões juvenis. Ela costumava dizer "Não importa o que você faça, desde que não faça escondido".

Olivia tinha mandado uma mensagem pedindo autorização para provar as cervejas da geladeira, com o argumento de que já tínhamos passado a tarde toda estudando e estávamos exaustas. A tia Wilson respondeu dizendo que "provar" significava uma única latinha, portanto, não deveríamos beber mais do que isso.

Tínhamos ficado extasiadas com a liberdade, mas, assim que provamos a bebida, Ollie e eu disparamos a tossir. Era a coisa mais nojenta que já tínhamos experimentado.

Só que a gente não ia desistir tão fácil dessa ideia, então dividimos o conteúdo da latinha em dois copos de vidro e passamos a jogar "faria ou não faria". Era um jogo tosco, você dizia algo absurdo e a pessoa respondia se faria ou não. Se ela dissesse que não, tinha que tomar um gole; mas, se dissesse "faria", você a desafiasse a fazer e ela desistisse, também tinha que beber — dois goles, nesse caso.

Havíamos passado a última hora brincando disso e agora estávamos um pouco leves e risonhas. Liguei a playlist com pop e rock e ficamos dançando no meio do quarto até cansar. Então Ollie teve a brilhante ideia de vestirmos biquínis e encher a banheira. Ela colocou sais de banho e um produto que fazia espuma, enquanto eu busquei suco de uva em taças para fingirmos que era vinho e troquei a playlist por Lana Del Rey.

A banheira era pequena e a gente riu muito até conseguir se acomodar, cada uma com as costas apoiadas em uma extremidade.

— Você acha que eu deveria cursar Direito, igual minha mãe quer? — perguntou Ollie.

Tomei um gole do vinho de mentirinha.

— Hummm, não sei. Você gosta?

— Eu gosto da ideia de ser juíza, mas é um longo caminho até chegar lá e eu não sei se gosto tanto assim de estudar leis.

— E aquela ideia de ser perita criminal?

— Não sei, fico pensando se não foi só um surto por causa de *Criminal Minds*.

Dei uma risadinha.

— Sem falar que juíza ganha muito bem — ponderou ela.

— Eu não me importo com dinheiro, só queria o bastante para viver a vida sem depender de ninguém.

— Jura? Eu quero ser rica para viajar o mundo e usar todas as grifes que quiser.

— Isso é a sua cara mesmo. — Ergui minha taça. — Gótica? Sim, mas de Chanel, por favor.

Ollie tombou a cabeça para trás e riu.

— E a sua cara é ter uma casinha cheia de plantas e gatos.

Olhei para o líquido tinto ao girá-lo na taça, sonhadora.

— Eu quero fazer alguma coisa que dure. Alguma coisa que tenha significado e propósito.

— Você não queria ser editora? — Ollie soprou um punhado de espuma em minha direção.

— Aham. Ainda quero. Editora de ficção, adoro como uma história imaginária pode transformar o mundo real de alguém.

— Por que não ser uma escritora, nesse caso?

— Eu não tenho paciência nem capacidade para isso, mas acho que conseguiria ajudar escritores a encontrar a melhor versão de suas histórias.

— Então eu vou ter que ser juíza mesmo.

— Como assim?

— Vou ter que ser rica por nós duas para pagar suas viagens e ingressos, ou você acha que vou viver minhas aventuras sozinha?

— Eu ia te xingar agora, mas quer saber?! Não vou reclamar de alguém que está se propondo a pagar viagens para mim.

Ollie riu, e, quando jogou mais um pouco de espuma em mim, eu rebati a ofensa com o dobro de espumas. O conflito escalou a ponto de virar uma guerra de sabão, com pernas e braços para todos os lados. Por fim, ao declararmos trégua, tínhamos alagado o banheiro e deixado espuma voando para todos os lados.

Ela esticou o dedo mindinho na minha direção.

— Me promete que nunca vamos deixar de nos divertir juntas? E que, não importa o quanto a gente envelheça, vamos ser sempre as melhores amigas mais doidas do mundo?

Entrelacei meu dedinho no dela.

— Prometo. Em nossos corações, a gente nunca vai crescer.

O celular da Ollie apitou com uma notificação da mãe avisando que estava voltando mais cedo para casa. Na mesma hora, saímos da banheira. E, entre escorregões e risadas, corremos para dar conta de arrumar tudo a tempo.

Dói quando me lembro disso. Do quanto éramos inocentes, felizes, unidas.

Olivia era a minha melhor amiga e, no fim, ela se tornou um efeito colateral de tudo o que aconteceu. Porque, quando a minha vida virou de cabeça para baixo, não houve nada que eu conseguisse salvar. Tudo escorregou por entre os meus dedos. Inclusive as partes boas. Inclusive ela.

Você tem 1 novo e-mail.

Levi Hazy <capitaoganchopelomundo@mymail.com>

para: alisonrivers625@mymail.com

data: 30 de jun. de 2028, 12:43

oi

Querida Alison,

Decidi que não vou pegar a lata voadora. O Jarvis fica me enviando dados estatísticos provando que é mais fácil eu morrer em um acidente de carro, ônibus ou trem do que de avião, mas sinceramente isso só me deixa com mais medo de viajar DE QUALQUER JEITO. Enfim... Como não vou mais de avião e as passagens de trem estão muito caras, terei de pegar um ônibus e descer toda a droga da Escócia de volta, para então pegar a balsa Liverpool–Dublin. Mas não vou reclamar, certo? Vou voltar por outro caminho e tentar conhecer novas cidades, vai ser legal.

P.S.: Me atualize sobre como andam as coisas com a sua mãe, não teve nenhuma novidade essa semana?

P.P.S.: Acho que você podia pregar outra peça nesse jornalista, hein?! Ele está merecendo. TÔ BRINCANDO (cedo demais para brincar com isso?)

Com amor,

Levi

2 anexos • *Anexos verificados pelo Antivírus*

DESCRIÇÕES ALT

FOTO: Selfie borrada de um homem no centro de Glasgow.

VÍDEO 23s: Homem usando touca e casaco nas Pedras de Callanish. A maior parte da gravação mostra o céu nublado, um pouco das pedras e o rosto cortado pela metade. Voz masculina diz: "Não acredito que gastei 90 libras para ver um punhado de pedra."

E-mail enviado com sucesso.

Alison Rivers <alisonrivers625@mymail.com>

para: capitaoganchopelomundo@mymail.com

data: 31 de jun. de 2028, 16:18

Re: oi

Ai. Deus. Meu. Levi, será que alguma vez você vai conseguir tirar uma foto decente pra mim? Todas que você manda são mal encaixadas ou borradas, assim fica difícil. E, se for gravar um vídeo, decida-se entre mostrar você ou o local, porque, do jeito que está filmando, eu não consigo ver nenhum dos dois.

Sobre mamãe, ontem eu tive uma noite maravilhosa com ela, fico emocionada só de lembrar! A gente assistiu a vários filmes, comemos pizza e pipoca, bebemos vinho e nos divertimos muuuito (só tomei uma tacinha, então a ressaca foi pouca, graças a Deus, mas na próxima vou beber água). Ela se abriu um pouco, bem pouco mesmo, mas acho que já é um ótimo começo. Ah, esqueci de mencionar que a programação de ontem foi na casa dela (imagine como eu fiquei ao entrar lá, quase faleci!), e uma coisa que reparei foi um coelhinho de pelúcia sobre a cama. Parecia velho, de criança. Fiquei apavorada imaginando o que ele significa... Mas não quero criar teorias, estou me esforçando para ser paciente e não fazer perguntas. Quando ela confiar em mim, sei que vai me contar sua história. Até lá, sigo aguardando ansiosamente esse dia.

Em relação às suas viagens, estou muito feliz por você. A cada e-mail, foto e relato, vejo o quanto esse tempo está sendo maravilhoso, e meu coração se enche de alegria! Aproveite bastante e não deixe de fazer nada por medo, ou pode se arrepender depois. Sim, estou pensando na lata voadora. Quando você vai ter outra chance de voar?!

P.S.: Pintei o cabelo.

1 anexo • *Anexo verificado pelo Antivírus*

DESCRIÇÃO ALT

FOTO: Selfie de uma garota loira sorrindo em uma sala de estar.

49

IR PRO TRABALHO NA SEGUNDA-FEIRA depois de mudar radicalmente o cabelo no sábado foi uma experiência engraçada. Helen adorou, disse que eu fico muito bem loira e que as mechas mais claras deram um charme. A senhora Mackenzie hesitou por alguns segundos ao passar pela porta, depois sacudiu a cabeça e só mandou um bom-dia sem destinatário específico. Mais tarde, o Jack retirou os óculos escuros, me analisou com os olhos estreitados e perguntou "Você fez alguma coisa no cabelo?". Eu respondi que não, ao que ele retrucou "Estranho, parece diferente", e Helen caiu na risada.

Mas talvez isso tenha irritado o jornalista, porque, na quarta-feira, quando ele me envia as matérias para a reescrita, quase não há comentário algum ao longo dos textos. Eu estico o pescoço sobre a mesa para enxergá-lo melhor.

— Jack! — grito.

Ele está de fones, não reage. Saio de trás da minha mesa e vou até lá.

— Jack? — Com uma preguiça morosa, ele retira os fones e ergue a cabeça para mim. Apoio as duas mãos na cintura. — Acho que você me enviou o arquivo errado, só teve um comentário genérico por matéria.

Os finos lábios dele se inclinam em um sorriso contido.

— Sim, é o arquivo correto.

— O que você quer dizer com isso?

— Sabe de uma coisa, Rivers? — Ele gira a cadeira para ficar de frente para mim e cruza os braços. — Eu não gosto da forma como você me trata, com desdém e condescendência. Ah, mas você é arrogante, sim! Eu escuto as risadinhas e os sussurrinhos que você e a Helen dão, passam o dia inteiro fofocando como dois velhos papagaios.

— A gente não passa o dia inteiro conversando sobre você — falo, indignada. — Tem certeza de que sou *eu* a condescendente?

— Você disse que aprende rápido, então me mostre o que aprendeu sobre edição nessas últimas semanas. Está na hora de provar quão boa redatora você é, já que parece me achar uma pessoa tão descartável.

Sinto o rosto queimar. Tudo o que eu consigo fazer é encarar o jornalista com as mãos na cintura e uma fumacinha invisível saindo pelas narinas. Ele recoloca os fones, tranquilão.

— Se eu fosse você — diz com os olhos no computador —, não perderia tempo. Precisa me enviar tudo editado até o meio-dia de amanhã.

Giro os calcanhares e volto para a minha mesa. Helen acompanha o movimento com um olhar preocupado.

HELEN5398

o que aconteceu?

ALISON_RIVERS

Acho que ele ficou chateado
com alguma coisa.

Disse que preciso editar sozinha as matérias.

E ele vai analisar
meu trabalho amanhã.

HELEN5398

eu sei com o que ele está chateado >:(

é pq ele é um velho rabugento e chato
que ninguém aguenta, é isso!

ele acha mesmo que vai conquistar
a simpatia das pessoas tratando elas
mal e depois lambendo as próprias
feridas como um cão abandonado?! Grrr

Jack me irrita

ALISON_RIVERS

Não sei o que achar disso, apenas sei que preciso começar a editar logo, porque é muita coisa e não tenho comentário algum para me guiar, estou ferrada.

usuário enviou figurinha de raposa em prantos

HELEN5398

espera

tenho uma ideia!

... helen5398 está digitando ...

Olho para ela, inclinada sobre o teclado, digitando empolgada. Viro o rosto para o lado esquerdo e flagro Jack desviando a atenção de volta para o computador. Uma parte de mim fica amolecida por ele. Deve ser um homem solitário, a julgar pela única foto em sua mesa. E ninguém fica rabugento à toa. Talvez, se não fosse um chefe tão chato, eu até poderia tentar ser amiga dele.

Sinto o espírito dos Fundadores me reprimindo pelo pensamento, afinal, devemos nos esforçar para ter paz com todos. E as pessoas que parecem fechadas são, no geral, aquelas que mais precisam de um ombro amigo. Porém, antes que possa refletir melhor sobre isso, uma nova mensagem chama a minha atenção.

HELEN5398

sabia que eu queria ser editora quando era mais nova? Era o meu sonho. Tudo bem que o sonho era ser editora *de ficção*, mas acho que consigo te ajudar mesmo assim :D nunca fiz um curso nem tenho experiência, então sem muita expectativa, por favor akhduifhs mas assim, já li alguns livros e, sei lá, talvez seja útil? Enfim, se quiser ajuda, me envia as matérias que eu deixo os comentários e te mando de volta

ALISON_RIVERS

É sério?

Sério mesmo?!

Eu aceito!!

Ai, muito obrigada, vai me ajudar demais.

HELEN5398

<3

Helen faz a leitura crítica da primeira matéria e me envia. Enquanto ela lê a segunda, eu edito a primeira. Diferentemente dos comentários de Jack, os da Helen conseguem ser leves, às vezes fofos, mas nunca ácidos. E assim a gente passa o dia, trabalhando tanto que quase nos esquecemos de almoçar. Para não perdermos tempo, damos um pulo na pequena cafeteria da esquina, compramos sanduíches para viagem e retornamos ao Olden Times, onde almoçamos no jardim dos fundos. Meia hora depois, já estamos de volta ao trabalho.

No fim desse mesmo dia, eu reenvio todas as matérias editadas para o Jack. É muito prazeroso ver a cara de espanto dele ao receber o e-mail quando estou indo embora.

— Tchauzinho — aceno da porta —, até amanhã!

Helen troca um *high five* comigo do lado de fora do balcão.

— Eu não teria conseguido sem você, muito obrigada.

Helen olha para o céu, sonhadora.

— Sabe... gostei muito de ter ajudado. Às vezes eu esqueço que posso fazer mais do que ficar naquela recepção, fingindo trabalhar na maior parte do tempo.

Eu a encaro em silêncio. Helen revira os olhos.

— Eu sei, muita hipocrisia. Nunca conte ao Jack que falei isso, eu negaria até a morte.

Dou um sorriso afável.

— Concordo que você tem muito mais a oferecer, Helen. Só precisa ter coragem de tentar.

Ela desvia os olhos, um sorriso polido pregado no rosto.

✦ ✦ ✦

No dia seguinte, Jack não menciona nada sobre as matérias. Ele apenas me copia no e-mail enviado para a revisora com os arquivos anexos. Releio tudo e noto que ele quase não fez alterações em cima da nossa edição. Meu peito se enche de orgulho por Helen.

ALISON_RIVERS

Boa notícia: Jack enviou as matérias editadas para a revisora.

E adivinha?

Ele não alterou quase nada do que fizemos.

HELEN5398

uhuuulll \o/

vamos no Grind Cafe comemorar

ALISON_RIVERS

Pode apostar!

Risos.

HELEN5398

nunca vou me acostumar com esse seu jeito de rir LOL

Às onze e meia, saímos para almoçar e só retornamos duas horas depois.

Quando eu volto a me sentar na cadeira giratória, fico balançando uma perna, olhando para todo lugar e canto nenhum ao mesmo tempo. Estou enérgica graças aos três copos de café, mas não há nada para fazer. Jack ainda não me enviou os briefings da semana que vem, para variar. Suspiro. Meus olhos pousam casualmente no calendário de mesa e, no mesmo instante, sinto um frio na barriga. Como pude esquecer?!

ALISON_RIVERS

DEUS MEU!

HELEN5398

o quê?!

o queeee

ALISON_RIVERS

Calma!

Não é nada sério.

HELEN5398

socorro fala logo

!!!

ALISON_RIVERS

Acabei de me lembrar que faço aniversário na semana que vem.

SEMANA QUE VEM!!

HELEN5398

eita :O

ALISON_RIVERS

Estive tão distraída que me esqueci completamente!

Agora me bateu a aflição...

Não sei o que fazer.

usuário enviou figurinha de raposa suando nervosa

HELEN5398

ué

como assim?

ALISON_RIVERS

Porque essa é a primeira vez que vou passar meu aniversário longe de casa e sem nenhum dos meus amigos.

HELEN5398

nenhum dos seus amigos?

ALISON_RIVERS

Você me entendeu.

HELEN5398

entendi :'(

Olho para o lado bem a tempo de vê-la se inclinar sobre a mesa numa risada silenciosa. Meneio a cabeça, relaxando as costas no encosto da cadeira.

HELEN5398

não acredito que você olhou husahdlkufh

ALISON_RIVERS

usuário enviou figurinha de raposa batendo um pé

HELEN5398

que dia é?

ALISON_RIVERS

Hoje? Quinta-feira.

HELEN5398

rá rá

muito engraçadinha

ALISON_RIVERS

Risos.

Quarta-feira, dia 12.

HELEN5398

poxa, se fosse numa
sexta, a gente podia viajar

eu adoro o conceito de viagensário

ALISON_RIVERS

Espera.

Essa é uma ótima ideia!

HELEN5398

mas quarta-feira é complicado :/

a menos que você deixe pra
comemorar na sexta ou no sábado

ALISON_RIVERS

Ah, não, eu gosto de celebrar
as coisas nas datas certas.

E se a gente fosse para uma cidade aqui perto?

Queria muito um viagensário, ia ser perfeito!

Será que a senhora Mackenzie
nos daria um dia de folga?

HELEN5398

pra você, talvez, por ser aniversário

já eu... duvido

ALISON_RIVERS

usuário enviou figurinha de raposa triste

Não tem graça ir sozinha,
e não queria celebrar em outra data.

Quer saber? Não vou fazer nada, é isso.

Suspiros.

HELEN5398

não fala assim, é importante comemorar as coisas :(

espera aí... você disse dia 12?

olha só, que coincidência! tenho uma gripe
agendada pra esse dia :)

ALISON_RIVERS

Ai, acho que isso não é certo, mas...
quer saber? Estou feliz demais com
a possibilidade para argumentar
o contrário. Te amo!!!

HELEN5398

haudhaiusdh de que servem
os amigos se não for pra
adoecerem em dias estratégicos?

Agora precisamos de um destino,
um lugar incrível e que dê pra ir
e voltar no mesmo dia

Eu coloco no buscador de internet “para onde viajar no verão – Inglaterra” e o primeiro destino sugerido é uma cidade no litoral. Tem areia branquinha, mar azul e comentários do tipo “Caribe inglês”. Não sei o que é um Caribe, mas deve ser ótimo para ser usado como elogio.

ALISON_RIVERS

Que tal St. Ives?

HELEN5398

Não

A resposta é tão categórica que procuro Helen com os olhos. Eu a vejo relutar diante do computador, roendo uma unha. Digita e apaga algumas vezes antes de enviar uma resposta. Ela diz que St. Ives fica muito longe, não daria para ir e voltar no mesmo dia; além disso, seria melhor uma cidade no interior porque já temos uma praia. Embora a resposta seja perfeitamente plausível, não me convence de que esses sejam os únicos motivos. Eu imagino se a família dela não era de lá.

HELEN5398

que tal Bath?

AI, MEU DEUS, ALISON!

BATH É PERFEITA

!!!

eu nunca fui, mas tenho muuuita vontade de conhecer. É uma cidadezinha histórica e tem o Jane Austen Centre, de uma das minhas autoras favoritas da vida *-*

ALISON_RIVERS

Hummm... Interessante.

usuário enviou figurinha de raposa pensativa

HELEN5398

vou te enviar alguns links pra você ver

mas, hey, é só uma sugestão, tá?

o aniversário é seu, vc quem manda :)

Só preciso de um único artigo de blog para ser convencida de que Bath é o destino perfeito. Não apenas por ser uma cidadezinha muito atraente — o que de fato é —, mas porque mamãe fica em completo êxtase quando anuncio minha escolha. Eu nunca quis um aniversário incrível e especial só porque estou em outro mundo, longe dos meus amigos. Queria que fosse incrível e especial o suficiente para apagar as más lembranças que Helen tem da data, nem que fosse só por esse ano, enquanto estamos juntas.

A gente passa os próximos dias organizando roteiro, escolhendo *looks*, comprando passagens, fazendo reserva em restaurante. E é muito divertido vê-la tão empolgada para fazer algo que vai ser inesquecível para mim.

Então, no dia 12 pela manhã, Helen liga para a senhora Mackenzie tossindo muito e pede perdão por não conseguir ir hoje, pois acordou com dor de cabeça e coriza.

— E aí? — pergunto assim que ela desliga.

Helen faz uma careta ao imitar o jeito de falar da mulher:

— *Oh, Helen querida, bem que eu te disse que aqueles espirros de ontem não pareciam ser de alergia. Por favor, fique mesmo em casa.*

Comemoro com uma dancinha.

São 9h45 e nós já estamos em Bath. Acordamos às 5h para chegar cedo aqui e temos até as 18h30 para fazer tudo o que planejamos. Abro o celular e checo a planilha on-line.

— A nossa primeira parada é... para um café da manhã reforçado. — Ouço um barulhinho e ergo a cabeça. Helen acabou de tirar uma foto com a câmera que ela deixa em sua estante. — Ei! Eu não estava preparada.

— Acredite em mim, você estava. Bennet's Bakery, né?

— Olha, se você vai registrar esse dia...

— Pode apostar que sim. — Ela ergue a câmera e pisca um olho.

— ... então eu quero uma foto nossa. Juntas.

— Ah, pare com isso. Eu não gosto de me fotografar.

— Que pena, porque essa é a minha condição. — Cruzo os braços. — Não quero um bando de fotos sozinha no meu aniversário.

Helen revira os olhos.

— *Argh!* Está bem.

Aí ela passa um braço ao redor do meu ombro e ergue a câmera. Antes que eu possa arrumar a postura ou sorrir direito, o *clique* ecoa.

— Espera!

— Pronto.

— Não, eu *realmente* não estava pronta.

— Alison! — Ela ri, puxando-me pela mão para a saída da estação de trem. — A gente não se prepara pra foto, quem faz isso são os blogueiros. A graça da arte fotográfica está em você identificar um momento e capturá-lo como uma borboleta, enquadrando da melhor forma possível sombra, luz, distância e cena em poucos segundos. Você tem uma chance para acertar e essa é a graça.

— Quero só ver o resultado desses cliques — comento baixinho.

— Confie em mim.

Fora da estação de trem, o calor é alegre e brilhante, mas eu não chamaria de "forte". Não dá para chamar qualquer calor de forte depois de ter morado em dois desertos. A cidade tem uma arquitetura diferente e elegante; é cercada por verde, cortada por um rio e está apinhada de turistas. No clima descontraído da região, vamos andando até a primeira parada do roteiro, onde tomamos o café da manhã.

Aparentemente, Bath tem uma quantidade impressionante de cafeterias, e a Bennet's Bakery foi a escolhida por ter poucas avaliações e nenhuma foto em sites e blogs. Muito louco, eu sei, mas é assim que a Helen gosta de turistar: descobrindo lugares novos — "pequenas joias", como costuma dizer.

— Admito, não achei que esse lugar fosse valer a pena — comento de boca cheia.

Helen abre um sorriso largo. Ela está linda com o cabelo castanho solto, as ondas caindo no ombro, uma jardineira jeans e tênis vermelhos. Eu uso o cabelo preso em duas tranças; o loiro é destacado pelo vestido azul-escuro florido, que combina com uma sandália branca de tiras escolhida porque não quero meu pé transpirando.

— Eu adoro isso — explica Helen enquanto come. — Usar meu *feeling* para descobrir lugares desconhecidos, sabe? Mas, preciso confessar, esse foi de longe o meu palpite mais arriscado. Estava morrendo de medo de você odiar.

Ela registra mais alguns cliques durante nossa breve parada, então partimos para o *tour* a pé. Aí conhecemos mais um pouco da cidade, tiramos foto no exterior da abadia e, lógico, visitamos o Jane Austen Centre, que foi a parada favorita de mamãe. Depois, seguimos para o almoço no restaurante caro e luxuoso que escolhi. Assim como Helen gosta de achar tesouros urbanos, descobri que gosto de conhecer os estabelecimentos famosos e experimentar algo que, ordinariamente, jamais teria a chance.

Após o almoço, fazemos uma visita rápida ao The Circus e ao Royal Crescent, então mudamos o roteiro ao desistirmos de conhecer as termas romanas, simplesmente o passeio mais famoso da cidade. Em vez disso, optamos por uma caminhada pelos campos da região. Esse é exatamente o tipo de passeio que o Levi teria criticado — "Se fosse pra andar no meio do mato, teria ficado na Terra do Nunca!" —, mas, às vezes, não se trata do passeio que você faz, e sim das pessoas que te acompanham.

A caminhada acaba se tornando uma das partes mais divertidas do meu viagensário. A gente tira muitas fotos enquanto sobe a colina e se senta na relva para descansar e apreciar a vista da cidade. Quando as vaquinhas que pastam por ali começam a se aproximar, curiosas, Helen se levanta rápido e nós duas corremos para fora da cerca, eu morrendo de rir. Então vem a parte de descer a colina, que se mostra um desafio para quem está de sandália e escorrega a cada passo. Helen ri muito, com a testa brilhando de suor.

Por fim, encerramos o passeio em um merecido spa: curtimos banhos cheirosos, massagens relaxantes e sucos naturais.

No trem de volta para casa, com o sol ainda se exibindo no céu, embora já fossem oito da "noite", pego finalmente meu celular para ver as notificações. Tem o e-mail do Levi, que recebi hoje cedo, e uma mensagem do Astra, recebida há três horas.

~Astra
Ei, um passarinho cibernético me lembrou que hoje é seu aniversário. Eu não sei se vocês comemoram isso na Terra do Nunca, mas aqui a gente comemora, então... Parabéns pelo seu dia. É isso. (Desculpa, não sou bom com mensagens.)

P.S.: Jarvis mandou um abraço digital e te desejou feliz 1.404 anos.

Começo a rir.

— O que foi? — Helen tira os olhos da janela.

— Eu conheci um colega de trabalho do Levi quando estávamos em Londres, pouco antes de virmos pra cá, e ele me desejou feliz aniversário. Ele é engraçado.

— Ah. E quanto ao amor da sua vida? Já recebeu um e-mail?

Termino de digitar uma resposta para o Astra e guardo o celular.

— Sim, vou ler quando chegar em casa.

— Vocês formam um casal maravilhoso, *shippo* muito.

Cruzo os braços, inconformada.

— Como pode dizer isso se você mal conhece o Levi?

— Porque eu vejo você e a forma como fala dele — diz Helen, enfática. — Tipo agora, quando perguntei do e-mail e você corou e sorriu feito uma mocinha apaixonada.

— Eu não corei. — Coloco as duas mãos sobre as bochechas.

— Além do mais, você disse que são amigos de infância e que ele já salvou a sua vida. Não sei você, mas eu chamo isso de amor verdadeiro, do tipo mágico mesmo.

Engulo em seco e fico muito grata quando Helen se volta para a janela. Sem os olhos dela sobre mim, posso piscar e ofegar à vontade até conseguir controlar os sentimentos, a dor e a esperança que se entrelaçam dentro de mim.

Ao descermos na estação de Hillbourne, exaustas, Helen e eu nos abraçamos.

— Obrigada por hoje — diz ela, apertando o abraço antes de me soltar. — De verdade, fazia muito tempo que eu não tinha um 12 de julho tão incrível.

— Um 12 de julho? — Meu coração bate mais forte. — Tem algum feriado que eu esqueci?

Helen balança a cabeça.

— N-não, não é nada. Eu só... hã, queria agradecer mesmo.

Sorrio e pisco para disfarçar a emoção.

— Sou eu quem precisa agradecer, Helen. — Minhas próximas palavras vêm embargadas. — Esse foi um dos melhores aniversários que já tive na vida.

— Ai, fico muito feliz por isso. Até amanhã, Alison.

— Até amanhã.

Ela começa a descer a rua.

— Ei, não se esqueça de dar algumas tossidinhas!

— Não se preocupe! — Ela acena de costas.

Ergo a cabeça para o céu e, sorrindo com os olhos cheios d'água, eu abro os braços e lanço uma oração rumo às estrelas, grata por esse dia e por todos os que vieram antes desse e o tornaram possível.

50

12 de julho de 2017

Fazia horas que não havia mais ninguém na praia. A lua projetava seu reflexo sobre o mar. Virei a latinha de cerveja, engolindo o resto do conteúdo com uma careta, então a joguei o mais longe possível. Ela caiu nas pedrinhas da praia junto às outras. Busquei com a mão por mais uma lata, meus dedos acharam o engradado vazio.

Inclinei-me para frente e vomitei. Merda. Eu não estava nem de longe tão bêbada quanto gostaria. Não podia começar a vomitar agora, até porque os dois únicos supermercados dessa maldita cidade já deviam estar fechados.

Passei as costas de uma mão sobre a boca. Meu rosto estava quente e molhado. O álcool havia suprimido minha dor de cabeça.

Segurei o encosto do banco para conseguir me levantar. Esperei sentir firmeza nas pernas antes de iniciar a caminhada de volta para casa. O mundo parecia um iate, balançando-se de um lado para o outro, a brisa oceânica ardendo no meu rosto sensível.

Tropecei e caí. Esperei o mundo terminar seu rodopio. Finquei as duas mãos no chão e, com cuidado, levantei-me novamente. Continuei caminhando, tentando me equilibrar na rua bamba.

Ao chegar diante do prédio, não aguentei mais e vomitei de novo. Com muito custo, consegui encaixar a chave e girá-la. Subi as escadas arrastando as mãos na parede. Eu não trancava a porta do apartamento, então só precisei girar a maçaneta. Bati a porta atrás de mim. Fui direto para a cozinha a fim de beber um copo d'água e me livrar do gosto de vômito.

Olhei ao redor com raiva. Muita, muita raiva. Peguei a faca de cortar carne e fui para a sala, onde andei de um lado para o outro, a mão firme sobre a madeira do cabo, os gemidos escapando por entre os dentes. Usei o cabo da faca para coçar a cabeça, então finquei a lâmina com toda a força na mesa e gritei o mais alto que consegui. Parei, tremendo. Chorando.

Três passos e me joguei no sofá. O mundo caiu bem devagar comigo, depois continuou girando como um barco de papel. Fiquei quietinha, sentindo-o rodar. Dentro de mim, fúria e mágoa ardiam e queimavam.

Fechei os olhos. Eu podia senti-los, os sussurros frios e distantes sobre a minha cabeça. Todos os fantasmas que eu não conseguia afastar, não importava o quanto me esforçasse para afogá-los. Eles sempre voltavam.

Lido há 3 minutos.

Levi Hazy <capitaoganchopelomundo@mymail.com>

para: alisonrivers625@mymail.com

data: 12 de jul. de 2028, 06:22

FELIZ ANIVERSÁRIO

Querida Alison,

Eu acabei de acordar e começo essa carta assim porque meus olhos estão ardendo e eu não tenho certeza se as frases que vou escrever aqui vão fazer algum sentido, mas escrever essa carta tinha que ser a primeira coisa que faço no meu dia PORQUE HOJE É O SEU ANIVERSÁRIO!!! (Imagine que estou tocando corneta no seu ouvido e jogando papel picado em você com aquele sorriso que detesta.) Risos.

Ok, falando sério agora: parabéns pelo seu dia! Queria que soubesse o quanto te admiro e sou grato pela sua amizade. Você é a pessoa que sempre me inspirou e motivou com sua força, determinação e amor pelos amigos. Aliás, lembra do seu primeiro aniversário? Eu nunca vou esquecer como você dividiu sua festa com a gente porque nossos guardiões não tinham feito nada especial para nós. Queria muito estar aí com você hoje, mas tenho certeza de que seu dia será incrível ao lado dela. Talvez esse seja o melhor aniversário da sua vida, então aproveite muito. Crie momentos especiais para guardá-los na memória assim como eu guardo na minha aquele nosso aniversário coletivo na Fênix.

Ainda estou em Dublin, passei os últimos dias viajando pela Irlanda e cheguei ontem. Agora estou descansando, mas amanhã ou depois já devo partir para Londres, porque... Adivinha? Astra conseguiu meu passaporte!! EU VOU VIAJAR O MUNDO!

Ok, ok, não é O MUNDO literalmente. Ele disse que é muito arriscado sair da União Europeia com passaporte falso, então eu devo viajar só por esses países que eles chamam de "velho mundo". Confesso que no começo fiquei chateado, mas resolvi que só vou reclamar DEPOIS que terminar de viajar por aqui. Afinal, como posso achar ruim não poder viajar pelo novo mundo se nem conheço o velho ainda?

Então é isso. No sábado já estarei em Paris, meu primeiro destino fora dessa ilha. Vou pegar o trem Londres–Paris que passa por debaixo do mar (sim, o trem passa por debaixo do mar!!). Acho que, se eu sobreviver a essa viagem, terei coragem suficiente para embarcar na lata voadora. Aliás, já ouviu falar de Paris? Estou muito animado!

P.S.: As fotos estão boas o suficiente para o agrado da vossa senhoria?

P.P.S.: Adorei o cabelo.

Com amor,

Levi

3 anexos • *Anexos verificados pelo Antivírus*

DESCRIÇÕES ALT

FOTO: Falésias de Moher, Irlanda. Na imagem, aparecem as pernas de uma pessoa sentada na grama. Ela veste calça jeans e bota.

FOTO: Selfie de um homem com bigode rindo à noite sob as luzes do Galway International Arts Festival.

GIF: Imagem de um gatinho filhote abrindo e fechando as patinhas, com os dizeres "FELIZ ANIVERSÁRIO".

51

CHEGO AO OLDEN TIMES debaixo de um chuvisco. Deixo o guarda-chuva no suporte ao lado da porta, jogo fora o copo de papelão onde estava meu *cinnamon mocha latte* e ergo a cabeça, pronta para dizer "bom dia". Paro com a boca aberta, sem dizer uma única palavra. Helen está com uma cara estranha. Muito estranha. Ela indica o canto esquerdo com os olhos. Ao me virar, deparo-me com o Jack sentado diante de seu computador, como se fosse a coisa mais normal do mundo ele *não* chegar atrasado. Até confiro as horas no relógio de pulso. Viro-me para Helen, que finge um espirro e, discretamente, dá de ombros.

Prendo os lábios e caminho devagar para a minha mesa. Pigarreio.

— Bom dia — falo em alto e bom som.

— Bom dia, de fato! — responde Jack com animação.

Faço uma careta para Helen. Tem pedra nesse feijão. Ligo o computador e abro o e-mail, mas Jack ainda não enviou os briefings da semana. Pelo menos isso está dentro da normalidade.

Pouco depois, a porta da frente se abre. No mesmo instante, Jack se levanta e vai correndo até lá.

— Bom dia, senhora! Deixe-me te ajudar com isso. — Ele aponta para o guarda-chuva.

A mulher o olha tão desconfiada quanto eu o olhei ao chegar.

— Bom dia, Jack.

— Sabia que a Helen não ficou em casa ontem como prometeu? — Ele coloca o guarda-chuva no suporte. — Ela viajou com a Rivers, provavelmente porque não está doente coisíssima nenhuma.

Todo mundo olha para Helen, que se limita a empinar o queixo. Eu vejo a linha de sua mandíbula se tornar mais proeminente. Prendo a respiração. A senhora Mackenzie volta o olhar para o Jack com a calma de um predador.

— Tivemos algum problema ontem, Jack?

— Senhora?

— Houve algum incidente?

Ele apruma a postura e dá uma fungada.

— Não, senhora.

— Eu dei um dia de folga para a senhora Hazy, e Helen Carter nunca falta ao trabalho. Então... se não tivemos problemas, por que está me incomodando com esse assunto?

— Porque ela men...

— E quanto à pauta da semana que vem? Já está com as matérias encaminhadas? — Ela não espera Jack responder. — Eu imagino que sim, considerando que agora você tem uma assistente.

Ela volta os olhos para mim numa expressão que faz o meu sangue parar de correr. Então sobe as escadas e, quando some de vista, eu solto o ar de uma vez.

— Muito obrigada... — diz Helen em voz alta e completa baixinho: — *Jackass*.

— O que disse? — Ele esbugalha os olhos, as mãos na cintura.

— Você mereceu e sabe muito bem disso. Há quanto tempo trabalhamos juntos? E quantas vezes eu já não te dei cobertura?! Francamente, Jack, nunca imaginei que fosse me trair desse jeito.

A voz dela é muito mais magoada do que furiosa, e isso parece afetar o jornalista, porque ele abaixa a cabeça, coça o nariz e olha para os lados meio perdido antes de voltar para sua estação de trabalho.

Estou metade com raiva e metade com pena dele. Meu sangue ainda está voltando a se aquecer depois daquela bronca silenciosa que levei.

O navegador de internet indica várias notificações, uma atrás da outra. Helen está tão furiosa quanto decepcionada. Eu converso com ela tentando acalmá-la. Alego que Jack tinha o direito de ficar chateado com a mentira — afinal, ele ficou trabalhando sozinho —, embora não houvesse necessidade alguma de ter nos dedurado daquele jeito. Helen reclama de que ele nunca fez nada do tipo antes, então uma ideia me ocorre. Talvez ele esteja com ciúmes? Ou se sentindo excluído? Mas Helen não aceita meus argumentos.

HELEN5398

ele não tem mais idade para ficar com ciúmes e, por deus, você é uma garota da minha geração (com alma de idosa, mas tudo bem), o que ele achou que ia acontecer??! Claro que somos mais próximas

aliás, eu *nunca* fui muito amiga dele, não sei pq isso o incomodaria agora... na verdade, nada mudou entre nós, já reparou no Jack?
O cara é tão quieto quanto as pilastras!

ALISON_RIVERS

Não sei, talvez ele achasse que vocês fossem amigos?

HELEN5398

talvez ele se incomode com a felicidade alheia

ALISON_RIVERS

Ou talvez ele só queira ser incluído e não saiba lidar com isso...

HELEN5398

francamente, ele tem uns 60 anos, já devia ter amadurecido

ALISON_RIVERS

Acho que os homens nunca amadurecem por completo.

Risos.

HELEN5398

LOL

olha, só você pra me fazer sentir culpa por ficar brava com algo legítimo :/

ALISON_RIVERS

usuário enviou figurinha de raposa sorrindo docemente

Só estou dizendo, não vamos guardar rancor.

Como a gente dizia lá na fazenda: você pega mais moscas com mel do que com vinagre.

Os briefings da semana que vem chegam antes do almoço. Eu envio um e-mail de resposta só para agradecer e avisar que vou começar a trabalhar nisso hoje ainda. Para minha surpresa, Jack responde a esse e-mail com o GIF de um homem sorrindo e fazendo joinha. Sorrio.

✦ ✦ ✦

Tem um post-it colado na tela do meu computador. “Encontre-me no jardim.” É a letra da Helen. Deixo minha bolsa pendurada no encosto da cadeira giratória e vou até os fundos do Olden Times. Ela está sentada de costas para mim, um braço apoiado na mesa, contemplando o mar ao longe.

— Há quanto tempo está aqui?

Helen não se move.

— Não muito.

Quando me sento na cadeira ao lado, noto o embrulho de papel pardo com barbantes vermelho, azul e branco amarrados em um laço.

— Seu presente de aniversário. — Ela empurra o embrulho na minha direção.

Pisco, boquiaberta.

— Mas… você estava lá, comigo. Sua presença foi o melhor presente que…

— Ai, não fale bobagem, apenas abra logo.

Sorrio, balançando a cabeça. Mordo o lábio inferior e começo a desfazer o laço. Desprego a cola das dobraduras, afasto o papel e, ao me deparar com o álbum de capa preta, perco o fôlego no mesmo instante. Lágrimas embaçam minha visão. Com os dedos, sinto a textura do álbum, tocando-o como se ele fosse a coisa mais preciosa do mundo.

Há uma foto em preto e branco colada no centro da capa, aquela que Helen tirou da gente na estação de trem. Eu estou sorrindo enquanto falo “Espera” e ela faz uma careta. Embaixo da foto, escrito à mão, a legenda diz “12 de julho de 2028 – Um aniversário para recordar”.

Meus lábios estão tremendo. Pequenas lágrimas me escapam dos olhos enquanto eu folheio o álbum com todo o cuidado.

Todas as fotos estão em preto e branco. A primeira é minha, na estação. Tem uma setinha para o texto "eu disse que tinha ficado boa". Suspiro uma risada chorosa. Colado nessa página, está o tíquete de trem. A próxima foto é da entrada do Bennet's Bakery, comigo de lado e olhando para cima. O jogo de luz e sombras é lindíssimo nessa imagem. Ao lado dela, a foto da mesa com o café da manhã exibe as nossas mãos segurando as xícaras. Colado na página, o embrulho do doce que comemos.

Página após página, eu vou relembrando os momentos. O Jane Austen Centre, com a Helen de perfil no interior, falando enquanto aponta para uma prateleira — um raro momento em que consegui roubar a câmera dela —, e o marcador de livro colado ali. Nossos pés no gramado do The Circus, eu andando pelo Royal Crescent, Helen na Ponte Pulteney, rindo ao segurar o cabelo que o vento sopra. Várias da gente em nossa caminhada pela colina ao redor da cidade e até uma foto das vaquinhas, enquanto corríamos. A última é da gente no spa, com máscaras de argila, fazendo caretas.

O álbum está repleto de recortes de jornais, revistas e papéis de diversas gramaturas; de frases soltas que ela escreveu com citações de livros e filmes; de folhas e flores pregadas; e até de um punhadinho de sais de banho colados na página da última foto. O cheiro de rosa com baunilha e chá de *rooibos* me leva de volta a Bath; quase posso ouvir nossas risadas no spa.

Coloco uma mão sobre a boca. Preciso me recompor.

— Desculpe — sussurro. Dou uma risadinha sem graça e seco as bochechas. — É um presente maravilhoso, Helen. Nem sei como agradecer.

— Estou feliz que gostou. — Ela tem um sorrisão orgulhoso.

— Eu adorei. — Engulo o nó da garganta. — É tão delicado e pessoal.

Um breve silêncio.

— Hã, vou voltar para o balcão. — Ela se levanta. — Você vem?

— Daqui a pouco.

Depois que ela se retira, posso colocar o álbum sobre a mesa, esconder meu rosto nas duas mãos e chorar amargamente. As lágrimas escorrem livres. Meus ombros balançam. O rosto arde, quente. Mas nada disso alivia a dor.

Esse é o melhor presente que ela poderia me dar; algo que posso levar comigo para a Terra do Nunca, algo para lembrar. Mas eu não quero voltar. Não quero que esses dias virem memórias. Quero me agarrar a eles e parar o relógio.

Se eu pudesse, criaria um mundo só para mim com o melhor da Terra do Nunca e da Terra; uma cidade só com as pessoas que amo, de ambos os mundos, e a gente nunca, jamais, precisaria escolher entre uma metade e outra do coração.

Você tem 1 novo e-mail.

Levi Hazy <capitaoganchopelomundo@mymail.com>

para: alisonrivers625@mymail.com

data: 20 de jul. de 2028, 10:31

O dia que eu voei

Querida Alison,

Deu tudo certo! Viajar até Paris foi mais fácil do que o hacker fez parecer. Eu estava suando de nervosismo (mas tentando parecer calmo e inocente) e os funcionários da imigração mal olharam pra mim! Você não tem noção do alívio que senti. Astra disse que o nome disso é "privilégios de homem branco colonizador", então eu devo continuar viajando só pela União Europeia mesmo, aproveitar ao máximo esse privilégio.

Eu adorei Paris. Foi, com certeza, o lugar com OS MELHORES restaurantes onde já comi NA VIDA. Eu até consegui entrar na cozinha de um deles e conversar com o *chef*. Nós trocamos umas ideias, foi incrível. Depois eu quero voltar pra França e visitar outras cidades.

Agora estou em Roma, aproveitei uma promoção e viajei de lata voadora. Ouviu isso? EU VIAJEI DE LATA VOADORA! ALISON, VOCÊ NÃO TEM IDEIA!!! Meu Deus, como eu queria que você pudesse viver essa experiência! Passei a viagem toda com a cara na janela. E não deu medo algum! O avião é muito sutil, você quase não sente nada (exceto quando dá turbulência, aí você fica com vontade de se cagar de medo), mas, fora essa parte de achar que vai morrer, é muito tranquilo mesmo.

A Itália é uma delícia de região, e as pessoas daqui são muito divertidas. Vou tentar viajar por mais algumas cidades antes de mudar de país. Sabia que eles têm até um estádio muito parecido com o nosso, chamado Coliseu? Mas devo dizer que as crianças perdidas sabem preservar melhor os seus estádios, o deles está bem acabadinho. Eu só não fico aqui para sempre porque acabaria engordando cem quilos com o tanto de sorvete e massa que estou comendo.

Ah! Uma das coisas mais legais dessas viagens tem sido conversar com desconhecidos. É cada história que eu escuto! Sério, meu repertório para conversas de taberna foi renovado. Mas não são apenas histórias, eu também tenho tido conversas intrigantes sobre a vida, e, enfim, tem sido enriquecedor.

Eu tinha muitas outras coisas para falar, mas acabo esquecendo e só me lembro depois, quando estou ocupado demais para enviar e-mail. Aliás, foi por isso que comprei um caderno: estou escrevendo um jornal de viagem (NÃO É DIÁRIO) para registrar melhor essas aventuras. A ideia é compartilhar depois com você e o Thomas.

P.S.: Por todos os caranguejos do mar, QUE PRESENTE INCRÍVEL SUA MÃE TE DEU!! Foi difícil segurar as lágrimas lendo sua última carta (desculpa a demora em responder, os dias têm sido corridos). E, sobre o jornalista, concordo contigo, acho que ele está com ciúmes. Espero que todos vocês se resolvam para que enfim haja paz.

P.P.S.: Eu sei que você tem medo dela, mas eu sou fã da sua chefe!

Com amor,

Levi

15 anexos • *Anexos verificados pelo Antivírus*

DESCRIÇOES ALT

FOTO: Imagem da janela de um avião, Paris vista de cima.

FOTO: Imagem da janela de um avião, Paris vista de cima.

FOTO: Imagem da janela de um avião, Paris vista de cima.

FOTO: Imagem da janela de um avião, Paris vista de cima.

FOTO: Imagem da janela de um avião, nuvens.

VÍDEO 15s: Imagem da janela de um avião, nuvens.

FOTO: Imagem da janela de um avião, nuvens com a terra abaixo delas.

FOTO: Imagem da janela de um avião, nuvens com a terra abaixo delas.

VÍDEO 1min: Imagem da janela de um avião, nuvens com a terra abaixo delas.

FOTO: Imagem da janela de um avião, Roma vista de cima.

FOTO: Imagem da janela de um avião, Roma vista de cima.

VÍDEO 3min: Imagem da janela de um avião, aterrissagem.

FOTO: Selfie de um homem com barba e bigode no alto da Torre Eiffel.

FOTO: Homem sorrindo diante do Coliseu, de braços abertos.

FOTO: Selfie de um homem na Fontana di Trevi segurando um *gelato*.

52

— **NÃO ACREDITO QUE AINDA FALTA** um mês inteirinho de verão — falo esbaforida.

Eu me jogo na cadeira e fico me abanando, as pernas esticadas para frente.

— Pois se prepare, porque agosto é sempre o mês mais quente em Hillbourne — comenta Helen, de sua mesa.

— Que os Fundadores tenham misericórdia — resmungo baixinho.

Estamos na última semana de julho, e as temperaturas andam tão altas que troquei meu tradicional *cinnamon mocha latte* por um *iced caramel macchiato* e tenho tomado um banho frio antes de sair de casa — ajuda a refrescar e a acordar, um combo perfeito.

Quando a senhora Mackenzie atravessa a porta da frente, eu conserto minha postura bem rápido e ajeito o cabelo com a mão. Ela retira os óculos escuros, segurando um exemplar de pré-impressão do jornal. Sua blusa de cetim verde-esmeralda exala frescor e elegância, e o lenço na cabeça combina lindamente com todo o conjunto.

— Bom dia. O Jack ainda não chegou?

— Ele deve estar chegando — apresso-me em dizer com um sorriso.

Ela parece incerta do que fazer a seguir. Inspira fundo e abre a boca, mas demora alguns segundos antes de falar.

— Quando ele chegar, diga que fiquei muito satisfeita com as matérias dessa semana. E parabéns. Desde que você chegou aqui, a qualidade editorial melhorou. — Ela ergue o papel.

Eu demoro um pouco a perceber que o elogio é para mim, tamanha a surpresa. Viro-me para Helen, que desvia os olhos para o próprio computador.

— Senhora Mackenzie! — Ela para de subir as escadas e vira o rosto. — Hã, a Helen também está ajudando na edição. Ela é muito boa nisso.

A mulher permanece com os olhos sobre mim, intensos. Engulo em seco.

— Está me dizendo que ela tem feito o serviço para o qual você foi contratada? Ou seria o trabalho do Jack que ela está fazendo?

— N-não, e-eu...

A mulher termina de subir as escadas enquanto eu gaguejo. Ouço uma risada seca ao meu lado. Não tenho coragem de olhar para Helen. Nesse instante, minhas bochechas refletem o próprio verão.

✦ ✦ ✦

Fomos ao Grind Cafe para almoçar mais cedo, porém tudo o que Helen tem feito é espetar sua batata recheada com o garfo, destroçando o pobre tubérculo sem comer um único pedaço. Eu apenas assinto enquanto mastigo e ouço seu desabafo.

É revoltante. Ela está no cargo de secretária executiva há seis anos e nunca recebeu uma promoção ou um aumento, apenas os reajustes. Ela reclama que sempre cuidou muito bem do jornal; abre e fecha o balcão todo santo dia da semana, atende o público, cuida da agenda da senhora Mackenzie e até leva café para ela. Nunca se atrasa, nunca falta e raramente adoece.

— Você já tentou demonstrar interesse em assumir mais responsabilidades? — falo de mansinho. — Sabe, acho que poderia ajudar.

— Várias vezes! — Helen enfia o garfo com tanta força que um pedaço de bacon é catapultado para fora da batata. — Da última vez, eu apresentei para ela uma ótima ideia sobre fazer um evento anual e entregar um prêmio simbólico de "cidadão honorário". O povo daqui adora essas besteiras, ia ser um sucesso! Ela de fato amou a ideia, mas adivinha só?! — Helen arregala um pouco os olhos. — Entregou para o Jack fazer! *A minha ideia*. É óbvio que o Jack enrolou, enrolou e nunca entregou evento algum. Fiquei muito chateada e nunca mais apresentei ideias. Isso foi alguns anos atrás.

— Oh, Helen. — Hesito, sem saber ao certo o que dizer além de: — Sinto muito.

Ela suspira um resmungo que não compreendo. Olho para o resto de salada no meu prato, parece falta de educação continuar comendo. Me recosto na cadeira e cruzo os braços.

— Tá, se as ideias não resolveram, já tentou pedir um aumento? Falar de peito aberto, sabe? Depois de todo esse tempo, é o mínimo. Você merece.

Ela me olha, cansada, e larga o garfo no prato.

— Eu odeio pedir reconhecimento, e a senhora Mackenzie valoriza muito os estudos formais. Sabia que ela quer contratar a Amanda, nossa estagiária? A garota nem gosta do jornal! Mas, só porque ela estuda em Oxford, a senhora Mackenzie acha o máximo.

— Isso é muito chato.

— Na única vez que tomei coragem para comentar sobre o meu salário, ela me indicou algumas faculdades e me mandou fazer um curso on-line. — Helen olha com tristeza para o corpo destruído da batata. — Ela nunca vai me dar uma chance enquanto eu não tiver uma graduação.

— Mas faculdade não define competência. Eu também não fui para a universidade.

Helen ergue a cabeça com uma expressão de choque, os olhos perturbados.

— Mas no seu currículo você é formada em Marketing Digital.

Quando percebo o tamanho da besteira que falei, sinto meu rosto ficar lívido. Encaro Helen com muito medo de perdê-la. Pela forma como ela ri, amarga, sei que isso está prestes a acontecer.

— Uau! E eu aqui, me abrindo contigo sobre a minha carreira fracassada.

— Você não entende...

— Depois de tudo o que eu te contei, acho que já deu para perceber que entendo sim, entendo muito bem.

— Eu posso explicar, ok?

— Não precisa, tá tudo bem. Não é da minha conta. — Helen se levanta. — Olha, eu perdi a fome, vou voltar mais cedo.

Queria desesperadamente correr atrás dela e explicar tudinho nesse exato momento, mas, enquanto a vejo se afastar, tudo o que eu faço é afundar na cadeira sob o peso da mágoa que provoquei. Pela primeira vez desde que nos conhecemos, Helen estava se abrindo. Estava falando de sentimentos, revelando pedacinhos do passado, estava *confiando em mim*! E o que aconteceu? Ela descobriu da pior forma que a pessoa a quem considerava amiga é uma impostora. E agora o trabalho que ela ajudou a fazer está sendo reconhecido, mas, de novo, ela não vai receber o mérito. E, assim, mais uma possível chance de evoluir na carreira foi desperdiçada.

Afundo o rosto nas duas mãos. Nós temos uma mentira pronta para justificar o currículo falso, o problema é que já não tenho certeza se vai ser o suficiente para recuperar a confiança dela.

Eu chego no Olden Times com o coração do tamanho de uma noz. Helen não olha para mim. Sento na cadeira e, devagar, planejo muito bem cada uma das palavras que vou dizer no chat. Sinto como se caminhasse em uma corda bamba, um passo em falso e não terá mais volta, vou perdê-la para sempre.

ALISON_RIVERS

Você pode me dar uma chance de me explicar, por favor? É tudo o que eu peço, só preciso de uma chance... você é importante demais para mim, Helen, talvez mais do que jamais perceberá e eu não quero perder sua amizade e confiança.

HELEN5398

nossa, acho que não é pra tanto o.O

mas se vai te fazer sentir melhor,
a gente pode conversar sim, dps do trabalho

me encontre no morrinho da igreja

Me encolho na cadeira, mil informações passando na mente. Esse tom leve não me engana, eu sei que ela está pronta para se afastar de mim, só que não vou deixar de lutar por cada centímetro dessa amizade, conquistada com tanto esforço.

Olho para o relógio de minuto em minuto. A tarde se prolonga tortuosamente.

A única coisa que quebra o silêncio do balcão é o som da Helen digitando.

Tac, tac, tac, tac, tac, tac.

53

SETEMBRO DE 2016

TIC, TIC, TIC, TIC, TIC.

Fazia pelo menos uma semana que eu não tinha crise de choro. E acho que já estava havia um mês inteiro sem nutrir pensamentos ruins sobre como acabar com tudo. Naquele dia, porém, todas essas coisas voltaram como um tapa da maldita vida na minha cara.

Estava cansada, com o rosto inchado e quente, deitada no chão do mais barato apartamento que conseguira alugar por aqui. Olhava para o teto havia algum tempo. Lá fora, um fino chuvisco tinia na janela.

Tic, tic, tic, tic, tic.

Eu era como um sobrevivente de naufrágio que, depois de nadar a noite inteira em mares gelados, caíra na praia sem forças para pedir ajuda. Poderia ficar assim o resto do dia, apenas deitada no chão, de barriga para cima, sentindo as lágrimas escorrerem pelas bochechas. E era o que eu teria feito se, de maneira inesperada e inocente, algo dentro de mim não começasse a se espreguiçar. Uma esperança, pequena e frágil, se ergueu buscando luz. Inspirei lenta e profundamente. Não sabia de onde viera esse pulsar diferente que batia no meu peito, mas eu precisava dele. Precisava dessa luz e desse calor para sobreviver.

Devagar, virei de lado e me sentei no chão. Fechei os olhos. Concentrei-me no respirar, no cheiro abafado e bolorento, no som da chuva.

Fazia pouco mais de um mês que eu estava em Hillbourne e ainda não tinha desfeito a mala ou limpado a casa. Havia uns dois dias que eu não tomava banho, e até agora não tinha procurado emprego. Minha reserva financeira estava quase no fim. Mas eu não podia pensar nessas coisas, eram problemas pesados demais para o fagulho de esperança suportar.

Naquele dia, eu apenas fui ao banheiro e tomei um banho, depois preparei um sanduíche na cozinha e então fui para a praia, olhar o mar.

Só no dia seguinte, um pouquinho melhor, é que eu me preocupei em organizar a casa, abrir todas as janelas, limpar tudo, desfazer a mala. No dia depois desse, organizei o currículo, fui a uma papelaria imprimi-lo e passei a andar pelas ruas da cidade apresentando-me nos estabelecimentos. Eu só procurava uma chance.

Dia após dia, eu me arrumava, ensaiava sorrisos e percorria um ou dois bairros.

Dia após dia, vi a minha pequena esperança minguar.

Não demorei a descobrir que em Hillbourne as pessoas eram tão antigas e endurecidas quanto as ruas de pedra do condado. Eles tinham um senso familiar tão forte que qualquer pessoa de fora era tratada como um estrangeiro invasor. E, se não bastasse a antipatia silenciosa dos moradores, meu currículo de garota da cidade grande sem carta de recomendação nem faculdade, apenas com uma breve experiência de caixa de supermercado, não impressionava nem convencia ninguém.

Eu tinha começado a busca por emprego nas cafeterias, lojas e boutiques, depois tentei os bares e restaurantes, aí fui para supermercados, farmácias e qualquer outro estabelecimento que pudesse achar. Por fim, após conhecer todos os buracos daquela droga de cidade, eu tinha certeza de que não acharia nada. Fora tudo em vão, uma grande perda de tempo e dignidade. Se eu não achasse alguma coisa logo, não conseguiria pagar o aluguel. Também era um grande risco me mudar de Hillbourne e terminar na mesma situação em outra cidade, com menos dinheiro.

A Helen criança estaria de joelhos naquele instante, pedindo ao papai do céu uma porta aberta. Mas fazia tanto tempo que eu havia perdido essa prática que só pensar nela já era estranho.

Deixei o Oscar's Atelier de coração apertado. O idoso proprietário era muito divertido, e seria maravilhoso trabalhar em um local como aquele, mas não havia vagas. Fui caminhando a passos arrastados até a praia. Comprei um sorvete e me sentei no banco mais próximo. O sabor de baunilha com flocos de chocolate era o mais delicioso que eu já havia provado na vida, quase bom o bastante para me animar.

De repente, memórias do meu último encontro com mamãe, na casa da Olivia, começaram a escorrer entre meus pensamentos. Tomei o sorvete mais rápido, até sentir uma pontada na testa. Fechei os olhos, esperando a dor passar e levar os fragmentos da memória consigo.

Respirei aliviada. Odiaria imaginar mamãe de braços cruzados, fitando-me com pena e dizendo em silêncio: "Eu avisei."

— Com licença — uma voz feminina surgiu atrás de mim.

Era uma mulher alta e grande. Usava roupas de corrida e estava com as bochechas rosadas, a franja negra fixa na testa suada.

— Olá — disse ela com um sorriso largo. — Você é a novata da cidade, não é?

— É tão óbvio?

— Quando se mora em Hillbourne? Sim. Até os desconhecidos são familiares. — Ela deu uma risadinha. — Prazer, sou Lucy.

— Oi. Helen.

— Minha amiga disse que você entregou seu currículo na floricultura dela. Ainda está procurando emprego?

Se íamos falar disso... Eu me levantei e dei a volta no banco enquanto tentava me lembrar de quando foi que eu havia entregado meu currículo em uma floricultura. Ah, sim. Tinha uma de frente para um charmoso café.

— Sim. Pra falar a verdade, ainda estou. Qual é o seu negócio?

Achava muito difícil eu ter me esquecido de algum lugar. Só havia pulado alguns estabelecimentos de propósito por achar que não aceitariam uma pessoa como eu: o jornal local, as duas clínicas particulares e a cooperativa de crédito. Meu coração se agitou em expectativa. Talvez eu tivesse me subestimado ao não procurar por empregos melhores.

— Hostel da Vovó Berenice. A gente fica afastado do centro, perto da estação de trem.

— Oh. — Realmente havia me esquecido desse lugar. — Eu já me hospedei com vocês, no dia que cheguei.

— Talvez tenha sido uma das minhas irmãs na recepção.

— Pode ser. Era uma jovem loira, olhos castanhos.

— Elsie.

— Certo.

— Então, eu estava precisando de alguém para nos ajudar com a limpeza do hostel. Eu e as minhas irmãs ficaríamos muito gratas — Lucy continuou falando animada, mas tudo o que eu conseguia pensar era "limpeza" — por semana ou por mês, como preferir. E, como benefício, podemos te dar cupons de desconto do Supermercado do Bob. Ele é meu cunhado. O que acha?

— Hããã... — Sorri, nervosa. — Eu poderia, hum, pensar por um dia?

— Claro! É só passar no hostel quando quiser e pedir para falar comigo. Deixarei avisado. Espero que aceite. — Lucy sorriu gentilmente.

Ela cumprimentou o sorveteiro, então acenou para nós dois e prosseguiu com a caminhada. Voltei a me sentar pesadamente no banco da orla. *Limpeza*.

Eu estava realmente desesperada.

✦ ✦ ✦

O hostel era maior do que eu me lembrava. E mais cheio de coisas também. Lucy me apresentou o lugar inteiro, falando sobre a história, a família, os itens decorativos. De fato, havia muitos cômodos com mobílias para tirar o pó, muito chão para limpar e infinitas roupas de cama e banho para lavar; além das plantas no jardim dos fundos que precisavam ser regadas duas vezes por dia.

— Vamos receber a família Mackenzie na próxima semana. — Lucy cruzou as mãos diante do corpo. — É uma família muito grande e importante aqui na cidade. Todo ano eles se reúnem para celebrar o aniversário do patriarca, e nosso hostel ficará cheio. Se aceitar o emprego, gostaríamos que começasse hoje.

Forcei um sorriso.

— Estou muito grata pela oportunidade. Darei o meu melhor.

— Esplêndido! — Ela abriu um largo sorriso afável. — Pode pegar um uniforme na despensa, preciso que comece limpando as janelas. Remova as cortinas e ponha para lavar também.

Assenti e fui direto para a despensa a fim de procurar pelo uniforme. Depois, entrei no banheiro de empregados e me vesti. Ao me olhar no espelho com aquele avental e touca, meus olhos se encheram d'água. Eu me sentia tão perdida, tão pequena e humilhada. Mais do que isso, me sentia péssima por desprezar a profissão. Lavei o rosto e sequei com a toalha. Então ergui o queixo.

— É só por enquanto — sussurrei. — Só até você se reerguer.

Naquela tarde, enquanto removia cortinas e limpava janelas — com um produto errado, depois tive que limpar tudo de novo —, eu prometi a mim mesma que não esqueceria os meus sonhos. Um dia, eu ainda seria editora de ficção; publicaria histórias que tocariam corações e ficariam para a eternidade. E, de alguma forma, minha vida teria significado.

54

HELEN É A PRIMEIRA DE NÓS a deixar o Olden Times, pouco depois de a chefe ir embora. Ela não verifica as lâmpadas nem diz "até segunda" ou nos deseja um bom descanso. Eu hesito diante do computador com um medo repentino dessa conversa.

— Vocês brigaram? — pergunta Jack.

Desligo a máquina e começo a arrumar minha mesa. Sem pressa alguma.

— Quem vai trancar o jornal?

— Use a chave extra — falo ao pegar minha bolsa. — Bom final de semana.

Sigo para o morrinho da igreja com um mar revolto dentro de mim. Mandei mensagem para o Jarvis mais cedo contando o que aconteceu, e ele disse que, de todas as besteiras que eu poderia ter falado, essa foi de longe a menos pior; um deslize natural. Ele me garantiu que mamãe vai acreditar na nossa história, e é nessa esperança que me agarro.

Mas há outra coisa me incomodando: estou prestes a consertar uma mentira com outra maior ainda. E, por mais que eu não tenha escolha quanto a isso — afinal, não posso revelar minha identidade —, ainda assim me sinto mal por mentir tanto para ela.

Helen está no início da colina, sentada na grama. Usa óculos escuros, as duas mãos esticadas atrás das costas servindo de apoio, o rosto voltado para cima. As margaridinhas cobrem o morro e parecem formar um coral com a capela branca lá em cima.

Sento-me na relva com as pernas cruzadas. Helen permanece em silêncio ao meu lado.

— Eu menti para você. — Articulo as palavras de mansinho. — E não sei se você vai entender os meus motivos ou perceber o quanto eu sinto muito, muito mesmo, mas vou tentar explicar tudo. Se, no fim, você não quiser continuar sendo minha amiga... e-eu vou entender.

Helen abaixa um pouco os óculos e me olha por cima das lentes escuras, os olhos castanhos cheios de preocupação.

— Isso foi intenso. E um pouquinho assustador.

— Desculpe.

— Alison... — Ela puxa os óculos para cima da cabeça. Um fio ondulado escapa e cai ao lado da têmpora. — O que aconteceu? Digo, por que você fez isso?

Engulo em seco, enfiando garganta abaixo todo receio e ansiedade. Então eu conto a ela que cresci em uma fazenda, meio isolada das pessoas, e que raramente me levavam para a cidade vizinha. Fui criada por aqueles tios rigorosos que me obrigavam a trabalhar no campo e não me deixavam perder tempo com qualquer entretenimento.

Explico que os meus pais morreram quando eu ainda era bebê. Nunca os conheci e não sei como fui parar com esses tios, mas desconfio de que eles tenham sido os únicos que se dispuseram a me acolher. Fiz *homeschooling* a vida toda, mas, porque precisava ajudar na fazenda, e o trabalho vinha em primeiro lugar, muitas vezes os meus tios trapaceavam nas minhas provas para que eu não tivesse notas baixas. Tudo era muito bem arquitetado de modo que ninguém nunca soubesse o que de fato acontecia naquela fazenda.

Conto também que, na chácara vizinha, morava um homem solteiro e seu filho: Levi, meu melhor amigo. Como os dois sempre foram muito próximos da minha família, até pela proximidade das terras, Levi era o único para quem eu podia confessar meus sentimentos. A gente tinha planos de escapar das nossas fazendas e viajar o mundo, mas, quando o pai dele faleceu de uma doença, Levi foi morar com a avó em Birmingham e nós perdemos o contato.

Anos se passaram. Eu cresci e terminei os estudos. Queria fazer faculdade e escapar daquela vida, mas os meus tios me impediram de tentar e passaram a colocar cada vez mais trabalhos para mim, então eu estava sempre exausta demais para fazer qualquer outra coisa. Apesar de ter passado a vida toda naquela fazenda, desejando sair, eu tinha ouvido tantas histórias tenebrosas sobre o mundo lá fora que uma parte de mim morria de medo de fugir.

Ou pelo menos até certa tarde, quando os ouvi negociando com um fazendeiro. Eles planejavam me casar à força com o homem — duas vezes mais velho que eu — em troca de uma máquina agrícola.

— Santo Deus. — Helen tapa a boca com as duas mãos. — Que horror!

— Eu fiquei tão devastada... Quero dizer, nunca os considerei minha família de verdade, mas aquilo era o cúmulo da falta de amor.

— O que você fez?

Conto sobre um único telefone fixo que os meus tios mantinham escondido, trancado no cubículo debaixo da escada. Enquanto eles ainda conversavam com o fazendeiro, corri para o quarto deles e roubei a chave do cubículo. Mais tarde, depois de eles terem ido se deitar, eu liguei para Levi.

— Não sabia se ia dar certo, estava com medo de ele ter trocado de número, mas Levi atendeu ao segundo toque. — Termino com um sorriso.

Helen suspira de amores.

— Ele foi ao seu resgate?

Admiro a relva e o mar ao longe, sonhadora.

— Sim, naquela mesma noite. — Imagino a cena como em um filme. — Ele dirigiu por mais de três horas, chegou de madrugada e nós dois fugimos.

— Como foi ver o Levi depois de vários anos separados?

Pisco, surpresa pela pergunta. Esse detalhe não foi planejado, tenho que improvisar.

— Foi... estranho e mágico ao mesmo tempo — digo, lembrando-me do encontro na cabine de capitão Gancho. O sorriso aperta minhas bochechas. — Ele ainda era o meu melhor amigo, mas não podíamos ignorar o fato de que anos haviam se passado e que nós dois estávamos bem diferentes.

Continuo falando sobre a fuga de madrugada, a mala que eu havia deixado pronta, a sensação horrível de estarmos sendo seguidos. Não fomos a Birmingham porque sabíamos que a casa da avó dele seria o primeiro lugar onde iam procurar caso fossem atrás de mim. Levi já estava trabalhando em casa para uma empresa de tecnologia, então podíamos nos esconder em qualquer cidade da Inglaterra.

— A gente se casou, mas não de verdade, sabe? — explico. — Foi só para o caso de os meus tios nos acharem, um jeito que Levi encontrou de me proteger.

— Ai. Meu. Deus. Alison, vai mesmo insistir que não gosta dele?!

— Mas eu não gosto! — Abro as duas palmas, enfática. — Quero dizer, óbvio que gosto, *como amigo*.

Helen revira os olhos com uma risada debochada.

— É verdade, mas isso não importa — falo, irritada. — Foca na história. O ponto é que, por causa da criação que tive, eu não tenho referências culturais. É por isso que, quando você comenta sobre filmes, séries, livros... eu raramente sei do que você está falando.

Vejo um brilho estranho aparecer nos olhos dela. Helen recoloca os óculos escuros, arranca uma margaridinha e passa a girá-la entre os dedos.

— Eu sinto muito, Alison. Por tudo o que aconteceu com você e por todas as vezes que eu fiz piada sobre o seu jeito estranho de conversar na internet.

— Não, Helen, por favor. Você não sabia e é mesmo engraçado.

Ela anui, cabisbaixa, girando a florzinha nos dedos.

O repentino silêncio me faz perceber que estivemos esse tempo todo debaixo do sol e que a minha pele está ardendo. Pego os óculos escuros na bolsa e o encaixo no rosto, então me abraço. Helen está olhando para o horizonte. Engulo em seco antes de falar.

— Eu só menti no currículo porque queria experimentar, uma vez na vida, o que é ser normal. Viver nesse mundo, fazer amigos... Mas eu sei que foi errado mentir e sinto muito.

O maxilar dela fica tenso, linhas aparecem na testa. Helen balança a cabeça.

— Eu entendo. Talvez a gente tenha mais em comum do que você imagina.

Quero perguntar o que isso significa, mas sei que ainda não é o momento. Ainda falta muito para ela confiar em mim de verdade, embora eu tenha esperança de que, a partir de agora, será mais fácil ganhar sua cumplicidade. Histórias têm o poder de conectar pessoas, e ela certamente se envolveu com a minha.

— Então a gente está bem? — pergunto.

Helen segura minha mão.

— Estamos bem. — Ela aperta o toque. — Estamos seguras.

Meu coração se encolhe ao ouvir a última frase. Desvio os olhos para o horizonte. Cercadas pela relva verde polvilhada de margaridinhas, ficamos em silêncio, admirando o mar ao longe sob a brisa fresca e o canto dos pássaros.

Estamos bem, estamos seguras.

Pela primeira vez, questiono se quero mesmo ouvir a nossa história.

E-mail enviado com sucesso.

Alison Rivers <alisonrivers625@mymail.com>

para: capitaoganchopelomundo@mymail.com

data: 28 de jul. de 2028, 19:03

Eu contei pra ela

SIM, EU CONTEI!

Deus meu, hoje foi um dia muito intenso! Estava almoçando com a Helen quando falei sem pensar que nunca tinha ido para a faculdade, então tive que contar toda a nossa *back story* para ela. Felizmente, o Jarvis tinha razão e ela acreditou em tudo. Ah, também contei a parte de que não somos casados de verdade, ok? Assim, quando você voltar, não vamos precisar fingir na frente dela. Risos.

Ela me entendeu e, mais importante ainda, acho que a nossa amizade vai ficar mais profunda daqui para frente. Helen foi muito gentil e carinhosa, como sempre, mas também falou algo que me deixou apreensiva. Estou com medo de que a história dela não seja em nada parecida com aquelas que sonhei. Estou tentando não pensar nisso. Um dia, ela vai me contar. Eu só espero que, até lá, meu coração esteja pronto para ouvir.

Em Hillbourne, as coisas estão calmas como sempre. Essa foi a única novidade. E você? Ainda está em Portugal? Fiquei encantada com seu relato de Braga!

P.S.: Você ainda não me respondeu o que significam essas "conversas intrigantes".

Você tem 1 novo e-mail.

Levi Hazy <capitaoganchopelomundo@mymail.com>

para: alisonrivers625@mymail.com

data: 30 de jul. de 2028, 07:10

Não se assuste

Querida Alison,

Cheguei ontem a Málaga. Foi uma viagem longa e cansativa (pegamos trem e ônibus), durou um dia inteiro, mas também foi muito bom atravessar a Espanha por terra porque pude conhecer melhor o belo país. Talvez você tenha notado o verbo no plural... Pois é, conheci um monge em Braga e por isso vim até Málaga: vou passar algumas semanas com ele no mosteiro aqui perto. Inclusive, vou ficar sem escrever durante esse tempo, mas não se preocupe, está tudo bem!

Ok. Eu reli o parágrafo e sei que não estou fazendo muito sentido, mas vou tentar de novo. Me dê um desconto, são sete horas da manhã e eu mal dormi a noite passada. Então vamos lá.

Você me perguntou o que eu queria dizer com conversas intrigantes com estranhos. Bom, desde a Irlanda, eu tenho perguntado às pessoas que encontro por aí o que elas acham que há de errado com o mundo, qual é o sentido da vida e o que elas estão fazendo com a chance que receberam, se está valendo a pena. Eu sei, sei exatamente a careta que você está fazendo! Mas eu só queria entender melhor as pessoas daqui, sabe? E tem sido bem interessante. Já encontrei pessoas pessimistas, saudosas, descrentes, esperançosas e algumas que pareciam meio perturbadas, sinceramente. Mas nenhuma que me desse uma resposta muito concreta. Pelo menos até antes de ontem, quando conheci Jamgön. Parece que ele tem uma boa ideia de qual seja a resposta para tudo isso e, quando me convidou para passar uns dias no mosteiro, eu pensei: por que não?!

Não espero me converter e muito menos descobrir os segredos do universo, mas é uma ótima oportunidade de aprender ainda mais sobre esse mundo e suas comunidades. Sabe, a Terra não é como eu imaginava, e isso me intriga pra caramba.

P.S.: Fico aliviado que você tenha conseguido contar toda a história de modo convincente para a sua mãe. Também fico feliz que isso vá aproximar vocês, mas saiba que vou continuar brincando pelo resto de nossas vidas com essa história do casamento falso. Risos.

P.S.S: Pronto, tirei o bigode! Pelo canto da sereia, como você é implicante.

Com amor,

Levi

1 anexo • *Anexo verificado pelo Antivírus*

DESCRIÇÃO ALT

FOTO: Selfie de um rapaz moreno sorrindo contra o sol ao lado de um homem careca que também sorri e usa roupa laranja--fluorescente. Atrás deles, há os jardins da Avenida da Liberdade, em Braga, Portugal.

E-mail enviado com sucesso.

Alison Rivers <alisonrivers625@mymail.com>

para: capitaoganchopelomundo@mymail.com

data: 30 de jul. de 2028, 07:32

Re: Não se assuste

ESPERA!!! LEVI, VOLTA AQUI AGORA!

COMO ASSIM????

55

TUDO BEM, ACHO QUE EXAGEREI.

Depois de um dia inteiro sem o Levi responder meu e-mail surtado do "COMO ASSIM", reli a carta dele uma, duas, cinco vezes e refleti bastante sobre o assunto. A verdade é que ele estava me revelando algo pessoal e íntimo, então peguei o celular e digitei outra carta. Agradeci a confiança dele por me contar isso e desejei uma ótima estadia no mosteiro. Disse também que aguardaria ansiosamente por uma nova carta.

Agora, olhando para o teto com o celular sobre a barriga, eu sorrio e me pergunto se Pórthica tem algo a ver com isso. Levi nunca se preocupou com questões espirituais ou filosóficas e, de repente, parece muito interessado no assunto. Seria uma coincidência ou a resposta da oração que tenho feito todos os dias desde que ele deixou Hillbourne?

— Por favor, continue conduzindo a jornada dele. Leve-o direto para os seus braços.

Uma memória invade meus pensamentos. A imagem de Levi no templo da Ordem, segurando uma pedra cinza, o olhar confuso e magoado. Meu coração dói, a visão embaça. Levi achou que os Fundadores o rejeitaram naquele dia.

— Eu sei que isso não é verdade, mas ele também precisa saber. Deixe-o saber. Mostre para ele o quanto se importa e o ama.

Continuo fitando o teto com o coração encolhido e as lágrimas embaçando a visão. Preciso me levantar, tomar um banho e comer alguma coisa; mas, por alguns minutos, eu me permito ficar quieta, tentando sentir a presença consoladora que me encontrou em um deserto.

Ela chega suave, quase imperceptível, erguendo o peso do meu coração. Um fraco sorriso risca o meu rosto molhado.

56

NOVEMBRO DE 2008

JOELHOS NO CHÃO, OLHOS FECHADOS, mãozinhas juntas em prece.

— Querido Deus — minha voz era doce, infantil —, eu não tive um dia muito bom. Gostei muito da aula de história e da aula de artes. Ah! Da de música também, mas a Annie, e a Luna, e a Maya me deixam triste. Elas vivem rindo de mim e fazem perguntas que eu não sei responder. Nunca respondo certo! Se elas perguntam se eu prefiro rosa ou amarelo e eu digo que gosto de rosa, elas falam que preferem amarelo; mas, se eu digo que na verdade gosto dos dois, elas dizem "Ah, pois a gente não gosta é de nenhum".

Parei com a testa vincada, os lábios tremendo. Não queria chorar na frente de Jesus, mas era muito difícil conter os sentimentos. Lembro-me da mágoa, da insegurança e do desejo de ser aceita, embora, na época, só conseguisse identificar com clareza a raiva e a tristeza.

— Acho que elas não gostam muito de mim — falei com a voz trôpega. — Toda vez que vamos fazer um trabalho em dupla, a Luna e a Maya brigam para ver quem vai ficar com a Annie porque elas nunca querem ficar comigo. Quem perde sempre fica chateada.

Sequei as bochechas e apertei as mãozinhas com força diante do rosto. Olhei para o teto.

— Por favor, Jesus, você pode me arrumar uma amiga de verdade? Eu queria muito, muito, muito, muito uma amiga de verdade! E também adoraria uma irmãzinha. Por favor? Amém.

Eu me levantei e fui para debaixo das cobertas. Mamãe veio logo em seguida ler *O peregrino*. Eu amava a forma como mamãe dava vida aos personagens e me fazia imaginar tudo. Com certeza, ela foi a principal influência para que eu viesse a amar literatura.

Depois de fechar o livro, ela depositou um beijinho na minha testa, apagou a luz e fechou a porta.

Eu não sei por que, de todas as orações que já fiz, essa foi a única que eu nunca esqueci. Talvez porque ela me remeta a uma época em que eu amava o Senhor de verdade e não orava por mera obrigação. A época de quando Deus era um amigo pessoal para quem eu narrava o meu dia e fazia pedidos como "uma amiga de verdade". Ou talvez não seja por nenhum desses motivos. O fato é que eu nunca me esqueci dessa oração, especificamente.

Anos depois, eu conheceria Olivia e, mais tarde, Hannah nasceria.

Talvez eu nunca tenha me esquecido dessa oração porque ela é uma prova de que, certa vez, eu falava com Deus. E, a julgar pelo que aconteceu, parece que ele me escutava.

57

— AI, ISSO É TÃO TRISTE! — Helen faz uma careta melancólica para o computador.

— O quê?

Ela sinaliza por cima da mesa para que eu vá até lá. Assim que me aproximo, vejo o e-mail aberto com diversos anexos. Helen é o ponto de contato entre Jack e o fotógrafo do jornal, porque os dois são homenzinhos de gênio forte que já brigaram muito. Ela encaminha o briefing do jornalista, e o senhor Freddie Evans sempre envia o arquivo das fotos para ela, que o reenvia para Jack.

— Olha essa foto — diz baixinho, em tom de fofoca, apontando para a imagem do píer —, ele foi fotografar com o sol a pino! Ficaram todas com o céu estourado. Sem falar desses ângulos, não tem um que preste. Olha isso, dá para saber que píer é esse?! Não, poderia ser qualquer um. Minha nossa.

— Acho que as fotos estão no padrão do que sempre publicamos. — Ergo os ombros.

— E esse é o maior problema.

Coloco a mão no ombro dela com tapinhas amigáveis para demonstrar apoio.

— E a matéria? — continua Helen. — Uma lástima, sem emoção alguma. — Retiro a mão do ombro. — Oh, não, a culpa não é sua. Você fez o melhor que pôde com o briefing do Jack.

Sento-me na ponta da mesa dela e cruzo os braços. Do outro lado do balcão, ele “trabalha” com os fones de ouvido. Mesmo assim, a gente conversa baixo.

— O que quer dizer?

Helen gira a cadeira para ficar de frente para mim. Ela busca as palavras gesticulando com as mãos diante do corpo.

— Quero dizer... É o aniversário do píer, sabe? A gente não se importa com essas informações de quantas toras de madeira foram usadas e quantas pessoas trabalharam nele. Isso é chato pra caramba, e o píer tem uma história tão legal! Já ouviu falar?

Nego com a cabeça.

— O povo dessa cidade é muito orgulhoso, certo? — Eu assinto de leve. — Pois, quando construíram o píer, eles usaram os melhores materiais e fizeram o projeto com a pessoa mais competente da época; um fuzuê doido. No dia da inauguração, a cidade parou. Foi a maior festa em um século inteiro! Só que, um ano depois, nossa vizinha Eastbourne resolveu construir um píer também: melhor, maior e mais bonito. Pra quê? Hillbourne ficou em alvoroço, parecia que estávamos sendo atacados de maneira pessoal e não provocada. E, para piorar a situação, um dos responsáveis pelo projeto de Eastbourne era um ex-morador daqui, então isso inflamou os ciúmes.

— Posso imaginar — comento com uma risadinha.

E fica melhor. Conta-se que, naquela época, morava aqui uma senhora bruxa, a moradora mais orgulhosa e pedante de Hillbourne. Ela ficou tão furiosa com a audácia de nossos vizinhos que lançou um feitiço sobre o píer de Eastbourne. Dizem que foi por causa disso que aquele pobre píer levou mais de cinco anos para ficar pronto. Depois foi destruído por uma tempestade, então reconstruído, apenas para ser explodido durante a Segunda Guerra Mundial e sofrer um incêndio em 2014.

— Uau! Parece mesmo uma maldição.

— Enquanto isso, nosso píer continuou mais glorioso a cada ano. — Helen se recosta na cadeira. — Fim.

Bato palminhas silenciosas. Ela faz mesuras exageradas.

— Helen, você tem o dom de deixar qualquer assunto interessante. Sério, teria sido uma editora de ficção maravilhosa.

O rosto dela muda de súbito para uma melancolia com ruga no canto dos olhos.

— Não diga assim, ainda tenho esperança de ser editora um dia.

— Pois você deveria correr atrás desse sonho, porque realmente leva jeito pra coisa. — Desprendo-me da mesa dela e volto ao meu lugar.

Sem nada para fazer porque ainda não recebi a pauta da semana que vem, fico encarando a tela do computador e repassando tudo o que ela falou. De fato, a matéria teria ficado muito mais interessante se tivéssemos contado a história do píer em vez de trazer dados estatísticos curiosos. Os dados poderiam ter sido apenas um complemento.

Endireito as costas. Ai. Deus. Meu.

ALISON_RIVERS

Helen!

Helen!!

Helen!!!

HELEN5398

minha nossa O QUE FOI???

ALISON_RIVERS

Tive uma ideia genial!

HELEN5398

hummm

ALISON_RIVERS

Se der certo, você vai ser promovida e ainda pode treinar suas habilidades para ser editora de ficção um dia.

usuário enviou figurinha de raposa sorrindo maquiavélica

HELEN5398

o queeeee

explica isso direito

como assim??

ALISON_RIVERS

No almoço, eu te conto.

HELEN5398

>:\

vontade de estrangular seu pescocinho

✦ ✦ ✦

No Grind Cafe, todas as mesas do lado de fora estão ocupadas, então vamos para o interior do estabelecimento, onde conseguimos uma mesa ao lado da janela com vista para a floricultura. Helen reage com muita empolgação ao ouvir minha ideia. Seus olhos brilham, o sorriso largo aperta as bochechas e ela quase grita com frequência durante o almoço. Me impressiona não ter se esquecido de comer.

A gente passa o resto da tarde conversando por mensagens no Olden Times, até definirmos com clareza cada aspecto da nossa ideia. A perspectiva do projeto nos deixa tão empolgadas que, no dia seguinte, em pleno sábado, Helen e eu saímos para trabalhar.

— Cuidado para não torcer o pé — avisa ela abrindo caminho pelo mato.

Alguns minutos de caminhada pela vegetação grosseira e chegamos à fábrica abandonada. Ela tira a câmera da bolsa protetora e começa a encaixar as peças. Enquanto isso, observo a construção de tijolos vermelhos, as janelas quebradas, o bizarro peixe pintado.

— Pronto, podemos começar — diz Helen após alguns cliques de teste.

— Acho que vou te esperar aqui.

— Ah, não. — Ela tira o rosto de trás da máquina. — Eu vou te usar como personagem.

— Como assim?

— Vai explorando o lugar, finge que eu não estou aqui.

— Hummm, não sei — falo com relutância, abraçando-me. — Acho que vou ficar nervosa sabendo que você está tirando fotos pro jornal.

— Por favor! Confie em mim, vai ficar ótimo.

Solto o ar de uma vez e vou para o interior do prédio. Helen sorri, remexendo-se empolgada. Ela vem logo atrás.

A maior parte da fábrica não tem a cobertura de um teto e, por dentro, suas paredes estão pichadas e destruídas. Eu caminho pelo chão acidentado olhando o ambiente de um lado, do outro, para cima e para baixo. Contudo, meus movimentos não são naturais. Me sinto uma vareta ao andar, muito consciente dos *clic-clic* que ouço atrás de mim.

— Acho que já pode colocar no seu currículo "modelo de prédios abandonados".

Quando dou uma risada alta, os cliques vão à loucura.

— Você não vai usar essa foto. — Ergo um dedo, as sobrancelhas arqueadas.

— Relaaaaxa. — Ela avalia a prévia e sorri.

— Deixa eu ver. — Mas Helen afasta a câmera quando me aproximo.

Cruzo os braços com uma cara feia.

— Vamos terminar na parede do peixe — diz ela.

Suspiro, descruzando os braços.

— Olha, eu só aceito continuar porque é a minha parede favorita.

— Jura? A minha também.

Helen pede para que eu caminhe na frente do mural, entrando e saindo de cena. Mas a gente não consegue fazer muitas fotos porque, de repente, grossos pingos começam a cair do céu. Helen só tem tempo de enfiar a câmera na bolsa protetora antes que a chuva caia de vez. Disparamos a correr para a estação de trem, o mais rápido que a vegetação nos permite. Chegamos lá rindo, esbaforidas, despenteadas e molhadas. Sob a proteção do pequeno teto, tomamos um minuto para recuperar o fôlego.

— Conseguiu tirar pelo menos alguma foto que preste?

Helen puxa a câmera e verifica. Então estica a mão para mim.

— O que acha? — pergunta.

Hesito, sem acreditar. Essa é a primeira vez que ela me deixa ver a prévia de um clique. Analiso a imagem. O céu está cinza-escuro, o que torna o vermelho da fábrica ainda mais vivo. Ela conseguiu pegar a parede inteira do peixe e a minha figura, borrada, de quando comecei a correr. É uma foto estranhamente bela, porque parece capturar um momento vivo.

— Adorei — sussurro.

Ela puxa a câmera de volta e analisa a imagem mais um pouco, com um olhar carinhoso e um sorriso de orgulho. Depois volta a guardar a máquina. Como a chuva cai pesadamente sobre a estação, Helen e eu resolvemos esperar sentadas no banco. Ela coloca a bolsa da máquina entre nós.

Ficamos em silêncio. Há o som da água caindo nas telhas da estação, o cheiro de terra molhada e as folhas que vêm sopradas pelo vento frio. É bonito admirar Hillbourne daqui, sendo abraçada pelos céus.

— Quando foi a última vez que você tomou banho de chuva? — pergunta ela.

Sinto uma fisgada no meu coração. A memória de nós quatro em Ribeiros, brincando debaixo de uma tempestade, é dolorosa, bela e saudosa.

— Não lembro — digo baixinho, sem tirar os olhos da cidade. Uma pontada de dor se esconde em cada palavra. — Eu tive que crescer muito rápido,

Helen. Não sei se alguma vez já fui criança de verdade. Desde muito cedo, fui ensinada a ser forte e independente, e a vida me esmagou tantas vezes que... — Dou de ombros.

Por um momento, o som da chuva é a única resposta.

— Sabe... — começa ela, suave. — Acho que nós nunca devíamos crescer por completo. Faz muito bem guardar um pouquinho da infância com a gente.

Helen segura minha mão. Volto o rosto para ela. Nesse momento, vejo o quanto nós somos tão diferentes e, ao mesmo tempo, tão parecidas. Duas vidas espelhadas.

— Deixe-me te ajudar a lembrar o que é ser criança.

Meus olhos ardem. Ela aperta minha mão e, sem aviso algum, me puxa para fora da estação de trem. Dou um gritinho quando entramos debaixo da chuva gelada.

Helen desce a rua gritando. Faço o mesmo atrás dela. As pedras estão escorregadias e eu perco o equilíbrio duas vezes, sem deixar de correr. Quando Helen cai, porém, eu não tenho tempo de me desviar dela e acabo tropeçando em seu corpo. Rindo, a gente tenta se levantar, mas as gargalhadas nos deixam tão fracas e vagarosas que a gente simplesmente desiste e fica deitada no meio da rua de pedra. Fecho os olhos e abro a boca para beber um pouco. Ao meu lado, ela finge que está fazendo um anjinho de água. Eu faço o mesmo.

Não me preocupa se uma moto vai passar, ou se vou sujar minha roupa, tampouco se é melhor sair para não pegar um resfriado. Não. Por alguns minutos, volto a ser criança e apenas me divirto.

É mágico. É inocente. É libertador.

✦ ✦ ✦

No dia seguinte, domingo, Helen vai lá para casa após o almoço. Como é a primeira vez que ela vem aqui, começo a apresentar o lugar. Eu mal dou alguns passos quando Helen exclama “Ai, que lindo!” e corre na direção da lareira.

— O mar está se mexendo mesmo?

Chego depois dela.

— Sim, é uma... — Perco o fôlego ao ver o navio de perto.

O *Jolly Roger* cresceu. Ele com certeza cresceu! Bom, quero dizer... quase com certeza. Estreito os olhos e me aproximo dele. Sempre deu para enxergar esse detalhe da sereia na proa? Helen estica a mão para pegá-lo.

— Cuidado!

— Não se preocupe. — Ela ergue a garrafinha entre nós. — Como isso funciona?

— É uma, hã... uma tecnologia. Não sei explicar. O Levi ganhou na empresa onde trabalha.

— É incrível.

Ela devolve a garrafinha para o suporte. Mordo a bochecha por dentro. Será que estou com a memória corrompida por causa do comentário do Levi? Deve ser isso. Agora que estou observando o navio melhor, já não tenho certeza se ele cresceu mesmo. Sacudo a cabeça.

— Então, essa é a sala. — Eu giro com um sorriso. — Bem ali fica o lavabo, e, seguindo o corredor, temos sala de jantar, cozinha e quintal.

Vamos para a mesa de jantar, onde passamos a tarde inteira. Helen fica com seu notebook de um lado e eu, do outro; uma música instrumental de piano ao fundo e lanchinhos entre nós.

É difícil porque todo o sucesso do projeto depende do que estamos fazendo aqui e sabemos disso. Essa pressão atrapalha muito, ainda mais com o histórico de a Helen contar uma ideia à senhora Mackenzie e vê-la atribuir a outra pessoa. Dessa vez, vamos apresentar a ideia já em funcionamento, por isso tudo deve estar em absoluta perfeição.

Às sete horas, paramos para jantar tigelas de salada com frango empanado e, para relaxar, decidimos assistir a um episódio de série. Helen escolhe *Gilmore Girls*, mais uma de suas produções favoritas. Pela temática, sei que pode se tornar uma das minhas favoritas também.

Um episódio depois, voltamos a trabalhar. Dessa vez, aqui na sala mesmo.

E assim avançamos noite adentro: Helen no sofá e eu no tapete, com leituras, revisões, edições, reescritas... Em algum momento da madrugada, caímos no sono sem perceber, tão exaustas que nos esquecemos de ajustar os alarmes.

58

AGOSTO DE 2011

QUERIA QUE ELES ME ESQUECESSEM.

A melhor vantagem de ganhar uma irmã era que agora eles teriam outra pessoa para atormentar e se preocupar. Além disso, ela poderia funcionar como uma "filha reserva". Eu era a decepção da família e ela poderia ser o orgulho; aquela cujas fotos ficariam no centro da lareira, enquanto a minha seria deixada no canto, escondida atrás de algum porta-retratos maior.

Olhei para o bebê dormindo no bercinho e depois para mamãe, na cama ao lado. Ela estava capotada de exaustão após dezoito horas de trabalho de parto. Voltei a fitar o bolinho de cobertas e meu coração pulsou de amor pelo neném. Levei uma mão para a barriguinha dela e ajustei melhor o lençol.

— Espero que eles sejam mais legais com você, maninha.

Como eu podia amar tanto assim uma criaturinha que eu mal conhecia?

Ele entrou no quarto bebendo café em um copo de isopor. Tinha o cabelo loiro-escuro desgrenhado, olheiras fundas e a barba por fazer. Parou ao meu lado, bocejou e passou gentilmente um braço ao redor do meu ombro. O conforto era como o de um travesseiro.

— Ela é linda, não é? — Sua voz estava suave, mansa.

Anuí de leve. Olhei para cima. Ele admirava sua nova filha com uma expressão que eu nunca tinha visto antes. Era puro amor misturado com carinho e uma dose de orgulho. Voltei o olhar para a criaturinha no berço e sorri de canto. Hannah parecia já estar fazendo milagres nas nossas vidas, e o meu peito se encheu de esperança por isso. Talvez a gente pudesse ser aquela família com a qual eu sempre havia sonhado.

— Eu quero de você o melhor comportamento, ouviu, Ellie? — A voz grave e firme dele fez meu coração disparar de um jeito ruim. — Quero que você seja um bom exemplo para a sua irmã.

A esperança caiu do meu peito e se espatifou em mil pedacinhos no chão.

Encarei a bebê. *Sinto muito, maninha.*

O braço ao redor do meu ombro virou uma barra de ferro.

59

TENHO UM SOBRESSALTO. Meu corpo inteiro dói. Passo a mão no rosto sentindo a pele amassada onde ficou em contato com o tapete. A tela do computador diante de mim está apagada. Encosto a mão no mouse, bocejando. A tela acende. São 8h32.

— Helen! — grito com o susto.

Ela se levanta de uma vez no sofá e o notebook em sua barriga escorrega; por pouco, consigo pegá-lo antes de cair no chão.

— O quê? O quê?!

Prendo o sorriso. Tadinha, está com a cara inchada, o cabelo bagunçado, coçando os olhos ao bocejar.

— Por que me acordou assim? — reclama.

— São 8h30.

Helen desperta em um estalar de dedos.

— Santo Deus, temos que correr!

— Eu vou salvar nossos arquivos no pen drive enquanto você lava o rosto e se arruma. — Aponto para as escadas. — Meu quarto fica à esquerda, pode escolher a roupa que quiser.

Rapidamente eu salvo tudo o que precisamos, coloco o pen drive ao lado das chaves para não correr o risco de esquecê-lo e subo as escadas correndo. Helen parece indecisa ao olhar para o guarda-roupa aberto.

— Precisamos estar impecáveis. — Ela estende um blazer verde-escuro para mim. — Vai destacar seus olhos.

Abro a outra porta do guarda-roupa e pego um blazer lilás, meu favorito. Dou para ela.

— Vai ficar maravilhoso com o seu cabelo.

Ela sorri. Escolho uma blusa branca e bermuda social verde no mesmo tom do blazer, e vou para o banheiro. Faço tudo às pressas, então verifico se a bermuda não vai subir, quando eu levantar os braços, e revelar a cicatriz. Não, tá tudo tranquilo.

Ao abrir a porta do banheiro, dou de cara com Helen. Ela veste um macacão terracota, conjunto perfeito em contraste com o lilás.

— Será que vai dar tempo de comprar um café? — pergunta já do meu lado.

Dividimos a pequena pia para escovar o cabelo e passar uma leve maquiagem.

— Acho que você pode ir na frente para abrir o jornal, eu passo no Grind Cafe.

— Vai ser mais rápido se você for de bicicleta. — Ela analisa seu resultado no espelho. — Eu pego o bondinho.

— Tá bem.

Saímos do banheiro correndo. No meio das escadas, Helen grita que está descalça. Passo no meu quarto e pego o único sapato de salto que possuo. Jogo para ela, depois me sento nos degraus enquanto calço o tênis branco.

— Alison, esqueci! — Ela aparece no sopé da escada segurando sua bolsa. — Pode passar numa farmácia para mim?

— Tá tudo bem?

— Sim, eu só preciso de anticoncepcional. Vou anotar aqui o nome para você. — Ela some da minha vista. Termino de calçar e desço as escadas. — Não posso menstruar de jeito nenhum e já faz dois dias que esqueço de tomar. Por favor. É muito importante.

— Não se preocupe, vou levar nossos cafés e o seu remédio.

— Obrigada! — grita saindo porta afora.

São 8h50. Não tenho um minuto a perder. Pego a bicicleta na varanda dos fundos e corro para a sala. Enfio o pen drive, o post-it, a carteira e as chaves na bolsa, fecho a porta e saio pedalando pela cidade. Coloco nossos cafés na cestinha da frente e sigo para a farmácia. Fechada. Preciso sair da minha rota e percorrer mais alguns quarteirões até chegar à outra opção da cidade, mas pelo menos eles estão acabando de abrir. Compro o remédio e pedalo o mais rápido possível para o Olden Times.

Entro no balcão vinte minutos atrasada com o cabelo todo eriçado, suor nas axilas e a roupa amassada. Como se não bastasse, nossos cafés derramaram um pouco, o gelo do meu derreteu e a bebida quente da Helen esfriou. Mas tudo vale a pena quando ela pega a caixa do remédio e me abraça apertado.

— Você é uma salva-vidas. Obrigada, obrigada, obrigada!

Depois de colocar a bolsa e o café em cima da mesa, passo no banheiro. Uso papel higiênico para secar meu suor e tento arrumar o cabelo com as mãos e um pouco d'água. "Não posso menstruar de jeito nenhum", ela disse. Já assisti a um documentário sobre o fenômeno, é algo que não acontece com as meninas da Terra do Nunca. De acordo com o filme, há casos de mulheres que sofrem com alterações de humor, cólicas terríveis e fluxos intensos de sangue. Imagino que seja por algum problema desse tipo que Helen evita a todo custo menstruar, por isso não penso mais no assunto.

A senhora Mackenzie chega no exato instante em que estou saindo do banheiro. Jack vem logo atrás dela, todo animado, falando sobre o resultado de algum esporte. Eles se dividem na entrada: Jack segue assoviando para o lado esquerdo do balcão e a mulher sobe as escadas para o escritório.

Olho para Helen. Estou suando de novo. Me aproximo de sua mesa.

— Vamos esperar um pouco — sussurra ela. — Dez horas, a gente vai.

— Sim, é melhor deixá-la se acomodar primeiro.

— Vou levar o café dela. — Helen se dirige para a copa.

Enquanto ela prepara o café da chefe, eu uso a impressora da recepção para imprimir nossos documentos, organizo-os na ordem certa e deixo tudo pronto. Às dez horas, nenhuma de nós duas faz qualquer sinal.

Dez e cinco.

Dez e dez.

Estamos enrolando de propósito, com medo de apresentar nossa ideia? Mando uma mensagem pela rede social. Helen se levanta da cadeira. Chegou a hora. Pego os papéis e sigo atrás dela escada acima. Meu estômago virou um cubo de gelo. A única vez que estive nesse recinto foi durante a minha quase desastrosa entrevista e, depois, nunca mais. Helen bate à porta.

— Entre. — A voz do outro lado é curta e objetiva, como sempre.

Helen olha para mim e respira fundo, eu também. Soltamos o ar ao mesmo tempo. Só então ela gira a maçaneta e nós entramos.

— Senhora, temos algo para lhe mostrar — diz Helen, confiante.

— Estou ocupada.

A mulher não fez nem questão de erguer os olhos do computador.

— Será rápido. — Helen dá mais alguns passos até parar diante da mesa.

Eu fico meio passinho atrás dela. Entrego os papéis a Helen, que os estende para a chefe.

— O que é isso? — A senhora Mackenzie olha por cima dos óculos sem esticar a mão para pegar o documento.

— Sugestão para uma nova coluna — responde Helen com o braço firmemente esticado.

— Tem muito texto para uma coluna — Mackenzie retruca, voltando o olhar para sua tela.

— Podemos reduzir.

Helen continua firme em sua postura com a mão estendida. Esse lado dela, insistente e determinado, eu ainda não tinha visto, mas é de uma força espetacular.

— Quer que eu leia agora, por acaso?

— Pode ser?

— É uma escolha sua. — A senhora Mackenzie retira os óculos de grau e se recosta na cadeira, cruzando os braços. O olhar dela me parece ameaçador. — Eu posso ler agora, mas sem garantir que vou chegar até a última frase, ou posso colocar na gaveta e ler depois, com calma.

Olho para Helen, suplicante.

— Eu escolho agora.

Deus meu, lá se vai nossa chance!

A senhora Mackenzie sustenta a encarada e, por fim, estica a mão. Ela deixa o papel sobre o teclado e recoloca os óculos. A gente trabalhou tanto nesse texto que sei de cor cada palavra do que a chefe vai ler.

1ª edição   8 de agosto de 2028

HILLBOURNE COMO VOCÊ NUNCA VIU

Fábrica de esperança e tijolos de protesto

Ele é a primeira coisa que vemos ao chegar à cidade, mas certamente não é considerado o símbolo de Hillbourne, embora talvez você mude de ideia quanto a isso até o fim do artigo. O velho peixe, uma monstruosa pintura nos escombros da fábrica abandonada, é a primeira e curiosa impressão que esse austero condado deixa para seus visitantes. E não poderia ser outra. Um transeunte desavisado que confunde a fábrica abandonada como o símbolo de um negócio malsucedido jamais imaginaria que, na verdade, ela é um lembrete de quanto esta pequena cidade pode conquistar se, juntos, os seus habitantes resolverem lutar por ela. Assim também é Hillbourne: um velho baú de aparência insignificante, mas que guarda dentro de si um tesouro inexplorado, reservado apenas aos aventureiros cujo coração é capaz de reconhecer o valor de histórias e segredos. Portanto, prepare-se, querido leitor. Você está prestes a vislumbrar uma nova velha Hillbourne.

Eu não achei que os olhos da mulher fossem continuar descendo a página. Estou esperando que ela pare de ler a qualquer momento. No entanto, a senhora Mackenzie segue a leitura, linha após linha, com uma máscara de indiferença.

A matéria conta a história da fábrica de enlatados que um empreendedor tentou abrir aqui quase um século atrás. Por ficar em uma região de pesca e entre duas grandes cidades, Hillbourne era o lugar perfeito para a sua nova filial. A fábrica forneceria empregos para essa pobre gente de mente pequena, como dizia ele, enquanto exportaria enlatados para a terra da rainha. Mas o que o empresário não sabia era que ninguém de Hillbourne estava interessado em trabalhar na indústria; pelo contrário, a propaganda de popularizar o vilarejo e "colocá-lo no mapa" era justamente o pior pesadelo de seus habitantes.

Assim, quando os investidores chegaram aqui para conhecer a construção, nada os preparou para a hostilidade da vizinhança. Os homens foram terrivelmente maltratados, ficaram sem lugar para descansar, tiveram esterco esfregado em seus veículos e nem água puderam beber, porque todo estabelecimento aonde iam se recusava a servi-los, alegando falta d'água ou problemas no encanamento.

Por fim, eles encerraram o dia com uma bela recusa para o investimento. De repente, a fábrica se mostrava um negócio arriscado demais. O empresário ficou sem recursos e precisou abandonar a construção. Para celebrar a vitória, o povo de Hillbourne foi até lá e fez uma grande festa. Os adolescentes picharam as paredes, os velhos — sim, os velhos! — quebraram algumas janelas, e as crianças correram de um lado para o outro. Deve ter sido um dia e tanto. Dizem que teve até churrasco coletivo e show de talentos durante a noite.

A senhora Mackenzie retira os óculos ao terminar de ler. Por alguns segundos, ninguém diz nada. Engulo em seco.

— É muito texto para uma coluna — repete com um leve negar de cabeça.

— Podemos reduzir — Helen garante, a voz tranquila.

Não sei como ela consegue manter a calma, posso ouvir o bater do meu coração no ouvido.

— Não. — Meus ombros caem. Vai ser só isso? Não e pronto?! Mas Helen nem parece surpresa. Ela apenas anui em silêncio e se vira para ir embora. — Não quero que reduza o texto.

Helen para no meio do movimento. Engulo a vontade de sacudir a senhora Mackenzie e gritar "Você não pode fazer isso com o meu pobre coração!".

— Primeira edição, vocês escreveram. — Ela bate o dedo no papel. — Qual é o plano?

— Quer contar pra gente, Alison?

A senhora Mackenzie vira seus olhos escrutinadores para mim. Inclino-me um pouco, sussurrando só para Helen ouvir:

— Acho que vou vomitar.

— Ok, eu apresento a ideia — diz ela em voz alta, um sorriso exagerado. — O plano é registrar as histórias de lugares e acontecimentos importantes para Hillbourne. Começamos com a fábrica e já temos ideia para o píer, a igreja e a Pequena Praça. Queríamos encerrar a série falando do Olden Times, seria a grande e última matéria de fechamento.

— Gosto disso — diz Mackenzie com a voz profunda, reflexiva. — Mas teríamos que avaliar a ordem dos locais. Penso que a igreja pode ficar mais para frente, a história dela é uma das melhores.

— Também pensamos em deixar o jornal aberto ao público — Helen complementa — para recebermos sugestões de lugares ou acontecimentos.

— Têm certeza? Vocês sabem que isso vai gerar a maior confusão, não é? Todo estabelecimento dessa cidade vai querer aparecer.

— Essa é a ideia. — Helen troca um sorriso comigo.

Noto o sorriso discreto no rosto da chefe.

— Muito bem, meninas. Eu gostei. Está aprovado.

— Obrigada — digo com a voz esganiçada.

Começo a dar um passo para ir embora, quando percebo que Helen não se mexeu. Ah, é, ainda falta a parte mais importante do pedido. Fico no meu lugar.

— Algo mais? — A senhora Mackenzie ergue uma sobrancelha.

— Sim. Precisamos discutir a minha promoção, já que eu serei a editora e fotógrafa do projeto.

A senhora Mackenzie fica em silêncio por alguns segundos, encarando Helen de maneira analítica. É quase como se ela esperasse ver mamãe desistir ou demonstrar insegurança, mas, ao contrário disso, Helen mantém a postura firme.

— Mas nós já temos um fotógrafo.

— Com todo o respeito ao senhor Evans, ele não está à altura dessa demanda. Veja as fotos que inserimos. — Ela espera a chefe folhear as páginas. — Nota alguma diferença? Queremos um toque artístico nessa série, algo que ele não saberia entregar.

A senhora Mackenzie está impressionada, e eu acredito que isso seja uma cena rara de se ver. Ela ergue os olhos de volta para Helen com uma expressão quase maternal de orgulho.

— Senhora Hazy, pode nos dar um minuto, por favor?

Travo a mandíbula. Todo mundo do jornal sabe que eu prefiro ser chamada pelo nome de solteira, nossa chefe é a única que insiste em usar meu nome de "casada".

— C-claro.

Deixo a sala com as mãos trêmulas, o corpo gelado por dentro. Desço as escadas e, ao me sentar diante da mesa, relaxo o corpo. Aliviada. Então abro um largo sorriso. Conseguimos! E a Helen vai ser promovida, tenho certeza disso. Dou um gritinho agudo, os punhos cerrados em vibração.

— O que é isso?! — Jack se levanta rápido. — Entrou um rato aqui?

Caio na risada quando o vejo subir em cima de sua cadeira giratória.

— Você ouviu isso, Rivers?

Não consigo parar de rir.

— Não tem medo de ratos, garota?!

— Fui eu — falo entre gargalhadas. — Eu que gritei, Jack!

Dou risadas até chorar. Ele volta a se sentar na cadeira, ajusta o colete e acende um cigarro. A expressão é séria e desaprovadora.

— Você grita como um camundongo, Rivers.

Seco as lágrimas, soluçando risadinhas.

— Desculpe.

— Vamos, vamos. — Ele bate duas palmas. — Não fique aí parada, já enviei os briefings dessa semana.

— Oh, eu não vou mais trabalhar daquele jeito. Se quiser que eu escreva as matérias, vai ter que me enviar os materiais completos para eu "só" escrever.

— Do que está falando? Esqueceu quem é o chefe?

— A senhora Mackenzie acabou de aprovar um projeto da Helen. Vamos trabalhar juntas nele, por isso não vou ter tempo de fazer tudo por você, Jack.

— Inacreditável. É o poste mijando no cachorro! — Como eu não respondo nada, Jack insiste. — Eu quero as matérias amanhã na minha mesa.

— Então eu sugiro que você me reenvie os briefings completos, com materiais de apoio — replico em um tom de voz calmo, mas firme, para que ele perceba que estou falando sério, sem insolência. — Se quiser, pode confirmar com a senhora Mackenzie. Você vai ter que me dividir com a Helen.

— Eu vou mesmo passar isso a limpo com a chefe.

Jack sobe as escadas para o escritório bem na hora em que Helen está descendo. Ela vem direto para a minha mesa com o rosto vermelho e um sorriso lunático.

— E então? — pergunto, ansiosa.

— Acho que vou vomitar.

— Você foi incrível! — Toco o braço dela, frio. — Sério, minha heroína.

— Ela aceitou — diz Helen, com a voz embargada.

— A promoção?

— Com o aumento.

— O valor total que você pediu?

— Quase isso.

— Deus meu, Helen! — Dou a volta na mesa para abraçá-la bem forte. — Eu tô tão feliz por você!

Ia me afastar do abraço, porém ela me segura um pouco mais.

— Não teria conseguido sem você. Obrigada.

— Não precisa agradecer. Fizemos isso juntas e eu estou muito orgulhosa de você.

Ao nos afastarmos, Helen seca o rosto com as duas mãos, passando os dedos debaixo dos olhos. Ela dá uma fungadinha.

— É melhor a gente planejar uma rotina, temos muito trabalho a fazer. Ela quer que a estreia da nossa série seja nessa edição de domingo.

— O quê? Mas já?!

— Você me ouviu, melhor corrermos.

A gente vai para a mesa dela, empolgadas. Organizamos um calendário com as matérias e definimos os dias certinhos para cada etapa do processo: coleta de informações, fotografia, entrevistas, escrita e edição. Depois, eu retorno para a minha mesa e começo a trabalhar nas matérias do Jack. Decidi que, só por essa semana, ainda vou ajudá-lo da forma como fazia.

No final do expediente, em vez de irmos para a praia correr, vamos ao *pub* para comemorar. Helen toma alguns drinks, eu a acompanho no refrigerante. Cantamos no karaokê, dançamos juntas no palco e comemos *fish and chips*.

Essa é uma nova fase para Helen, uma fase maravilhosa.

E eu mal posso acreditar que faço parte dela.

60

AGOSTO DE 2014

ELES BRINCAVAM DE BALÕES D'ÁGUA enquanto eu lia debaixo de uma árvore. As risadas e os gritos divertidos me atrapalhavam na concentração. Toda hora eu precisava reler frases, mas não queria entrar, porque estava calor demais e ali fora soprava uma brisa fresca.

Um grito mais alto me fez erguer os olhos da página. Mamãe havia pegado a mangueira, escalando o nível do conflito d'água. George colocou Nah-Nah nos ombros e correu com ela pelo jardim. A gargalhada histérica dela me fez sorrir. Pisquei, recobrando a seriedade, e voltei o olhar para o livro.

— Leli, vem! — gritou minha mãe.

— Vem, Leli! — repetiu Nah-Nah.

— Não quero — resmunguei alto.

Me acomodei melhor na cadeira. Eles continuaram brincando. George roubou a mangueira e agora era mamãe quem corria com Nah-Nah nas costas. Talvez fosse melhor subir para o quarto, por mais quente que estivesse.

— Vou comprar sorvete — anunciou George, para a alegria delas. — Helen, qual sabor você quer?

— Tanto faz. — Ergui o livro para bloquear a visão dele.

— Ah, qual é! — Um balão d'água explodiu ao meu lado, respingos d'água caíram nas páginas de *Os miseráveis*. — Vamos nos diver...

— Você molhou o meu livro! — Fiquei de pé num rompante. — Que saco! Eu não quero participar dessa brincadeira estúpida e não quero sorvete! Será que dá para me deixar em paz?

— Tudo bem, desculpa. — Mamãe se aproximou de nós com um tom apaziguador. — Querido, podemos ir só nós três. A gente toma o sorvete por lá mesmo.

George me encarou, chateado.

— Por que você sempre estraga tudo?

Arregalei os olhos.

— *Eu* que sempre estrago tudo? — Dei as costas e entrei em casa.

Subi as escadas com a raiva fervendo o sangue. Peguei a toalha de rosto do meu banheiro e fui secar as páginas. Ouvi as vozes lá de baixo ficarem mais distantes quando eles terminaram de trocar de roupa e saíram. Fui até a janela para observá-los. Podia sentir a amargura endurecendo meu rosto.

À noite, George bateu à porta do meu quarto e entrou. Virei a tela do celular para baixo.

— Já vou apagar a luz — expliquei.

Ele caminhou até a minha cama e se sentou na ponta do colchão.

— Vim te pedir perdão, Helen.

Aquilo não era nem um pouco raro. George não tinha o menor constrangimento em assumir quando fazia algo errado e, no geral, não cometia os mesmos erros. Pelo menos, não aqueles que assumia. Esperei em silêncio, os olhos sobre o lençol.

— Me perdoe por falar que você sempre estraga tudo, isso não é verdade. Fiquei chateado e perdi o controle da língua.

Dei de ombros. George continuou sentado, parecia esperar alguma coisa.

— Ok — respondi, apática.

Ele suspirou e foi até o interruptor para apagar a luz.

— Boa noite — falou ao fechar a porta.

Observei as estrelinhas do meu teto. Um bolo amargo pesava em meu estômago.

Eu sabia que tinha sido muito dura com ele e que meu comportamento naquela tarde havia sido petulante e mesquinho; tinha plena consciência disso. Mas é que George estava sendo legal demais e eu nunca sabia como reagir nessas situações. Já estava acostumada com o George que invadia a minha privacidade, que mantinha um rígido horário de dormir e me proibia de tudo e qualquer coisa que considerava anticristão; que não me permitia trancar a porta do quarto e que falava grosso e estressado toda vez que chegava do trabalho, arruinando o clima leve da casa. O George que só falava de coisas espirituais e não fazia questão de ser uma pessoa normal com interesses em esportes ou cultura e, portanto, não conversava comigo porque não tínhamos nada em comum. Eu já estava acostumada com tudo isso.

Mas o George daquela tarde, o cara legal que se divertia com a família, esse raramente aparecia. E, toda vez que o George bonzinho vinha à tona, eu tinha que estressá-lo e importuná-lo a ponto de ele voltar a ser aquele George que eu conhecia. O homem que eu conseguia odiar.

61

ALGUMAS COISAS MUDARAM desde a estreia da nossa série.

— Jack, estamos indo — avisa Helen ao se levantar.

— Ah! Fala. Sério. — Ele meneia a cabeça com dramatismo. — Não precisa de duas pessoas para esse serviço.

— Nós já tivemos essa discussão.

Enquanto Helen pega a câmera e a bolsa com os materiais de apoio, tipo luz e tripé, eu verifico se peguei caderno, estojo, carregador e extensão.

— É isso o que acontece quando os jovens inventam coisas — Jack continua reclamando, sentado em sua mesa —, os velhos é que se dão mal!

— Na volta, eu trago um *cappuccino* para você — digo a caminho da porta.

— Por que faria isso? Só vai incentivar as pirraças dele.

— Não dê ouvidos a ela, Rivers. Você é uma boa garota.

— Chega, vocês dois. — Ergo as duas mãos. — Vamos nessa.

Cada uma coloca seus materiais na cestinha das respectivas bicicletas e vamos pedalando para o Hostel da Vovó Berenice.

— Tenho uma confissão. — Helen sorri, maliciosa. — É reconfortante saber que o Jack também está trabalhando mais. — Dou uma risada alta. — É sério! Imagine se fosse só a gente se matando e ele continuasse naquela rotina morosa? Há justiça no universo.

A gente pedala sob o sol forte de uma típica tarde de agosto, Helen protegida por um *bucket hat* e eu, por um boné. O vento sopra o aroma das flores que crescem livremente em jardins e por entre as rochas da cidade, um aroma suave misturado ao frescor do mar. Ao longe, as nuvens cochicham entre si um plano de chover mais tarde.

Desde a estreia da nossa série, há quase três semanas, Helen e eu temos nos desdobrado para dar conta do volume de serviço. A gente precisa visitar os locais de matéria, fazer entrevistas, investigar as histórias, tirar fotos, organizar todo o material e, por fim, escrever e editar. Fazemos tudo isso *mais* o trabalho que já costumávamos fazer antes, o que tem exigido de nós algumas horas extras por dia. Nessa rotina caótica, sobrou até para o pobre jornalista, que precisa substituir a Helen como secretário quando saímos para os trabalhos de campo.

Chegamos ao hostel cinco minutos antes do horário combinado.

— Fiquei hospedada aqui por alguns dias quando chegamos em Hillbourne — comento ao descer da bicicleta.

— Eu também. Acho que todo mundo já se hospedou aqui alguma vez.

Antes que a gente termine de pegar nossas coisas das cestinhas, a porta do hostel se abre. A mesma senhora que me recebeu naquela noite aparece, sorridente.

— Olá, sejam bem-vindas! — Ela está com o cabelo grisalho preso em um penteado e muito bem-vestida em cores alegres. — Por favor, vamos entrando.

— Oi, Lucy — Helen a cumprimenta com um abraço. — Estou feliz em revê-la.

— Igualmente, querida.

Entro na sala me sentindo um pouco deslocada, enquanto Helen parece se sentir em casa, já que esse foi um dos primeiros lugares onde trabalhou. E, de fato, ela é recebida com carinho, trocando perguntas do tipo "Como tem passado?".

— Preparamos um lanchinho. — Lucy aponta para a porta que leva ao interior do hostel. — Que tal se comermos enquanto conversamos?

— Precisamos fazer jus à tradição da família — diz outra mulher, bem mais baixa que Lucy, embora tão sorridente quanto.

— Sempre tenha comida — acrescenta uma jovem tímida.

Seguimos em procissão até a sala de jantar do hostel. Uma longa mesa, com forro quadriculado, está posta com o que poderia ser tranquilamente o chá da tarde do rei. Eu me acomodo em uma das pontas, para conseguir enxergar todas elas com mais facilidade, e Helen se senta ao meu lado. Uma a uma, as doze mulheres ocupam lugares à mesa.

Há uma variedade de corpos e estilos: ruivas, loiras, morenas, gordas, magras, altas, baixas, jovens e velhas. Várias gerações da mesma família. Estou encantada.

— Como fazemos isso? — pergunta Lucy com os olhos brilhando. — Nunca fomos entrevistadas antes.

— Estou sentindo borboletas no estômago — comenta a anciã do grupo. — Eu nem sabia que ainda tinha borboletas vivas em mim.

O grupo cai na risada. Começo a me organizar: abro o caderno, pego a caneta...

— Pensei em a Alison guiar a entrevista. — Ergo a cabeça de uma vez. Helen coloca uma mão no meu ombro. — Pode ser? Já que você ainda não conhece a família, acho que vai ser mais fácil para elas contarem a história. Eu ajudo com perguntas eventuais, se precisar.

— T-tudo bem. — Forço um sorriso.

Até agora, fizemos três matérias: a da fábrica, a do píer e a dessa semana, que ainda não saiu, sobre a Pequena Praça e algumas histórias icônicas que aconteceram lá — histórias de mistério, de guerra entre famílias e da feira de quitutes que é organizada ali há mais de duzentos anos. Em todas elas, Helen conduziu as entrevistas, e eu fiquei responsável por gravar e anotar as partes mais importantes.

Me acomodo na cadeira, então assinto com um sorriso no rosto para demonstrar confiança.

— Eu posso fazer isso.

— Não se preocupe, mocinha — diz a anciã. — Somos doidas, mas inofensivas.

Abro um sorriso. Acho que não poderia ter pedido por um grupo melhor para começar a treinar minhas habilidades de entrevistadora. Passo o caderno e o estojo pra Helen, coloco meu celular quase no centro da mesa, ligo o gravador e pigarreio.

— Então, hã... Oi, gente. Muito prazer, eu sou a Alison. — Burburinho de gente me cumprimentando. — É... Hã, tá, já sei. Acho que podemos começar falando sobre a Berenice. Quem foi essa mulher que começou o legado do hostel?

Todos os olhos se voltam para a mais idosa do grupo. A anciã tem a pele bem enrugada, cabelo branquinho, olhos azuis e uma compostura tão doce que é impossível não gostar dela logo de cara.

— Por que estão todas olhando para mim como se eu tivesse conhecido a Berenice pessoalmente? Não sou tão velha assim.

Mais uma onda de risadas. E, nesse clima leve, a entrevista começa.

Durante as próximas horas, as meninas comem, se divertem e servem o meu prato várias vezes enquanto todo mundo ajuda a contar a incrível história do Hostel da Vovó Berenice. O "era uma vez" começa com uma moça pobre e um rapaz da elite londrina que fugiram para Hillbourne a fim de viverem seu amor proibido. Eles chegaram à cidade e logo se encantaram pelo lugar, mas, pouco tempo depois de a quinta filha do casal nascer, o homem abandonou a família e retornou para Londres.

Com cinco filhas para criar e sob o estigma da sociedade, Berenice resolveu abrir um salão que, posteriormente, virou o hostel. Por gerações, aquelas mulheres viram irmãos, filhos e maridos deixarem a cidade em busca de melhores condições de vida ou para lutar nas guerras. Por gerações, elas permaneceram juntas, em Hillbourne. Elas transformaram o hostel em um porto seguro. Aquelas paredes ouviram as risadas dos melhores dias de sol e testemunharam as lágrimas dos piores invernos. Um verdadeiro legado.

Quando elas terminam de contar, várias estão enxugando o rosto com lencinhos, algumas se abraçam. Helen apruma a postura. Ela passou a entrevista inteira em silêncio, só não me esqueci de sua presença aqui porque ficou balançando uma perna o tempo inteiro.

— Agora, a minha parte favorita. — Ela ergue a câmera.

Todo mundo vai para o jardim conversando alto. Depois que se retiram, pego o caderno onde Helen tomou notas da entrevista. Quase não há registro, as duas horas de conversa foram reduzidas a meia página de rabiscos. Franzo o cenho e folheio o caderno para confirmar. Bufo ao olhar para a porta. Não sei por que ela fez um trabalho tão preguiçoso. Começo a guardar nossos materiais para adiantar. Já é difícil organizar as ideias para escrever um primeiro rascunho quando eu escrevo páginas e mais páginas de notas, imagina só com esse pingo de informação?

Observo da janela o grupo de mulheres e a forma como elas brincam, sorridentes. A união e o companheirismo delas são atributos que transparecem de maneira natural e inspiradora.

Por fim, deixamos o hostel levando os biscoitos que sobraram do chá. Aquelas nuvens que eu tinha visto ao longe estão sobre Hillbourne agora, bloqueando o sol, o que torna nossa pedalada de volta para o jornal muito mais agradável.

— Elas falam demais, não é? — Helen brinca. — Lucy é um papagaio, não sei como conseguiu se segurar hoje para deixar as outras contarem a história também.

Sinto um peso ruim no coração.

— Eu gostei delas. Acho que a matéria vai ficar incrível.

— Ah, sim. Claro.

— Você registrou tudo? — pergunto em tom inocente.

— Aham.

Me concentro na rua de pedras. Não vale a pena reclamar agora; pode ser que, no fim das contas, a gente consiga escrever a matéria sem dificuldade alguma. Estacionamos as bicicletas diante do Olden Times e eu sigo para o balcão. Mas, antes que alcance a entrada, Helen me segura pelo braço.

— Aqui. — Ela me entrega o caderno e abre a porta.

— Espera! Acho que você podia me ajudar com o primeiro rascunho dessa matéria, não? Já que foi você quem ficou anotando.

Ela hesita.

— Desculpa, Alison, mas não vou conseguir ajudar muito dessa vez. É uma história que já cansei de ouvir, não consigo pensar em uma maneira inovadora de contá-la. Vai ser melhor se eu só editar.

Ela entra no balcão. Eu fico do lado de fora por uns segundos a mais, refletindo sobre o comportamento estranho. Helen nunca agiu assim antes. Respiro fundo e entro no recinto. Vou aproveitar que a entrevista está fresca na memória para esboçar algumas ideias.

Uma hora depois, ainda estou nessa tarefa quando Helen aparece diante da minha mesa.

— Está concentrada mesmo, hein.

Retiro os fones.

— Oi?

— Nada não, eu só tinha mandado mensagem. — Olho para a notificação do navegador de internet. — Vamos caminhar na praia? Já deu a nossa hora.

— Quero terminar esse esboço.

— Ok. Eu vou nessa, então. Semana passada, fiquei até mais tarde todos os dias. Preciso descansar.

— Tá bom — falo suavemente.

Eu também fiquei até mais tarde todos os dias da semana passada. Mordo a raiva, tentando manter uma aparência neutra.

— Aqui, para você trancar quando sair. — Ela deposita sua chave na minha frente e vai embora.

Jack sai pouco depois dela. E, no vazio do Olden Times, com apenas uma luz acesa sobre a minha mesa e o som do relógio de parede, eu me pergunto o que estou fazendo aqui. O que, de fato, estou fazendo aqui. Porque eu não estou nem viajando com o Levi, nem fazendo muito progresso na amizade com mamãe.

Apoio a testa nas duas mãos e fecho os olhos.

62

A VONTADE DE CHORAR só não é maior do que a de gritar. Minha caixa de e-mail do Olden Times está repleta de mensagens não lidas, a maioria de pessoas querendo indicar suas histórias para a série. Já me arrependi tantas vezes de ter colocado nossos e-mails como contato! E esse nem é o principal motivo do meu desespero.

Apesar de incomodar, eu posso simplesmente ignorar essas mensagens — diferente dos e-mails do Jack. Esses, eu preciso responder o quanto antes. Ele me reenviou as matérias na terça-feira com diversos comentários para orientar minha edição, mas, como eu passei a tarde inteira ontem ocupada, só me restou um dia de prazo para executar tudo.

Talvez, se eu não estivesse tão cansada por causa das últimas semanas intensas, eu não estaria com vontade de me demitir nesse exato segundo. Meu celular apita. Desanimada, viro a tela para cima. Assim que vejo a notificação de um novo e-mail, meu coração se agita. *Finalmente* uma carta que eu quero ler.

Corro para a mesa da recepção.

— Helen? — digo, emocionada.

Ela ergue os olhos e faz uma careta.

— Uau, você parece muito feliz.

— Acabei de receber um e-mail do Levi.

Ela apoia o rosto numa mão, o sorriso torto quase condescendente.

— Ah, você está *tão na dele*.

— Para com isso. Escuta, se alguém perguntar...

— Não se preocupe, te dou cobertura.

Sigo para o jardim dos fundos, me sento em um banco debaixo da árvore e respiro fundo. Quero que as borboletas parem de se debater loucamente no meu estômago antes de abrir o e-mail.

— Tá tudo bem — sussurro.

Ele ficou quase um mês inteiro sem mandar notícias, então é óbvio que estou feliz por receber uma nova carta. Não há nada de absurdo nisso.

Levi Hazy <capitaoganchopelomundo@mymail.com>

para: alisonrivers625@mymail.com

data: 24 de ago. de 2028, 09:28

Fui tapeado

Querida Alison,

Estou a caminho da Grécia, preciso de férias.

Dou uma risada triste. Deus meu, como eu queria responder “Me leva contigo!”.

Lembra do Jamgön, o monge que conheci? Eu pensei que ele me daria ótimas respostas, mas, nos poucos momentos em que a gente conversava (eles gostam de silêncio), tudo o que recebi dele foram mais perguntas. Passei três semanas naquele mosteiro fazendo jejuns, meditações, rituais... E não sei como te explicar isso, mas eu juro que senti uma presença divina ali. O tipo de presença que tentei achar na Ordem e falhei. Aliás, durante os meus momentos de silêncio, a minha mente não parava um segundo. Eu me lembrava de sermões que ouvia na Ordem, pregações inteiras, textos sagrados em sua integralidade, coisas que eu nem sabia que estavam aqui! E o mais absurdo é que... em algum momento, elas pareceram fazer sentido.

Não me leve a mal, eu sei que você acredita nessas coisas, mas eu não fui pro mosteiro para me conectar com Deus ou o universo. Eu só queria conhecer a visão de mundo das pessoas aqui da Terra, como elas enxergam a vida e a morte... Agora, estou confuso. Parece que abri uma porta que não consigo fechar. Essa presença me persegue o tempo todo, em pensamentos e até nos sonhos. Tudo o que eu quero é a minha paz de volta, e espero que fugir para a Grécia me ajude a deixar tudo isso para trás.

Se você estiver lendo essa carta, saiba que eu reescrevi cada frase várias vezes, até desistir. E, no fim, eu devo ter clicado no botão de enviar por impulso, porque sei que falo como um louco. Mas, sei lá... Acho que eu ainda tenho esperança de que você me entenda. Por favor, me entenda.

P.S.: Não se preocupe, eu estou bem (morrendo de saudade) e vou ficar ainda melhor quando chegar na Grécia.

Com amor,

Levi

Eu posso sentir a angústia dele e sei exatamente como ela incomoda. Engulo em seco, clico em responder, então olho para o oceano ao longe. Pondero se devo começar a carta com "Querido Levi". Acho que ele precisa de palavras de encorajamento e carinho nesse momento, mas eu nunca comecei as minhas cartas assim e seria estranho fazer isso agora. Mordo os lábios. Espero que, mesmo sem assinar as cartas com um "com amor", ele perceba o quanto me importo de coração.

Alison Rivers <alisonrivers625@mymail.com>

para: capitaoganchopelomundo@mymail.com

data: 24 de ago. de 2028, 09:47

Re: Fui tapeado

Levi, Deus meu, que saudade!! É muito bom receber notícias suas.

Eu sei exatamente o que você quis dizer. Conheço a sensação de sentir falta de algo que você não consegue nomear e de se ver perdido em um lugar onde supostamente encontraria respostas. Conheço até a sensação de se lembrar de textos sagrados que você nem sabia que estavam em seu coração. Eu te entendo. Você não está louco. Na verdade, bem longe disso: é apenas a sua alma que está com sede. Um tipo de sede que você não vai saciar em águas salgadas. Ela só é satisfeita na fonte das Verdades Eternas.

Por favor, não suma de novo, quero notícias suas em breve! E não adianta me mandar ficar tranquila, eu só vou parar de me preocupar quando você estiver bem aqui, ao meu lado, de volta a Hillbourne.

P.S.: Olhe para o céu, as estrelas significam algo especial.

63

FEVEREIRO DE 2007

A PEQUENA TURMA DE CRIANÇAS se amontoava ao redor da professora — algumas, como eu, maravilhadas com tudo o que estávamos aprendendo na visita ao museu; outras entediadas e cochichando piadinhas.

Deixei Annie, Maya e Luna no fim do grupo, junto aos outros desinteressados, e fui abrindo meu caminho por entre os uniformes até chegar à fileira da frente. O estranho objeto exposto tinha uma placa escrito *Balestilha*.

— Este é um instrumento de origem incerta, foi muito utilizado pelos marinheiros entre os séculos XV e XVI — explicava a professora. — Na época das Grandes Navegações, quando os portugueses e espanhóis passaram a se aventurar pelos oceanos, eles precisaram criar mecanismos e técnicas de orientação, já que em alto-mar não havia o benefício da terra à vista para orientá-los.

Enquanto a professora falava, minha imaginação fértil ia pintando os portugueses e espanhóis desafiando o mar bravamente. Era quase como ter uma televisão na mente.

— A balestilha foi um desses instrumentos.

Olhei para o objeto. Parecia muito complicado e difícil de usar.

— Vocês conseguem se colocar no lugar daqueles homens? — continuou a professora. — Navegando pelo incerto, desafiando monstros do imaginário popular da época...

— Ai, que chatice! — alguém comentou baixinho atrás de mim.

Dei um passo a mais para ouvir só a professora.

— Eu acho que aqueles marinheiros não deviam ter tanto medo da fúria do oceano, das tempestades, de raios, ventos e ondas. Pelo menos, não tanto quanto o medo de não conseguir ver o sol, a lua e as estrelas por dias e noites a fio. Se isso acontecesse, eles ficariam à deriva em mares desconhecidos, presas fáceis, com equipamentos inúteis. E essa incerteza de onde você está, da direção para onde está seguindo e do que te aguarda; de não conseguir prever se os suprimentos a bordo serão suficientes para manter todos vivos até descobrirem novamente seu caminho de volta para casa... *Isso* devia ser o mais assustador.

A cena que a professora desenhara na minha mente era tão forte e assustadora que eu quase conseguia ver o terror nos olhos dos marinheiros, sentir o cheiro salgado do oceano ou a água pingando na minha pele.

Anos depois, eu ainda me lembraria dessa aula e da sensação de angústia por não conseguir ver as estrelas.

64

O VERÃO ENFIM TERMINOU, as temperaturas estão mais amenas e a vegetação ficou amarelada, algumas já com tons laranja. Não lembro quem me disse que Hillbourne é perfeita em todas as estações do ano, mas é verdade. O condado fica maravilhoso assim, incrustado com as várias tonalidades de terracota. Até o cinza do mar parece mais profundo.

Esse é o primeiro sábado livre depois de vários finais de semana trabalhando. Desfruto da paz com uma xícara de chá e um macio cardigan sobre a pele. A casa tem cheiro dos cookies recém-saídos do forno. Sentada na janela saliente do térreo, eu observo o chuvisco cair lá fora. Inspiro fundo, recosto a cabeça para trás e suspiro, girando a xícara quentinha. Eu estava precisando disso. Apesar de ter acordado tarde hoje, de ter tomado um banho quente e espumante, e de já estar relaxando aqui faz quase uma hora, ainda sinto meu corpo pesado, clamando por férias.

Em setembro, Helen e eu entrevistamos praticamente metade da cidade, trabalhamos muito e contamos diversas crônicas. Foram histórias engraçadas, assustadoras, românticas, de superação... A única coisa que Hillbourne parece ter mais do que pedras e idade são histórias. O Olden Times voltou a produzir em sua capacidade máxima e todos só falam nessa série. Mas, embora o sucesso do jornal seja indiscutível, não tenho certeza de como deveria chamar a minha amizade com mamãe.

Durante as semanas que se passaram, a gente tentou manter a rotina de caminhar na praia e, aos sábados, quando ela vinha aqui para casa ou eu ia ao apartamento dela trabalhar nas matérias, a gente tentava não deixar a responsabilidade nos consumir. Tivemos momentos de pedir pizza no meio da noite e de ficar em silêncio nas cadeiras de reclinar do quintal, comendo enquanto admirávamos as estrelas; momentos de dançar no meio da sala porque de repente a playlist tocou uma música perfeita; momentos de desistir de trabalhar, e assistir a filmes, e passar a noite inteira vendo os mais diversos clássicos, até que dormíssemos ali mesmo, no sofá. Compartilhamos diversos almoços, alguns jantares e muitas, inúmeras xícaras de café.

Mas esses foram apenas os bons momentos. Porque, enquanto a cidade perdia seu verde para o outono, eu também fui perdendo alguns preciosos centímetros de proximidade com mamãe. E o mais difícil nisso tudo é que eu não sei o que estou fazendo de errado, tampouco se tem volta.

Levo a xícara para os lábios e bebo um pouco do chá. O calor embaça o vidro, escondendo uma parte da chuva que escorre na janela.

Em algumas entrevistas, ela teve o mesmo comportamento distante de quando fomos para o hostel: pediu que eu conduzisse, não participou em momento algum, quase não fez registros e ainda deixou para mim a responsabilidade de organizar sozinha o material do primeiro rascunho. Toda vez que reclamei, ela tinha uma desculpa: estava com dor de cabeça, queria editar a matéria anterior, tínhamos muitos e-mails para responder e ela tiraria a tarde para fazer isso.

Acho que eu conversaria com ela sobre dividirmos mais as tarefas se não tivesse medo de acabar afastando-a ainda mais. Até porque o problema maior não é eu estar sobrecarregada, é a tristeza de perceber que tanto tempo se passou e que nós continuamos duas desconhecidas quase melhores amigas. Tão próximas e, ao mesmo tempo, tão distantes.

Suspiro, deixando a xícara sobre a janela aos meus pés, e puxo o celular. Meu coração dói ao perceber que Levi ainda não me mandou um novo e-mail. Eu disse para aquele cabrito não sumir de novo, mas o que ele fez? Eu fui a única a enviar cartas durante essas últimas longas semanas.

Começo a digitar um novo e-mail. Falo do dia de folga, de como aproveitei para fazer cookies e relaxar, da enorme saudade que estou sentindo e de já estar ficando brava com esse sumiço. Pergunto se está tudo bem. Então, uma ideia horrível me ocorre. E se Levi foi preso? Sei lá, talvez o tenham pegado com o passaporte falso?! Falo no e-mail que vou mandar o Astra investigar o paradeiro dele e que, quando nos virmos de novo, vou dar um cascudo nele por me assustar assim.

Depois, envio uma mensagem para o Astra. Sei que ele não vai responder agora, no meio da tarde, mas peço na mensagem para ele fazer alguma coisa a respeito do Levi e me responder assim que acordar.

Resolvo passar o resto da tarde hidratando o cabelo enquanto leio *A revolução dos bichos*, um livro pequeno e intrigante que comprei na livraria local. Achei que seria uma leitura leve e divertida, mas termino a história tão indignada com tudo o que aconteceu e com raiva dos porcos que lá se foram as minhas horas de relaxamento. Já estou estressada de novo.

Enxáguo o cabelo, coloco pijama e vou ver um filme para tentar recuperar minha paz de espírito. Estou estirada no sofá quando recebo uma notificação. Pauso o filme, o coração palpitando de expectativa, mas não é Levi. Droga.

~Astra
Oi, acabei de acordar. Pedi pro Jarvis verificar o GPS do celular dele.

Alison:)
Ok.

Obrigada!

~Astra
Olha, eu acho que ele está bem.

Alison:)
Como assim?

~Astra
Ele está na cidade do Papai Noel.

Rovaniemi, Finlândia.

Alison:)
Pai de quem?

~Astra
HAHAHAHAHHA

Alison:)
Fala sério! Eu desesperada aqui e você de palhaçada?

~Astra
Calma, moça. Esqueça o Papai Noel, Levi está bem. Sendo mais específico, Jarvis disse que ele está em um acampamento de caçadores de aurora boreal.

Caçadores? Bom, antes de se tornar um pirata, Levi era caçador. Talvez ele esteja se sentindo em casa ali. Meu corpo relaxa no sofá e dou play no filme. Mesmo estando mais tranquila agora que tenho alguma notícia, ainda vou dar um cascudo nele.

Mais tarde, quando desligo a TV e vou dormir, tento não reparar no silêncio mortal da casa, no tique-taque ecoando no andar de baixo e no farfalhar de folhas no quintal. Meus pensamentos voltam-se para Helen.

Imagino que a razão do comportamento distante dela seja por causa de seu passado, um que ela se recusa a compartilhar e que tem lançado sombras cada vez mais longínquas nela. Eu vim aqui para amá-la incondicionalmente, mas a minha consciência pesa porque não tenho feito isso. É tão mais fácil fingir que acredito quando pergunto se está bem e ela diz que sim; ficar em silêncio quando ela me afasta; ignorar todos os nossos atritos e dias ruins para guardar na memória apenas os momentos legais. É tão mais fácil.

65

ABRIL DE 2016

ERA UM POUCO MAIS FÁCIL AGUENTAR os dias ruins e suportar a raiva quando ele estava comigo — e, mais do que nunca, eu precisava disso agora. Sentada naquela mesma manta, no exato lugar onde havíamos concordado em dar um tempo, eu virei a latinha de cerveja. Fiz uma careta quando o líquido amargo desceu rasgando minha garganta, mas não parei de sorver até terminar a lata. Peguei o celular e verifiquei o tempo que havia se passado desde que ele respondera à última mensagem. Vinte e cinco minutos. Abri outra latinha e comecei a bebê-la admirando o King's College do outro lado do rio.

Lágrimas quentes escorriam pelo meu rosto. O coração se contorcia dentro de mim. Eu nunca tinha visto George chorar até duas horas atrás, e a imagem dele me fitando com tanta dor e decepção era algo que eu não sabia se poderia esquecer algum dia.

— Meu Deus! — eu gritara, furiosa. — Você tem o dinheiro! Você passou a vida inteira juntando para esse propósito! Por que está fazendo isso comigo? Já não basta tudo o que me fez suportar nessa casa, agora você quer destruir o meu futuro também?!

Eu estava chorando de raiva, mas isso era normal. O incomum viera logo a seguir, quando ele erguera a cabeça com o rosto vermelho, mas não de raiva. George parecia um homem ferido e cansado. Ele havia me olhado profundamente, de um jeito tão sincero que todas as minhas barreiras estremeceram.

— Você acha que eu gosto disso? — dissera com a voz amargurada, então as lágrimas começaram a cair. — Helen, você tem sido uma pessoa tão difícil de conviver! Você não respeita nem a mim, nem a sua mãe; não se importa com essa família, tem feito tudo o que bem entende há tanto tempo!

— Eu só queria ser livre! Por favor, por favor, eu nunca te implorei por nada, e você sabe disso, mas essa é a minha vida. Estamos falando *do meu futuro*! Eu nunca vou te perdoar se você fizer isso.

George desabou. Ele havia abaixado a cabeça e soluçado alto. Fiquei encarando aquela cena entre o horror e o ódio. Depois, ele erguera o rosto, ainda chorando.

— Desculpa, filha... mas eu já fiz tanta coisa por você, e tudo o que recebi em troca foi rebeldia e ingratidão. Eu não quero fazer isso, mas também não quero pagar para te ver se afastando ainda mais de tudo o que sempre ensinamos.

— Acorde pra vida, George! — Sorri com repulsa. — Eu já estou muito distante de qualquer coisa que vocês tenham tentado me impor.

Eu havia saído de casa com um furacão dentro de mim, as mãos tremendo, o choro escorrendo, a raiva entalada na garganta.

— Helen? — A voz dele soou atrás de mim, forte e segura como um farol.

Levantei-me e me joguei em seus braços enquanto soluçava. Agarrei seu pescoço e afundei o rosto no peito dele, tremendo.

— O que houve?

Não conseguia falar.

Ele me abraçou de volta, forte e protetor. E, em seus braços, chorei até perder as forças. Blake ergueu meu rosto com sua mão fria e passou os dedos pela bochecha. Fiquei na ponta dos pés, estiquei o pescoço e o puxei ao meu encontro. Era um beijo de desespero e saudade, de súplica e necessidade. Blake foi o primeiro a se afastar.

— Minha vida acabou — falei com a voz quebrada.

— O que quer dizer, El?

Me aproximei de novo e fechei os punhos na camisa dele, agarrando-o como se ele fosse a única coisa capaz de me impedir de afundar.

— George não quer pagar a minha universidade, Blake. — Me encolhi em seu peito. Blake não passou o braço ao meu redor. Segurei sua camisa com mais força. — Eu não sei o que fazer. Das cinco universidades que tentei, só duas me aprovaram, e nenhuma foi com bolsa. É o meu futuro, Blake. O meu sonho.

— Sinto muito, El.

Tentei beijá-lo de novo, Blake virou o rosto.

— Eu preciso de você — implorei, a voz trêmula.

— Você está bêbeda.

— E você está sendo um babaca. — Blake se virou para ir embora, mas o detive pelo braço. — Não, por favor, Blake, Blake...

— El, me perdoe, mas o que você quer que eu faça?!

Fechei os punhos, precisava falar sem desabar.

— Eu preciso de você, como antes.

— Nós concordamos em terminar até que...

— Um tempo! Você disse que só estávamos dando um tempo. E eu esperei por você, como prometi. Eu esperei por você, Blake.

Ele virou a cabeça e passou a mão no cabelo ao suspirar. Senti o rosto arder de raiva.

— Está chateado comigo? — perguntei.

— Sim. — Ele me fitou com a expressão dura. — Eu sei que a sua vida é uma droga e que o seu pai é um cretino, mas a gente concordou que era melhor se afastar por um tempo para que eu pudesse...

— *Você* é um cretino! — Eu o empurrei com força. — Como pode me afastar assim quando eu mais preciso de você?! O que aconteceu com todos aqueles "eu te amo"?

— Quer saber, Helen? A gente conversa quando você estiver sóbria. — Ele deu as costas e saiu andando.

— Você é um merda! Um traidor de merda igual à sua mãe!

Sentei-me na manta, afundei a cabeça entre os joelhos e fechei as mãos sobre os cabelos. Por que eu era assim?! Por que feria de propósito as pessoas que amava? Eu não podia perder o Blake, não podia perder a única esperança da minha vida. Peguei a latinha e voltei a beber. Outro dia, eu tentaria conversar com ele. Sóbria, como exigira. E, da próxima vez, ele não teria uma desculpa para se afastar.

Você tem 1 novo e-mail.

Levi Hazy <capitaoganchopelomundo@mymail.com>

para: alisonrivers625@mymail.com

data: 26 de set. de 2028, 18:03

E foi assim que a minha vida mudou

Querida Alison,

Sinto muito por ter te deixado preocupada. Eu sei que falhei com você, devia ter respondido às suas cartas pelo menos para dar um sinal de vida, mas é que tinha muita coisa acontecendo ao mesmo tempo e eu não fazia a menor ideia de como falar sobre isso. Agora que tudo terminou bem, quero te contar o que aconteceu no último mês.

Depois de sair do mosteiro, fiquei alguns dias na Grécia, em uma pousada muito agradável em Mykonos. A cidade estava tranquila, o mar era azul e quente, as casas brancas me lembravam Ribeiros, e a comida era boa. Eu passava o dia todo na praia, foi um período muito agradável mesmo. Já estava certo de que tinha me livrado daqueles sentimentos confusos, quando, em uma noite, tive o sonho mais estranho de todos. Eu vi um mapa desse mundo e, no meio dele, havia um X vermelho. Uma voz me dizia "Venha". Acordei suando e não consegui voltar a dormir. Ao nascer do sol, resolvi descer para o desjejum na pousada. Enquanto eu passava pela recepção, notei o mapa-múndi e meus braços se arrepiaram. Alison, eu fui atraído para o mapa como um maldito mosquito! Ao chegar perto, meus olhos pousaram no exato local onde eu tinha visto o X no sonho: Istambul.

Eu ia ignorar aquilo, mas passei o dia inteiro incomodado com o sonho, então perguntei ao Astra se era seguro eu viajar para a Turquia. Ele me disse que aquele país era o meu limite, para não ir além e não fazer nada estúpido. Então reservei um bilhete e, dias depois, cheguei em Istambul. Alison, você teria amado aquela cidade. Ela é diferente de todas as que já visitei até então, com uma cultura vibrante e muito religiosa. Mas eu estava ali com uma inquietação, como se esperasse um sinal a qualquer momento. Por alguns dias, nada aconteceu. Visitei mesquitas, conheci o impressionante Palácio de Beylerbeyi, a bela Yerebatan Saray e experimentei várias comidas típicas no mercado Grande Bazar. Enfim, já estava pensando que tinha me enganado e que não haveria nada especial me aguardando ali. Então... eu vi algo que abriu os meus olhos.

Estava na rua, debaixo de uma forte chuva. Tinha acabado de conhecer a Catedral de São Jorge quando de repente me vi no meio de um protesto. Demorei um pouco para entender o que estava acontecendo, até um rapaz me explicar tudo. As mulheres estavam lutando pela legalização "de fato" do aborto como um direito reprodutivo. Segundo ele, a operação é legalizada no país, mas, na prática, é muito difícil conseguir abortos seguros nas clínicas legalizadas. O rapaz disse que há anos elas lutam por isso, e que a esperança é de, nesse ano, os vizinhos europeus conseguirem pressionar as autoridades o suficiente para garantir a legalização. Eu comecei a fazer perguntas, tipo como eles faziam para determinar quem teria ou não o direito de nascer, mas isso o irritou e acabamos nos separando.

Eu me senti doente, Alison. Na Terra do Nunca, nós jamais veríamos algo desse tipo. E ouvir pessoas defendendo algo tão horrível, apresentando argumentos para justificar o absurdo... eu não sabia como reagir. Só voltei pro hotel, arrumei minha mochila e fui direto para o aeroporto. Não tenho vergonha de dizer que chorei no táxi. Fiquei pensando se a minha mãe pensava como eles; se ela tinha me considerado uma escolha fácil, algo para ser jogado no lixo e esquecido. Ao mesmo tempo, os argumentos do rapaz me perturbavam. Eu nunca tinha ouvido nada parecido, nunca tinha visto esse lado da moeda. Será que ele estava certo? Seria eu o egoísta da história?!

Quando cheguei no aeroporto, eu só queria ir para casa. Voltar pra Terra do Nunca e esquecer tudo o que tinha vivido aqui. Por que continuar apaixonado pelo mundo que apoia a minha rejeição? Eu me sentia como uma doença que deveria ser arrancada dessa terra.

Foi então que ergui os olhos para o quadro de voos e percebi que estava tudo embaçado, exceto a linha indicando Berlim. Mas eu estava irado demais com aquela presença estranha que tinha me levado até ali só para me humilhar, então decidi que compraria o primeiro voo para qualquer lugar, menos Berlim. Chegando no balcão, porém, a mulher me informou que, devido ao mau tempo, eles iam fechar o aeroporto. O último voo ia decolar em poucos minutos, para Berlim. Ela perguntou se eu tinha interesse. Consegue imaginar a risada seca que eu dei? Se aquela força estava me empurrando para a droga da Alemanha, o que eu poderia fazer? Eu só queria sair dali, então comprei a passagem e corri para embarcar a tempo.

Horas depois, desci do avião cansado e cético. Quero dizer... Eu já estava farto das perguntas, das memórias e de me sentir instigado por tudo isso, entende? Por isso, resolvi que o melhor a fazer era pegar um trem ou ônibus e fugir imediatamente. Mas, assim que deixei o aeroporto, um homem baixo, de aparência gentil, se aproximou de mim e me chamou pelo nome. Foi muito estranho porque, por um breve momento, pensei se tratar de algum conhecido das minhas viagens. Quando o homem disse que estava me esperando, eu confessei não o reconhecer, ao que ele sorriu e disse "Eu sei, mas temos um amigo em comum e ele me pediu para te mostrar algo".

Juro, Alison! Desse jeito. Eu só aceitei segui-lo porque:

1. Era um velho (se tentasse me sequestrar, eu quebraria ele ao meio);

2. Ok, eu estava curioso.

Dizem que golfinhos morrem mais cedo porque não conseguem ignorar algo brilhante, e lá estava eu, intrigado por tudo aquilo, seguindo a luz como um estúpido golfinho prestes a morrer. Mas como eu poderia ignorar todas as coincidências? Queria pelo menos saber onde tudo aquilo ia terminar.

O homem se chamava Elisha Aberman, e o primeiro lugar para onde ele me levou foi o Memorial do Holocausto, onde me contou a horrível história de quando seu povo quase foi exterminado. Depois, me levou a um centro de refugiados próximo à cidade e, na volta, me fez enxergar as pessoas em situação de rua. Foi como se escamas tivessem caído dos meus olhos e eu enxergasse o mundo real pela primeira vez. Eu me lembrei de ver pessoas abandonadas nas ruas de Paris, campos de refugiados em Portugal, outdoors com propaganda de "planejamento familiar" no Reino Unido... Também me lembrei das histórias que ouvi de guerras e repressão em todos os lugares por onde passei, do coliseu aos museus com memórias de inquisições e colonização. Não sei como pude ignorar tudo isso.

Sabe, tem uma coisa que eu nunca te contei. O motivo pelo qual eu não acreditava em Deus. Eu pensava: se os Fundadores do Universo são bons e justos, por que eles permitiram que eu fosse banido para a Terra do Nunca? Eu não tinha feito nada de errado, então por que não impediram a injustiça? Eu pensava que a Terra era um planeta perfeito onde apenas os dignos nasciam, e por esse motivo queria tanto fazer essa viagem. Queria ter um vislumbre do que perdi. E ali estava eu, sendo forçado a encarar a verdade: esse mundo é tão caído quanto o nosso.

Naquela noite, hospedado na casa de um senhor bondoso e desconhecido, eu me dei conta de algo tão óbvio que chega a ser ridículo: a vida não é sobre Deus impedir as pessoas de fazerem o mal, mas sobre nós aprendermos a fazer boas escolhas e a lidar com as consequências delas — especialmente porque as nossas ações podem machucar os outros. E, às vezes, os outros nos machucam também. Nem sempre Deus vai nos impedir de fazer uma escolha ruim. Óbvio, não? Mas eu chorei a noite inteira por causa disso.

Depois de alguns dias com Elisha e sua família, viajei para a Finlândia, um lugar muito frio e distante, perfeito para a mudança de ares que eu procurava. Já não estava mais sentindo aquela presença estranha, não era mais atormentado por memórias de versos sagrados e minha mente não girava mais em torno de questões filosóficas, o que era um alívio tanto quanto uma frustração. Irônico, eu sei, mas acho que tinha me acostumado.

Em Helsinque, ouvi falar sobre um fenômeno chamado aurora boreal, o mais belo deste mundo, e me juntei a um grupo de caçadores dele. Foi muito bom voltar ao normal, planejar uma aventura e me divertir com os terráqueos, como eu costumava fazer antes de perder as minhocas do meu cérebro. Enfim. Viajamos até Rovaniemi, onde encontramos outros grupos de caçadores de aurora boreal, e, depois de muita pesquisa e preparação, saímos para o local onde diziam que o fenômeno ocorreria nos próximos dias.

Tudo sucedia conforme o esperado: a gente se acampava e saía perto do anoitecer, e vagava por algumas horas em busca das luzes do norte. Frustrados, retornávamos para o acampamento. Até que, numa dessas saídas, eu me perdi do grupo. Foi um descuido, na verdade. Saí da trilha bem rápido só para me aliviar e, quando percebi, não sabia mais onde estava. Fiquei vagando até a noite cair, então resolvi me sentar em uma rocha e ficar parado. Talvez assim eles me achassem mais depressa. Estava ali, sentado, quando o céu se iluminou. As cores, Alison... As cores dançavam no céu bem acima da minha cabeça! Eram enormes, brilhantes, como notas de uma sinfonia inaudível. Fiquei de pé na rocha, estiquei o braço e foi quase como se pudesse tocá-las. O fenômeno mais incrível que já vi na vida.

No meio daquela aurora boreal, eu pensei que talvez o mundo sempre tenha sido assim: complicado, bagunçado, injusto e cruel, mas também repleto de coisas belas e de pessoas que se esforçam por fazer o bem. Será que esse universo, apesar de tudo o que há de errado e ruim, não valeria a pena ser salvo?

E bem ali, no meio da noite, das luzes no céu e da neve ao meu redor, aquela presença voltou, mais forte e poderosa do que nunca. Ele me respondeu, Alison. Na mesma voz do meu sonho, ele respondeu à pergunta que mais me atormentava: se ele é real e poderoso, por que não faz algo para mudar o mundo?

Sabe o que ele me disse, Alison?

Ele disse: "Eu fiz."

66

FECHO OS OLHOS E LEVO o celular ao peito. Levi teve um encontro com Pórthica! Eu sei que é ele, tenho certeza. Reconheço esse agir sobrenatural de tecer momentos que nos levam direto ao seu encontro.

Admiro o crepúsculo da janela do meu quarto com o coração transbordando de emoções. Levi nunca escreveu uma carta tão grande, tão vulneravelmente honesta; e ele nunca, jamais, terminou sem o "Com amor, Levi". E, se ele confia em mim o bastante para contar tudo isso, por que ainda sinto vergonha e medo de contar o lado feio da minha história? Não é justo com ele. É hora de resgatar um pouco da cumplicidade que tínhamos e voltar a confiar nele como antes.

Sento-me na poltrona de leitura, cruzo as pernas e começo a digitar uma resposta.

Alison Rivers <alisonrivers625@mymail.com>

para: capitaoganchopelomundo@mymail.com

data: 26 de set. de 2028, 19:03

Re: E foi assim que a minha vida mudou

Querido Levi,

Você está perdoado pelo sumiço. E obrigada por me contar tudo o que aconteceu, estou realmente chorando e sorrindo enquanto escrevo esta carta. O que você aprendeu sobre nem sempre Deus nos impedir de fazer coisas erradas, coisas que podem inclusive ferir outras pessoas, é muito real... mas tem o outro lado da moeda também. Se olharmos com atenção, vamos perceber como Deus tem trabalhado, todos os dias, para redimir pessoas e curar feridas. E eu fico muito feliz que você o tenha encontrado na Finlândia, entre as luzes e a neve.

Eu... não sei como dizer isso, talvez deva começar te pedindo perdão. Você não falhou comigo, Levi. Você nunca falhou comigo, mas eu, sim. Eu mantive você a uma distância segura de mim porque não queria que enxergasse a pessoa que fui nos últimos anos e as coisas que fiz. Mas eu não te afastei por sua culpa, tá? Deus meu, claro que não! Eu sei que você é uma pessoa incrível e maravilhosa, tenho um carinho e uma admiração gigantes por você. Sei que você não me condenaria ou... sei lá. Mas eu tinha medo de que, se você soubesse de tudo, não me olharia mais da mesma forma. E eu não queria arriscar perder isso.

Bem, eu estava errada. Você faz parte da minha história e eu não quero te excluir dos capítulos dos quais não gosto só porque eles me incomodam. Então... deixe-me respirar fundo por um momento.

Pronto.

Isso foi o que aconteceu durante aqueles cinco anos em que estivemos separados.

Paro com a mão sobre o teclado. Meu coração palpita rápido, os dedos tremem de leve. Vou mesmo fazer isso? Reviver todas aquelas coisas horríveis? Porque não vai ter volta e sempre há o risco de perder a pessoa se ela mudar a forma como te vê.

Engulo em seco. Me acomodo melhor na cadeira e reúno toda a minha coragem para voltar a digitar. Hoje, eu me permito contar tudo para ele. Não escondo nada, nem os detalhes mais feios. É como me despir com palavras, deixar cada cicatriz à mostra.

67

ABRIL DE 2016

— POR FAVOR, SEJA HONESTO COMIGO — supliquei, mesmo temendo que a verdade fosse me destruir.

Era o meu intervalo para almoço, só que eu precisava mais de sua resposta do que de comida. Tínhamos combinado de nos encontrar naquela livraria porque ficava perto do supermercado onde eu trabalhava. Eu era uma romântica incorrigível, e livrarias eram a nossa cara. Blake folheava um livro, a desculpa perfeita para não ter que me encarar.

Depois daquela tentativa desastrosa de conversarmos, eu havia mandado uma porção de áudios para o Blake, chorando enquanto contava para ele tudo o que tinha acontecido durante os vários meses em que estivemos separados. Falei sobre como eu desistira do último ano da escola para trabalhar e juntar dinheiro, porque George estava cada vez mais mesquinho, tinha cortado minha mesada e não queria me dar nada além de um teto e dor de cabeça. Contei sobre como os meus pais continuavam sufocantes, apesar da minha idade, porque diziam que, enquanto eu vivesse com eles, deveria seguir as regras da casa. E como estava me sentindo perdida e traída, agora que eles se recusavam a pagar minha universidade. Eu não tinha mais perspectiva alguma de conseguir fugir daquela prisão.

Blake parou de folhear o livro e olhou para mim. Ele estava usando lápis de olho, o que realçava a cor verde-musgo-acastanhado que eu tanto adorava. Era um sexy diferente. *Ele* estava diferente, mas não de um jeito ruim. Me deixava com vontade de jogá-lo contra a parede e matar a saudade de seu corpo no meu.

— Eu gosto de você, Helen. — As palavras carinhosas me cortaram como navalhas.

Um ano antes, o "gosto" era "amo". Abaixei o olhar. Ele ergueu meu rosto delicadamente com a mão e ficou segurando o queixo, um apoio para a minha face enquanto todo o resto de mim ruía por dentro.

— E eu quero te ajudar — continuou —, mas você precisa entender que a gente viveu um relacionamento por tempo demais. Estamos em uma fase de descoberta, não deveríamos nos aprisionar.

— Como assim?

Blake puxou a mão de volta para si e cruzou os braços.

— Meus pais prometeram que vão me bancar em Liverpool se eu conseguir pelo menos uma bolsa parcial.

Pestanejei, surpresa. O sonho do Blake era sair de casa, como eu, mas os pais dele sempre haviam insistido para que tentasse as universidades locais. Não sabia como ele tinha conseguido mudar a opinião deles. Segurei a estante ao meu lado.

— E se você quiser... — Ele parou de falar. Prendi o fôlego, aguardando ansiosamente. — Pode ir comigo.

Dei um passo, mas ele pôs as mãos nos meus ombros para me manter afastada.

— Eu não estou te convidando para morar junto, entendeu? — Assenti, obediente. — Estou fazendo isso porque gosto de você e quero te ajudar. Espero não me arrepender disso.

— Você não vai — respondi rápido.

Blake me encarou por alguns segundos.

— A gente pode até transar, mas só se você prometer que não vai se confundir ou ficar com ciúmes porque estou vendo outras pessoas.

— Eu entendo. — Balancei a cabeça de novo, os olhos cheios d'água.

— Promete?

Me livrei de suas mãos e o abracei. Blake me abraçou de volta. As ruínas dentro de mim voltaram a ser pilares de esperança.

— Obrigada — sussurrei.

Blake podia até não ser um príncipe convencional, mas ele era *o meu príncipe* e me tiraria daquela torre onde haviam me trancafiado. E, com o tempo, eu conseguiria reconquistá-lo. Ele voltaria a me amar.

68

VOLTO À CONSCIÊNCIA DEVAGAR. Primeiro, sinto a luz no meu rosto. Depois, a dor no corpo. Então percebo que estou encolhida em uma posição nada confortável. Gemo ao esticar as costas e bocejo. Eu adormeci na poltrona do quarto? Parece que sim.

O celular está caído no chão. Me abaixo lentamente, pego o aparelho e acendo a tela. Deus meu, são quase dez horas! Eu já deveria estar no Olden Times há muito tempo. Antes que possa me levantar, porém, o sistema reconhece meu rosto e desbloqueia a tela. Há um e-mail escrito, mas não enviado. Prendo o fôlego. É a minha chance de arquivar isso e fingir que... Clico em "enviar" e solto o aparelho no colo. Pronto. Não tem mais volta. Meus ombros relaxam.

Após recuperar o movimento dos músculos doloridos, começo a me arrumar. Sem pressa, afinal, já estou atrasada mesmo. E não me importo em chegar tarde hoje, não depois de ter trabalhado tanto no último mês. O problema é que, ao atravessar o estacionamento diante do Olden Times, dou de cara com a senhora Mackenzie. Claro que eu tenho que chegar justo na hora em que ela está saindo para almoçar!

— Bom dia. — Abaixo a vista ao passar por ela.

— Senhora Hazy?

Droga. Lá se vai a minha chance de escapar de fininho. Viro-me com ares de inocência.

— Sim?

— Você acha que administra bem a relação entre a sua vida pessoal e o trabalho?

Pisco, incerta do que dizer. Ela ergue um pouco o queixo.

— Eu acredito que não é saudável dedicar-se demasiadamente ao trabalho a ponto de abrir mão de família, sonhos, *hobbies*... Um bom profissional é aquele que consegue entregar todas as suas demandas dentro do horário normal de expediente.

Engulo em seco. Ela está brigando comigo porque tenho trabalhado muito?

— Mas também é falta de responsabilidade quando a pessoa não tem compromisso com horários. Pense nisso. O equilíbrio da vida está quando sabemos dedicar tempo para cada propósito.

— Sim, senhora.

Espero-a se afastar, então solto o ar pela boca. Fala sério, o Levi só é fã dela porque não é ele quem recebe essas broncas. Entro no balcão com as bochechas quentes. Helen me olha inquisitiva.

— Quem é vivo uma hora aparece, não é mesmo? — grita Jack, de sua estação de trabalho.

— Desculpa — falo alto o bastante para os dois —, tive um problema com o alarme.

Sento-me na cadeira giratória e ligo o computador. Enquanto a máquina roda o sistema, meus pensamentos voltam-se para a carta que enviei. Acho que eu deveria ter relido antes de enviar, foi muita imprudência minha ter feito aquilo. Caramba, eu nem lembro o que escrevi! Será que terminei a carta ou adormeci durante a escrita e acabei mandando uma versão incompleta? O que o Levi vai pensar disso? Pego o celular e abro o aplicativo de e-mails, mas contenho a curiosidade a tempo. Para que me torturar assim? Se não tem como cancelar o envio, o melhor a fazer é aguardar a resposta.

Levo um dedo para a boca e fico roendo a unha enquanto abro os programas do computador e as pastas dos projetos. Ao entrar na rede social coreana, vejo que há uma mensagem não lida.

HELEN5398

ainda não mandei a edição das
últimas matérias, desculpa

até 15h eu te envio tudo

ALISON_RIVERS

Tranquilo.

HELEN5398

já almoçou?

ALISON_RIVERS

Mais ou menos, tomei café antes de vir.

Acho que agora só vou jantar...

Desculpa.

HELEN5398

relaxa, vou ali no Grind Cafe
e já volto então

Eu fico trabalhando nas matérias do Jack a tarde toda, só recebo o e-mail da Helen no fim do dia com a edição. Deveria abrir os arquivos, verificar as alterações que ela fez e executar os comentários para só então enviar as matérias à nossa revisora. E eu faria isso nesse mesmo instante, se não tivesse levado aquela bronca da senhora Mackenzie.

É por esse motivo que, quando Helen se levanta para ir embora, eu me levanto também.

— A gente se vê na praia? — pergunto.

— Não vai dar, já tenho compromisso.

Ela pega a bolsa e segue para a saída.

— Helen, espera! — Corro atrás dela. Helen para do outro lado da porta. — Está chateada comigo?

— O quê? Por que acha isso?

Dou de ombros. Helen troca o pé de apoio e suspira uma risada curta.

— Alison, nem tudo é sobre você, tá? Vai descansar. Não estou chateada, só tenho um compromisso.

Engulo aquelas palavras ácidas e fico observando a forma como ela sobe em sua bicicleta e toma o caminho para o *pub*. Volto para dentro com uma dor latejante no coração. Eu não sei se ela percebe como pode ser dura às vezes e como isso machuca.

Abro os arquivos que ela mandou. Helen tem feito cada vez menos alterações no texto e deixado poucos comentários — e não é porque a minha escrita melhorou. Não, eu acho que é porque ela está perdendo o interesse no projeto.

Imagino se está perdendo o interesse na nossa amizade também.

Se isso for verdade, como eu vou conseguir cumprir a minha missão de amá-la incondicionalmente? Não era tão difícil no começo, quando a gente estava se conhecendo e vivendo aventuras divertidas. Mas, agora, com o estresse do trabalho, os atritos do dia a dia e o comportamento frio dela, tem sido uma verdadeira provação. Estou começando a perceber que o significado de "incondicionalmente" é muito mais profundo do que eu havia imaginado e que eu não sou nem de longe tão forte como pensei.

À noite, enquanto penteio o cabelo diante do espelho do quarto, com uma expressão apagada e um gosto amargo na boca, eu imploro por forças a Pórthica. Então, ao apagar a luz e me deitar, me ocorre que ele não me mandou salvar a Helen nem consertar a vida dela. Tudo o que ele me pediu foi que eu a amasse.

Sinto meu corpo relaxar sob os lençóis.

Não deveria ser tão difícil. Eu posso fazer isso.

69

NÃO, EU NÃO CONSIGO FAZER ISSO.

Inspiro fundo e solto o ar lentamente pela boca, encarando o teto acima da cama. Lá fora, os passarinhos cantam alegres, embora o sol da manhã não esteja visível da janela do meu quarto. Ele respondeu. Ele enfim respondeu, mas não tenho coragem de abrir o e-mail. Seguro o celular com força. Ao mesmo tempo... mordo o lábio, a barriga gelada em expectativa. Eu preciso saber o que disse.

— Ai, que se dane.

Abro o e-mail de uma vez.

Levi Hazy <capitaoganchopelomundo@mymail.com>

para: alisonrivers625@mymail.com

data: 27 de set. de 2028, 23:49

Eu ainda amo você

Meu Deus, Alison, MEU DEUS. Como você pôde achar que eu me afastaria de você se me contasse tudo o que aconteceu?! Que tipo de cara eu seria se fizesse isso?? Você é a minha melhor amiga, a pessoa em quem mais confio, a única que pode exigir que eu remova meu bigode e eu obedecer (!!!) Francamente, estou chateado, sim, mas não por causa do que você falou. Estou indignado por você COGITAR a ideia de que eu faria algo tão mesquinho! Quando voltar a Hillbourne, vou te dar um cascudo também.

Eu sinto muito por tudo o que você passou e mais ainda porque eu não estava ao seu lado para te proteger. Quando penso em tudo o que você disse, as coisas horríveis que enfrentou, a dor por não saber o que aconteceu comigo... Me perdoe por ter fugido para os piratas sem pensar em como isso afetaria vocês. Me perdoa, eu sinto muito mesmo. Sei que nada do que eu disser aqui vai mudar o que aconteceu, mas espero que um dia você consiga me perdoar.

Saiba que eu nunca vou deixar de te amar, ouviu? Pra mim, você sempre será apenas a Alison Rivers. E, quando voltarmos para a Terra do Nunca, vou pessoalmente naquela vila acabar com a raça daquele *censurado pela política de uso*!

P.S.: VOCÊ ABRAÇOU UM FUNDADOR DO UNIVERSO!! E eu me achando aqui só porque ele falou comigo. Risos.

Com amor,
Levi

Estou chorando, de coração quentinho. Queria tanto abraçá-lo nesse momento, mas não tenho tempo nem para responder direito, ou vou chegar atrasada de novo, então só digito às pressas uma resposta curta.

Alison Rivers <alisonrivers625@mymail.com>

para: capitaoganchopelomundo@mymail.com

data: 28 de set. de 2028, 07:44

Re: Eu ainda amo você

Levi, eu nunca te culpei e nunca vou. Tudo o que aconteceu comigo foram consequências das minhas escolhas, então fique em paz e não ouse se sentir mal por isso. Não posso falar muito agora, depois eu respondo direito. Beijos!

Levanto-me da cama com o ânimo renovado. É como se eu tivesse removido uma âncora da minha consciência. Abro um sorriso e vou a passos dançantes para o banheiro. Enquanto lavo o rosto, lembro-me do que ele escreveu no assunto do e-mail. Meu coração bate mais rápido, uma onda gelada quebra no estômago.

— Deixe de ser boba — repreendo meu reflexo no espelho. — Você sabe muito bem o que ele quis dizer.

Balanço a cabeça para sacudir os pensamentos e desço as escadas. Preparo um café da manhã simples, como rápido e subo as escadas correndo para terminar de me arrumar. Com tudo pronto, sento-me na ponta da cama, abaixo a cabeça e sussurro uma prece de agradecimento. Depois saio praticamente correndo para a sala. Pego as chaves e a capa de chuva, acho que estou esquecendo alguma... cardigan. O tempo está esfriando. Volto para o sofá, onde pego o casaquinho que deixei ali e hesito. Tem algo errado.

Endireito as costas e olho de um lado para o outro na sala. Sinto os braços arrepiados, uma sensação ruim aperta meu coração, e há o barulho, um som esquisito que não sei de onde vem. Permaneço parada, tentando identificar a origem do som.

Quando me viro na direção da lareira, deixo a bolsa cair no chão. O fôlego me escapa. Eu me aproximo pé ante pé da garrafinha, sem acreditar.

— Oh, não.

O *Jolly Roger* cresceu. Ele cresceu de verdade e pra caramba! O mastro toca na parte de cima da garrafa, forçando o vidro, e a sereia entalhada na proa ficou com o braço estendido preso na rolha da garrafa. A cada onda que bate no casco do navio, a garrafinha range como se fosse quebrar.

Dou um grito. Com as mãos tremendo, puxo o celular e disco o número do Levi. A gente nunca se liga. Ele atende ao segundo toque.

— Alison?

— Temos um problema. O navio cresceu.

— Estou indo.

A linha fica muda.

Levi nunca chegaria a tempo. Essa garrafa vai se quebrar a qualquer minuto, e eu não posso deixar o navio crescer agora. Se o *Jolly Roger* voltar sozinho, nós ficaremos presos na Terra para sempre, mas também não posso ir sozinha e deixar o Levi para trás — eu não conseguiria voltar para buscá-lo, o portal só nos deixa vir uma vez para a Terra. Preciso fazer alguma coisa para impedir o navio de quebrar a garrafa. Qualquer coisa. Mas o quê?

70

PEGO A BICICLETA E VOU PEDALANDO rápido para o ateliê do idoso cujo nome não consigo me lembrar. Forço as pernas, respiro pela boca e faço curvas perigosas, sentindo a bicicleta tremer com a pressão dos pneus sobre as rochas. Só consigo pensar: como deixei isso acontecer? E por que ele cresceu se não quebramos a garrafa?! A Sininho só tinha avisado para libertarmos o navio em um local com água o bastante, não falou nada sobre o *Jolly Roger* crescer aos poucos. Será que isso significa que a magia está perdendo o efeito? Ou ela tem uma data de validade? Não importa, tanto faz agora. Se a garrafinha é uma ampulheta mágica, nosso tempo aqui está por um fio e cabe a mim impedi-lo de se romper.

O céu nublado parece soprar a terra como se fôssemos o seu bolo de aniversário. Meu cabelo voa atrás de mim, algumas folhas amarelas se desprendem das árvores. Chego à rua certa, largo a bicicleta de qualquer jeito na calçada e corro para bater à porta do estabelecimento ainda fechado. Como era mesmo o nome do proprietário?

— Senhor! — Bato forte, rápida e incessantemente. — Senhor!

A porta demora dois longos minutos para se abrir e eu não paro de bater nem por um segundo.

— Quem morreu?! — O idoso aparece vestindo um pijama cor-de-rosa com o roupão aberto por cima, cabelo desgrenhado, rosto assustado.

— Oscar! Lembrei o seu nome.

— Quer um troféu?

— Senhor, me perdoe o desespero, eu... — Pauso um momento, tomando fôlego. — Sei que isso vai parecer loucura, mas eu preciso muito de, de alguma coisa pra... Ai, Deus meu.

— Menina, você não pode ter um ataque cardíaco na minha frente, ou então *eu* vou ter um ataque cardíaco. Vamos, entre, sente-se ali enquanto eu pego um copo d'água.

Vou até o tamborete indicado e desmorono. Oscar caminha devagar, reclamando de dor nas juntas, e sobe para a casa que ocupa o andar de cima. Eu vou morrer, de verdade, vou morrer. Ele precisa ser mais rápido. Será que vim ao lugar certo? O que estou fazendo?!

De repente, meu telefone começa a tocar.

— Levi?

— Não, sou eu.

Tiro o telefone do ouvido para encarar o aparelho.

— Astra?

— Sim, eu mesmo. O que aconteceu?

Não respondo.

— Alison?

— Como você sabe que aconteceu algo?

— Não fique brava comigo.

— Já estou.

— Eu programei o Jarvis para acompanhar o fluxo de informações entre os seus aparelhos...

— Uau, que jeito elegante de dizer "espionar vocês".

— ... e me alertar caso os gatilhos fossem acionados. Exatamente como eu fiz com as câmeras em regiões estratégicas de Londres e Glasgow.

— Astra. — Massageio a têmpora com uma mão.

— Eu não estou espionando vocês, juro! É o Jarvis quem está analisando as conversas, e ele só vai me contar quando um gatilho for acionado. Acredite em mim, eu já tentei fazer...

— Então você sabe.

— Mais ou menos. Eu sei que tem algo errado com o navio. O que aconteceu?

Olho ao redor, procurando por Oscar. O idoso ainda não voltou com a minha água.

— O *Jolly Roger* cresceu, tá? E acho que isso significa que a magia está se enfraquecendo.

— Oh, vou me preparar.

— Não, nada de se preparar! Não podemos voltar agora. O Levi ainda está viajando e eu não estou pronta.

— Então qual é o seu plano?

Chorar. Meu plano é chorar.

— Não sei, a Sininho disse que...

— Espera. MEU DEUS! A Sininho é real?! Ela foi minha primeira *crush* de infância!

— Foco, garoto! Ela disse para quebrarmos a garrafinha quando estivéssemos prontos para voltar e que, se o navio entrasse em contato com a terra, ele... bem, voltaria ao seu tamanho normal. Então temos que fazer isso na água. Porque, quando o navio crescer, nada vai impedi-lo de voltar para a Terra do Nunca.

— Isso é tão legal!

— Você não está ajudando.

— Ela disse "terra" no sentido de solo ou no sentido de planeta?

— Eu não... Ah, sei lá. Acho que foi "atmosfera".

— Huum, isso não é bom.

— Eu pensei em colocar a garrafinha dentro de um recipiente de vidro, mas teria que ficar vedado. Ai, meu Deus...

— Calma, eu gosto do seu plano. Pode dar certo.

— Aqui está sua água.

— Senhor Oscar, você tem algum recipiente de vidro para vender?

O idoso me encara, rabugento, segurando o copo.

— Esse lugar se chama "ateliê" por uma razão. Não vendemos bugigangas.

Solto um palavrão.

— Olha a língua — Astra diz.

— *Sério?* — A voz do Jarvis soa também do outro lado da linha. — *Falando como o Capitão América sendo que ele nem é o seu vingador favorito?*

— Me deixa em paz, Jarvis.

— Gente, eu preciso de ajuda! — grito.

— Calma, garota. — Oscar ainda segura o copo d'água e fala comigo como se eu fosse, sei lá, uma égua agitada.

— Preciso de um recipiente de vidro *agora*.

— Por que vidro? — Astra pergunta.

— Porque a gente precisa acompanhar o crescimento do navio, meleca! Precisamos ver através do refratário para saber quanto tempo ainda nos resta.

— Garota, você tomou os seus remedinhos hoje? Só estou dizendo, não faz...

Começo a chorar. É idiota, é infantil, não resolve porcaria nenhuma, mas o desespero me sufoca tanto que escapa pelos olhos. A sensação é de que a garrafinha vai se quebrar a qualquer momento e ninguém está consciente da urgência do problema.

— Meu Deus, Alison. Controle-se, mulher! Eu vou entrar em pânico! Estou falando com o meu contato, saio de helicóptero em meia hora no máximo.

— Astra, preste atenção: *não venha pra cá*! Mas que droga! Eu só preciso de um recipiente de vidro, ninguém vai viajar hoje!

— Ok, minha querida — o senhor Oscar fala de mansinho —, escute: meu amigo Oliver tem um antiquário, descendo essa rua. Está cheio de quinquilharia.

Dou meia-volta e saio correndo com o telefone na mão. Algumas casas depois, vejo a plaquinha ANTIQUÁRIO 1850. Foi onde Levi e eu compramos nossas alianças. O idoso acaba de virar a plaquinha de FECHADO para ABERTO. Giro a maçaneta e empurro um pouco a porta, apenas o suficiente para eu entrar.

— Ah! — O idoso cambaleia para trás, assustado.

— Desculpe, estou com pressa — respondo, sem olhar para ele, procurando entre as prateleiras e os móveis por algum objeto que possa servir de contentor.

— Precisa de alguma coisa?

— Vidro!

— Vidro?

— Qualquer porcaria de vidro que caiba um pequeno navio dentro e que dê para vedar.

Ouço um barulhinho como vozes de esquilo, então me lembro de voltar o aparelho ao ouvido.

— Astra?

— Finalmente! Procure por um aquário.

— Aquário! O senhor tem um?

— Oooh, aquááário — diz o homem na maior vagareza do mundo. — Eu acho que tenho um em...

— Deus meu, vou morrer.

— ... algum lugar por aqui.

Continuo vasculhando o caos freneticamente, mas esse lugar está atolado de parafernálias, e, toda vez que olho para um canto que já olhei antes, vejo algo em que não tinha reparado.

— Estou saindo de casa, mas só consigo decolar em quarenta minutos. Não se atreva a ir embora sem mim!

— Já falei que não podemos ir agora!

— Não se preocupe, jovenzinha. Pode ficar quanto tempo precisar, vamos achar o seu...

— Achei!

— Finalmente!

Pego o objeto arredondado, provavelmente lar de algum falecido peixinho dourado, e sigo para o caixa.

— Quanto custa?

— Veja bem, esse aquário pertencia...

— Eu não me importo.

— Você é muito rude. Olha, não gosto de...

— Senhor Oliver, me perdoe, mas eu estou com muita, muita pressa. Pago até mil libras por essa droga de aquário, se quiser.

— Uau, isso é mesmo muito impor...

— Só me dê a maquininha!

— Um momento, por favor. Quanta impaciência! — E ele vem caminhando devagar, apoiando-se na bengala. — Preciso ligar o sistema. Essa geração de hoje em dia não sabe mais...

— Ah, não! — Balanço a cabeça. — Depois eu volto e te pago!

— Espere, você não pode...

Mas já estou do lado de fora, correndo com o celular numa mão e o aquário na outra enquanto volto para o lugar onde deixei a bicicleta. Coloco o recipiente de vidro na cestinha e devolvo o celular para o ouvido.

— Temos um problema. O aquário não tem tampa, e eu preciso vedar a garrafinha lá dentro.

— *Você vai precisar de cola.* — É a voz do Jarvis.

— Onde acho isso?

— *Papelaria seria o mais indicado.*

— Aguentem firme. — Largo o celular com o aquário na cestinha.

A papelaria onde imprimi meu currículo fica descendo a rua e virando à direita. Monto na bicicleta e começo a pedalar rápido. Passo pelo idoso, que estava saindo de seu antiquário dizendo "Você precisa pagar", mas, ao me ver descendo de bicicleta na direção oposta, ele muda o curso e grita "Volte aqui!".

A pancada em uma pedra solta quase me leva a cair, e eu desacelero, temendo quebrar o aquário. Paro na papelaria, coloco a bicicleta com cuidado no estacionamento apropriado e depois corro para dentro da loja, que também acabou de abrir.

— Preciso de cola para vidros! — grito, igual a uma médica pedindo bolsa de sangue no seriado que tentei assistir e não gostei.

Saio do estabelecimento um minuto depois levando três tubinhos. Coloco tudo na cestinha e sigo pedalando o mais rápido que consigo para casa. Novamente, eu passo pelo senhor que descia a rua e, vendo-me pedalar colina acima, ele muda de direção de novo, gritando "Eeeei, você!".

— Vou te pagar, não se preocupe! — grito antes de virar uma esquina.

Chego em casa esbaforida.

Levo tudo para a sala, largo as coisas na mesinha de centro e pego a garrafinha de cima da lareira com o maior cuidado do mundo. O barulho que as ondas fazem é horrível, o vidro range como se o navio estivesse lutando para se libertar.

Coloco a garrafinha gentilmente dentro do aquário. Agora só preciso de uma tampa para vedar isso.

— Já sei.

Corro para a cozinha, pego o primeiro prato grande que acho e volto para a sala. Rasgo a embalagem da cola e, com todo o cuidado que a pressa me permite, começo a espremer o primeiro tubinho. Ele acaba na metade do diâmetro. Rasgo a segunda embalagem. O suor escorre na minha testa, as mãos tremem, os dedos ardem e doem pelo esforço. Termino de passar a cola em todo o diâmetro, então encaixo o prato em cima do aquário e ajusto o melhor que consigo. Depois, rasgo a última embalagem e volto procurando por buraquinhos, remendando. Não pode haver um único vazamento.

De repente, a garrafa explode lá dentro do aquário e eu grito, caindo para trás. Sentada no chão, pego o celular de cima da mesinha de centro e o coloco no ouvido. Olho apavorada para o minimar crescendo lá dentro do aquário conforme o vidro se transforma em água e a rolha vira areia.

— O que aconteceu?! Alison?

Não respondo.

— Alison, por favor, fala comigo!

— A... água.

— O que tem ela? Deu certo?!

Vejo com horror a água subir borbulhando até quase a metade do aquário, então parar. O navio balança no mar agitado de um jeito assustador, até que se estabiliza. A areia recém-transformada começa a se assentar no fundo e tudo fica mais calmo, até as ondinhas.

— Oh, Deus. — Suspiro.

Deixo meu corpo cair deitado no chão da sala de estar.

— Funcionou?

— Sim — falo, emocionada.

— Isso! — grita Astra, empolgado. Depois, ele diz "Pode voltar, vou pra casa".

— *Parabéns pelo trabalho em equipe, pessoal* — diz Jarvis, sempre educado.

Cubro o rosto com as duas mãos, rindo e chorando ao mesmo tempo, deitada no chão da sala, o celular caído perto do rosto.

71

17 de maio de 2016

GIREI PARA O LADO E CAÍ NO CHÃO, ofegante, a testa suada. Um sorriso torto de satisfação.

— Deus, como eu amo você — gemeu Blake ao meu lado e acendeu um cigarro de maconha.

Meu sorriso ficou mais forte, apertando as bochechas. "Gosto" tinha voltado a ser "amo". Meu coração se aqueceu. Naquele momento, deitada no tapete do quarto dele apenas parcialmente vestida, a fé de que ia dar tudo certo cresceu, inabalável, dentro de mim.

Enquanto ele fumava, eu me sentei no chão e comecei a me vestir.

— Já vai?

Senti Blake observando meus movimentos. Virei o rosto por cima do ombro. Ele estava sem camisa e com um braço atrás da cabeça, relaxado.

— Sim. Não quero chegar tarde em casa e discutir com eles.

Blake deixou o cigarro na boca e esticou o braço para as minhas costas. Percorreu o dedo na minha pele nua.

— Não se preocupe. Logo, logo você estará livre, quando formos para Liverpool.

Me inclinei sobre ele, tirei o cigarro de seus lábios e o beijei. Odiava aquele cheiro, pior ainda era o gosto, mas eu não falava nada porque não queria chateá-lo. Queria que ele voltasse a se apaixonar por mim, então era fundamental que a gente não brigasse.

— Sonho com isso todos os dias — sussurrei com a boca na dele.

— É melhor você ir embora antes que eu arranque sua roupa de novo.

Devolvi o cigarro para a boca dele e pisquei um olho. Peguei minhas coisas e, antes de fechar a porta atrás de mim, mandei um tchauzinho.

Caminhei para o ponto de ônibus me sentindo leve e feliz. A vida em Liverpool seria maravilhosa, o recomeço necessário; e um dia Blake e eu poderíamos nos tornar aquela família digna de *sitcom* com a qual sempre sonhávamos.

Naquela mesma noite, enquanto tomava banho, fui atingida por um raio de lembrança: a gente não tinha usado camisinha. Fizemos sexo desprotegido e justo agora, quando eu havia parado de tomar o anticoncepcional fazia mais de um ano. Meu estômago gelou de medo.

— Calma, respira, as coisas não acontecem assim.

Eu precisava ser fria e prática. Pessoas cometiam deslizes o tempo todo, não era como se fosse dar ruim na única vez que alguém fizesse besteira. Mas, só por garantia, na manhã seguinte eu passei na farmácia a caminho do trabalho e comprei uma pílula.

Apenas mais tarde é que me ocorreu que Blake e eu não estávamos em um relacionamento de verdade, como ele sempre fazia questão de ressaltar, e que talvez esse deslize já tivesse acontecido outras vezes com ele, com outras pessoas. Talvez, apenas talvez, ficar grávida não fosse a única coisa que deveria me preocupar.

Decidi mandar mensagem, aproveitando que não tinha ninguém no meu caixa.

El
hey, ontem a gente acabou não se protegendo :/

Blake esse tipo de coisa não pode acontecer

especialmente se você está vendo outras pessoas

merdas acontecem por descuido

deveria me preocupar?

Ele respondeu alguns minutinhos depois.

B-Love
Sério, Helen?! Sério mesmo? Então a gente se descuida UMA VEZ e a culpa é minha?

Realmente, eu nunca me cuidei, né? Até quando era só a gente, namorando sério, ou vai me dizer que esqueceu?! Quantas vezes fui EU quem segurou a barra quando VOCÊ só queria se divertir?? Agora você acha que só porque não estamos em um relacionamento tradicional eu sou um babaca irresponsável? Me poupe!

Não sei o que especificamente me fez perder a razão. Talvez tenha sido a ironia, ou a lembrança do relacionamento lindo que tivéramos um dia, ou apenas o jeito como ele havia distorcido tudo o que eu falara. Não importava. O fato é que digitei uma resposta tão rápido quanto meus dedos conseguiam alcançar as letrinhas.

El
vai se ferrar!! Ser um grande busão faz parte do seu conceito dc relacionamento aberto?

Dei um riso nervoso por causa do corretor, mas logo fechei os olhos, arrependida das palavras ditas. Merda, não era para a gente brigar!

— Helen? — O supervisor parou ao lado do meu caixa. — Cadê a simpatia? Você parece que vai estrangular um cliente a qualquer momento.

Forcei um sorriso exageradamente falso. O homem franziu as sobrancelhas.

— Vá tirar um minuto para se recompor.

Levantei-me e saí pisando duro até a área reservada aos funcionários. Voltei minutos depois com o rosto ainda vermelho. Foi uma luta manter a expressão neutra no restante do expediente; dizer "Boa tarde", "Crédito ou débito?", "Tenha um bom dia" com o mínimo de compostura. Porque todo mundo pode ter um dia ruim, menos você que trabalha com atendimento ao público. Você não é uma pessoa, você é só um mero servente que está ali para ser simpático, rápido e discreto. Nada além disso, nada aquém.

Depois de um longo dia sem tocar de novo no celular, encerrei meu caixa e fui trocar de roupa no banheiro dos funcionários.

Não conseguia acreditar que Blake havia me tratado daquele jeito, como se eu não tivesse o direito de ficar preocupada ou como se o culpasse por um erro nosso. Eu tinha dito "a gente acabou não se protegendo". A gente! Não queria culpá-lo. "Ou vai me dizer que esqueceu?" havia sido algo cruel de se dizer. Eu só conseguia suportar aquela droga de relacionamento aberto porque sonhava em resgatar o que tínhamos antes. E eu podia apostar que o Blake sabia muito bem disso.

Ele e eu não éramos o tipo de casal que ficava brigando o tempo todo. A gente não se machucava desse jeito, dizendo coisas que sabíamos que ia magoar o outro, muito menos de propósito. Nossas discussões sempre foram tão raras e bobas!

Ao deixar o supermercado, peguei o celular. Tinha mensagens dele e da Olivia.

B-Love
Desculpa, El
Eu tinha discutido com meu
pai e estava de cabeça quente :/

El
:((((
me perdoa também, fui uma idiota,
eu não queria te culpar, só estava
assustada... era pra ser um alerta,
pra gente não esquecer da próxima
vez... desculpa :/

B-Love
Eu sei, vamos esquecer isso
:**

Um sentimento ruim apertou meu peito. Encarei a última conversa. Ele havia dito a maior parte das palavras agressivas, e eu havia falado a maior parte das palavras de perdão. Meus olhos arderam. Ergui a cabeça, enfiei o celular de volta no bolso e continuei andando.

Eu precisava ser forte, suportar aquelas brigas estúpidas, porque Blake era a minha única esperança de escapar de casa. E eu seria paciente. Nem tanto por causa dele, apesar de ainda amá-lo. Eu faria isso por mim. Pela minha liberdade.

72

É CLARO QUE EU CHEGO ATRASADA DE NOVO. Não muito, dessa vez, mas o bastante para Jack perguntar se quero um alarme emprestado.

— Me surpreende que você tenha um respondo.

Ele coloca as mãos na cintura. Finjo que não vi.

— Ei, Helen! Nossa assistente está ficando atrevida, você ouviu?

— Pois é... Eu imagino quem foi que ensinou esses maus costumes para ela.

— É isso o que dá ser um chefe legal, ninguém respeita os bonzinhos.

Dou uma gargalhada ao pendurar a bolsa no encosto da cadeira.

— "Chefe legal." Aham. Sei.

Helen se aproxima de mim.

— Nem precisa ligar o computador, só estava te esperando. Consegui uma agenda com o presidente da cooperativa, precisamos sair agora. Era a única brecha que tinha.

Pego a bolsa de volta.

— E lá vamos nós.

Por causa das nuvens cinza que oprimem o céu da cidade, Helen e eu resolvemos ir de bondinho até a cooperativa. Enquanto esperamos pelo transporte, meu estômago ronca.

— Desculpa. — Abraço meu estômago com um sorriso sem graça.

— O que aconteceu hoje de manhã? Ouvi dizer que você roubou o senhor Oliver.

— O quê?! Não roubei, não.

— Ele disse que nunca foi tão maltratado em toda a vida.

— Maltratado! Quanto exagero. — Estou rindo, mas, ao reparar na sobrancelha erguida dela, pestanejo. — Juro, eu não fiz isso. Só estava com muita pressa e saí correndo sem pagar. — Helen ri alto. — Mas voltei logo em seguida! Tanto que cheguei atrasada e sem tomar café da manhã por causa disso.

— Você virou fofoca da cidade — fala Helen entre risadinhas. Cruzo os braços, a expressão muito séria. — O senhor Oscar disse que você parecia em surto e que é por isso que não devemos parar de tomar nossos remédios.

Não consigo mais fingir que estou brava e acabo rindo com ela. O bondinho passa e nós descemos algumas ruas e curvas depois, diante da cooperativa.

— Me dê suas coisas. — Helen estica a mão.

— Por quê?

— Eu vou adiantando as fotos e autorizações. Enquanto isso, você vai no Flower's Coffee para comer alguma coisa.

— Ah, não, não precisa. Juro, eu estou...

— Isso é uma ordem, senhorita.

Fecho a boca, contenho um sorriso e entrego a bolsa para ela.

— Obrigada.

Helen entra na cooperativa levando três bolsas e um tripé. Sinto um quentinho no coração. Ela está cuidando de mim. Mas não tenho tempo de ficar feliz por isso, preciso tomar um café rápido e voltar para ajudá-la.

Eu retorno quase meia hora depois. Encontro um grupo de quase dez pessoas na sala que fica depois da porta giratória. Eles ainda estão na pose da última foto.

— Bem na hora! — Helen se vira com um sorriso forçado. — Essa é a Alison Rivers, minha parceira que vai entrevistar vocês.

— Oi, pessoal. Desculpem o atraso — falo sem jeito.

Será que Helen ficou chateada com a demora?

— Senhor Taylor — diz ela, voltando-se para o idoso mais bem-vestido do grupo —, vamos começar com o senhor para não ocuparmos muito do seu tempo.

— Por favor, sigam-me. — Uma jovem mulher nos indica o caminho até uma das salas de reunião.

Deixo o presidente entrar primeiro.

— Ai, caramba, estou tão nervoso! — O homem se senta na ponta da mesa, esfrega as duas mãos na pança e depois puxa um lenço para enxugar o suor da testa.

— Não se preocupe, senhor. — Abro um sorriso de encorajamento para ele. — Tenho certeza de que a história da cooperativa é linda e vai encantar os leitores.

Seus olhos brilham.

— Oh, sim, sim. De fato.

Já aprendi que esse é o primeiro e mais importante passo para uma boa entrevista: bajule o convidado uma vez e ele passará o resto do encontro respondendo a tudo o que perguntar, especialmente se você reforçar o comportamento com mais alguns elogios. Se perceber que ele está enrolando para revelar uma informação, mostre que não gosta disso e ele se sentirá compelido a te agradar com a verdade. É assim que Helen e eu temos conseguido captar as histórias não contadas desses lugares marcantes.

Coloco meu celular próximo a ele, ligo o gravador e abro um bloquinho. Helen se senta um pouco afastada de mim e abre o caderno. O senhor Taylor, então, começa a nos contar a história da fundação da cooperativa.

Tudo começou, mais de dois séculos atrás, com a família Evans — sim, a família do nosso fotógrafo —, que queria realizar o sonho da filha mais velha de estudar medicina na Universidade de Edimburgo. A menina não tinha conseguido bolsa, e os bancos estavam cobrando juros altos pelo financiamento. Em vez de procurarem por uma cooperativa de crédito em Hastings ou em qualquer outra cidade próxima, a família Evans resolveu fazer o que todo bom cidadão de Hillbourne faz: valorizar a cidade e criar o que quer que esteja em falta aqui.

— Foi muito difícil no começo — fala o homem, com um semblante intenso. — Eles não entendiam nada de mercado financeiro, nem da burocracia de abrir uma empresa, menos ainda de abrir uma cooperativa de crédito, mas eles sabiam de *uma coisa*: como batalhar por seus filhos. E estavam determinados a vencer.

Ele explica como a família contratou uma advogada para ajudá-los em todo o processo legal e qual foi a resposta imediata da cidade: mais de dez mil contas abertas no dia da inauguração.

— Isso é Hillbourne. — Assinto com um sorriso. — Um por todos e todos por um.

— Sempre foi assim, minha amada cidadezinha — responde ele como se falasse da esposa. — Hoje, quase toda Hillbourne tem uma conta aqui. O resto só não tem ainda porque é criança, mas, quando crescer, vai ter. E mais: 70% só tem conta conosco, eles não usam outras instituições financeiras. — O senhor Taylor se inclina sobre a mesa. — Aliás, qual é o seu banco, mocinha? Por que não é associada ainda?

Dou um sorriso amarelo.

— Uau, 70% de fidelidade?! Isso é impressionante! Hã, bem... Acho que já tenho todo o necessário. E você, Helen?

— Aham.

— Obrigada, senhor Taylor. O senhor é um contador de histórias nato.

O homem inspira fundo e empina o queixo com uma cara de satisfeito.

— Vou chamar o próximo. — A jovem assistente se levanta do seu cantinho e sai da sala.

Enquanto o homem se retira, observo como Helen colocou um pé sobre a cadeira e usa o joelho para apoiar o caderno. Para a minha surpresa, ela parece ter feito muitas anotações; não parou de rabiscar nem por um minuto durante toda a entrevista. O problema é que ela continua escrevendo mesmo agora que terminamos. Limpo a garganta para chamar sua atenção. Helen não ergue a cabeça.

— É uma história incrível, né?

— Aham.

Tento não deixar a apatia dela me atingir. Quando o próximo entrevistado chega, abro um sorriso e me levanto para cumprimentá-lo.

— Olá, adorei sua gravata.

— Oh, obrigado. — Ele cora ao se sentar. — Sabe, eu sempre gostei de contar histórias, e fico muito feliz em contribuir com o projeto, até porque eu queria ser escritor, e cheguei até a abrir uma conta em uma plataforma digital onde postei alguns contos que tiveram mais de cinco mil visualizações — fala de uma vez, sem pausas.

— Uau! Isso é perfeito, você vai se sair muito bem.

Escuto um resmungo irônico ao meu lado. O rapaz olha para Helen com uma expressão assustada e tímida. Meu estômago gela com o receio.

— Vamos começar?! — falo alto, um sorriso largo demais. Estou fingindo que não escutei nada para encorajá-lo a pensar o mesmo.

Ele pisca, incerto.

— Hã... S-sim, vamos lá. — Mas a confiança dele já foi abalada.

Abro o bloquinho, irritada.

Duas horas depois, encerramos todas as entrevistas. Guardamos nossos materiais e nos despedimos da equipe.

— Quando a matéria vai sair? — pergunta o segurança.

— Nas próximas semanas — respondo.

— Estamos ansiosos. — O comentário é seguido por uma onda de afirmações.

— Obrigada por nos receberem, pessoal! — Aceno para eles, que acenam de volta.

Quando olho ao redor, percebo que Helen já atravessou a porta giratória. Corro atrás dela, que caminha rápido até a parada do bondinho.

— Ei, por que você deu aquele suspiro quando o Christopher foi responder à entrevista?

— Não posso mais respirar, por acaso?

O tom dela me atinge como uma flecha.

— Ele estava todo empolgado e de repente ficou inseguro.

— Aí já não é problema nosso.

— É, sim, porque ele não falou quase nada depois. E foi rude de sua parte.

— Ah, por favor, esquece isso!

Um pressentimento ruim aperta minha garganta. Ao chegarmos à parada, ela se recosta na pilastra que sustenta o teto, enquanto eu me sento em um dos bancos. Retiro o caderno da bolsa e folheio até a última página escrita. O frio cadavérico que sinto no estômago me deixa enjoada.

— O que é isso? — Mostro a página aberta para ela.

Helen olha por cima dos ombros e dá um sorrisinho torto.

— Eu estava entediada.

— Você ficou desenhando o tempo todo?

Helen se vira de uma vez para mim.

— Sim, fiquei. E daí?!

Levanto-me, as mãos tremendo de raiva.

— Qual é o seu problema, Helen?!

— *Nunca* fale assim comigo! — grita ela, o rosto lívido. — Quem você pensa que é?!

— Eu não sei. Talvez a única pessoa responsável nessa equipe?

— Vai se ferrar, Alison! Você e o seu senso de superioridade!

Helen sai pisando duro pelas ruas molhadas da chuva recém-caída.

— Aonde você vai? — grito.

— Não te interessa!

Meus olhos ardem pelas lágrimas.

— Me perdoa!

Não sei se ela ouviu.

Deixo meu corpo cair sentado no banco. Existe uma mistura química dentro de mim que arde como ácido. Uma porção de raiva pela forma injusta como ela me trata, misturada com arrependimento pela maneira como respondi e uma boa dose de medo. Medo do que nós estamos nos tornando.

✦ ✦ ✦

— Onde está a minha secretária? — a senhora Mackenzie pergunta assim que entra no balcão após o almoço.

Arregalo os olhos.

— Oh! Hã... Ela... — "Está na cooperativa", é o que eu ia dizer, mas não consigo. Minha consciência pesa e a língua trava. Uma coisa é mentir sobre o meu passado porque não tenho escolha, outra coisa seria fazer da mentira um hábito. Uma saída fácil.

A mulher franze as sobrancelhas, esperando. Não posso mentir, mas também não posso trair minha amiga. *Céus, o que eu digo?!*

— É, eu voltei para adiantar a matéria. Ela deve chegar mais tarde. Dividir para conquistar, sabe?

Pronto, verdadeiro o suficiente para não entristecer os Fundadores, vago o bastante para não complicar ninguém.

— Hum.

Ela sobe para o escritório. Solto o ar e relaxo na cadeira. Porém, mal consigo aproveitar direito o alívio quando um estalo alto me faz sobressaltar. Jack usou um jornal enrolado para bater na minha mesa.

— Por que fez isso? — choramingo.

— Eu fiquei a manhã inteira cobrindo o serviço da Helen, não vou continuar por nem mais um...

— Não se preocupe. Eu faço o serviço de secretária.

Jack apruma a postura, anui satisfeito e volta para a sua cadeira.

Helen chega quase uma hora depois. Ela não fala comigo. Também fico calada. Um tempo depois, o relógio marca o fim do expediente. Helen pega suas coisas e sai sem dar tchau. Me concentro na tarefa de organizar as entrevistas de hoje para fingir que não reparei.

— Sabe de uma coisa, Rivers?

Jack espera em silêncio por uma resposta que não vem. Não estou no ânimo para conversar. Ele se levanta e vai até o bebedouro, onde começa a encher um copo d'água.

— Esse balcão vira uma droga de terra mágica quando você e a Helen passam o dia inteiro conversando. É patético, parece que tem cheiro de balinha tutti frutti impregnado nas paredes e unicórnios voando para todo lado. Eu odeio isso.

Ele deposita o copo plástico diante de mim. Ergo os olhos, surpresa. Jack me fita de um jeito quase paternal.

— Mas eu odeio ainda mais o Hades que esse balcão vira quando vocês duas brigam.

Travo os dentes para impedir os olhos de marejarem. Jack se afasta. Dou um gole na esperança de desfazer o nó em minha garganta.

73

22 de junho de 2016

— QUE INFERNO! — OLIVIA EXCLAMOU.

Não respondi. Não conseguiria nem se tentasse.

Estávamos no quintal da casa dela, sentadas no balanço da árvore onde tantas vezes havíamos nos balançado antes. Em nenhuma delas, porém, a minha vida parecera que ia cair no chão e se despedaçar.

— O que você vai fazer? — pergunta ela.

Só havia uma resposta. Era bem óbvio o que eu deveria fazer. Que outro caminho poderia tomar se a alternativa era desistir da minha vida? Do meu futuro?

— Me dá isso. — Peguei o baseado dela.

— Mas você odeia. — Tossi ao primeiro trago. Olivia deu tapinhas nas minhas costas. — Sinto muito.

Forcei mais um trago antes de desistir, tossindo. Devolvi o cigarro.

— Estou com medo, Ollie — falei baixinho.

O pavor era tão real que tinha alterado a minha voz. Olivia saiu do balanço e se ajoelhou diante de mim, segurando firmemente as minhas mãos.

— Não se preocupe, El. Você não está sozinha. Eu vou ficar com você até o fim, não importa o que aconteça.

Comecei a chorar. Ela me abraçou. Por que isso tinha que acontecer justo agora?!

Naquela noite, dormi na casa da Olivia. De conchinha com ela e com o pisca-pisca ligado sobre a cama. Como a gente sempre dormia quando estava de coração partido. Fora assim todas as vezes que ela terminara um namoro, e também quando Blake e eu havíamos dado um tempo e até quando nós duas tínhamos perdido o show da Taylor Swift. Normalmente, o calor do abraço era um conforto, e as luzinhas criavam uma aura mágica no quarto.

Não foi assim naquela noite.

Daquela vez, meu corpo continuou frio mesmo com o abraço; e o pisca-pisca era assustador, como luzes de emergência.

74

APAGO AS LUZES, TRANCO A PORTA DO BALCÃO e deixo a chave no canteiro do jardim, onde Helen me ensinou. São oito da noite e ainda não jantei. Sinto o corpo cansado, o estômago sensível. Pego a bicicleta, enxugo a água da última chuva sobre o banco e sigo devagar para casa, exausta demais até para pedalar com agilidade.

A cidade de pedra pulsa vida. Luz e conversas irradiam das casas. De vez em quando, um cheiro doce se mistura ao aroma da brisa oceânica. Eu me sinto só e escura, um fantasma passando pelas risadas que não notam a sua presença.

Ao me aproximar de casa, ergo a cabeça. Diante da porta há o vulto de um homem com uma grande mochila ao seu lado. Desço da bicicleta e a deixo cair no meio da rua, correndo para ele. Levi fica de pé um segundo antes de eu me lançar em seus braços. Ele dá alguns passos para trás enquanto eu grito de euforia com as mãos cruzadas atrás do pescoço dele, o rosto afundado em seu ombro. Levi perde o equilíbrio e cai para trás. Nem assim eu largo o abraço.

— Senti tanto a sua falta! — digo, chorosa.

A risada dele se mistura a um ganido de dor.

— Ai, eu também... Alison, minhas costas. Ai!

Ainda sobre ele, empurro seus ombros para pegar impulso e ficar de pé. Então ofereço a mão. Levi aceita a ajuda, mas eu subestimei meu cansaço e, quando ele tenta usar meu apoio para pegar impulso, eu acabo caindo de novo em cima dele, que geme de dor.

— Ai! Caramba, você quer mesmo me matar?

— Desculpa — digo entre risos. — Juro, não foi de propósito.

Levi me empurra para o lado e fica de pé, depois ergue o gancho para mim.

— Deixa eu te mostrar como se faz.

— Eu não sou fraca assim, só estou cansada.

— Anda logo — insiste ele, com o gancho estendido.

Quando seguro o gancho, Levi me puxa ao mesmo tempo que eu forço o corpo para cima, e as duas forças combinadas me lançam em sua direção. Eu acabo trombando nele com tudo. Perco o fôlego, encaixada em seu peito, a mão dele apoiando as minhas costas. Ergo a cabeça devagar. Nossos olhares se encontram. Por um segundo, Levi apenas me olha de um jeito profundo. Meu coração dispara, então eu o empurro e ofego, enxugando as mãos na roupa.

— Desculpa — falo com um sorriso sem graça.

Espero que ele não tenha sentido a palpitação do meu peito.

— Você está bem?

Observo a forma como Levi parece um pouco bronzeado sob a luz do poste, talvez resquícios da Grécia. Ele tem a barba por fazer, e os cachos grossos e volumosos de seu cabelo estão abaixo da orelha. Desvio o olhar.

— Não muito — admito. — Hoje de manhã... quando o navio quase quebrou a garrafinha, achei que a gente nunca mais fosse se ver.

Sou pega de surpresa pelo abraço dele, que envolve meus dois braços. Não ouso me mexer, tampouco respirar. Ele aproxima o rosto da minha orelha esquerda. Seu hálito me faz arrepiar.

— Eu te disse, você nunca vai me perder.

Fecho os olhos. Exceto por já tê-lo perdido.

Levi se afasta e eu volto a respirar.

— Deixa eu te ajudar com a bicicleta.

Enquanto ele vai buscá-la no meio da rua, eu tento pegar a mochila dele. Mal consigo erguê-la dez centímetros.

— O que está levando aqui dentro? Pedras?!

Com o braço do gancho, ele carrega a bicicleta e, com a mão, ergue sua mochila.

— Deixa comigo. — E pisca um olho para mim antes de entrar na casa.

Todas as malditas borboletas enlouquecem de uma vez no meu estômago. Dou vários tapinhas de leve nas bochechas. Deus meu, se eu não superei esses sentimentos absurdos nos meses em que ele passou viajando, o que será de mim agora que estamos juntos de novo?

Reúno toda a compostura que devo ter aqui dentro, em algum lugar, e entro em casa. Eu fico de braços cruzados ao lado da mochila que Levi deixou no pé da escada e observo-o do outro lado da sala de estar, diante da lareira, olhando para o navio.

— Eu não fazia ideia de como você ia resolver a questão da garrafinha, mas isso aqui foi genial.

— Foi ideia do Astra. Ou do Jarvis, não lembro.

— Você sabe dizer se ele cresceu da noite pro dia ou se foi aos poucos?

— Não sei, acho que aos poucos. Eu não ficava reparando nele, para falar a verdade.

— Hum.

Levi apoia a mão no topo da lareira e se inclina um pouco mais, admirando o navio dentro do aquário.

— Acho que a magia está se enfraquecendo — diz ele.

— Penso o mesmo.

— E, se ela ficar mais fraca conforme o navio for crescendo, então a gente deve ter mais dois ou três meses aqui, no máximo.

Arregalo os olhos e descruzo os braços.

— Só isso?!

Ele vem até mim e põe a mão sobre o meu ombro.

— É melhor você se preparar. Não acho que estaremos aqui no mês do Tigre.

Abaixo a cabeça, procurando uma mudança de assunto. Então vejo o gancho de madeira e o seguro diante do meu rosto. Há marcas de uso nele, o verniz desbotou um pouco, e tem a letra A que ele incrustou na base. Dou um sorriso fraco ao passar o dedo na letra.

— Não seja convencida, esse A é de "abacaxi".

Um sorriso me escapa. Ergo os olhos para Levi sem largar o gancho. Ele também não tira a mão do meu ombro. Gelo e fogo me queimam por dentro.

— Você gostou da sua viagem? — pergunto num tom cansado.

— Eu amei. — Levi não desvia os olhos de mim. — Mas é ainda melhor voltar para casa.

O sorriso tímido não se exibe em meus lábios, mas aquece meu coração.

— Encontrou a paz? — pergunto.

Breve silêncio. Então ele sorri torto, passando um dedo na minha testa.

— Ela me encontrou. E você tinha razão, as estrelas significam algo muito especial.

A gente se olha em silêncio por um instante, compartilhando a cumplicidade das cartas. Levi é o primeiro a afastar seu toque da minha pele e desviar os olhos. Largo o gancho de madeira dele e coço o nariz, pigarreando.

— Vou tomar um banho, estou exausto. — Ele aponta para as escadas atrás de mim.

— Quando foi a última vez que você comeu?

— Não me lembro — responde já subindo os degraus.

— Nem eu. Vou pedir uma pizza pra gente.

— Eu te amo, você é a melhor!

Inclino a cabeça para trás, até bater na parede, com uma careta no rosto. Por que ele precisa dizer essas coisas que não significam para ele o que eu gostaria que significassem? É tortura!

Vou até o móvel lateral do sofá pisando duro. Quando pego o telefone para discar o número da pizzaria, meus olhos pousam sobre o *Jolly Roger* acima da lareira. Ele flutua pacífico sobre as águas do aquário. Meus olhos começam a arder. Nós não estamos prontas, não posso voltar agora. Ainda temos muito o que viver juntas, muito o que conversar e compartilhar.

Por favor, me dê mais tempo.

75

IMAGINO QUE LEVI ESTEJA SE RECUPERANDO do cansaço da longa viagem, porque, quando eu saio de manhã para o trabalho, o quarto dele ainda está com a porta fechada. Deixo o café da manhã pronto e uma mensagem sobre a bandeja coberta.

`Aproveite, mas não se acostume :)`

O dia amanheceu parcamente ensolarado, então vou pedalando para o Olden Times, aproveitando o vento fresco e o esplendor dos raios sobre as pedras úmidas. Hillbourne fica maravilhosa um dia depois de chover muito, especialmente se faz sol. Agora consigo entender por que o povo daqui é superprotetor em relação à cidade. São esses pequenos detalhes que, juntos, fazem desse lugar uma pérola mágica.

Quando chego ao trabalho, eu me deparo com Helen sentada na amurada do pequeno jardim, um pirulito na boca. Desço da bicicleta e a levo para o estacionamento sem olhar diretamente para Helen. Depois, me aproximo devagar do jardim.

— Me perdoe por ontem — diz ela ao desviar os olhos. — Sinto muito mesmo. Passei dos limites.

Tento medir o tom das palavras antes de dizê-las.

— Eu só queria entender o motivo.

— Não é óbvio? Eu estava estressada e descontei em você.

Mordo o lábio tomando coragem para insistir.

— Sabe, eu não acho que foi só estresse, Helen. Pelo menos não por causa de ontem. Setembro inteiro foi um mês de intensos trabalhos, e a cada entrevista você perdia um pouquinho mais de paciência.

Helen se levanta e tira o pirulito da boca.

— Merda, Alison! Eu só queria pedir perdão, tá bem? Não precisa bancar a psicóloga, estou ok.

— Você claramente não está bem.

— Eu disse que estou *OK*, não bem.

— Você não é assim — falo, magoada, dando um passo para trás.

— Como pode dizer isso? Você nem me conhece.

— E de quem é a culpa? — retruco sem pensar. Ela fica muito séria de repente. — Toda vez que tentei me aproximar, você me afastou.

— Obrigada por estragar meu pedido de desculpas.

— Quer saber? Sou *eu* quem devia pedir perdão. — Não consigo mais controlar a raiva. — Desculpa por me importar com você.

— Argh! Que *drama queen*. — Helen revira os olhos, devolvendo o pirulito para a boca.

Ela gira os calcanhares e vai embora pisando duro.

— Achei que fôssemos amigas!

Mas ela não demonstra ter me escutado. Ergo os braços ao céu e grunho de raiva.

Nesse exato instante, a senhora Mackenzie chega dirigindo seu conversível, um dos poucos carros que circulam na cidade. Ela estaciona, desce do veículo e vem direto para onde estou.

— Por que eu acabei de passar pela minha secretária caminhando na direção oposta à do jornal?

— Porque...

A senhora Mackenzie apoia uma mão na cintura, seus óculos escuros me protegem da frieza de seu olhar. Eu coço a cabeça enquanto penso na explicação que a chefe está obviamente esperando.

— ... ela, hã... deve ter ido prospectar locais de possíveis matérias. Eu vou ficar escrevendo as últimas que já têm fotos e entrevistas. Dividir...

— Para conquistar, já sei. E suponho que ficará na mesa dela, cuidando da secretaria?

Abro a boca, um pouco assustada, então balanço a cabeça com convicção.

— Claro.

A senhora Mackenzie não parece nada satisfeita, mas entra no jornal mesmo assim. Respiro aliviada e sigo logo atrás dela.

Ainda estou me acostumando com a cadeira e o computador da Helen quando o telefone toca. Deixo-o tocar por alguns segundos, encarando o aparelho. Por que atender isso é tão assustador?

— Pega logo essa porcaria! — resmunga Jack do outro lado do balcão.

— Olden Times, aqui é a... Alison.

— Poderia vir ao meu escritório, por favor?

Me sinto gelar por dentro.

— Sim, senhora.

Desligo e, por alguns segundos, permaneço com a mão sobre o aparelho, nervosa. Preciso me acalmar, tá tudo bem. Olho para a porta do salão na esperança de ver Helen entrando por ela, mas a única coisa que vejo é o lindo dia.

Levanto-me da cadeira e uso o espelho decorativo da recepção para ajustar a roupa e o cabelo, aí sigo para o escritório no andar de cima. Depois de duas batidinhas leves, abro a porta e enfio a cabeça pelo espaço.

— Sim?

— Por favor, sente-se.

Oh, não, isso não pode ser um bom sinal. Fecho a porta atrás de mim e vou até uma das cadeiras. Sento-me no estofado com as coxas sobre as mãos. A senhora Mackenzie retira os óculos de grau e volta sua atenção do computador para mim. A princípio, ela não diz nada, apenas me analisa. Enrijeço a postura.

— Você foi uma ótima influência para a Helen, sabia?

Pisco. Ok, por essa eu não esperava. A mulher cruza as mãos sobre a mesa.

— Em todos esses anos, Helen nunca demonstrou nenhuma iniciativa. Mas foi só você chegar e, meses depois, ela me apresenta essa ótima ideia que se transforma no maior sucesso do jornal em anos.

Me incomoda que ela esteja falando mal da Helen para mim e, só por causa disso, tenho coragem suficiente para franzir as sobrancelhas e questioná-la:

— Me perdoa, senhora, mas ela já não tinha apresentado outras ideias antes?

— Uma vez, *e eu aprovei*. Só deixei o Jack como líder do projeto pela experiência dele. Teria sido ótimo, a ideia era de fato muito boa, mas o que aconteceu? — Ela faz uma pausa. — Nada. Nenhum dos dois fez coisa nenhuma. Sempre esperando que o outro começasse. Desapontador.

Hum... Interessante conhecer o outro lado dessa história.

— Em poucos meses na sua companhia, porém, eu vi aquela garota desabrochar. — Travo os dentes para não sorrir como uma grande tolinha. — Pela primeira vez, Helen realmente parecia interessada no trabalho, e isso me fez lembrar do motivo pelo qual a contratei, anos atrás. Foi precisamente por enxergar esse potencial nela. O potencial que você parece conseguir extrair.

Meus lábios vencem a barreira e se inclinam em um sorriso discreto, porém muito satisfeito.

— Helen Carter poderia me substituir na direção do Olden Times em alguns anos, se ela continuasse assim. Ora essa, por que a surpresa? Eu gostaria de me aposentar, mas ninguém na minha família tem competência e interesse para assumir o jornal. Alguns têm competência, outros interesse, mas não vejo ninguém com os dois. É normal em empresas familiares, um fardo que devemos suportar.

Balanço a cabeça para exprimir empatia.

— Então acho que você consegue entender a minha frustração por essas últimas semanas.

Paro de anuir. Com a pose congelada, eu nem pisco. Deveria ter esperado por essa reviravolta no discurso dela, considerando o tempo verbal das frases, mas fiquei distraída pelos elogios.

— Escute-me com atenção, senhora Hazy, porque estou lhe dando uma segunda e última chance. E estou fazendo isso pela Helen também.

A senhora Mackenzie se inclina um pouco sobre a mesa. Travo a mandíbula, atingida pela frieza de suas palavras.

— Como eu disse, você pode ser uma boa influência, mas também pode ser uma má companhia. Não me entenda mal, Helen é responsável pela própria vida e precisará me provar que está à altura do desafio se for me substituir um dia, mas, por agora, ela precisa de uma amiga. Alguém como você, capaz de encorajá-la a desafiar seus limites e honrar suas responsabilidades. Alguém que não vá ajudá-la a pregar uma peça no colega de trabalho ou a mentir para a chefe.

Engulo em seco, assentindo. As minhas bochechas queimam. Como essa mulher consegue me elogiar e criticar ao mesmo tempo? É uma habilidade perspicaz.

— Então você realmente precisa aprender a administrar melhor o seu trabalho, inclusive sendo honesta quando está sobrecarregada. Você não vai ajudar a Helen carregando esse projeto nas costas; vai ajudá-la se conseguir resgatar aquela parceria do início. É o trabalho das duas, *juntas*, que torna essa série tão boa.

Anuo de leve esforçando-me para não cair no choro.

Em parte, a senhora Mackenzie tem razão. Eu via esse trabalho como uma desculpa para me aproximar da Helen e apenas isso; nem sequer percebi como o meu comportamento, positivo ou negativo, a influenciava. Mas não sei se consigo resgatar o espírito determinado e valente que ela demonstrou no início do projeto. Eu nem sequer entendo quando, como ou por que nossa parceria mudou.

— Obrigada pela segunda chance — consigo dizer baixinho, sem a voz falhar. — Prometo que farei valer a pena.

— Eu sei que estou sendo muito dura com você, mas só estou fazendo isso porque também vejo o seu potencial. E não quero vê-la cometer os mesmos erros que eu.

Dou um sorrisinho fraco e me levanto para ir embora.

— Por favor, não conte para a Helen o que eu falei sobre ela me substituir um dia.

— Pode deixar.

Saio do escritório com as orelhas quentes. O peso da responsabilidade me faz afundar na cadeira. O balcão parece frio e imenso só comigo e o Jack aqui. Ao longo da manhã, não consigo prestar atenção no trabalho. Minha mente fica girando em torno daquela conversa.

Ao meio-dia, levanto-me para almoçar. Helen ainda não voltou.

— Jack? — Ele retira os fones. — Quer almoçar comigo?

Para a minha surpresa, ele se levanta e vem até a porta.

— Você finalmente convidou. Três meses depois, e eu vou fingir que não é só porque está brigada com a sua amiguinha.

— Não sabia que estava esperando por um convite. — Passo por ele, que segura a porta do balcão para mim.

— Não seja ridícula, é claro que eu não estava esperando. — No estacionamento, Jack aponta para o carro da senhora Mackenzie. — É um Jaguar E-Type Roadster 1962. Sabia que fui eu quem falou desse carro para a chefia?

— Sério? — pergunto enquanto caminho ao lado dele.

— Era o meu sonho de consumo e ela roubou. Até a cor! Aquele laranja ali, o estilo da calota esportiva, tudo fui eu que mostrei para ela.

— Como eu nunca ouvi essa história antes?

A gente segue caminhando para o Grind Cafe sob o sol fresco de outono. Nós conversamos sobre carros. Eu não entendo nada do que o Jack fala, mas ele tem animação e assunto por nós dois. Me limito a expressar alguns comentários e perguntas, o que é perfeito em certa medida, porque não estou no clima para falar muito e a conversa me distrai.

Quando chegamos ao estabelecimento, procuro Helen com os olhos. Ela não está aqui. Se Jack nota o movimento, faz a gentileza de não comentar.

Após o almoço, passo o resto do dia contando os minutos para dar o horário de ir embora. Não consigo fazer direito o trabalho de secretária da Helen e mal edito uma matéria. A única coisa que salva minha tarde do tédio absoluto é o Jack e sua ladainha interminável sobre carros.

— Preciso ir — falo às cinco em ponto. — Obrigada por hoje, Jack.

— Não há de quê, garota.

Visto minha capa de chuva, coloco a bolsa na cestinha e saio pedalando debaixo da garoa. Passo primeiro na casa dela. Bato na madeira três vezes, toco a campainha e abro um pouco a porta quando ela não responde, só para confirmar que Helen não está em casa. Aí sigo para a praia, onde fico esperando-a no banco em frente ao sorveteiro. Nesse meio-tempo, Levi manda uma mensagem perguntando se aconteceu alguma coisa.

> **Alison:)**
> Nada não, só estou procurando por mamãe.
> Vou chegar mais tarde, guarda janta pra mim?

Quase duas horas depois, desisto de esperar. Não quero mandar mensagem, não com as coisas tensas entre a gente. Prefiro resolver face a face. Levanto-me, mãos na cintura. Já procurei em todos os lugares aonde ela costuma ir. Onde será que...? O *pub*. Vale a tentativa.

Subo na bicicleta e pedalo rápido, pressentindo o pior.

O Americana Pub é o único estabelecimento de Hillbourne que não tem esse ar britânico ou uma herança familiar. De acordo com a matéria que publicamos na nossa série, o bar é um tributo aos anos 1980 e foi fundado há três décadas por um então jovem estadunidense mochileiro que chegara à cidade por engano e acabara se apaixonando pelo lugar — e por uma certa habitante também. Como um bom nerd e amante da cultura pop, ele criou o perfeito ponto de encontro para os jovens da cidade.

Deixo a bicicleta encostada na parede e entro no *pub*. O ambiente é um contraste de luzes e sombras, embalado por músicas excêntricas. Os funcionários ganham um quê exótico com as roupas coloridas e penteados diferentes.

Penduro a capa de chuva no cabideiro da entrada e dou alguns passos tímidos enquanto procuro por Helen. Não levo mais do que três segundos para achá-la no lugar vazio, cantando no karaokê, no palanque dos fundos. Sinto um aperto no peito. Ela está descalça, o cabelo bagunçado e uns dois botões a mais abertos da blusa. Apoiada num tamborete alto, Helen canta melancolicamente.

I'll spread my wings and I'll learn how to fly
I'll do what it takes 'til I touch the sky
And I'll make a wish, take a chance,
make a change and breakaway

76

28 DE JUNHO DE 2016

EU HAVIA PASSADO POR UMA LOJA de itens para bebês no caminho. Aquele era precisamente o tipo de coisa em que não reparava antes. Eu tinha parado diante da vitrine, admirando as coisinhas fofas, até que vi os preços e voltei a andar. Apertei a alça da bolsa com força.

Agora, paralisada diante da casa dele, eu relutava em ir até lá. Como será que Blake reagiria? Ele precisava entender que eu não estava ali para exigir direitos ou algo do tipo; não queria que ele assumisse o filho, queria que assumisse a nossa família. Ok, isso incluiria termos um bebê, mas não era sobre o bebê. Era sobre nós.

Olhei para cima, angustiada. Nem a Olivia tinha entendido, como esperar que Blake entendesse? Minha esperança estava naquelas infinitas conversas sobre termos a nossa família um dia, nos anjinhos de neve do inverno e nas brincadeiras com água e sabão da primavera. Ele não poderia ter esquecido disso em tão pouco tempo. A gente tinha conversado muito sobre viagens de carro, o nome do cachorro, se era melhor casa ou apartamento... Tínhamos até uma lista de cidades onde gostaríamos de morar quando nos aposentássemos.

Soltei o ar de uma vez, empertiguei a postura e fui até lá. Dei duas batidas fortes na porta, depois um passo para trás. Blake e eu nunca tínhamos planejado ser pais tão cedo, mas isso até poderia ser legal. Uma aventura a ser superada. Nós poderíamos enfrentar os desafios, juntos. Como uma família.

— Você — disse a mãe dele, secamente.

— Oi, o Blake está?

— Por que deseja saber dele se terminaram o namoro? Blake está bem, ele não precisa de você e dos seus problemas.

Toda a minha gentileza evaporou com o calor das bochechas.

— Por que eu quero falar com ele não é da sua conta.

— Ele não está. — E bateu a porta na minha cara.

Era uma pena que o nosso bebê fosse ter avós tão horríveis.

Voltei para debaixo da árvore e liguei para Blake. Ele desligou, depois mandou mensagem reclamando que estava na escola fazendo um trabalho importante. Eu respondi que precisávamos conversar. Blake não respondeu mais. Eu não queria voltar ao nosso antigo colégio, era estranho caminhar por corredores e salas que guardavam tantas memórias de anos a fio, mas momentos desesperados pediam medidas drásticas.

Fiquei esperando no interior do local, apoiada em uma coluna até minhas pernas doerem. Cansada, procurei um lugar para me sentar, onde passei o resto da tarde. Por fim, já no crepúsculo, Blake resolveu responder às minhas mensagens. Ele não ficou muito feliz em saber que eu estava ali, mas retruquei que era importante e ignorei o medo enquanto caminhava até o pátio interno.

Ele vestia o uniforme da escola e meu coração apertou de saudade.

— O que está acontecendo, El? — Blake disparou assim que nos aproximamos. — Minha mãe disse que você foi até lá. Eu te disse para ficar longe da minha casa quando...

— Eu não sabia que ela estaria em casa, ok?! Me desculpa. Era meio-dia, por que ela não estava trabalhando?

— Foi imprudente e arriscado da sua parte, merda. Agora eles vão ficar no meu pé, ainda mais...

— Estou grávida.

A expressão dele se apagou. Meu corpo tremia. Fechei os punhos e abaixei a cabeça.

— Estou grávida, Blake.

— Por que está me contando isso? — Não tive coragem de erguer os olhos marejados para ele. — Helen, você sabe o que fazer. Por que está me contando?

Travei a mandíbula, abaixando ainda mais o rosto. Mesmo com todo o esforço, as lágrimas começaram a escorrer.

— Mas que merda! — falou alto. Então, como se ele se lembrasse de onde estava, abaixou o tom. — Por que você está me contando isso?

Quando Blake segurou meus ombros e me sacudiu, ergui a cabeça para ele. Sentia meu rosto vermelho e molhado.

— Eu sei que não foi exatamente como a gente tinha planejado... — comecei com a voz bamba.

— Nós nunca sequer conversamos sobre esse tipo de desastre. Ficou louca?!

— Não, Blake, por favor, *escute*... — Blake manteve o rosto sério e a mão firme sobre os meus ombros, a ponto de me machucar. — Eu sei que quando a gente sonhava em ter uma família não era desse jeito, nem agora, mas...

— Aquele papo furado era só uma brincadeira, Helen. Por Deus! O que você estava pensando? Que eu ficaria feliz com essa merda de notícia?!

— Não, eu só pensei que...

— Você sabe o que deve fazer.

— ... que você também queria uma família.

— Eu quero *o meu futuro*. — A voz dele era dura e afiada, o perfeito oposto da minha. — Nossa vida está só começando, por que a gente jogaria tudo fora?!

Não consegui responder, com o queixo tremendo e os olhos cheios d'água.

— Helen? — Blake apertou ainda mais os meus ombros, gemi de dor. Tentei me afastar, mas ele me puxou para perto. — Olhe para mim. Olhe para mim, merda!

Blake nunca tinha falado assim comigo, no tom de voz que era típico do George. Ergui a cabeça com uma careta de dor, os lábios bem fechados na tentativa de controlar o choro.

— Você, *e apenas você*, pode acabar com esse erro. Não acha absurdo que, se quiser, você pode arruinar as nossas vidas?! Porque eu não vou ter outra escolha a não ser participar desse inferno se você continuar a gravidez, não é? — Abaixei a cabeça, o coração em pedaços. — Helen, olhe para mim! Você não faria isso, faria? Porque eu não te perdoaria se destruísse minha vida assim.

— Eu só queria que a gente fosse feliz, juntos.

Blake me puxou para o lado e saiu me arrastando pelo braço, atravessando o pátio. Só percebi que tinha começado a chover e que parte dos meus tremores eram de frio quando fomos para debaixo de um teto. Consegui me desvencilhar das mãos dele quando chegamos ao corredor e me abracei. Blake colocou as duas mãos na parede atrás de mim, prendendo-me naquele espacinho.

— Helen, escute — disse com a voz grave, frustrada. Fechei os olhos, tremendo, sem conseguir conter as lágrimas. — Acho que tivemos uma história linda. Você foi o amor da minha vida, e eu não acho que vou amar outra pessoa da mesma maneira que amei você.

Não conseguia olhar para ele. Com o rosto voltado pro lado, sentia seu hálito quente em minha bochecha.

— Mas a gente precisa admitir que terminou. Vai ser melhor esquecer o que aconteceu nesse último ano e preservar as boas lembranças, antes que a gente destrua tudo.

— Blake...

— Esqueça Liverpool, Helen. Me esqueça e siga em frente.

Enfim voltei o olhar para ele. Enquanto eu estava em ruínas, Blake não parecia ter sequer uma fissura.

— Você disse que me amava — sussurrei.

Isso era o pior de tudo. Em todas as vezes que Blake me dissera "Eu te amo", eu havia acreditado. Nunca tinha duvidado de seu amor. Agora, estava sendo apunhalada pela única pessoa que jamais havia imaginado que me machucaria.

— Eu sinto muito — disse ele sem uma única lágrima nos olhos. — Talvez o amor definhe com o tempo. Não significa que não tenha sido real um dia.

Blake tirou uma mão da parede para erguer meu queixo. Ele me encarou, sério.

— Por favor, faça a coisa certa.

Não respondi.

— Adeus, Helen.

Ele tirou a mão do meu queixo. Hesitou por um instante, então deu um passo para trás e saiu andando. De repente, o mundo ficou mais frio ao meu redor.

Permaneci parada. Já não estava mais tremendo nem chorando. Como se, com um sopro, Blake tivesse me apagado. Era o fim. O fim da minha chance de escapar, da nossa família imaginária, do único relacionamento que eu já tivera na vida.

Fim.

E, no entanto, a vida ainda precisava continuar de alguma forma.

Deixei o colégio andando debaixo da chuva, letárgica.

77

ASSIM QUE A MÚSICA ACABA, subo no palco.

— Ei, vem cá. Vamos dar um tempo para essa voz descansar.

Ela não resiste, mas também não aceita ajuda.

— Eu posso andar.

Helen desce do palco e segue direto para o balcão. Eu sigo atrás dela, grata por ser quinta-feira e não ter quase ninguém aqui. Estou com medo de ela dar algum show. Helen nunca ficou bêbada assim, não comigo perto, então não faço ideia de como agir.

— Matt, meu chuchuzinho, pode servir mais um do meu favorito?

— É pra já, gatinha. — Ele pisca.

Noto a camisa xadrez vermelha do bartender. Eu já vi essa camisa antes, mas não consigo me lembrar. O mirador. Ele é o cara do piquenique. Imediatamente sinto um desgosto pelo rapaz. Viro-me para o lado.

— Helen...

— Por favor, Alison, podemos deixar isso pra amanhã? Estou tendo um momento aqui.

— Eu só... Por que não vamos para a minha casa comer alguma coisa?

— Desculpa, já tenho compromisso. Não é, Matt?

O homem deve ser apenas um pouco mais velho que Helen. Com o cabelo escuro, olhos negros e algumas tatuagens à mostra, ele entrega o copo dela.

— Só mais meia hora e o meu turno acaba, gatinha.

— Viu? — Helen sorve a bebida pelo canudinho.

— Ok, tudo bem. — Balanço a cabeça, nervosa. — Eu só vim te pedir perdão.

Helen começa a revirar os olhos, o que dói como um soco no estômago. Antes que ela termine o gesto, seguro seu rosto com as duas mãos e a faço olhar para mim. A dor que sinto no peito contorce meu rosto, e Helen parece notar essa expressão facial, porque fica mais séria. Ela me encara de volta, os olhos meio baixos, vermelhos e marejados.

— Helen, eu sinto muito — começo a dizer, mas preciso parar e engolir a fim de desmanchar o nó na garganta. — Eu entendo que você tem um passado doloroso e que por isso prefere não tocar no assunto. Eu entendo que, provavelmente por essa razão, você mantém relacionamentos rasos, porque é mais fácil lidar com as pessoas quando elas permanecem apenas na salinha de entrada da nossa casa interior. Me perdoa por ter insistido tanto em entrar na sua vida. Eu posso ficar no *hall* com o Matt, e a senhora Mackenzie, e o Jack, e o sorveteiro, e o artesão, e todo o resto da cidade.

Os olhos dela ficam cada vez mais cheios d'água, as bochechas quentes sob o toque de minhas mãos.

— Eu só achei que a gente pudesse ser mais do que isso, sabe? — Dou um sorriso triste. Meus olhos ardem. — Já tive amigos de verdade uma vez e sei a tremenda diferença que eles fazem na nossa vida. Especialmente as amizades do clã feminino. Nós, garotas, precisamos nos apoiar, certo? E é muito bom quando temos uma amiga do nosso lado.

Helen pisca, algumas lágrimas escorrem e molham minha mão. Meu queixo treme.

— Sabe, deixa eu te contar um segredo: eu fiquei um pouco magoada com o Thomas porque ele me abandonou quando eu mais precisei de um amigo. Não o culpo por tudo o que aconteceu comigo, sofri as consequências das minhas decisões, mas hoje, estando sóbria, eu consigo ver como não tinha condições de fazer boas escolhas naquela época e não consigo deixar de sentir um aperto no peito por saber que ele poderia ter feito mais. Desde o começo, ele sabia que eu estava fumando escondido, mas preferiu guardar silêncio a me confrontar. E, às vezes, a gente só precisa de um amigo para fazer o papel chato de nos dizer as verdades feias que não queremos encarar. A Sophia teria feito isso por mim. Sei que, se eu tivesse tentado afastá-la, ela jamais teria me permitido vencer. Ela teria lutado por mim. Nem que fosse contra mim mesma.

Preciso parar por um momento para recuperar a voz. As minhas mãos tremem de leve, mas continuo segurando seu rosto, fitando-a profundamente. Helen não desvia os olhos.

— Nós somos responsáveis pelas nossas próprias batalhas, mas não deveríamos enfrentá-las sozinhas. Porque, se tivéssemos alguém segurando nossa mão quando sentimos medo ou para nos ajudar a levantar quando caíssemos, nós poderíamos lutar com mais bravura e por muito mais tempo. — Ela abaixa um pouco os olhos, para um ponto qualquer. — Mas esse tipo de amizade requer vulnerabilidade, Helen. Não é algo que a gente consegue no raso.

Engulo o choro. E, devagar, solto o rosto dela. Minhas mãos estão quentes. Helen volta a me encarar. Vermelha, rosto molhado.

— Eu gosto de você, Helen Carter. E adoraria ter a sua amizade, exatamente como certa vez eu tive a da Sophia. Mas entendo que isso é algo difícil, então posso ficar apenas naquela salinha de entrada, com todos os outros, se isso significa continuar na sua vida.

Dou um passo para trás.

— Se eu abrir a porta... — fala Helen, com a voz baixa e trêmula. — Se eu te deixar entrar... você não vai ficar.

— Como pode ter tanta certeza?

— Porque olhe ao meu redor. Vê alguém do meu passado? Não. Ou eu afastei todos eles ou eles se afastaram de mim. Ninguém lutou o bastante para ficar.

Apoio a mão na bancada e me inclino um pouco para frente.

— Se algum dia você confiar em mim o suficiente para dar o primeiro passo, eu prometo que vou te acompanhar pelo resto do caminho. Prometo que vou te amar incondicionalmente, mas você precisa confiar primeiro, Helen.

Dou as costas e sigo para a saída, cabisbaixa, enquanto seco as lágrimas. Pego a capa de chuva e saio do bar vestindo-a. Subo na bicicleta e, sob as estrelas da noite, vou pedalando devagar para casa.

Tem uma pedra no lugar do meu coração, e a língua parece cheia de espinhos. Não queria ter dito tudo aquilo, não sei como aconteceu, mas tudo o que eu disse é verdade. E, enquanto pedalo, percebo com horror que cada gota do meu sangue carrega agora uma lembrança saudosa do efeito entorpecente do Pinky Dreams. Aperto o guidão com força. Odeio admitir que, se estivesse na Terra do Nunca, provavelmente estaria procurando neste exato momento por um fornecedor. Eu não estaria mais sóbria, se tivesse escolha. E essa compreensão me deixa ofegante.

Chego em casa, largo a bicicleta na entrada e abro a porta de uma vez. Atravesso a sala sem respirar direito, mal enxergando as coisas na minha frente.

— Boa noite. E aí, como... — Levi se interrompe quando o abraço. — O que houve? Está tudo bem?

Aperto os braços ao redor dele, o rosto encostado de lado em seu peito. Estou com os olhos meio arregalados, a boca entreaberta pela falta de fôlego.

— Alison?

Demoro um pouco para conseguir falar.

— O que você faria se descobrisse que estou fumando escondido?

Ele não responde de imediato, mas o sinto apertar um pouco mais o abraço.

— Você está?

— Não. Mas e se eu tivesse uma recaída?

Ele apoia a cabeça sobre a minha.

— Eu não sei o que faria, Alison. Sinceramente. Mas sei de uma coisa: não vou te perder. Você teria que passar por cima do meu cadáver se quisesse fugir.

Meu rosto se contorce pela dor.

— Obrigada — sussurro.

— Só espero que você saiba que pode me contar qualquer coisa, sempre. Nunca vou te julgar antes de tentar te ajudar.

Eu continuo abraçada a ele enquanto sinto os calafrios. Levi cruza os braços nas minhas costas, protetor. O medo aperta meu coração e estrangula a garganta. Fecho os olhos. Um choro sem lágrimas me faz tremer.

Eu sei que fui perdoada.

Eu sei que já passou.

Eu sei que está tudo bem.

Mas acho que não tinha percebido como eu ainda corro o risco de tropeçar e cair. Porque meu corpo não é de ferro e eu vou carregar para sempre essas memórias. Então, às vezes, vou ter que lutar contra fantasmas.

Inspiro o perfume de Levi.

Pelo menos não vou lutar sozinha.

78

DEPOIS DAQUELA NOITE NO *PUB*, achei que Helen fosse me questionar sobre quem eram Sophia e Thomas e como eles eram meus amigos — sendo que eu havia dito que Levi era o único vizinho de fazenda próximo o bastante —, mas acho que ela estava bêbada demais para se lembrar desses detalhes.

As semanas se passaram e a gente não brigou mais. Apesar disso, as coisas não são como antes. Nós conversamos apenas como duas pessoas civilizadas que trabalham juntas, sobre assuntos polidos que giram em torno do trabalho. Ainda almoçamos no Grind Cafe, porém não passamos os finais de semana na casa uma da outra, tampouco caminhamos juntas na praia.

Isso dói mais do que se eu nunca tivesse experimentado uma amizade com ela. Machuca sentir falta das nossas risadas, de cantar e dançar no meio da sala, de assistir a clássicos até de madrugada...

E eu sei que ela continua sofrendo. Vejo isso em como se esforça para participar de todas as entrevistas, em como se esconde atrás de sorrisos educados enquanto mantém o punho cerrado e uma perna balançando sob a mesa, em como ela se distrai diante do computador com o olhar triste e vazio. Mas como eu posso ajudar se ela ainda não deu o primeiro passo?

Nas últimas semanas, tenho orado mais intensamente por isso. O navio continua crescendo, um pouco a cada dia, fazendo o nosso tempo aqui minguar diante dos meus olhos. Contudo, a única resposta que ouço dos Fundadores é um suave "Espere".

✦ ✦ ✦

— Então, você acha que a série ainda está longe de terminar? — pergunta Levi ao passar pasta de amendoim sobre os nossos sanduíches enquanto eu lavo as louças.

— Essa cidade é infestada de histórias, acho que eles terão assunto para dois anos de série, se quiserem. — Roubo um pouco de pasta com o dedo. — Hoje vamos na capela, é a matéria da próxima semana.

— Falando nisso... — Levi deixa os sanduíches prontos sobre o balcão e cruza os braços, observando-me trabalhar. O cheiro de café recém-passado sobe da cafeteira elétrica. — Eu quero tentar de novo a Cerimônia de Adoção quando a gente voltar para a Terra do Nunca.

Olho por cima do ombro, as mãos cheias de espuma. Abro um sorriso.

— Dessa vez, pela motivação certa — acrescenta ele.

— Ai, Levi... Estou tão feliz por você!

Volto minha atenção para a pia.

— Eu acho que serei escolhido por Pórthica. Ou Riach. É um pressentimento.

— Podemos procurar o templo de Areia Vermelha quando formos sequestrar o Thomas — sugiro, empolgada com a ideia.

Levi não responde. Diante do silêncio, olho para trás bem a tempo de flagrá-lo com uma cara de culpado. Ele vira o rosto para baixo.

— O que foi? — pergunto.

— Nada.

— É alguma coisa.

— Não é nada de mais.

Puxo um pano de prato, no qual enxugo a espuma das mãos, e apoio as costas na pia atrás de mim. Estudo Levi com um olhar sagaz.

— Eu vou sequestrar o Thomas. Você sabe disso, lembra? Eu prometi para ele.

Levi passa a mão no cabelo e a desce pra parte de trás do pescoço.

— É que...

— O quê?

— Eu pedi para a Claire sequestrar ele.

— Você *o quê*?!

— Era para ser uma surpresa!

— Surpresa para quem? — falo alto, indignada. — O menino nem conhece ela! Você parou para pensar em como ele vai reagir vendo uma pirata sequestrando ele?!

— Calma. — Levi ergue a mão e o gancho, rindo nervoso. — Ela vai dizer que fui eu quem a enviou, vai dar tudo...

— Levi, Deus meu, não acredito que você fez isso!

— Você achou mesmo que poderia participar dessa operação? Você é uma refugiada, Alison. Não pode chegar nem perto de uma criança perdida pelos próximos anos.

— Mas você...

— Além do mais, a Claire estava muito irritada por ter que tomar conta do reino na minha ausência. Dar essa missão a ela foi um jeito de deixá-la mais animada.

Arqueio as sobrancelhas.

— O Thomas vai te matar. E eu vou assistir comendo pipoca.

— Sério? — Ele sorri torto. — Você não vai defender seu marido?

— Não. Talvez eu até ajude a esconderem seu corpo. — Volto-me para as louças.

— Isso é muito macabro vindo de uma mulher que pode ficar viúva.

— Apenas sirva nossas xícaras — resmungo.

Prendo o sorriso entre os dentes e meneio a cabeça. Espero que a Claire não assuste muito o Thomas quando for sequestrá-lo.

✦ ✦ ✦

É 31 de outubro. Halloween. A cidade inteira está decorada com abóboras, teias de aranha e seres místicos. Haverá uma tradição hoje à noite de caça aos fantasmas, uma coisa típica de Hillbourne. Aqui, não existe "gostosuras ou travessuras"; o Halloween é como uma Páscoa, só que, em vez de caçar ovos de chocolate, os jovens e adolescentes caçam fantasmas. Considerando a idade deste lugar, não deve ser muito difícil achar alguns.

— Bom dia — falo ao entrar no balcão.

O Olden Times também está todo decorado, até a iluminação ficou diferente. Tem um esqueleto ao lado da minha mesa.

— Bom dia — responde Helen. Jack ainda não chegou. — Alison, o pastor Davies acabou de me responder. Acha que podemos ir agora à capela?

— É claro, vou pegar o material.

Depois de organizar tudo, seguimos a pé para o morro. A igrejinha branca se destaca na vegetação amarronzada, um charme peculiar ao outono. Helen parece gostar disso, porque começa a tirar algumas fotos ainda à distância.

Nós somos recebidas pelo reverendo e a secretária. Helen faz algumas fotos deles e várias da capela. Por fim, eu tomo a iniciativa de conduzir as entrevistas antes que Helen me peça para fazer isso. Vejo como ela me olha com carinho e assinto de volta em cumplicidade.

Quando terminamos tudo, percorremos o caminho de volta.

— Obrigada — diz Helen sem contextualizar. Nem precisa.

— Não há de quê.

De volta ao Olden Times, eu me ocupo em organizar a história de hoje enquanto Helen edita uma matéria. Por causa da tradição de Halloween, a senhora Mackenzie deu folga para todos amanhã, e isso deixou Jack muito animado. Ele cantarola de sua mesa. O dia passa rápido, repleto de bom humor e trabalho.

Às três e meia, a senhora Mackenzie desce do escritório.

— Boa tarde, pessoal. Feliz Halloween!

Murmúrios de resposta. Ela para diante da porta e percorre o balcão com os olhos.

— Acho que podemos concordar que o dia de hoje não será muito produtivo, não é mesmo? Vocês podem encerrar o expediente mais cedo, se acharem que isso não vai prejudicar a entrega das demandas.

Assim que a mulher passa pela porta, Jack se põe de pé num salto.

— Valeu, falou! Até depois de amanhã, garotas!

Ele sai quase correndo, todo feliz.

— Hum. — Olho para o computador e cogito a possibilidade de ir embora mais cedo.

Quero dizer, com um dia a menos essa semana, deveremos trabalhar mais nos outros para conseguir entregar tudo. Perder quase duas horas hoje é um luxo que pode custar caro depois... mas o que é a vida sem esses pequenos luxos? Fecho as janelas do computador, então desligo a máquina.

— Alison? — O tom de voz dela é alarmante. — Podemos conversar?

Meu coração bate mais rápido. Não faço ideia se esse "podemos conversar" é algo bom ou ruim. É péssimo, na verdade; ninguém deveria usar essas palavras.

— Claro. — Tento parecer calma.

Helen segue para a porta dos fundos. Deixo minha bolsa sobre a cadeira e pego o casaco. Não acho que vai ser uma conversa rápida. Sento-me ao lado dela no jardim dos fundos. Ao longe, o mar é um borrão cinza-azulado. O sol brilha timidamente por entre as nuvens. Helen está cabisbaixa, olha para as próprias mãos.

— Posso te contar uma coisa? — Sua voz é baixa e insegura.

— Qualquer coisa.

Ela engole em seco.

— Às vezes, eu penso que deveria pôr um fim à minha vida. — Ela começa a balançar uma perna. — Não é sempre, mas... quando começo a pensar nisso, é difícil parar os sentimentos ruins e eu acabo entrando em um redemoinho. Eu giro, giro, giro, sem conseguir sair dele, cada dia um pouco mais profundo. — Sua voz falha. Helen se recompõe antes de continuar. — Toda vez que isso acontece, tenho medo de que seja a última.

Coloco a mão no joelho dela, parando aquele movimento intermitente. Helen vira o rosto na minha direção, tão frágil que por pouco eu não retiro a mão de seu joelho. O medo dela me deixa insegura, muito consciente do quanto eu mesma sou fraca e incapaz de salvá-la.

— Ao longo dos anos, eu aprendi a evitar os ventos que causam esse redemoinho. Faço de tudo para fugir deles. Eu tomo remédio para não menstruar, evito crianças, não converso sobre religião, nunca seguro bebês... — Pausa. — Mas o pior de todos é ver famílias felizes. Elas são o meu ponto fraco, Alison. E, nos últimos meses, tudo o que a gente fez foi contar histórias maravilhosas de famílias perfeitas. — Os olhos dela se enchem d'água. — Eu estou ficando sem forças. Estou quase desistindo.

Aperto o joelho dela. O nó em minha garganta me impede de falar, embora isso não faça muita diferença. Não sei que palavras poderia dizer. Com os olhos cheios d'água, só consigo observá-la de coração partido e torcer para que *ouvi-la* seja o bastante.

— Você disse que, se eu desse o primeiro passo, caminharia comigo o resto do caminho. — Helen faz uma pausa insegura. — Mas o que eu quero saber é se você consegue nadar. Porque, no momento, eu preciso que alguém mergulhe comigo.

Balanço a cabeça, pensando se falo mesmo o que estou prestes a revelar.

— Sabe... Eu já cheguei no fundo do poço também. Sei exatamente o que é não enxergar mais a luz e tentar pôr um fim em tudo, porque você acha que o mundo está melhor sem você e que ninguém vai se importar de verdade. — Helen reage surpresa. Dou um sorriso triste. — *Eu sei.* Já estive ali e, por isso, posso nadar com você.

Ela funga, hesitante. Vejo o duelo em suas linhas de expressão, a dor nos olhos, o desejo da esperança quando o sol se reflete no castanho deles.

— Bem, nesse caso... Essa sou eu e todos os momentos que me trouxeram até aqui.

Então ela me conta. A história inteira.

79

11 de julho de 2016

OLIVIA ESTAVA COMIGO, como havia prometido. Sentada ao meu lado na recepção, ela mexia distraidamente no celular. Tinha outras garotas também. Jovens, muito jovens, adultas. Só um homem de acompanhante. Ninguém se encarava.

— Helen Carter — chamou uma enfermeira.

Limpei o suor das mãos na calça jeans e a segui pelo corredor até uma salinha. Ela avaliou minha ficha.

— Você fez o exame pré-operação no dia 8, correto?

— Isso mesmo.

Sentei-me na cadeira do lado de cá da mesa enquanto ela pegava o remédio.

— Minha colega disse que talvez tenha esquecido o som do aparelho ligado durante o seu exame, a pessoa que ela atendeu depois de você pediu para desligar.

Meu estômago embrulhou, um sentimento ruim indigesto ali.

— Aham.

— Gostaria de te pedir perdão por isso em nome da clínica. Somos extremamente cuidadosas; nunca mostramos a tela do ultrassom, a menos que a paciente peça, e evitamos deixar o som ligado. A paciente antes de você pediu para ligar, e a Emily esqueceu de desligar depois. Foi um erro, lamento.

Sorri, educada.

— Tá tudo bem.

Não estava. Como assim aquela mulher não havia percebido que tinha um coração batendo?! Como alguém não conseguia perceber um som daqueles? A enfermeira parou perto de mim segurando um pequeno copo plástico com a pílula dentro.

— Na primeira vez que esteve aqui, eles te perguntaram se você veio por uma decisão própria? Explicaram os possíveis procedimentos e quando cada um é indicado?

— Aham.

— Ok, então aqui está. — Ela me entregou o copinho. — Talvez eu repita algo que já te falaram, mas prefiro repetir do que te deixar sem alguma informação. Você vai beber e ficar um pouco na sala de espera, em observação, só pra gente garantir que está tudo bem contigo. É normal sangrar um pouco depois de beber a primeira dose, mas também é normal não sangrar. Você vai voltar aqui amanhã, às quatro da tarde...

— Pode ser depois? Eu trabalho.

— Cinco e meia é um bom horário para você?

— Perfeito.

Coloquei o comprimido na boca e engoli. A enfermeira me entregou outro copo plástico — um maior, dessa vez — com água. Dei um gole.

— Você precisa voltar amanhã para tomar a segunda pílula, tudo bem? É muito importante, porque o aborto ainda não está concluído.

A palavra com "a" me deixou com um gosto amargo na boca.

Assenti. Então fui para a sala de observação, onde me sentei em uma cadeira. Usei um braço para me abraçar. Fechei o punho. Estava com frio. E com medo. E uma súbita vontade de chorar. Me levantei depressa e corri para o banheiro. Tranquei a porta atrás de mim. Segurei a boca com as duas mãos, bem firme. Não podia vomitar. Tinha de ir até o fim.

Eu odiava a minha vida. Sempre havia odiado. Mas, bem ali, eu a odiei um pouquinho mais.

✦✦✦

Eu balançava uma perna. Ollie colocou a mão firme sobre o meu joelho.

— Obrigada — sussurrei.

— Estou aqui por você, El. Vai dar tudo certo.

No entanto, ainda me sentia extremamente sozinha.

Quando a enfermeira me chamou, fui para uma sala igual àquela do dia anterior. A mulher me entregou a segunda pílula e um copo d'água enquanto explicava os efeitos que eu ia sentir e os medicamentos que podia ou não podia tomar. Os possíveis efeitos do procedimento eram náusea, cólica, calafrio, dor no estômago, febre e diarreia — e, obviamente, um sangramento de moderado a intenso. Eu fiquei um pouco mais na sala de observação do que da outra vez, até eles me liberarem.

Entrar no carro e afivelar o cinto foi uma sensação de alívio. Estava quase acabando.

— Noite de pizza e filme? — perguntou Ollie com um sorriso exageradamente animado. — Deus sabe que precisamos de uma distração.

Estremeci. Não queria pensar nele sabendo o que eu estava fazendo.

— Você não tinha um compromisso? — perguntei de cabeça baixa, mãos na barriga.

— Não posso sair com os meus amigos e te deixar sozinha — respondeu ela, dando seta para sair do estacionamento.

— É claro que pode. Eu quero que você se divirta, Ollie. Estava falando disso há um tempão, vou me sentir péssima se você perder por minha culpa.

— Tem certeza? — Ela me olhou de relance.

— Absoluta.

— Ok. Mas você promete que vai me ligar se acontecer alguma coisa?

— Sim, eu prometo.

— Ai, te amo! Obrigada.

Na verdade, eu estava com medo de ficar sozinha em casa, mas Ollie já estava fazendo muito por mim. Eu vinha dormindo em seu quarto já fazia quatro dias, sem nenhuma perspectiva de para onde ir ou do que fazer com a minha vida, e ela estava sendo muito paciente, nunca havia me pressionado. Então, por mais que ficar sozinha naquele momento me assustasse, não queria atrapalhar os planos dela.

No caminho de casa, paramos em uma farmácia. Enquanto eu esperava na fila, comecei a sentir algumas fisgadas no abdome. Coloquei a mão na barriga, ansiosa. Um leve sangramento. Respirei fundo. Já estava usando absorvente por precaução. As cólicas não foram muito diferentes daquelas que eu costumava sentir no meu ciclo, logo o medo diminuiu conforme a dor foi embora.

Ollie estacionou na frente de casa.

— Mamãe disse que vai chegar mais tarde hoje. Quer que eu peça uma pizza para você?

— Ollie, eu adoro quando você cuida de mim, mas não precisa, sério. Estou bem. Eu posso pedir a minha própria pizza.

— Tá beeeem. — Ela sorriu, batendo a porta do veículo ao descer.

Eu pedi pizza e tomei um banho enquanto ela se arrumava. O entregador chegou justo na hora em que ela estava saindo. Ollie roubou um pedaço e me deu tchau. Entrei com a caixa e fui ao quarto dela para comer em cima da cama. Deixei a luz do cômodo apagada e a do banheiro acesa, criando assim um clima agradável. Relaxante. Com o roupão sobre o pijama, me acomodei entre os travesseiros e abri o site do streaming. Precisava me distrair. Me acalmar.

O filme mal tinha começado quando uma pontada na barriga me fez encolher. O sangramento recomeçou. Larguei o pedaço de pizza dentro da caixa e me concentrei em respirar, gemendo de dor. A cólica era forte. Insistente. Inspirei. Expirei. Puxei o ar novamente. Segurei um pouco mais. Expirei. Repeti essa sequência várias vezes. Até a dor recuar um pouco.

Suspirei, os ombros relaxando.

Mas o alívio não durou muito e a cólica voltou. Cerrei os dentes. Fechei os olhos. Esperei. Não queria tomar o remédio para dor antes de comer alguma coisa, mas era o jeito. Com uma mão, alcancei a bolsa jogada na cama e vasculhei tudo lá dentro até meus dedos gelados acharem o pacotinho.

Demorei um pouco para abrir a embalagem com as mãos trêmulas, depois engoli o comprimido de analgésico com refrigerante. Meu coração estava agitado, nervoso. Como se ele soubesse que tinha algo acontecendo dentro de mim. Algo ruim.

Respirei devagar. Mais uma vez. Permaneci imóvel por alguns minutos, esperando. Só para ter certeza. Acho que o pior havia passado. Fechei os olhos. Ok, estava tudo bem e o remédio faria efeito logo. Tinha sido só um grande susto.

Voltei alguns minutos do filme e me acomodei na cama. Estava confortável, até uma nova cólica me pôr de joelhos. E então o sangramento aumentou. Muito.

Me arrastei para fora da cama e, com cuidado, fui caminhando a passos sofridos até o banheiro da Olivia; uma mão nas costas e a outra na lateral da barriga, os lábios bem fechados para não deixar nenhum gemido escapar. Me apoiei no batente da porta e tomei fôlego. Ao olhar para baixo, vi o sangue escorrendo pelas pernas. Olhei para trás. Tinha deixado um pequeno rastro de gotas da metade do quarto até aqui.

Eu ia trocar o absorvente, mas precisei ajoelhar na frente do vaso para vomitar. Ergui o braço já sem forças e dei descarga. Odiava aquele cheiro. Fiquei sentada no chão por um instante, tentando me recuperar. Meu corpo estava estranho, fraco, com a pele fria, embora eu estivesse suando.

Quando a cólica comprimiu minha barriga com violência, não aguentei mais e gritei de dor, contorcendo-me no chão frio do banheiro. Não havia uma posição confortável. Me encolhi, gemendo e chorando. Usei a parte de baixo do roupão para tentar conter o líquido quente que escorria abundante entre as minhas pernas, uma vã tentativa de não sujar tudo. De repente, a pior cólica de todas me atingiu. Gritei de novo, me encolhendo ainda mais.

Tentei me apoiar na parede e me levantar. Precisava ligar para Olivia, tinha que chamar ajuda, mas o braço estava fraco demais, e a mão molhada me fez escorregar.

Voltei a me encolher, chorando. Depois de me contorcer no chão sem alívio algum, tentei ficar parada na mesma posição porque achei que, se eu não me mexesse, as contrações poderiam diminuir. Fechei os olhos com força. Mordi os lábios. Não podia chorar, chorar pressionava a barriga e piorava a dor. Mas segurar o choro também apertava e doía.

Tremendo, tentei me agarrar a alguma memória feliz que me tirasse daquele pesadelo. Tentei me lembrar de alguma canção infantil de que eu gostasse. Qualquer coisa que tirasse meus pensamentos do chão do banheiro.

Eu não encontrei nada.

✦ ✦ ✦

Já devia ser madrugada quando ouvi a porta da frente abrir e fechar. O barulho das chaves sendo colocadas num potinho. O som de salto alto sendo jogado para um lado. Passos pela casa. Porta do quarto se abrindo. Passos se aproximando.

— Santo Deus! — um sussurro abalado.

Passos indo embora. Porta fechando.

Eu entendia o susto. Mesmo de olhos fechados, conseguia imaginar a cena. Um corpo branco, magricela e ensanguentado, caído no banheiro.

— Olivia, você precisa voltar. — A voz da tia Wilson falando baixo, nervosa, do outro lado da porta do quarto. — Não, senhorita! *Agora*. Sim, ela está no seu banheiro. É um pesadelo, não sei como você vai limpar aquilo. Merda, Olivia, eu não sei. Acho que sim, estava respirando. Eu acho. Ok, vou verificar!

Silêncio. Batidas leves na porta do quarto.

— Helen? Oi, querida, cheguei! Você está aí?

Inspirei devagar para testar se o ventre suportaria o movimento. Gemi baixinho.

— Helen? Você está bem?

Continuei imóvel, tentando respirar o mais suavemente possível, morrendo de medo de as cólicas voltarem sob qualquer movimento.

Silêncio.

— A Olivia está chegando, aguente firme.

Eu não sabia quanto tempo havia se passado desde que as cólicas tinham começado; tudo o que eu sabia é que, para mim, haviam durado uma eternidade. E, em algum momento durante aquele inferno, as contrações pararam. Eu supunha que tinha acabado, embora não tivesse coragem de me movimentar para testar a teoria. Estava fraca, cansada e dolorida. E muito assustada.

Fiquei imóvel por mais um tempo. Um longo tempo.

Ouvi os passos corridos da Olivia chegando.

— Ai, meu Deus! Ai, meu Deus! — A voz desesperadamente aguda. — Helen? Helen, me perdoa, me perdoa, sinto muito, você está bem? Por favor, fala comigo.

Pisquei devagar. Olivia chorava. Ela tentou me ajudar, mas gemi de medo e implorei que esperasse. Ela ficou soluçando ao meu lado até que eu tivesse certeza de que não sentiria contrações se me mexesse, então usou seu corpo como apoio para me ajudar a sentar. Quando consegui abrir os olhos direito, sussurrei um palavrão.

Estava pior do que eu havia imaginado. Tinha sangue na parede, marcas dos meus dedos caindo. Sangue espalhado no chão como se uma luta tivesse sido travada ali. Muito sangue. Minhas pernas estavam completamente sujas.

Meus olhos se encheram d'água.

— Tá tudo bem, calma. — Olivia segurou meu rosto com as duas mãos. — Respira. Tá tudo bem. Acabou. Passou.

A médica havia dito que eu poderia sofrer fortes cólicas e um sangramento intenso. Parecia tão simples! Mas aquilo tinha sido a pior coisa que eu já havia enfrentado em toda a minha vida. E agora Olivia estava ali, vendo aquela cena.

Tirei o roupão dos meus ombros, ele já estava sujo mesmo, e tentei usá-lo para limpar o chão. Não resolveu muita coisa.

— Não se preocupe com isso. — Ollie pegou o roupão das minhas mãos. — Vá tomar uma ducha.

— Eu quero ajudar — disse num fio de voz.

— Tá tudo bem, Helen, deixa comigo. — Ela beijou minha testa. — Sinto muito, vou buscar um pano, já volto.

Só que eu não podia deixar a Olivia limpar tudo sozinha, não era justo.

Tirei o absorvente e joguei fora, depois peguei um pouco de papel higiênico para tentar catar os coágulos de sangue que tinham caído. Não consegui. Sentir a textura deles sob o papel era nauseante. De repente, fiz uma careta quando reparei em um dos pedaços caído no chão. Será que... Não. Não! Fechei os olhos bem rápido e encostei as costas na parede.

Tapei a boca com as mãos para abafar o choro de horror. Esfreguei as mãos sujas no rosto, tentando esquecer. Por um momento, eu só tentei recuperar a sanidade.

Olivia chegou trazendo um balde cheio d'água, com cheiro de produto de limpeza, e alguns panos pendurados nos ombros. Ela arregalou os olhos ao me ver.

— O que houve?!

Apontei. Ela ofegou quando viu. Com rapidez e destreza, pegou um monte de papel higiênico, recolheu tudo, jogou no vaso e deu descarga. Eu mal conseguia respirar.

— Não foi nada — disse, sombria. — Eram só pedaços de placenta. Só isso.

Ficamos em silêncio. Olivia bateu a tampa do vaso com força. Me apoiei na borda dele para conseguir me levantar. Arranquei a blusa e fui direto para o chuveiro.

Esfreguei as mãos, depois os braços, o rosto. Continuei esfregando com força, como se desse para tirar aquilo de mim. Até Olivia terminar de limpar o banheiro, desligar a água e me abraçar.

Nos braços da minha melhor amiga, fechei os olhos. Não conseguia chorar. Não conseguia reagir. Não conseguia nem pensar. Tudo o que eu podia fazer era fechar os olhos.

80

ALISON ESTÁ CHORANDO com o rosto escondido entre as mãos, os cotovelos apoiados na mesinha de ferro. Já escureceu. A cidade está agitada por causa da tradição do Halloween, gritos e risadas ecoam de vez em quando. Apesar de as luminárias desafiarem a escuridão, o cenário ao nosso redor ainda é um pouco macabro. Teias de aranha pendem da árvore, a mão de um zumbi se levanta do chão.

Eu mordo o interior de uma bochecha ao olhar discretamente pra Alison. Seus ombros balançam pelo choro quase inaudível. Eu não pretendia contar tudo a ela, não mesmo. Deveriam ter sido apenas algumas histórias soltas. Mas, quando comecei a falar, não consegui me conter. Tudo jorrou para fora de mim como o pus de uma ferida que alguém aperta.

— Desculpe — Alison diz com a voz estrangulada.

— Tudo bem. — Estendo um lenço de papel. — Na verdade, é bom ver outra pessoa chorando por coisas que já me custaram tantas lágrimas. É como perceber que eu tinha motivos para chorar, sabe?

Ela seca o rosto com uma careta de dor.

Abaixo a cabeça apertando uma mão na outra. É estranho. Uma parte de mim está aliviada por ter colocado tudo isso para fora, desabafado sem filtro algum, falando coisas que nunca contei para ninguém. Por outro lado, agora que me sinto um pouco mais leve, tenho vontade de recolher cada palavra dita e fingir que nada disso aconteceu.

— É tarde. — Me levanto da cadeira e esfrego as mãos na roupa. — Me desculpa por...

Ela me abraça. Fico estática por alguns segundos. Então, bem devagar, vou erguendo os braços até abraçá-la de volta. Algo dentro de mim se encaixa. Aos pouquinhos, vou apertando meus braços ao redor dela e desfazendo os nós dentro de mim. Eu não gosto de abraços, pelo menos não esse tipo tão sincero e vulnerável, mas é exatamente disso que eu estou precisando agora.

Depois de um tempo, a gente se afasta. Alison desvia os olhos. Eu não sei como reagir, não esperava que ela fosse ficar tão abalada.

— Hã... Obrigada por me ouvir.

Ela engole em seco antes de responder:

— Você se sente melhor?

— Até mais do que eu esperava, admito.

— Bom. — Ela olha para trás, na direção da porta. — Eu... hã... Não avisei o Levi que ia me atrasar.

Peço desculpas por tomar tanto do seu tempo, mas ela parece atordoada demais para assimilar as palavras.

Quando Alison volta para dentro do balcão, eu fungo e seco o rosto. Depois, fico parada no meio do jardim, insegura do que fazer. Não quero voltar para casa. Se eu tenho pesadelos sempre que me permito pensar no passado, o que acontecerá hoje que revirei a cova inteira? Um calafrio me faz estremecer.

Eu me abraço e sigo até a recepção, onde começo a guardar minhas coisas.

— Você quer dormir na minha casa hoje? — pergunto casualmente.

Alison hesita com a bolsa no ombro. Mordo o lábio, esperando por sua resposta. Por favor, por favor...

— Você quer isso?

— Eu quero — respondo rápido. — Quero muito, obrigada.

Não sei se é paranoia minha, mas ela parece desviar os olhos sempre que eles pousam sobre mim. Com a expressão apagada, Alison diz que vai avisar o Levi sobre dormir na minha casa essa noite. Anuo, os olhos ardendo de gratidão.

Depois de sairmos do jornal, pegamos nossas bicicletas e seguimos pedalando para o meu apartamento. No caminho, a gente passa por diversas famílias e alguns grupos de adolescentes que brincam de mapas empunhados. Nessa tradição particular de Hillbourne, treze velhinhos da cidade são os fantasmas — eles se escondem com potes de doces, e quem os encontra primeiro fica com o pote. Eu cumprimento todo mundo por quem passamos. Alison fica em silêncio, o olhar distante.

Engulo em seco e tento não pensar que ela só estava sendo educada ao aceitar dormir na minha casa hoje. Mais do que tudo, digo a mim mesma que ela vai cumprir sua promessa de me amar; ela não vai se afastar de mim depois de tudo o que falei. Não porque eu sei que isso é verdade, mas porque preciso acreditar que seja.

Deixamos nossas bicicletas na lateral do prédio e subimos as escadas até o meu andar.

— Está um pouco bagunçado — aviso ao abrir a porta.

Alison entra depois de mim.

— Estou com fome — sussurra ela.

— Eu também, vou preparar algo pra gente.

Ligo uma música de fundo, monto dois potes de salada com frango, e a gente come na mesa de jantar, em silêncio. Só não é muito estranho por causa da música. Depois, eu empresto um pijama e ela toma banho primeiro. Enquanto ela usa o banheiro, eu lavo as louças e arrumo a sala. Deixo o sofá preparado, então vou tomar a minha ducha.

Quando saio do banheiro, Alison já está dormindo.

Deixo o pisca-pisca do meu quarto ligado e puxo a coberta até o queixo. Nesse momento, a saudade da Olivia me rasga o coração. Meus olhos voltam a ficar marejados. Na cama, o velho coelhinho de pelúcia parece me fitar de volta. Aperto o travesseiro.

Eu disse pra Alison que estava ficando sem forças, e é verdade. Contar tudo para ela não fez o redemoinho desaparecer como num passe de mágica. Eu continuo girando.

Agora, minha única esperança é que ela consiga nadar.

81

A BRISA VEM EMPURRADA PELO OCEANO e balança a cortina. A casa está em silêncio, profundamente adormecida, apesar dos gritos da cidade.

Encolhida no sofá da sala, eu uso o travesseiro para silenciar meu choro quebrado.

82

O CHEIRO DE OVOS COM BACON me desperta. Eu não tive pesadelos essa noite e, ao perceber isso, sou abraçada pelo alívio. Talvez haja esperança para mim, no fim das contas. Continuo na cama, olhando para o teto com um sorriso no rosto. É muito bom aproveitar a maciez dessa expectativa. Quando me levanto, vou direto para a sala.

— Bom di... — Congelo a pose com os braços abertos.

O sorriso murcha. O sofá está vazio. Alison também não está na cozinha. Um medo primitivo toca meu estômago com seus dedos lânguidos.

Caminho de meias pela casa. Em cima do fogão, encontro os ovos com bacon, mas foi o jeito como ela preparou que me deixa comovida: mexidos, com temperinho em cima e só a carninha no bacon, sem aquela parte gordurosa. Do mesmo jeito que eu sempre preparo. É um detalhe estranho que aquece meu coração. O medo escorrega para longe.

Pego o post-it que ela deixou sobre o cabo da frigideira.

`Sei que às vezes parece que a tempestade nunca vai`
`passar, mas lembre-se de que, acima das nuvens,`
`as estrelas nunca deixaram de brilhar.`

83

EU PRECISAVA DE AR. Apoio as mãos sobre os joelhos e respiro pela boca, ofegante. Pensei que fazer uma caminhada pelas colinas ao redor de Hillbourne fosse me ajudar nisso, não considerei que o exercício pudesse comprometer minha capacidade respiratória.

Ergo a cabeça aos céus, ainda ofegante, de olhos fechados por causa da chuva. Volto a chorar alto, o rosto contorcido, os ombros balançando. Então abro a boca e grito o mais alto que posso. Grito até não conseguir mais.

Chuto a lama de uma poça d'água, tropeço e caio. Uso os punhos cerrados para esmurrar o chão lamacento e urro entredentes. Esmurro tudo até sentir uma dor latejante. Paro. Ergo as mãos sujas diante dos meus olhos. A chuva lava parte da terra, revelando os machucados. Puxo as mãos até o peito. Com os braços cruzados diante de mim e ajoelhada no chão, ergo os olhos para o mar a distância.

Eu sempre acreditei que mamãe me queria e me amava. Sempre confiei que tudo não passava de um grande acidente, que ela havia me perdido e lamentava por isso. Mas a verdade é tão mais feia e dolorosa... Ela desistiu de mim. De propósito. E isso nem é o pior de tudo. O pior foi ouvir dela as palavras de rejeição do meu pai, sua atitude inclemente e egoísta. E quanto aos meus avós? Eles abandonaram a própria filha. A verdade, nua e crua, é que fui rejeitada por cada um deles. Ninguém me quis.

Um forte trovão ressoa pelas montanhas como um rugido furioso. No mesmo instante, eu me lembro desse som, o exato barulho que assustou o lacryoza no deserto. A chuva cai impiedosa sobre mim. Abaixo a cabeça sobre o peito e me encolho. No meio dos ventos e da água, eu trago à memória aquilo que pode me dar esperança. Lembro-me de sua presença poderosa, de suas palavras cheias de amor. Não é verdade que ninguém me quis. Não é verdade que fui rejeitada por todos. Alguém me queria. Alguém nunca deixou de me amar e me recebeu em sua família de braços abertos.

Me agarro a essa lembrança com toda a força.

Filha, às vezes mudar o mundo significa mudar o mundo de uma única pessoa. E eu quero que você a ame do jeito que eu te amei.

— Como eu posso fazer isso? — falo entre soluços, o coração machucado. — O que você me pediu é difícil demais. Nenhum ser humano é capaz de fazer isso.

Não é que eu odeie a Helen. Eu sempre a amei, e talvez por causa disso a dor fique um pouco mais excruciante. Mas existe uma diferença entre amar e amar incondicionalmente. Existe uma diferença entre ser amiga e ser aquela pessoa que vai estar ao seu lado não importa o que aconteça. Como eu poderia fazer isso sabendo a verdade?

Um cheiro de lavanda se mistura ao aroma de terra molhada. Ergo a cabeça, surpresa. Não existem flores aqui perto, apenas a vegetação morta do outono. Meu coração dispara conforme as memórias retornam a mim. E, como um súbito desabrochar da primavera, eu sei exatamente o que fazer.

Balanço a cabeça com um sorriso temeroso. Não vai ser fácil, mas pelo menos é um caminho que já conheço.

✦✦✦

Eu ensopo o tapete de casa. Dou alguns passos cuidadosos na esperança de conseguir chegar ao meu quarto sem emporcar o chão inteiro, mas preciso voltar quando percebo que estou deixando uma trilha de lama. Meu nariz coça. Dou um espirro.

— Alison? — Levi aparece próximo ao armário de entrada com os olhos arregalados. — Você veio andando da casa da sua mãe até aqui?!

— Sim — respondo com os dentes batendo um no outro de frio.

Ele analisa meu estado.

— Que caminho você pegou?

— O mais longo que tinha.

— Fica aí, vou buscar um chinelo e toalha. — Ele desaparece escada acima. — Eu limpei essa casa ontem!

— Desculpa — falo baixo, não sei se ele escuta.

Levi reaparece com as coisas. Tiro meu tênis encardido, coloco o chinelo e me enrolo na toalha.

— Espera. — Ele segura minha mão. — O que é isso?

— Eu... caí no chão.

Levi me encara desconfiado.

— Quantas vezes, por acaso?

— Várias. — Puxo minha mão de volta. — Preciso tomar um banho quente, estou congelando.

— Tudo bem. Troque de roupa e venha para a sala, vou dar uma olhada nessa mão.

Subo as escadas tremendo de frio. Tomo uma ducha quente, fazendo careta de dor toda vez que o shampoo e o sabonete batem nas mãos machucadas. Depois, me enxugo devagar, coloco meu pijama azul com ovelhas brancas e dou uma secada rápida no cabelo.

Desço as escadas na ponta dos pés e, sem fazer barulho, passo pelo corredor direto para a cozinha. Ao atravessar a porta, me detenho. Levi está recostado na pia, tomando um chá. Ele ergue uma única sobrancelha.

— O que está fazendo aqui? — pergunto, endireitando a postura. — Achei que tinha me dito para te encontrar na sala.

— É, mas eu sabia que você ia tentar fugir.

Reviro os olhos.

— Eu tô bem, Levi, sério. Só estou com fome, ainda não comi nada.

— Só me deixa ver. — Levi aponta para o tamborete alto do balcão. — Prometo que vou parar de te importunar.

Suspiro, derrotada. Então me sento no tamborete. Ele pega a minha mão com o gancho e, com os dedos, analisa delicadamente os machucados. Cerro os dentes e desvio os olhos para a janela da cozinha, tentando ignorar a forma como o meu estômago congela enquanto todo o resto do corpo arde em chamas.

— Vai precisar de alguns *band-aids*.

Levi pega a bolsinha de primeiros socorros que deixou em cima do balcão ao meu lado e começa a trabalhar. Ele passa uma pomada pelos machucados e depois coloca os curativos com um olhar concentrado. Sem perceber, Levi cura as minhas mãos enquanto machuca meu coração.

— Levi?

— Sim? — diz ele sem erguer os olhos da tarefa.

Uma revolução de borboletas furiosas acontece dentro de mim. Eu sei muito bem o que estou prestes a fazer e também sei que não vai mais ter volta depois de feito. Mas, se eu não falar agora, quando estou com a minha capacidade mental reduzida pela noite em claro, nunca mais vou ter coragem.

— Lembra do que você disse sobre gostar de mim quando era mais novo?

— Ah, por favor! — Levi faz uma careta, endireitando a coluna. Ele se afasta um pouco e começa a guardar as coisas. — Eu te falei, Alison. Aquilo foi há muito tempo, não importa mais. — Engulo em seco. — Esqueça isso. — Ele volta a se recostar na pia e cruza os braços. — O que eu quero mesmo saber é o que raios aconteceu ontem. Por que você não voltou pra casa?

Abaixo a cabeça, analisando o resultado das minhas mãos. Posso me imaginar segurando aquelas borboletinhas revoltadas, todas mortas agora, e agradeço aos céus porque tenho uma boa desculpa para essa tristeza que não consigo esconder.

— Ela me contou, Levi. A história inteira.

Ele não responde. Sinto o peso do seu olhar silencioso sobre mim.

— E vocês tinham razão, não foi um acidente. Ela desistiu de mim.

— Eu sinto muito. — Silêncio. — O que vai acontecer agora? — pergunta ele.

Ergo a cabeça.

— Agora eu vou ajudá-la a me esquecer. — Minha garganta arde, a tristeza amargando na língua. — A superar o trauma, a se perdoar e seguir em frente.

Levi me observa por longos segundos.

— Você vai conseguir fazer isso?

Mantenho os olhos firmes sobre ele.

— Às vezes a gente tem que fazer coisas que o nosso coração não quer, mas que são absolutamente necessárias.

Não consigo sustentar o olhar dele e acabo virando o rosto.

— Eu te admiro muito, sério — diz Levi.

Uso toda a minha força para conter o choro, embora algumas emoções ainda perpassem minha face, que eu mantenho escondida de seu olhar.

— Você disse que estava com fome — ele muda de assunto.

Enquanto Levi anda de um lado para o outro na cozinha, preparando algo para eu comer, seco minhas lágrimas com o pulso e concentro-me em recuperar a compostura.

— Aqui. — Ele deposita diante de mim uma tigela com cereal, frutas e iogurte. — Aproveite, mas não se acostume.

— Obrigada.

Levi puxa um tamborete e começa a se sentar.

— O que está fazendo?

— Ué. Você está triste, então vou ficar do seu lado.

Como dizer para ele que sua presença é, ao mesmo tempo, um bálsamo para a dor e uma adaga em meu coração?

— Se não se importar, eu gostaria de ficar sozinha. — Levi pondera, com apenas metade do corpo sentado no tamborete. — Por favor.

— Tá bom. Não queria te deixar sozinha, mas vou respeitar seu pedido. — Ele se afasta, para na porta da sala de jantar e olha para trás. — Se precisar de mim, estou no meu quarto. Vou jogar videogame, aproveitar enquanto ainda posso.

Enfio uma colherada na boca para não ter que responder com palavras e apenas balanço a cabeça com um sorriso fechado. Ele anui e vai embora.

Como o lanche sem ânimo algum. Depois, enquanto coloco a louça na pia, percebo algo que deixei escapar. Levi disse "aproveitar enquanto ainda posso" sobre o videogame. Ergo os olhos para a janela. É isso. Preciso fazer a mesma coisa com a Helen; sacudir as expectativas quebradas e voltar a me concentrar na missão pela qual estou aqui. Conhecer a verdade foi um golpe doloroso, sim, mas é justamente na dor que o significado de *incondicionalmente* se torna real. Um amor sem restrições. Por completo. Um amor que não sou capaz de sentir por mim mesma, mas posso ser capacitada a expressar.

Então, por enquanto, não vou me preocupar com a tolice de um coração apaixonado ou permitir que expectativas efêmeras me distraiam do que é mais importante. Agora eu só preciso aproveitar o máximo possível dessas últimas semanas com ela para não voltar à Terra do Nunca e lamentar as oportunidades perdidas.

Depois eu lido com todo o resto.

84

CHEGOU A HORA DE LIDAR com a história da capela local, não tenho mais desculpas para fugir da edição. Mordo o lábio inferior quando olho para o arquivo anexado ao e-mail. Certo, acho que posso pelo menos tomar uma água antes.

Levanto-me da cadeira e vou assoviando até o bebedouro. Pego um copo, encho-o com água, caminho calmamente até a porta e fico bebericando enquanto admiro a paisagem através do vidro. Nevou ontem, uma nevezinha de nada que já derreteu, mas o clima está frio, e dizem que esse pode ser o inverno mais rigoroso em vinte anos. Ajusto a echarpe, jogo o copo fora e volto sem pressa alguma para a minha mesa.

Agora, sim. Hora de lidar com essa história. Clico duas vezes no arquivo e inspiro fundo antes de começar a ler. Utilizando um tom leve e engraçado, Alison contou a história da família do primeiro clérigo e de suas desventuras até chegarem a Hillbourne; então, seguiu para a divertida peripécia de construírem o simples prédio com as próprias mãos, tendo de cuidar de duas crianças pequenas e de superar diversos contratempos — inclusive a desconfiança da comunidade, que fez de tudo para testar a boa-fé deles.

Para mim, é impossível ler essas coisas sem me lembrar da minha ex-igreja em Cambridge. Dos vários Natais, Páscoas, domingos missionários e piqueniques com gincanas. Os *flashes* me deixam nostálgica. Eu me lembro de cantar no coralzinho vestida de ovelha, de ficar chocada quando vi pela primeira vez a enorme tatuagem do pastor Jeff — na panturrilha, um navio em alto-mar com o farol em primeiro plano —, de fazer *cupcakes* todo mês com mamãe para levarmos no almoço comunitário, de escrever cartões-postais para cristãos perseguidos em países distantes...

Sinto os olhos da Alison sobre mim. Pigarreio, arrumando minha postura na cadeira. Então viro a cabeça para ela, que desvia os olhos para o próprio computador. Volto a me concentrar na edição e, dessa vez, me atenho às memórias descritas na matéria.

✦ ✦ ✦

O cheiro no Grind Cafe é sempre maravilhoso, uma mistura de grãos recém-moídos com pesto de ervas e confeitos assados. A iluminação amarelada torna o clima aconchegante, combina perfeitamente com a decoração.

— Viu que eu te mandei a matéria editada? — pergunto para quebrar o silêncio.

Alison balança a cabeça em afirmação, sem dizer palavras. Abaixo os olhos para o meu *shepherd's pie* e pego mais uma garfada. Mastigo, desconfortável.

Ela está agindo esquisito desde ontem, quando voltamos do feriado de Halloween; mas eu tinha me convencido de que era coisa da minha cabeça, que ela só estava cansada. Agora, já não tenho mais tanta certeza. Talvez eu tenha falado demais e ela não saiba como se afastar de maneira educada. Olho para a floricultura do outro lado da rua. Flores de despedida. Flores para uma lápide. Talvez eu devesse começar a cavar o túmulo dessa amizade. Mais uma para o meu cemitério particular.

— Helen?

O tom hesitante dela me deixa alarmada.

— Sim?

Mantenho a expressão inocente enquanto aperto a faca. *Seja forte, Helen. Você já sobreviveu muitas vezes antes, pode sobreviver de novo.*

— Quando você me contou a sua história... — ela começa sem me fitar nos olhos. Aperto um pouco mais o cabo gélido, tentando me preparar para o pior. — Lembra o que disse sobre não conseguir olhar para trás, mas viver com o hálito pútrido do passado em seu pescoço? E sobre como você tem medo de que um dia todas as mágoas que você enterrou voltem à tona? — Engulo em seco. Ela ergue os olhos para mim. — Você disse que não teria forças para nadar se isso acontecesse. Você afundaria.

Assinto bem de leve, incerta do que ela quer dizer.

— Eu acho que posso te ajudar.

Recosto-me na cadeira, sem responder. Ela deixa os talheres no prato e entrelaça as mãos sobre a mesa.

— Você gostaria de poder olhar para trás sem medo? Jogar as mágoas fora em vez de mantê-las enterradas? E voar livremente em vez de nadar sob uma tempestade?

Eu a observo em silêncio. Não ouso me mexer.

— Quando eu era mais nova — Alison continua —, carreguei uma culpa por muito tempo, e aquilo me sufocou aos poucos. Toda vez que eu estava feliz, pensava "isso não vai durar", porque não me via digna de felicidade; e, quando estava sofrendo, pensava "estou pagando pelo que fiz". Era um ciclo sufocante. Parece familiar?

Cruzo os braços e desvio o olhar, ganhando tempo.

— Talvez.

— O que me ajudou a superar o trauma foi algo chamado "os cinco passos do perdão". Não é uma jornada fácil, cada passo vai te levar a confrontar o seu passado, mas, no fim, a promessa é que você estará livre.

Abaixo os olhos para o resto de comida no meu prato.

— Pense a respeito nesse final de semana — conclui Alison em um tom de voz mais confiante. — Se aceitar, prometo que te acompanho nessa jornada.

— Ok — respondo baixinho. — Obrigada.

Ela quer me ajudar, eu entendo, mas não tenho certeza se uma jornada do perdão é o que necessito. A probabilidade de eu sucumbir no meio do caminho é bem grande. Na última vez que tentei lidar com os meus demônios, eles quase me levaram ao inferno. Por outro lado, eu contei tudo pra Alison, revirei cada túmulo do meu cemitério de mágoas e nenhum fantasma voltou para me assombrar em pesadelos. Não posso ignorar isso.

Ergo os olhos para ela, que sorri, gentil. Sorrio de volta.

Quem sabe? Talvez ela seja o anjinho que vai me salvar.

85

MINHA CAMA PARECE SER FEITA DE NUVENS. Eu me espreguiço, aproveitando os minutos a mais de descanso que o domingo proporciona, até a campainha tocar. Ergo a cabeça para o relógio sobre a mesinha de cabeceira. Estreito os olhos para conseguir enxergar. Dez horas. Termino de me espreguiçar e me levanto, ainda com a sensação quente dos lençóis no corpo.

Vou de pijama e pantufa receber a visita, sem o menor constrangimento, mas paro com a mão na maçaneta quando me ocorre que pode ser qualquer pessoa. Fico ali, por um segundo, com a respiração suspensa.

— Quem é?

— Sou eu — diz a voz da Helen.

Abro a porta.

— Bom dia — falo com um sorriso, enquanto ajeito o cabelo com a mão, num gesto automático.

Ela abre a boca ao reparar no meu visual.

— Oh. Desculpa, não sabia que...

— Relaxa, eu já tinha acordado. — Afasto o corpo para a lateral, fazendo um sinal para que ela entre. — Quer café?

Helen faz uma carinha sapeca.

— Não vou recusar café.

Seguimos para a cozinha. Ela se senta no tamborete alto do balcão, do lado de lá, enquanto eu fico na cozinha preparando a bebida.

— Não vai ser estranho se o Levi acordar e se deparar comigo aqui? — pergunta, mexendo as mãos, um pouco sem jeito.

— Ué, claro que não. Além do mais, ele só vai acordar quase meio-dia. — Dou de ombros.

— Tá bem.

Abro o armário e me estico toda, na ponta dos pés, para alcançar o pacote de grãos moídos.

— Então... — jogo a palavra no ar, com o tom neutro de quem não quer pressionar.

— Então... — Helen parece girá-la entre os dedos, com um sorriso temeroso. — Eu pensei no que você disse.

— E...?

Ela morde o lábio, balançando a cabeça. Faz uma pausa longa, como se ainda estivesse processando o que sente.

— Eu quero tentar.

Ligo a máquina e vou para o balcão. Eu me sento do lado de cá.

— Ótimo, eu acho que vai ser bom para você.

— Qual é o primeiro passo? — A curiosidade dela brilha nos olhos, mas vejo, por trás, um certo receio escondido.

— Espera, vamos com calma. Primeiro, você precisa entender que o autoperdão é um fruto delicado; ele não brota em qualquer solo e requer cuidados constantes, senão pode murchar.

Helen concorda com a cabeça, a expressão serena. Deixo meu tamborete para pegar as xícaras.

— E tem mais um detalhe — continuo enquanto sirvo nossos cafés. — É muito importante que você se comprometa consigo mesma a cumprir os passos em seu coração. — Entrego a xícara dela, depois me sento de volta e bebo um gole. — Eu não vou ter como saber se você de fato cumpriu a tarefa. E, se não tiver cumprido algum passo de todo o coração, você vai chegar no fim do processo se sentindo pior do que no começo.

Ela esconde parte do rosto atrás da xícara.

— Isso é muito assustador.

— Eu sei.

Helen bebe em silêncio.

Respeito o tempo dela enquanto tomo meu café. O cheiro da bebida recém-passada preenche a cozinha. Por fim, ela coloca a xícara sobre a bancada.

— Você ainda não me disse qual é o primeiro passo.

Acho que Helen ainda não está convencida da jornada e que só vai tomar uma decisão após descobrir qual é o primeiro passo. O problema é que eu tenho certeza de que ela *não* vai querer cumprir a jornada depois de ouvir.

Inspiro fundo.

— Perdoar a si mesma é uma longa jornada — começo a montar o argumento, lembrando-me das palavras que ouvi de Amelia —, mas não é para qualquer um. O perdão é para pessoas que não o merecem, porque, se merecessem, não precisariam ser perdoadas. Concorda?

Ela franze as sobrancelhas, pensativa.

— Não sei, acho que algumas pessoas merecem ser perdoadas.

— Jura? E onde ficaria o limite do que é imperdoável? Quem definiria isso?

— Ai, é cedo demais para questões filosóficas. — Helen coloca um dedo indicador em cada têmpora.

— O que eu quero dizer é que… se você não ofendeu ninguém, se não quebrou nenhuma lei, não precisa de perdão. Certo?

— Hum. Certo.

— Então, esse é o primeiro passo — falo com o coração disparado pela expectativa. — Você precisa admitir que precisa de perdão.

Helen demora alguns segundos para entender o que estou dizendo. Quando a candeia em sua cabeça se acende, ela franze um pouco as sobrancelhas.

— Não.

Eu me limito a observá-la.

— Não. — Helen repete com firmeza. — Eu não fiz nada ilegal.

— Então você acha que foi certo? Por acaso foi justo, Helen?

Ela me encara com repúdio, então percebo o que falei e a forma como ela pôde interpretar isso.

— Eu não estou te julgando.

— Jura? Não foi o que pareceu.

Helen desce do tamborete e vai embora a passos rápidos. Salto do meu banco e corro atrás dela.

— Helen, espera!

Mas ela abre a porta de casa e segue descendo a rua.

— Helen, pare agora mesmo! — grito. Ela interrompe seu movimento e gira o corpo para trás. — Pare de fugir sempre que alguém te diz algo que você não quer ouvir.

A raiva desaparece em seu rosto, substituída por mágoa. Dou os passos que faltavam para alcançá-la e a encaro com o máximo de carinho que consigo expressar.

— Se você acha que não precisa de perdão, ótimo. Não precisa fazer isso. Mas eu não vou ser aquela pessoa que te diz "Está tudo bem, você não fez nada de errado", porque esse tipo de porcaria não ajuda em nada. A culpa nem sempre é ruim, o problema está em como lidamos com ela. Você está ferida, e só depois que admitir o machucado é que podemos tratá-lo.

As linhas em seu rosto ficam mais rígidas, as bochechas vermelhas.

— Obrigada por tentar me ajudar, mas eu dispenso.

Então vira as costas e continua a descer a rua.

Quando vou dar o primeiro passo para segui-la, algo dentro de mim contém o movimento. Em meu coração, arde a palavra "espere". Eu fico onde estou, com os punhos cerrados e um passo pela metade, observando-a caminhar apressada.

Espere como eu esperei por você, diz a voz em meu coração, amorosa e paciente.

86

CHEGO EM CASA OFEGANTE, transpirando depois de uma intensa caminhada e da corrida até o carrinho de sorvetes. Hoje foi ela quem venceu e eu paguei as nossas casquinhas. Largo os tênis ao lado da porta e vou direto para o chuveiro.

Vinde, pois, e arrazoemos...

Estico a mão para a caixinha de som à prova d'água que fica pregada na parede interna do box e aumento o volume para o máximo possível. A música abafa meus pensamentos. Fecho os olhos e esfrego a cabeça com força.

Todos os dias, desde que a Alison me contou qual era o primeiro passo, o versículo lateja em meu coração. É uma voz antiga e conhecida. Uma voz inconfundível, que há anos não me sussurrava palavra alguma. Uma voz que eu tento evitar a todo custo.

Desligo o chuveiro, me enrolo na toalha e diminuo o volume antes que algum vizinho venha bater na minha porta. Coloco uma roupa confortável e pego a toalha de rosto para secar o cabelo.

Vinde e arrazoemos...

Começo a cantar em voz alta enquanto seco o cabelo. Depois, vou até a cozinha, onde me concentro na tarefa de preparar o jantar enquanto mantenho os pensamentos muito bem ocupados com as preocupações do trabalho. Por fim, sirvo a minha sopa e vou comer enquanto assisto ao episódio de um drama coreano.

Na segunda-feira passada, depois de ter saído furiosa da casa dela, Alison me pediu perdão por ter sugerido aquela jornada e prometeu nunca mais mencionar aquilo para mim. Ela também disse, com tristeza, o quanto sentia falta das nossas caminhadas na praia, dos sábados repletos de filmes e karaokê, e de fazer coisas inesperadas como tomar banho de chuva. Eu fiquei emocionada porque também sentia falta desses momentos, e nós duas concordamos que íamos resgatar tudo isso, o que de fato fizemos.

O episódio termina, ao que desligo a TV e deixo a tigela suja na pia. Então retorno para o quarto a fim de ler um pouco. Acendo a vela aromática, me acomodo na poltrona, ligo o abajur e relaxo. Por algumas horas, a leitura me prende. E eu fico absorta na história até meus pensamentos escorregarem para longe das páginas.

Alison cumpriu sua promessa em não mencionar novamente a jornada do perdão, mas eu não deixei de pensar no que ela disse nem por um único dia. Sobre como o perdão é para as pessoas indignas, sobre a necessidade de reconhecer sua ferida para permitir que ela seja tratada. Mas como alguém poderia sobreviver depois de admitir seus piores erros? Como se olhar no espelho depois disso?

Fecho o livro com um suspiro, apago a vela e vou escovar os dentes. Deixo um copo d'água na mesa de cabeceira ao lado da cama, então apago as luzes e me aconchego entre o cobertor e os travesseiros.

Vinde e arrazoemos, diz o Senhor.

A voz é suave e gentil, embora as palavras sejam mais cortantes do que a lâmina de uma espada. Eu me encolho de vergonha e dor. Medo e esperança apertam a garganta.

Ainda que os vossos pecados sejam como a escarlata, eles se tornarão brancos como a neve; ainda que sejam vermelhos como o carmesim, se tornarão como a lã.

87

COM AS DUAS MÃOS EM CONCHA, jogo a água morna no rosto. Ao meu lado, o celular apita com uma notificação. Faço uma careta. Não são nem oito horas ainda.

~Astra
Bom diaaaaa tripulação!
Hoje estamos um dia mais perto da nossa viagem pra Terra do Nunca :D

Alison:)
Cala a boca.

~Astra
Você é muito ranzinza de manhã, credo
Coitado do seu marido

Alison:)
Eu vou sair do grupo.

~Astra
Apelona

J4rv1s
Acredito que a senhorita Rivers não gosta de quando você envia essa mensagem todos os dias, lembrando-a da viagem para a Terra do Nunca, porque causa-lhe ansiedade.

Alison:)
Obrigada, Jarvis.
Você sempre foi o cérebro
E o coração da sua dupla.

~Astra
Apelona E puxa-saco

Levi_H
Bom dia.

~Astra
Bom dia, capitão! :D

Alison:)
Quem é o puxa-saco agora?

Silencio as notificações do grupo e volto para o quarto. Estamos em meados de novembro e a Helen ainda não voltou a tocar no assunto da jornada do perdão. Por isso, imagino que ela tenha se esquecido e realmente não tenha nenhum interesse no processo. Olho para o guarda-roupa e afasto algumas peças, sem conseguir me decidir em relação a nenhuma. Eu tenho orado todas as noites e manhãs perguntando se haverá outro jeito de ajudar a Helen ou se me enganei; se por acaso a única coisa que eu precisava fazer era ouvi-la e insistir em uma amizade verdadeira; mas tudo o que escuto em resposta é "espere". Nada além disso.

Espere, espere, espere... E eu nem posso reclamar disso para os Fundadores, porque me lembro bem dos três anos em que eles esperaram por mim. Eu estava na casa deles, mas com o coração distante, e com paciência eles esperaram. O problema é que eu não tenho três anos. Não tenho nem três meses, de acordo com as estimativas do Levi.

Termino de me arrumar e desço as escadas apressada, no limite do horário.

— Ei, você não fez café? — pergunta Levi, do interior da casa.

— Eu te avisei para não se acostumar! — grito antes de fechar a porta atrás de mim.

Passo no Grind Cafe, compro minha bebida tradicional e outra para a Helen, além de *muffins* de mirtilo para nós duas, então sigo de bondinho para o Olden Times. Pela janela do veículo, observo as pessoas andando inclinadas, abraçando-se. Ao que parece, o inverno daqui é gelado e de ventos impiedosos, apesar de raramente nevar.

Quando entro no balcão, descabelada pela ventania, me deparo com uma Helen estressada, reorganizando as agendas de visitas por causa do feriado da semana que vem. Deposito o suporte de papelão na frente dela com o copo quentinho e um *muffin* gigante. Helen ergue a cabeça para mim.

— Você é maravilhosa, obrigada.

Dou um sorriso, e o dia segue como de costume. A gente peleja contra o velho sistema de aquecimento pelo menos três vezes, depois recebemos algumas visitas de pessoas ansiosas porque ainda não foram entrevistadas, e almoçamos num local próximo — com o Jack de convidado, porque ele parece mais rabugento que o normal e achamos que a companhia poderia animá-lo.

Agora, estou concentrada na escrita de uma matéria, alheia ao tempo transcorrido, quando o navegador de internet indica uma nova mensagem.

HELEN5398

ei, você faz muita questão da
caminhada na praia?

ALISON_RIVERS

Sim
*usuário enviou figurinha de
raposa de braços cruzados*

HELEN5398

hummm
é que eu queria conversar

ALISON_RIVERS

Oh! Eu achei que você...
Esquece.

HELEN5398

LOL vc sabe que eu não vou te afastar, né?
(de novo não, pelo menos)
acho que eu não conseguiria nem se tentasse
você é muito determinada haksdjhfapuigha

ALISON_RIVERS

Risos.

HELEN5398

então podemos nos encontrar no
morrinho da igreja depois do trabalho?

ALISON_RIVERS

Claro!

Reparo na hora e me apresso para concluir pelo menos um primeiro esboço antes de encerrar o expediente. Jack é o primeiro a sair e se despede com um aceno silencioso. Helen vai pouco depois dele, deixando a chave na minha mesa. Termino a matéria, guardo minhas coisas e saio praticamente correndo do jornal. Meu coração palpita ansioso enquanto sigo para o morrinho da capela.

Posso sentir que algo está prestes a acontecer.

Encontro Helen sentada em um dos bancos no topo da colina, debaixo de uma árvore. Sento-me ao lado dela. Daqui, podemos ver o mar cinza-escuro.

— Você está bem? — pergunto, enroscando meus braços ao redor da barriga.

— Qual é o segundo passo?

Olho para ela, surpresa. Um breve silêncio.

— Achei que você não queria fazer isso. — Helen dá de ombros. — Eu não posso te falar qual é o segundo passo enquanto não cumprir o primeiro.

Ela não olha para mim, permanece com o rosto admirando o mar no horizonte.

— Me desculpa — falo carinhosamente —, mas não quero que você faça como eu. Quando tentei cumprir essa jornada pela primeira vez, eu ficava na esperança de que o próximo passo fosse aquele que iria me curar. E assim fui, de passo em passo, até que a jornada terminou e eu estava pior do que no começo.

Ela abaixa o rosto com um sorriso triste.

— Tenho medo de que a verdade vá me quebrar.

— Na verdade, ela vai. — Helen ergue a cabeça. — Mas o perdão vai te restaurar. E *esse* é o propósito da jornada. No fim, você sai mais forte não porque construiu barreiras, mas porque derrubou cada uma delas. Há liberdade além dos muros.

Helen inspira fundo e ergue o queixo.

— Então tá — diz ela, ríspida. — Eis aqui a minha confissão: eu *odeio* os pró-vida. Odeio como eles fazem tudo parecer fácil, preto no branco, como se fossem os heróis de capa vermelha, salvadores dos inocentes, quando na verdade eles só sabem acusar e julgar. Eles ignoram a bagunça que a vida é, se escondem atrás de valores morais e argumentos científicos enquanto fazem todo o resto do mundo parecer um monstro.

O rosto dela está vermelho, os olhos brilhando de fúria. Helen diz cada palavra como se elas estivessem embebecidas de veneno.

— Eu não preciso que ninguém me diga o óbvio — continua. — Sei muito bem que havia uma vida começando ali. Sei disso com cada parte do meu corpo. Não preciso que ninguém me aponte o dedo ou me explique que ele já tinha DNA, tipo sanguíneo e até batimentos cardíacos!

Cerro os punhos e endureço o rosto para conter a vontade de chorar. Helen respira ofegante, o queixo treme.

— *Eu sei* — repete ela com a voz quebrada.

Uma lágrima escapa dos meus olhos. Helen ergue os olhos para o céu.

— Mas eu também odeio os pró-escolha. — Dessa vez, sua voz é mais frágil, magoada. — Detesto como eles se acham os grandes defensores das mulheres quando, na verdade, o que eles defendem é a operação. Detesto como fazem parecer que você vai recuperar sua vida como se aquilo não fosse te machucar, como se não fosse horrível. Eles não dizem o quanto você pode ficar assustada, que talvez se arrependa e que sua vida pode continuar na merda mesmo depois de desgravidar. Não. — Helen sorri, amarga. — Eles fazem parecer que a escolha é sua e apenas sua, que só depende de você, como se a vida fosse simples assim! Nessa ânsia de nos dar uma suposta liberdade, o que eles fazem é colocar todo o fardo da culpa nos nossos ombros. Eu odeio isso. Odeio porque não foi uma escolha. Se fosse, eu nem teria engravidado, para começo de conversa.

Helen suspira forte e abaixa a cabeça. Coloco uma mão em seu ombro. A gente leva alguns segundos apenas respirando fundo.

— Eu nunca tinha dito isso em voz alta. — Ela funga, secando o rosto com a mão.

— Faz bem colocar a raiva para fora, não é?

Helen ri, amarga.

— Ah, mas eu ainda estou com *muita* raiva.

Uma ideia me ocorre.

— Então vai lá, grite com o vento. — Helen me encara, desconfiada. Eu assinto em incentivo. — É sério.

Ela bate as mãos nos joelhos e se põe de pé.

— Acha que não tenho coragem?

— Eu sei que você tem.

Então ela vai até o limiar da colina e grita a plenos pulmões. Primeiro, só grita, furiosa. Depois, começa a gritar frases: "Odeio vocês!", "Vão pro inferno!", "Vida de merda!". Não sei se ela está se referindo aos pró-vida ou aos pró-escolha, talvez aos dois e a nenhum ao mesmo tempo; não sei se ela pensa em alguém específico ou se xinga o mundo inteiro de uma vez, mas o fato é que, quando volta para onde estou, Helen está rindo com as bochechas rosadas.

De repente, a porta da capela se abre e um clérigo aparece. Estamos um pouco longe dele, provavelmente não vai conseguir nos reconhecer; ainda assim, nós duas fugimos morro abaixo, rindo. Depois de descer a rua em disparada, Helen é a primeira a parar. Eu coloco as mãos na cintura enquanto tento recuperar o fôlego.

— Sabe, você tinha razão. — Helen me olha, cansada. — Me sinto mais leve. Mas talvez tenha sido por causa do final.

Um riso me escapa.

— Aquilo foi louco.

A gente começa a caminhar tomando a direção da casa dela.

— Então... Você perguntou qual era o segundo passo. — Mordo o lábio, relutante. — O segundo passo é pedir perdão para quem você mais ofendeu.

Helen sorri torto.

— Qual deles? Eu já ofendi muita gente.

— Estou falando da pessoa que foi atingida diretamente por sua ação. — Ela caminha em silêncio, pensativa. — É a sua filha, Helen. — Ela para de andar. Paro também. — Ou filho — acrescento.

— Como vou fazer isso?

— Você não me perguntou o que eu fiz para precisar de uma jornada do perdão — digo voltando a caminhar.

Ela me olha de esguelha.

— Bom... Por muito tempo, você também não perguntou nada sobre o meu passado. Estava retribuindo a cortesia.

— E eu te agradeço por isso, mas acho que está na hora de você saber.

Enquanto a gente caminha, eu conto para a Helen sobre uma prima que costumava me visitar na fazenda e sobre como, um dia, eu quis enganá-la para que se machucasse. Eu queria que os pais dela me adotassem e me tirassem daquela fazenda, mas ela tinha sido muito rude dizendo que jamais aceitaria isso, então eu a levei para um córrego e a empurrei de uma pedra. O problema foi que, na queda, ela bateu a cabeça. Apesar de no fim não ter acontecido nada grave, ela foi levada ao hospital inconsciente. Para escapar da surra, falei que ela tinha escorregado. Dias depois, consumida pela culpa, contei ao pai do Levi o que realmente tinha acontecido.

— Foi horrível admitir aquilo, que tinha sido de propósito — digo, constrangida, lembrando-me de como me senti quando a Claire foi expulsa. — Imagine se ela tivesse morrido ou ficado com sequelas? O pior não foi ter empurrado a garota, foi a minha motivação para isso. A raiva e a intenção do ato me tornavam culpada.

— Então ele te ensinou os passos?

— Exatamente. Só que esses meus tios já tinham ido embora, furiosos, e eles nunca mais voltaram depois disso.

— Então você mandou uma mensagem para ela pedindo perdão?

— Eu não podia usar telefone nem computador, lembra?

— Ah.

— Eu escrevi uma carta e o pai do Levi a enviou pelo correio, mas nunca recebi resposta.

— Sinto muito.

A gente chega diante do prédio. Helen coloca as mãos nos bolsos e ergue os ombros para proteger o pescoço do vento.

— Acho que você podia fazer o mesmo — continuo. — Escreva uma carta. Depois, queime na lareira ou jogue-a no mar.

Ela me analisa de sobrancelhas franzidas.

— Acha mesmo que isso ajuda?

— Sozinhos, os passos não te levam a lugar algum. Mas cada um deles importa para o fim da jornada.

Ela assente.

— Obrigada, Alison.

No impulso, eu a abraço.

— Você vai ficar bem — sussurro.

Ela me abraça de volta.

Então a gente se despede e eu vou para o ponto do bondinho. Esperar.

88

HELEN NÃO ME CHAMOU para assistir filme hoje, então passei o sábado inteiro em casa. Estou jogada no sofá da sala, envolvida pelo episódio de *Castle*, quando Levi se senta ao meu lado.

— Vamos ao píer?

— *Shhh*! Eu tô assistindo.

— Vamos lá, você passou o dia inteiro nisso.

— E você passou o dia inteiro jogando videogame, mas não me vê reclamando.

Ele cutuca minha costela, ao que me contorço com um gritinho risonho.

— Para, eu tenho cócegas!

— Nós dois passamos o dia enfurnados nessa casa, vamos lá.

Levi ergue o gancho e vem com ele na direção da minha costela. Eu começo a rir antes mesmo que a madeira encoste em mim.

— Ai, tá bom! Deus meu, que agonia.

Pauso o episódio e vou buscar um casaco. Calço uma bota e a gente sai, caminhando lado a lado. Levi põe a mão e o gancho nos bolsos do sobretudo, que ele usa com a gola erguida para suprir a ausência de cachecol. O céu está cor-de-rosa, com tons de roxo, como se nem o pôr do sol tivesse cores quentes o bastante para exibir nesse fim de outono.

— Vamos pela rua principal. — Levi me puxa pelo braço.

— Por quê? O atalho é mais rápido.

— Mas é uma rua muito estreita e cheia de curvas.

— E daí?

A gente segue descendo a pequena avenida. Ele umedece os lábios, mas não fala nada.

— Levi, o que você aprontou?

— Nada. Ainda.

— Como assim?

— Talvez eu esteja testando qual será o melhor caminho para percorrer quando o *Jolly Roger* quebrar o aquário. — Abro a boca, ao que ele dá de ombros. — Foi ideia do Jarvis. Máquina inteligente, aquela.

Caminho em silêncio, com a testa vincada.

— Alison, é só um teste.

— Eu sei.

— Na hora do desespero, podemos cometer erros que vão nos custar caro. É bom estar preparado.

— Eu disse que já sei.

Chegamos à orla e vamos direto ao píer. Não queria ficar mal-humorada, mas é bem difícil não ficar assim vendo os meninos tão felizes com a viagem que será a mais difícil da minha vida.

— Aquela não é a sua mãe? — Levi aponta para o fim do píer.

Vejo a silhueta miúda da Helen.

— Sim. — A confusão desaparece quando me lembro do que sugeri para ela ontem. — Vamos manter distância.

Puxo Levi para a lateral direita do píer, onde podemos ver a costa até o fim do horizonte. A gente se apoia no suporte de madeira. Lá embaixo, pequenas ondas atingem as colunas de sustentação. Viro a cabeça de lado, observando discretamente o fim do píer. Ela está segurando uma garrafinha de vidro. Meu coração bate mais forte. Ao meu lado, Levi também observa. Helen joga a garrafinha no mar.

Depois, quando ela começa a se virar, nós dois desviamos rapidamente nossa atenção.

— É uma vista bonita, né? — comenta ele com ares de inocente.

— Ah, sim, muito linda.

— Alison?

Nós dois nos voltamos ao mesmo tempo.

— Helen! — Abro um sorriso. — Hã, você já conhece o Levi.

Ele estende a mão.

— É um prazer te ver de novo.

— Igualmente.

Levi olha para mim com um sorriso astuto. Fico séria na mesma hora.

— Alison me contou que você já sabe sobre o nosso casamento falso.

Não sei o que ele está fazendo, mas o meu coração dispara. Eu o encaro feio.

— Sim, ela me contou. — Helen me olha com um sorriso de lado. — Acho que foi muito lindo o que você fez por ela.

Sinto as bochechas arderem.

— Eu quero te agradecer por cuidar da minha "esposa" enquanto eu viajava. Você é uma pessoa muito especial para ela.

Oh, céus, vou falecer.

— Ela também é uma pessoa especial para mim. — Helen me fita com carinho.

Finjo estar irritada com o assunto e desvio os olhos, fungando.

— Eu vou, hã... — Levi aponta para várias direções. — Eu vou ali. Lá.

Ele sai todo atrapalhado. Helen ri, cruzando os braços.

— Ai, meu Deus, vocês *definitivamente* se gostam!

— Pare! — Arregalo os olhos. — De novo com essa história?

— Alison, quem você pensa que engana?

Volto a me apoiar nas estacas de madeira enquanto olho furiosa para o mar. O vento desfaz parte da minha trança e os fios esvoaçam.

— Você deveria...

— Eu tentei, tá bom?! — corto secamente. — Ele disse que gostava de mim quando éramos mais novos, mas que já superou e que eu deveria esquecer isso porque não importa mais.

Ela apoia os braços ao meu lado.

— Ai! Isso dói.

— Sim. Pra caramba. Então, se não se importa, gostaria que não ficasse comentando.

— Sinto muito, Alison.

Ergo o queixo, convicta.

— Tudo bem. Se ele me superou, também consigo superá-lo. — Então mudo de assunto. — Você veio aqui fazer o que imagino que fez?

Helen não responde com palavras, apenas balança a cabeça.

— Gostaria de falar sobre isso?

— Agora, não.

A gente fica em silêncio por um instante, admirando o mar. Os postes acendem no automático. No céu, restam apenas alguns resquícios de cores e nenhuma estrela.

— Vou atrás do Levi. — Eu me afasto do encosto de madeira.

— Até mais.

— Se precisar de alguma coisa, qualquer coisa, é só me ligar.

— Obrigada.

Eu o encontro na praia. Ele está descalço, com os pés afundados onde o mar encontra a areia áspera, cheia de pedrinhas menores.

— Não está com frio? — pergunto ao me aproximar.

— Não. Você está?

— Um pouco.

Ele me abraça de lado e eu cruzo os braços para não ter que abraçá-lo de volta.

— Aquela garrafinha... — diz Levi, relutante. — É o que eu imagino que seja? — Meu estômago esfria. Assinto em silêncio, com o coração encolhido. — Você quer que eu fique aqui na praia? Posso procurar por ela, talvez o mar...

— Não. Tá tudo bem, não faça isso.

Observo com tristeza o oceano envolto pela escuridão.

— Aquela carta não é para mim. É para o bebê que ela jamais vai conhecer.

Querido bebê,

Você não me conhece, e eu nem sei direito por que estou fazendo isso, já que você obviamente não vai receber essa carta... mas eu quero acreditar que estou fazendo isso por você também, não apenas por mim. Porque, se eu pudesse te enviar essa carta e dizer apenas uma coisa, eu diria que nunca foi sua culpa. Eu te amei desde o momento em que descobri a sua existência. Prometo que te amei e que, do fundo do meu coração, queria ficar com você.

Me perdoe se isso te faz chorar. São palavras que nunca admiti para ninguém, nem mesmo para mim. Eu estava com muito medo do futuro e lamento não ter sido forte por você. Lamento que eu tenha escolhido o caminho que parecia mais fácil naquela época. Lamento muito porque eu sei que você teria sido uma pessoa incrível. E também sei que eu teria dado o meu melhor para ser uma boa mãe, teria te amado e cuidado de você com todo o meu coração. Nós teríamos sido uma família maravilhosa, mesmo que fôssemos só você e eu, nós dois contra o mundo.

A verdade é que, às vezes, eu imagino como teria sido... e isso me machuca. Muito mesmo.

Espero, se você estiver em algum lugar por aí, que esteja bem.

E espero que consiga me perdoar um dia.

Com tristeza,

Aquela que teria sido a sua mãe

89

EMPURRO O CARRINHO COM FORÇA, mas a rodinha quebrada gira para o lado oposto e eu acabo trombando em uma prateleira. Praguejo baixinho.

— Cuidado, moça — diz uma senhora por perto. — Vai acabar machucando alguém.

Forço um sorrisinho enquanto tento fazer o carrinho andar. O que seria de nós sem os sábios conselhos de estranhos? Pego a lista de compras e vejo o que falta riscar.

Vamos celebrar o dia de Ação de Graças. Em minha defesa, a ideia inteira foi de última hora — eu não sabia se eles iam aceitar —, e, com a correria do trabalho, o único tempo livre é depois do expediente. Essa é a primeira vez na vida que estou fazendo isso, quero que seja especial.

Eu sempre gostei de feriados e tradições com decorativos, coisa que não tínhamos em Cambridge. George não concordava nem com árvore de Natal, dizia que era um absurdo misturar paganismo com as coisas de Deus — razão pela qual eu prometia a mim mesma que, quando saísse de casa, celebraria todas e cada uma dessas festas. Exceto por ter saído de lá tão devastada que nunca tive ânimo para fazer nada do que sonhei.

Pelo menos não até hoje.

Pego um saco plástico e começo a selecionar batatas. As decorações que comprei pela internet já começaram a chegar. Vai ser bem legal. É incrível como me sinto bem e cheia de esperança. Escrever aquela carta foi como soltar um barquinho de papel, um barquinho que pesava trinta quilos no meu coração. Agora, estou mais animada para os próximos passos.

— Helen?

Ergo os olhos, surpresa ao ver Levi com uma cestinha.

— Oi! O que está fazendo aqui?

— Alison me pediu para comprar os ingredientes da torta de chocolate, vai começar os preparativos amanhã logo cedo, antes do trabalho.

— Ah, sim. Ela disse que era muito boa com doces.

— Ela é a melhor, mas a gente não costuma dizer isso para não aumentar o orgulho dela. — Sorrimos. — Ouvi dizer que você também convidou o Jack.

Assinto.

— Ele vai levar as bebidas, são a especialidade dele.

— Só eu não vou fazer nada, então.

Pestanejo. O tom de voz dele pareceu constrangido.

— Não diga isso, você vai ajudar a Alison.

— De jeito nenhum! Ela vira um monstrinho quando está preparando algo especial, juro. — Dou uma risada, sem conseguir imaginar isso. Ele aponta para o meu carrinho. — Mas posso te ajudar com as compras, se quiser. Não é muita coisa...

— Eu adoraria.

Levi coloca a cestinha dele no antebraço e vem empurrar o meu carrinho quebrado. Com a ajuda dele, terminamos as compras mais rápido e, depois, ele ainda insiste em carregar as bolsas pesadas até a minha casa.

Seguimos caminhando sob a noite. Parte do cabelo cacheado dele está preso em um pequeno coque, e ele me conta memórias da fazenda. Levi é um bom moço. Perfeito para ela. Como eles não enxergam isso?

— Aqui, obrigado por me deixar te ajudar. — Ele coloca as compras na escada do meu prédio e ajusta sua sacola no ombro. — Até amanhã.

Então se vira para ir embora.

— Levi! — digo no impulso.

A ansiedade se agita fria no meu estômago.

— Sim? — pergunta ele, inocente.

— Hã... — Fecho a boca, incerta de como dizer isso. Espero não me arrepender. Mais do que tudo, espero estar certa. — Preciso te contar algo.

Ele franze as sobrancelhas.

— É sobre a Alison.

90

QUANTO TEMPO LEVA PARA COMPRAR um punhado de ingredientes?!

Termino de guardar as louças que o Levi tinha deixado no escorredor e resolvo preparar um chá. Depois, eu me sento sobre a bancada da pia e bebe-rico da caneca enquanto balanço os pés no ar. De vez em quando, olho para a janela atrás de mim. Faz algum tempo que escureceu, ele já deveria ter... Ouço a porta da frente se abrindo. Finalmente.

Seguro a caneca com as duas mãos para me aquecer, esperando-o vir até a cozinha. Ouço o barulho da porta ao ser fechada e os passos se aproximando.

— Até que enfim! — digo quando Levi aparece na porta. Porém, ao vê--lo abaixar o capuz do moletom, eu me sinto congelar por dentro. — O que aconteceu?

Ele tem a respiração pesada e seu olhar penetrante parece atravessar a minha alma. Desvio os olhos ao colocar a caneca dentro da pia.

— Tem algo errado? — pergunto, ansiosa.

Volto a fitá-lo. Devagar, ele abaixa a sacola até deixá-la no chão, sem desviar os olhos dos meus por nem um segundo sequer. Meu coração dispara. É um olhar compenetrado, surpreso, que ele se recusa a desviar. Engulo em seco.

— Eu... escutei algo da sua mãe hoje.

Um nó estranho se forma em meu peito.

— Ela está bem?

Levi assente sem tirar os olhos de mim.

— O que ela disse?

Ele me encara em silêncio, então dá um passo curto na minha direção. Seguro a bancada embaixo de mim como se isso fosse me impedir de ser consumida pelo calor que as chamas de seus olhos provocam.

— Eu preciso saber uma coisa — diz Levi com a voz profunda, dando mais um pequeno passo. — Me perdoa se isso te assustar.

E dá mais um passo curto. Meu coração está a galope, o estômago gelado, as mãos quentes firmemente agarradas à borda da bancada. Levi dá outro passo. O ar vai ficando rarefeito. Não suporto mais a forma intensa como ele me encara e abaixo o olhar para a gola da camisa dele.

— Eu preciso saber. — Mais um passo. — Preciso ter certeza. — E mais um. — Você pode me empurrar, pode me afastar; eu vou entender, juro que vou entender.

Ele para diante de mim, bem perto, a ponto de meus joelhos encostarem em seu quadril. Não consigo respirar. Com a boca entreaberta, eu apenas aperto fortemente a borda da bancada, trêmula, os olhos no botão da camisa dele.

— Você não vai me empurrar?

Eu perderia o fôlego, deixaria meu coração sofrer um colapso e meu corpo queimar até os ossos, antes de afastá-lo. Bem lentamente, começo a erguer os olhos até encontrar os dele. A tensão no ar é tamanha que provoca faíscas invisíveis por todo lado.

— Não — sussurro.

Levi ergue o gancho e o coloca sob meu queixo. Ele me encara, percorrendo com a mão a linha do meu maxilar até atrás do pescoço, e não esconde o desejo quando se inclina devagar ao mesmo tempo que me puxa suavemente ao seu encontro. Fecho os olhos. Quando nossos lábios se tocam pela primeira vez, eu me sinto como um botão de rosa desabrochando em chamas. E, conforme Levi me beija em movimentos ternos e apaixonados, inverno e primavera irrompem ao mesmo tempo dentro de mim. Levo uma mão para a gola de sua blusa, a outra para o cabelo, e aprofundo o beijo. Eu não sabia o quanto queria isso, o quanto seria bom e o quanto eu poderia ficar em seus braços para sempre, até perdermos completamente o ar. Os movimentos diminuem e as nossas bocas se afastam alguns milímetros, o suficiente apenas para tomarmos fôlego. Meu peito sobe e desce em busca de ar. Aos poucos, a gente vai se afastando.

Abro os olhos. Minha boca fervilha onde os lábios dele tocaram, o coração ainda se comprime contra o peito e meu corpo arde como brasas vivas.

— Você me beijou — diz Levi, ofegante.

Pisco, surpresa.

— *Você* me beijou.

Levi sorri largo, então começa a rir. Ele joga a cabeça para trás numa risada gostosa e contagiante. Estou rindo também, sem saber ao certo o porquê. Ele se inclina ao meu lado sobre a pia, abre a janela e dá um berro:

— *ELA ME BEIJOU!*

Arregalo os olhos, mortificada. Empurro Levi, giro para trás e coloco a cabeça para fora da janela.

— *ELE ME BEIJOU PRIMEIRO!*

Então dou um tapa no ombro dele.

— O que está fazendo?! Ficou louco?

— Eu não acredito — comenta Levi, com um sorriso largo, os braços abertos. — Deixa eu testar de novo.

Ele me puxa para outro beijo, mas não consigo controlar o riso de antes e começo a sorrir novamente. Quando ele começa a se afastar, porém, eu o puxo de volta pela nuca. Sentada sobre a bancada da pia, eu cruzo as pernas na cintura dele enquanto me encaixo em seu peito, beijando-o como em uma valsa perfeita. A gente para, as bocas se tocando por alguns segundos antes que eu o liberte do enlaço.

— Uau. — Levi suspira, abrindo os olhos. Sorrio. Ele me encara, sério. — Você *realmente* me beijou de volta.

Balanço a cabeça, ofegante. Não entendo a surpresa dele, ao mesmo tempo que custo a acreditar no que acabamos de fazer.

— Por que a surpresa?

— Por quê?! Você nunca — Levi ergue um dedo em riste —, *nunca* captou os sinais.

Ele se afasta para pegar um copo d'água.

— Não tinha sinais. — Desço da pia e arrumo o cabelo. — Pega um copo para mim também, por favor?

Meu coração ainda bate descompassado.

— Ah, tinha, sim! *Muitos* sinais.

Levi me entrega um copo e bebe um gole do dele.

— Tá doido?

— Eu estava sempre te seguindo e sempre te apoiei em todas as suas ideias malucas.

Termino de beber minha água e protesto:

— Porque você era meu amigo.

— E a gente contava tudo um pro outro, se abraçava o tempo inteiro.

— Porque éramos amigos!

— Mas você não era assim com o Thomas. — Levi bebe mais um gole.

Abro a boca, mas só consigo gaguejar.

— Desde quando você gosta de mim? — pergunta ele.

— Então foi isso o que ela te disse, né? — Deixo o copo dentro da pia e cruzo os braços. — Eu vou matar a Helen.

— Vai mesmo? — Levi sorri torto. — Porque, se não fosse por ela, isso aqui nunca teria acontecido.

— Claro, para vergonha nossa! — Faço uma careta. — Porque você é uma alpaca dos Andes que ficava dizendo "Esquece isso, já superei, nhenhenhe".

— Alpaca dos Andes?

— Discovery Channel, depois você pesquisa. Elas têm essa mesma cara de palerma sua.

— Você está brava comigo?! Mas eu acabei de te beijar!

— Esse não é o ponto.

Levi deixa seu copo na bancada e começa a fugir para a sala. Vou atrás dele.

— E desde quando você gosta de mim? — questiono. — Era verdade aquilo que disse sobre ser apaixonado há anos?

Eu seguro o braço dele antes que vá mais longe. Sua resposta é um olhar silencioso, cheio de ternura.

— Então por que nunca disse nada?

Ele suspira uma risada, desviando os olhos.

— Porque... eu era jovem demais e covarde. Parecia muito assustador confessar meus sentimentos. Depois, quando o Thomas chegou na Ossos, ele me disse que achava que gostava de você e me perguntou se eu aprovaria um namoro caso vocês dessem certo.

Abro a boca. Levi coloca a mão e o gancho nos bolsos.

— Então eu soube que jamais poderia confessar.

Balanço a cabeça, sorrindo.

— Tá brincando?! — pestanejo.

— O que quer dizer?

— Se o Thomas não tivesse falado aquilo, você teria se declarado para mim na Ossos?

Levi dá de ombros.

— Gostaria de dizer que sim, mas sei lá. Quem sabe? Você sempre pareceu mais interessada no Thomas.

Mordo o lábio inferior e passo por ele. Começo a subir as escadas. Preciso urgentemente de um banho gelado para ver se me recupero.

— O quê? — Levi coloca o gancho sobre o corrimão. — O que foi?

Paro com o olhar divertido e um sorriso envergonhado.

— É que... eu achava mesmo que gostava dele. Mas, quando a gente se beijou na cidade das fadas...

— Vocês o quê?!

— ... tivemos certeza de que éramos apenas amigos.

— *Argh!* Não acredito que vocês fizeram isso — diz Levi, com nojinho.

— Pelo menos a gente fez alguma coisa, né? — retruco com uma encarada.

— Não é justo — diz ele com uma cara de atingido.

Volto a subir as escadas.

— E que fique registrado que eu sempre te dei sinais, tá? — grita Levi lá de baixo. — Você que é muito sonsa e não viu nenhum!

91

EU ME JOGO NO SOFÁ, EXAUSTA. O peru está no forno, terminando de assar. A mesa está posta e há decorativos espalhados por toda a casa: velas, pinhos, folhas vermelhas, flores secas e abóboras. Na porta, uma guirlanda de outono. Verifico as horas e me permito descansar por quinze minutinhos antes de me levantar gemendo de cansaço e ir ao banheiro para tomar um banho.

Visto uma calça preta, blusa larga de crochê e cachecol vermelho. A bota com lã fofinha no cano completa o visual. Estou terminando de passar o batom quando a campainha toca. Corro até a sala, tiro o interfone do gancho e aperto um botão.

— Pode subir — aviso antes de desligar.

Paro diante do espelhinho ao lado da porta e solto o ar de uma vez. Ensaio um sorriso educado, mas ele se alarga demais e aperta as bochechas. Sonhei tanto com o dia em que teria um jantar de Ação de Graças como nas minhas séries favoritas que não sei se vou conseguir parar de sorrir tão cedo.

Batem à porta. Ajusto o cachecol uma última vez e verifico os dentes no espelhinho antes de atender as visitas.

— Bem-vindos!

Alison é a primeira a entrar. Está segurando uma bandeja, então a gente se cumprimenta só com um beijinho a distância. Levi vem logo atrás trazendo outra bandeja. “Ela fez mais de uma”, explica ao erguer os ombros. Eu rio e digo que não tem problema; quanto mais sobremesa, melhor. Jack surge subindo as escadas.

— Garota, você não me avisou que morava na porcaria do último andar — diz, afobado, com uma caixa térmica na mão e um dispensador portátil na outra.

Jack trouxe Milo, seu *bull terrier*, com o qual eu brinco dando gritinhos de fofura. Enquanto isso, ele se apoia na parede respirando alto. Eu me ergo do chão e pego a caixa térmica.

— Deixa eu te ajudar com isso.

Fecho a porta depois de Jack e o cachorro entrarem. Seguimos para a cozinha, onde Levi está de olho no peru e Alison termina de guardar as tortas na geladeira. Milo vai abanando o rabinho para onde Levi está.

— Aí estão as bebidas frias — avisa Jack ao apontar para o *cooler* que eu carrego. — Esse aqui é um ponche quente, receita de família. — Ele ergue o recipiente de vidro.

— *Huuum*, quero provar — diz Alison.

Enquanto ela procura um copo, eu abro a caixa térmica e retiro com cuidado as jarras de vidro. Uma tem cor de vinho, a outra é laranja e a terceira é amarela. Todas parecem conter frutas, sementes ou folhas dentro delas.

— Isso parece bom — comento.

— Coloca bom nisso. — Alison ergue o copo que usou para provar o ponche. — Está uma delícia!

— Também quero provar. — Levi pega o copo dela.

— Como eu disse — Jack estufa o peito, orgulhoso —, bebidas são a minha especialidade. Alcoólicas ou não. Essas daí estão bem leves.

Eu guardo as jarras de vidro na geladeira e os convido para a sala. Milo corre pela casa, latindo feliz. Acendo as velas, algumas aromáticas, que finalizam o clima mágico.

— Acho que ainda não te conheço. — Jack estende a mão para Levi. — Sou Jack.

— Então você é o famoso jornalista. — Levi ergue a mão esquerda.

Imediatamente, Jack troca as mãos para conseguir dar o cumprimento.

— Eu não sei o que elas falaram de mim, mas é tudo verdade.

Levi abre um largo sorriso.

— É um prazer te conhecer, eu sou o capitão Gancho.

Jack pisca, confuso. Então Levi ergue o gancho de prata e gira-o no ar.

— Uau, isso é muito maneiro! Mas, se você é o capitão Gancho, então eu sou o capitão Jack Sparrow. — E solta uma gargalhada rouca.

Eles vão para um canto da sala, perto da janela, conversar alto sobre piratas, *vikings* e... cachorros? Observo a forma como Alison olha para o Levi, sorrindo enquanto gira a aliança no dedo. Eu me aproximo de mansinho e me sento no sofá, ao lado dela. Milo vem correndo para o meu colo.

— Sabe... — diz ela, ainda observando os homens conversarem animados. — Eu não sei se estou brava contigo ou muito grata.

— Você está grata. — Deito a cabeça em seu ombro. — Eu fiz um ótimo trabalho de cupido, não foi?

— *Hummm.* — Alison prende o sorriso. — Não sei se eu deveria te encorajar.

Dou uma risada.

A gente fica conversando na sala com música ambiente, uma playlist preparada por mim só para essa ocasião — o melhor da década de 1970 à de 1990 —, até que o forno apita. Levi é o primeiro a se oferecer para buscar o peru, o que ele faz sob o olhar de três águias atentas e um cachorro faminto. Levi deposita a suculenta ave no centro da mesa.

Então todos tomam seus lugares para darmos graças.

— Eu quero dizer... — Minha voz falha. Limpo a garganta. — Eu quero agradecer a todos por estarem aqui comigo esta noite. Os últimos anos foram... difíceis. E eu não tenho sido muito grata, apesar de ter muito o que agradecer. — Pego minha taça e a ergo. — Então, este é para os novos começos.

Eles brindam comigo.

— Aos velhos amores e novos começos — diz Levi.

Ele olha pra Alison, que se limita a dar um gole com as bochechas coradas.

— Eu quero te agradecer por nos convidar — diz ela para mim, sorrindo com os olhos. — E por tornar essa noite memorável. Isso aqui é muito especial, é a minha primeira Ação de Graças.

— Sério? — pergunta Jack em tom irônico.

Não sei se a Alison vai entender a piada, considerando a quantidade de referências americanizadas que eu apresentei a ela, então me apresso em dizer "A minha também".

— E a minha — diz Levi.

— Quem diria, um monte de ingleses emocionados. — Jack pigarreia e ergue a taça. — Também é a minha primeira Ação de Graças em muito tempo. Eu sei que não sou a melhor pessoa para se conviver às vezes, mas estou muito grato pelo... hã... pelo... Aos amigos!

— *Aos amigos!* — repetimos ao mesmo tempo.

— E àqueles que são mais do que isso — sussurra Levi para Alison.

Cada um toma um gole.

Embalados pela playlist alegre, a gente se serve e come conversando alto, rindo muito e bebendo todas as jarras que Jack preparou com tanto cuidado. Milo se esbalda com o prato de peru que o dono coloca para ele. Por fim, trazemos as duas tortas e, depois da sobremesa, a Alison ainda inventa de fazermos uma competição de karaokê.

Preparo o aplicativo da televisão e todos se sentam espremidos no sofá. Milo ficou deitado debaixo da mesa, de barriga para cima. Alison é a primeira a cantar. Um pouco desafinada, com os pés fixos no chão, balançando-se de um lado para o outro. Cada um está com lápis e caderneta, e erguemos nossas notas ao fim da apresentação. Dou nota 8, Levi dá um 5 e Jack, um 6. Alison pega uma almofada e acerta em Levi.

— Você me deu a nota mais baixa!

— Eu estava sendo sincero.

— Alguém vai dormir no sofá hoje. — Jack gargalha.

— Minha vez — digo, levantando-me.

Alison se senta no meu lugar, emburrada com Levi. Escolho uma música mais animada, da trilha sonora de *O rei do show*, e solto a voz andando pela sala de um jeito teatral. Eles aplaudem no fim. Alison ergue uma nota 9, Jack também, e Levi me dá um 10.

— Deu 10 para ela e 5 para mim?!

— Não fique assim, estou sendo justo — responde encolhido no canto do sofá.

— Oh, você vai se arrepender tanto!

— Ei, não briga com ele. — Aponto da Alison pro Levi. — Eu mereci um 10.

— Ah, pronto! Virou complô. — Ela cruza os braços e balança a cabeça.

— Tudo bem, já chega! — Jack se põe de pé. — Deixa eu mostrar para vocês, fedelhos, como se faz.

Ele seleciona uma música pop das antigas e, sem vergonha alguma, canta dançando com caras e bocas que nos fazem rir até a barriga doer. Jack chega até a subir em uma cadeira e se jogar no chão sob os latidos de Milo. É muita vergonha alheia, mas também é impossível não gritar e aplaudir como loucos. Erguemos nossas plaquinhas ao mesmo tempo. Alison dá nota 10, Levi, 100 e eu, 1.000.

— Agora é sua vez. — Ela dá um tapinha nas costas do amigo, ou namorado, ou seja lá o que eles forem agora.

— Está brincando? Até parece que vou me apresentar depois desse show!

Eles brigam para decidir se Levi vai ou não se apresentar e, no fim, todo mundo concorda que ele deve lavar as louças como punição por desistir. O celular do Jack toca bem na hora em que Levi começa a retirar a mesa.

— É a minha filha, com licença — diz, saindo em direção à porta. Milo segue o dono. — Oi, tortinha de maçã!

A gente o observa fechar a porta atrás de si.

— Então ele tem família — comenta Levi.

— Ouvi dizer que eles se mudaram para os Estados Unidos há mais de dez anos — Alison responde.

— Sim — digo com tristeza empática ao olhar para a porta. — Na época, Jack era um viciado em drogas e a ex-mulher conseguiu guarda unilateral.

Eles me olham espantados.

— Não é fofoca — digo rápido —, a cidade inteira conhece essa história. Foi horrível. No dia em que ela o expulsou de casa, jogou as roupas dele pela janela. Estava chovendo e ele não tinha nem para onde ir. A família Berenice o recebeu no hostel por alguns meses, de graça, enquanto ele se tratava para ficar limpo; e a senhora Mackenzie continuou pagando o salário mesmo com ele afastado do trabalho.

Levi troca um olhar estranho com a Alison.

— Isso é muito triste. — Ela abaixa a cabeça. — Ainda bem que ele conseguiu superar o vício.

— Eu sei que o Jack sente muita falta dos filhos. — Cruzo os braços. — Ele acha que a ex-mulher virou as crianças contra ele. "Crianças..." Já estão na faculdade hoje em dia.

— Por que ele não vai visitar a família? — pergunta Levi.

— Porque o Jack tem pavor de navio e mais ainda de avião. Todo ano, ele diz que os filhos virão visitá-lo no Natal, e, todo ano, ninguém aparece.

— Acho que vou ter uma indigestão. — Alison aperta os braços na barriga.

— Ok, chega de falar disso.

— Que bom que você o convidou. — Levi volta a tirar a mesa. — Foi uma noite muito agradável.

Alison segue na direção do sofá, mas, antes que ela possa se acomodar ali, eu a seguro pelo braço.

— Vem cá.

— Ah, não, estou exausta. Por favor, só...

— Eu quero te mostrar uma coisa. — Vejo a curiosidade aparecendo em sua expressão. — Pega o casaco.

— Ok.

Balanço a cabeça com um sorriso desaprovador e vou buscar uma manta no quarto. Ela veste o casaco e me segue porta afora. No corredor do prédio, viro para o lado esquerdo, oposto ao da escada. A voz do Jack lá embaixo, na recepção, ecoa feliz. Abro a última porta.

— O que é isso? — pergunta ela atrás de mim, analisando o cômodo escuro.

— É um pequeno sótão comunitário, todos os moradores usam, mas não é isso o que eu quero te mostrar.

Acendo a lanterna do meu telefone e abro caminho por entre caixas, bicicletas e móveis velhos. Alison espirra atrás de mim. Paro no meio do quarto, arrasto uma caixa de madeira e subo nela para conseguir puxar a escadinha.

Depois de subir os degraus, a gente engatinha entre o telhado e o forro até uma portinhola. Passo primeiro e ofereço uma mão para ajudá-la.

— Estamos no telhado? Ai, que legal!

Sorrio diante da surpresa dela, fechando a portinhola antes de me acomodar ao seu lado. Daqui, podemos ver uma parte de Hillbourne, brilhante contra a noite. Também dá para ver o píer aceso e a lua projetando um pouco de luz no oceano escuro. Envolvo nós duas com a manta. Alison sopra suas mãos e as esfrega.

— Por que nunca me trouxe aqui antes?

— Porque... — Mordo o lábio. — Porque agora, sim, você é a minha melhor amiga.

Ela vira o rosto para mim.

— Só agora?

Abraço meus joelhos.

— Não reclama, eu sou uma pessoa difícil de se abrir.

Ela me dá um empurrãozinho de lado e volta a admirar a cidade.

— Quer saber qual é o terceiro passo?

Sinto um frio na barriga.

— Sim. Estou pronta.

Alison não responde de imediato. Por alguns instantes, ela apenas admira a cidade em silêncio, compenetrada.

— Você está na metade do caminho — diz, por fim. — Já admitiu que precisa de perdão e se redimiu com a pessoa que mais ofendeu. Agora... está na hora de reatar laços.

— Por favor, me diga que isso não é o que eu estou pensando.

Alison me olha firme.

— Você precisa dar a eles essa chance, Helen.

— Eles não merecem isso. — Balanço a cabeça com nojo.

— Nem tudo na vida tem a ver com merecimento. — Apesar da firmeza em seu olhar, a voz dela é pura mansidão. — Há lugar para a graça e a misericórdia.

Volto o rosto para a cidade e cerro os dentes, impedindo que meu queixo trema. As lágrimas fazem os raios de luz se alongarem.

— Eles não vão se desculpar — falo com a voz dura. — Eu sei que não vão.

— Na verdade — Alison começa, hesitante —, você precisa ir disposta a perdoar mesmo sem receber um pedido de desculpas.

Viro-me indignada para ela.

— O quê?!

— Não podemos colocar nossa esperança naquilo que não depende de nós. A gente precisa manter o foco naquilo que pode controlar, nas coisas que só dependem de nós. Por isso, você precisa estar disposta a perdoar mesmo que...

— Isso é ridículo.

— Vai mesmo me dizer que não se importa se os seus pais estão vivos ou mortos? Que não sente falta da Olivia? Ou saudades da Hannah?

— É claro que eu sinto falta delas — digo, ríspida.

Meus lábios tremem.

— Então o que te impede?

Balanço a cabeça. A raiva sobe como a lava de um vulcão prestes a explodir. Não vou admitir que tenho medo de que eles estejam melhores sem mim, ou de que a Olivia guarde ressentimentos pela forma como sumi, ou de que a minha irmãzinha nem se lembre mais da minha existência.

— Helen, está na hora de nadar de volta para casa — sussurra ela.

— Não posso. — Minha voz falha.

Para o meu alívio, a Alison não diz mais nada, apenas passa o braço ao redor dos meus ombros. Eu escondo o rosto entre os joelhos e continuo ardendo em raiva, amargura, ressentimentos.

Não posso voltar. Não conseguiria nem se quisesse. Estive à deriva por anos demais e não há estrelas no céu para mapear o caminho.

92

TEMOS CAIXAS PARA TODOS OS LADOS. São engradados de refrigerantes, pacotes de salgadinhos, chocolates e várias outras porcarias que o Levi faz questão de levar para a Terra do Nunca. Ele também separou uma caixa só com livros técnicos de física, química, matemática e engenharia. Não acredito que a gente vá conseguir modernizar a Terra do Nunca nos próximos anos, mas será de grande ajuda levar um pouco do conhecimento daqui.

Passo por cima de uma caixa, largo minha bolsa na mesinha de centro e me jogo no sofá. Amanhã é o último dia de trabalho antes do recesso de fim de ano. Deitada com os pés sobre uma almofada, olho para trás e vejo, de cabeça para baixo, a lareira e o aquário em cima dela. Tem uma câmera de vigilância, ao lado do aquário, apontada diretamente para ele — obra do Astra e do Levi. O hacker disse que seria muito perigoso se o navio crescesse de madrugada ou quando a gente estivesse distraído, então Levi instalou a câmera e agora o Jarvis vigia o *Jolly Roger* dia e noite, sem parar.

Suspirando, desvio os olhos para o teto. Astra combinou de vir nesse final de semana para Hillbourne, ficará hospedado no Hostel da Vovó Berenice. Segundo as estimativas de Levi, nós só temos mais alguns dias aqui na Terra, e o Astra mal consegue conter a euforia. No grupo de mensagens, toda noite ele pergunta algo sobre a Terra do Nunca.

Levanto-me e vou até o aquário. Eu o observo com as mãos cruzadas atrás do corpo. Meu coração se encolhe. O navio balança por causa das ondinhas. Apenas dois milímetros separam o topo do mastro do prato que eu colei.

— Ei, não ouvi você chegando. — Levi se aproxima de mim.

Não respondo. Ele coloca a mão e o gancho nos bolsos e fica observando o aquário comigo. O silêncio é quebrado somente pelo som da chuva lá fora.

— Vou tomar banho. — Viro-me para sair.

— Espera. — Levi me detém pelo braço. — Me dê a sua aliança.

— Hã? Por quê?

Ele segura a minha mão com o gancho e tenta puxar o anel com os dedos.

— Ei! — Dou um passo para trás. — O que pensa que está fazendo?

— Não conta para a minha esposa, mas eu estive apaixonado por outra a minha vida inteira. — Levi sorri torto. — Ela é a mulher da minha vida e eu quero pedi-la em casamento. Quando esse dia chegar, vou usar essa aliança.

Eu o fito profundamente. Não ouso desviar os olhos.

— Você acha que ela vai gostar?

Engulo em seco, anuindo de leve. Abaixo a cabeça, retiro a aliança e a coloco na mão dele.

— Ela vai amar.

Levi ergue meu queixo delicadamente, inclinando-se até os nossos lábios se encontrarem. Envolvo seu pescoço com os braços e o beijo de volta. Um beijo marcado por tristeza. Encosto a testa no peito dele.

— Eu sinto muito. — Levi me abraça e recosta sua cabeça sobre a minha, como fez tantas vezes no passado. — Eu sei que é difícil para você, mas a gente ainda tem alguns dias. Tente aproveitar, não adianta sofrer antes da hora.

— Eu sei — digo com a voz estrangulada.

Me afasto dele e sigo para as escadas.

— Pedi pizza para o jantar, deve estar quase chegando — diz ele lá de baixo.

Não tenho forças para agradecer. Pego a toalha e vou para o banheiro. Aproveito a porta fechada e o som da água caindo e choro escondido. Eu não sei se vou ter forças para me despedir dela. Não sei como vou fazer isso.

Helen desistiu da jornada do perdão há três semanas, porém não me preocupo mais com isso. No fundo, sei que a história dela não vai terminar assim. Não pode terminar desse jeito. Acredito, de todo o coração, que a história dela termina bem. Termina com ela feliz e livre.

E eu? Bom...

Eu não sei como termino.

93

É TRADIÇÃO DO OLDEN TIMES terminar o último expediente do ano com duas coisas: suéteres de Natal e discurso da chefe. Todo ano, Mackenzie escolhe pessoalmente os suéteres para seus funcionários. Ela nunca repete presente, nunca escolhe os mais baratos, e eles são sempre, sempre muito divertidos.

Estamos reunidos no balcão, ao redor da árvore de Natal. Sob o pinheiro enfeitado, vários pacotes coloridos esperam por nós. Somos um grupo modesto de quase quinze pessoas, contando os trabalhadores da gráfica, os carteiros, os zeladores e até o jardineiro. Um computador está aberto no canto do círculo, exibindo o rosto da Amanda. A chefinha mandou entregar o suéter dela de modo que ninguém ficasse de fora da tradição.

— Nós conseguimos por mais um ano — diz ela, solene. — E que ano! Tivemos promoção — Jack ergue seu copo para mim —, uma nova colega de trabalho — dou uma piscadela pra Alison — e o sucesso estrondoso de uma série. — Todo mundo sorri, entreolhando-se. — Como eu sempre digo, nós somos uma família e estivemos juntos por muitas épocas difíceis. É uma honra compartilhar com vocês os momentos alegres também. Obrigada por fazerem do Olden Times essa empresa incrível. Eu não conseguiria sem vocês.

Mackenzie começa a bater palma e todo mundo a acompanha.

— Isso é para vocês — diz ela acima do som dos aplausos. — Vocês merecem.

Depois, todo mundo avança para a árvore de Natal à procura do pacote que contém seu nome. O meu suéter desse ano é estampado com um grande boneco de neve com cachecol vermelho. É uma gracinha. Visto por cima da blusa. Procuro a Alison com os olhos. Ela está acabando de vestir o dela: verde-escuro, com uma rena no centro e uma pequena lâmpada vermelha no nariz do animal.

— Ai, que fofinho! — Me aproximo dela. — Eu tenho um parecido, de alguns natais passados. Sabe como acender o nariz dele?

— Não.

— Aqui.

Eu mostro para ela, e sua reação é um mero sorrisinho de nada. Enfio as mãos nos bolsos e olho ao redor. Não sei por quê, mas a Alison anda meio tristinha nos últimos dias. Ou seria estresse? A semana foi muito intensa por causa do recesso, e ainda teve aquela minha viagem a Londres na terça-feira para fazer um "treinamento", então com certeza ela ficou um pouco sobrecarregada. Talvez até chateada?

— Vejo vocês em janeiro, pessoal. — Mackenzie sorri, acenando. — Boas-festas!

No meio da comoção de pessoas se abraçando e desejando um bom fim de ano, demoro a perceber que a Alison saiu do balcão. Só reparo quando Jack pergunta por ela e não a vejo em canto nenhum. A porta dos fundos está aberta. Vou até o jardim.

— Ei, por que está aqui nesse frio? — digo ao me aproximar.

Então vejo que ela está chorando e paraliso. De imediato, sinto meus olhos arderem, o coração pulsando aflito.

— O que foi?

— Estou indo embora, Helen. — Ela soluça e usa a manga do suéter para enxugar as bochechas. O nariz da rena reflete o vermelho de seu rosto.

Meu sangue parece congelar nas veias.

— Levi recebeu uma promoção — ela continua, as palavras tropeçando umas nas outras. — Vamos para outro país. Um bem, bem, bem longe daqui.

O céu escuro se precipitou sobre mim e me esmaga contra o chão. Eu só consigo olhar para ela boquiaberta, afetada por suas lágrimas.

— Vamos partir na próxima semana.

— Não — falo baixinho, balançando a cabeça. — Você não pode ir.

— Sinto muito. — Ela me olha com o rosto molhado. — Sinto muito, queria estar com você em cada passo da jornada, mas...

Alison balança a cabeça e sai depressa do jardim. Vou até a porta e a observo cruzar o balcão correndo, abrir a porta da frente e desaparecer na noite.

O meu mundo para de girar. Flocos de neve caem em câmera lenta ao meu redor.

✦✦✦

Fecho a porta de casa e, com as costas na madeira, deixo meu corpo escorregar até o chão. Meu apartamento tem cheiro de velas aromáticas, esperança quebrada e coração partido. Encolho as pernas e encosto a testa nos joelhos.

Eu sangro memórias.

Queimo de raiva.

Sufoco no trauma.

E as mágoas crescem ao meu redor como uma inundação.

✦✦✦

17 DE JULHO DE 2016

— Já vai! — gritei do quarto.

Eu tinha sido demitida na sexta-feira anterior por faltar dois dias seguidos sem avisar. Agora, passava a tarde inteira no quarto, encolhida na cama da Olivia, sem força nem energia alguma para pensar no futuro. Fui a passos arrastados até a sala, abri a porta da frente e minha expressão se apagou ao ver quem era.

— Mãe.

Ela tentou sorrir, mas as linhas em sua testa continuavam marcando a tristeza.

— Me perdoa — mamãe disse em um fio de voz.

Endureci o rosto.

— Pelo quê?

— Eu achei... Ele está apenas em choque. Por favor, nos dê algum tempo para que a gente possa assimilar a notícia.

Inclinei levemente um lado da minha boca para cima. Ódio e nojo comprimiam meu estômago.

— Sabe, mãe... não é por isso que você deveria me pedir perdão. — Cruzei os braços. — Você deveria sentir muito por nunca ter percebido o que acontecia naquela casa.

Ela fechou as mãos diante do peito, numa pose de súplica, enquanto me fitava com os olhos cheios d'água.

— Como você pôde?! — gritei, os olhos também marejados. — Eu te dei tantos sinais! Quando os pais da Olivia se separaram, e eu disse que, se você quisesse se separar também, eu ficaria do seu lado. Quando eu disse que não queria me casar com um homem como o George. Quando vocês descobriram que eu jogava fora os cartões de Dia dos Pais. Como você pôde ignorar tudo isso?!

Parei, soluçando.

— Está me culpando por nunca ter me divorciado?

A surpresa dela foi o mais inacreditável.

— Sim! A gente poderia ter sido feliz.

Mamãe riu entre as lágrimas.

— Helen, você acha mesmo que eu viveria melhor só com você?

— Comigo e com a Nah-Nah — respondi, ofendida.

Ela negou com um sorriso de incredulidade.

— A gente mal conversa hoje em dia e você nunca quer fazer nada em família. Nunca lavou um copo naquela casa ou ergueu um dedo para me ajudar. Eu lavo a sua roupa, limpo o seu chão...

— Já cansei de dizer que...

— O seu pai trabalha mais de dez horas por dia! — Meu rosto ardeu de raiva. Ela sempre o defendia. — E fui eu que escolhi ficar em casa e criar vocês.

— Então por que agora está esfregando isso na minha cara?

Ela hesitou, no rosto as marcas da luta para segurar o choro.

— Eu amo o seu pai. Somos apaixonados desde a adolescência. Sei que ele tem o jeitão dele, suas manias e defeitos, assim como todo mundo, mas a gente estava construindo a nossa família *juntos*, da melhor maneira que sabíamos.

— Você se casou grávida. — Ela ofegou, surpresa. — Sim, eu descobri faz alguns anos — continuei, com um olhar de desprezo.

Mamãe abaixou a cabeça e fungou.

— Não éramos convertidos naquela época.

— Você viveu a sua vida, fez suas escolhas, e, quando foi a minha vez, vocês cortaram as minhas asas! *Tudo o que eu queria...* — Minha voz falhou, puxei o fôlego e tentei de novo. — Tudo o que eu queria era ser livre.

— Livre, Helen? Você acha que liberdade é namorar, beber, fumar e engolir todas as porcarias que o mundo te oferece? Você era só uma criança!

— Mas como eu poderia saber o que é liberdade com vocês me proibindo de tudo?! Tive que lutar por cada pedacinho dela! E perdi todas as minhas unhas arranhando as paredes que vocês construíram para mim. Eu sangrei, me machuquei, e foi tudo culpa sua.

A gente chorou amargamente, se encarando.

Por fim, quando consegui me controlar, balancei a cabeça.

— Não volte mais aqui.

— Por favor, você está grávida — disse ela quando eu estava prestes a fechar a porta. — Por favor...

Cerrei os dentes, a dor contorcendo meu rosto. Engoli o choro.

— Não se preocupe. Eu não estou mais grávida.

E bati a porta.

✦ ✦ ✦

Será que eu gostaria de voltar e dar a eles a chance de se desculparem? Pior ainda: eu conseguiria perdoá-los, mesmo se eles não estivessem arrependidos? Aperto os joelhos e deixo os soluços escaparem da garganta. Não me importa se algum vizinho vai ouvir o meu choro quebrado.

Por toda a minha vida, tudo o que eu sempre quis foi, acima de qualquer coisa, *ser livre*. E, sim, de certa forma eu encontrei alguma liberdade em Hillbourne. Morando sozinha, não precisei dar satisfação a ninguém. Pude ver todos os filmes que sempre desejei, li todos os livros que quis, escutei as músicas de que eu mais gostava e nunca proibi meu coração de realizar qualquer desejo. Então, por que ainda não me sinto verdadeiramente livre?

"Feche a sua mão", Alison me disse há duas semanas, após nossa caminhada na praia. "Segure essa pedra e feche a mão." Eu obedeci. "Imagine que a pedra está quente. Por quanto tempo você acha que conseguiria segurar?" Analisei a pequena rocha na minha palma. "Eu não sei. Um minuto, talvez? Depende de quão quente ela está." Alison sorriu. "Se a pedra está quente e você sabe que ela vai te machucar, por que tentaria mantê-la por um segundo sequer?"

Levanto o rosto e trago um punho fechado para diante dos olhos. A pedra é quente como fogo e, no entanto, eu a venho segurando há doze anos.

Se eu for mesmo fazer isso, quero que seja com ela. Deus sabe que eu não conseguiria sozinha.

Puxo o celular do bolso e digito o número. Meu coração galopa no peito.

— Oi... Sim, e você?... Não, só um pouco cansada... Tudo bem... Aham, mas não é só por isso... O que acha de viajar comigo para Cambridge?

94

— **NÃO, DE JEITO NENHUM!** — Levi é categórico.

No meu quarto, eu separo algumas roupas para colocar na mala de mão. Lá fora, a noite é a mais fria do ano. Alguns flocos de neve parecem ter se perdido do caminho para o norte e flutuam no ar.

— Alison, pare. — Ele segura meus ombros e gira meu corpo para que a gente se encare. — Nos próximos dias, o *Jolly Roger* vai quebrar aquele aquário, ouviu? Não dá para saber quando, mas está perto, *muito perto*. Perto demais para fazer algo tão imprudente! E se o navio crescer quando você estiver lá onde a sereia faz a curva? Você não teria tempo de voltar.

Eu me afasto dele e continuo organizando a mala.

— Não se preocupe, vai dar certo.

— Você fez tudo o que podia por ela, não pode...

— Levi? — Ergo os olhos cansados para ele. — Eu não estava pedindo autorização.

Ele reage como se eu tivesse enfiado uma adaga em seu abdome. Antes que eu possa me desculpar, Levi vira as costas e vai embora. Fecho os olhos, suspirando. Não era para ter sido rude, mas estou cansada demais e hipersensível por tudo o que está acontecendo. Volto a fazer a mala. Depois eu me resolvo com ele.

Vamos sair amanhã cedo. Pegar um trem para Hastings, então alugar um carro e seguir para Cambridge. Não sei quantos dias vamos ficar lá, mas não podem ser muitos. Uma mala de mão será o bastante. Quando termino de colocar algumas roupas, peças íntimas e dois sapatos, vou até a última gaveta do guarda-roupa e me ajoelho diante dela. Lá só tem um velho caderninho de couro e, ao lado dele, um espelho mágico quebrado.

Pego o caderno e abro com cuidado sua capa. Na primeira página, escrito com letra infantil e giz de cera verde, o título *Coisas sobre mamãe* é grande e torto, cercado de coraçõezinhos. Arranco essa folha e faço uma bolinha de papel. A segunda página do caderno fica à mostra. É um desenho de criança, o rosto de uma mulher com o cabelo castanho preso. Um círculo para a cabeça, duas linhas para os olhos fechados, risquinhos para os cílios, uma bolinha vermelha para o nariz e um traço curvado para baixo é a boca. Ao redor do rosto, há desenhos tortos de garrafas, latinhas e pílulas de remédio.

Seco meu rosto e, nostálgica, viro a página. O próximo desenho é do gato cinza que ela alimentava, para o qual sempre deixou a janela aberta. Ao lado dele, há o desenho do potinho azul onde ela deixava a ração. Viro a página e suspiro de dor. É o desenho do píer. Em traços infantis, sim, mas ainda dá para reconhecer. Passo a folha e começo a chorar quando vejo o desenho do sorvete. Casquinha marrom, bolota branca com pintinhas pretas e uma colherzinha amarela.

Fecho o caderno, levando-o ao peito. Depois, pego da gaveta o mirador. Continuo chorando ao segurá-lo. A prata está envelhecida, especialmente onde o metal se curva em formato de flor aberta. Olho para os cacos encaixados onde costumava ser vidro e meus ombros balançam pelos soluços. Eu seguro o mirador como fiz por mais de dez anos.

Então me levanto e levo os dois objetos até a escrivaninha. Coloco o mirador sobre o caderno e envolvo os dois com um papel pardo. Trabalho com carinho no embrulho, fungando as lágrimas. Finalizo com um laço azul. Coloco o presente na mala e fecho o zíper.

Depois, abro uma mochila e guardo ali o álbum de capa preta que ela me deu, junto ao quadro do Olden Times. Esfrego o nariz e olho ao redor secando o rosto. Acho que coloquei tudo o que... Vejo o exemplar de *Peter Pan* que Astra me deu sobre a escrivaninha. Pego o livro e o guardo também na mochila.

✦ ✦ ✦

O sol acaba de nascer quando coloco a xícara de café dentro da pia. Lavo a louça do desjejum e subo para me arrumar. Uma hora depois, desço as escadas carregando a mala em uma mão e a mochila no ombro. Levi está de moletom cinza, diante da lareira, observando o aquário com as mãos cruzadas atrás das costas.

Deixo a mochila no último degrau, junto a um bilhetinho para Levi. Nele eu explico que a mochila contém as coisas mais importantes do mundo para mim, e por isso ele deve prometer que não vai esquecer de levá-la para o navio caso eu chegue um pouco atrasada. Então vou me desviando das caixas até Levi. Paro um passo atrás, incerta de como reagir.

— Me perdoa pela forma como falei com você.

Ele não responde, tampouco se mexe. A silhueta de suas costas é firme, os ombros largos e a postura de soldado, exceto pelo cabelo volumoso que cai até a metade do pescoço.

— Eu prometo que vou voltar a tempo — falo com a culpa escondida nas entrelinhas.

Levi ergue um pouco mais a cabeça.

— Semana passada — diz ele com a voz grave —, quando sua mãe foi a Londres para um treinamento, na verdade ela viajou comigo. — Ele se vira para mim. A tristeza é um vinco em sua testa e marca o inclinar de um sorriso torto. — A gente foi comprar o seu vestido de noiva.

Pisco, sem ar. Os olhos dele brilham emoções conflitantes.

— Eu queria que, de alguma forma, ela fizesse parte do dia mais importante de nossas vidas. — Cerro os dentes, os olhos marejando. — Então falei com a sua chefe e ela deu a ideia de fingirmos que era um treinamento. Helen e eu passamos o dia inteiro entrando e saindo de lojas, percorremos Londres inteira. Foi ela quem escolheu o seu vestido, Alison.

Perco o fôlego. A surpresa é dolorosa.

— Ela não me deixou ver. — Levi sorri com ternura. — Disse que daria azar. Mas me descreveu cada detalhe. Branco, lisinho como uma pérola, a coisa mais linda do mundo... e eu só posso imaginar como você vai ficar nele. Tenho certeza de que vou perder o fôlego.

As lágrimas escorrem quentes pelo meu rosto.

— Você sabia que os piratas têm um pequeno arquipélago chamado Coração de Sereia? — Levi continua, com a voz profunda e emotiva. — Dizem que, em uma daquelas montanhas, o sol toca por último em toda a Terra do Nunca. Ali, bem em cima daquela montanha, cercada pelo mar azul, há uma frondosa árvore de folhas vermelhas. Dizem que suas folhas nunca caem, nunca murcham, nunca mudam de cor. E eu quero me casar com você debaixo dessa árvore, com a aliança que nós compramos juntos, ao som de violinos, na hora em que o sol beija a terra pela última vez.

Ele toca meu braço e me puxa para si. Fecho as mãos em suas costas e o aperto contra mim enquanto derramo lágrimas silenciosas. Levi não precisava me mostrar o que eu estou arriscando ao ir para Cambridge. Sei muito bem que estou colocando tudo a perder, mas não posso deixar de fazer essa viagem. A minha missão ainda não está cumprida; preciso acompanhá-la em cada passo, e eu confio na ajuda dos Fundadores para segurarem esse navio enquanto eu estiver lá. Eles me devem ao menos isso.

— Eu prometo — sussurro, apertando seu moletom em minhas mãos. — Prometo que você não vai me perder.

Então relaxo os dedos e me afasto dele o suficiente para ver seu rosto, marcado pelo medo.

— Eu te amo — falo suavemente.

Levi coloca a mão no meu rosto.

— Vou te responder quando você voltar para mim.

Eu o olho por um momento, como se quisesse memorizar suas feições. Fico na ponta dos pés e o beijo devagar. Depois, um último abraço apertado. Então sigo para a estação de trem.

VIAJANTES INTERPLANETÁRIOS
Grupo com 4 membros

13 mensagens não lidas

HOJE

~Astra
NÃO ACREDITO!
EU NÃO ACREDITO!!!
@Alison:) EU SOU UMA PIADA PARA VOCÊ?!
EU IA HOJE PARA HILLBOURNE!

****HOJE****

A PORCARIA DO NAVIO TÁ QUASE
QUEBRANDO O AQUÁRIO!!
E VOCÊ INVENTA DE VIAJAR PARA CAMBRIDGE???

J4rv1s
Senhor, usar Caps Lock é considerado ofensivo.

Parece que o senhor está gritando.

~Astra
EU ESTOU GRITANDO MESMO!

VOU FICAR DE CASTIGO EM LONDRES POR ORDENS
DO **@Levi_H** ATÉ A MOCINHA DECIDIR VOLTAR PORQUE
APARENTEMENTE EU SOU O LACAIO DELES

@Alison:) O SEU NAMORADO ESTÁ ME DEVENDO
UM NAVIO E UM SACO DE OURO! EU DEI TODO
O MEU DINHEIRO PRA ELE E ENCERREI O
CONTRATO DO MEU APARTAMENTO,
TEM NOÇÃO DISSO? SE EU NÃO VIAJAR
COM VOCÊS, VOU FICAR POBRE
E NA RUA! ME OUVIU??? POBRE E NA RUA!!

Levi_H
Um navio pequeno e um saco
de ouro menor ainda.

Só para deixar claro.

95

SINCRONIZO MEU CELULAR com a caixinha de som do carro e coloco a playlist *Road Trip with Taylor Swift*. Alison comprou salgadinhos e refri. Eu deixo o aquecedor do carro a um nível agradável e a gente pega estrada. Estamos usando nossos suéteres de Natal e tentamos manter um clima leve comendo e cantando. A paisagem morta passa em borrão nas janelas. Somos boas em fingir que está tudo bem ao ignorar a sombra no sorriso uma da outra, o brilho apreensivo dos olhos, o medo e alguns segredos que se escondem debaixo dos bancos.

Quando vamos nos aproximando do destino, meus dedos apertam o volante com mais força. O rádio passa a cantar sozinho. Reduzo a velocidade enquanto a Alison admira os prédios pela janela. O chão está coberto de neve, as árvores têm seus galhos expostos e congelados. Algumas decorações de Natal, singelas e elegantes, enfeitam pontos estratégicos da cidade. Eu sempre adorei Cambridge no inverno, a forma como a neve deixa os prédios antigos como pinturas dignas de cartão-postal.

— Você perdeu a curva — avisa Alison.

Eu me remexo no banco e ignoro a nova rota sugerida pelo mapa.

— Na verdade, quero passar em um lugar antes.

— Ah.

Dirijo pelas ruas conhecidas tomando o caminho que fiz tantas vezes. Paro diante da casa e absorvo as mudanças que elas fizeram. Os nós dos meus dedos ficam brancos ao redor do volante. Retiro o cinto de segurança e ligo o pisca-alerta. Deixo o carro ligado para manter o aquecimento.

— Já volto.

Fecho a porta atrás de mim e me encolho dentro do sobretudo. Assim, mantendo os braços cruzados, vou até a porta e toco a campainha. Dou um passo para trás com o coração disparado. Foi um erro. Eu não deveria ter vindo assim. Aparecer sem avisar depois de ter sumido por tantos anos...

Um homem abre a porta. Pisco, surpresa.

— Olá? — diz ele com ares de confuso.

— O-oi. Hã... Desculpe, você conhece a senhora Wilson?

— Acho que você está falando da antiga moradora. — Ele coça a barba grisalha. — Eu me mudei para cá há cinco anos.

— Oh, entendi. Por acaso...

— Sinto muito, foi por imobiliária.

— Ok, obrigada.

Volto cabisbaixa para o carro. Bato a porta ao entrar.

— Vamos pro nosso Airbnb — falo com um sorriso forçado.

Alison não pergunta. Não é do feitio dela se intrometer, mas a gente já passou por coisa demais para eu fazer questão de esconder isso.

— Era a casa da Olivia.

Me surpreendo com a dor em minha voz. Uma dor latente e escandalosa.

— Se quiser ajuda para encontrá-la on-line, me avisa. Posso pedir para um colega de trabalho do Levi, ele é bom nessas coisas.

— Obrigada.

Dou seta para sair. Enquanto dirijo pelo centro da cidade, nostalgia e rancor apertam meu coração.

— Eu nunca mandei uma mensagem sequer para ela — falo com a voz trôpega. — Nunca liguei no Natal ou no Ano Novo, nem mesmo na pandemia. — Paro num sinal vermelho. Balanço a cabeça, com raiva de mim mesma. — Quando decidi fugir para bem longe, eu só queria deixar tudo para trás. Vendi o celular com o velho número, deletei todas as contas de e-mail e redes sociais. Eu queria ter ligado para ela depois, mas... eu tinha medo de quanto seria doloroso para mim, entende?

— Sim, vocês compartilhavam um trauma — responde Alison baixinho.

Assinto ao lembrar-me de como Ollie caiu no choro naquela noite, histérica depois de limpar o banheiro, dizendo que era tudo culpa dela, que era uma péssima amiga, que deveria ter ficado comigo e que tinha achado que eu ia morrer em seus braços. Sim, o trauma não era apenas meu. No dia seguinte, nós duas já não éramos mais as mesmas pessoas.

— Eu não conseguia pensar nela sem voltar para... — Minha garganta trava.

Para aquelas quatro paredes brancas cobertas de sangue, para o cheiro pútrido e a dor das contrações. Eu amava a Ollie por ter me ajudado a enfrentar aquilo; não era justo que, por esse mesmo motivo, fosse tão difícil falar com ela.

— As semanas viraram meses, os meses viraram anos... Como eu poderia mandar mensagem depois de tanto tempo? O que haveria para ser dito?

Estaciono diante da casa que reservei por catorze dias.

— Eu aposto que ela sente a sua falta — diz Alison, removendo o cinto de segurança. — E talvez até ache que você ficou chateada com ela.

— O quê?! Nunca.

Alison coloca uma mão sobre a minha.

— Então, depois de terminar essa jornada, vá atrás da sua amiga. Eu sei que vocês vão ficar felizes por se reencontrar.

Olho para o mundo congelado lá fora.

— Passou tempo demais.

— Helen, você não pode esperar que seja como antes. Não tem como ser, as pessoas mudam, e isso aconteceria com vocês perto ou longe. Mas uma coisa é certa... — Ela espera que eu vire o rosto em sua direção para continuar. — Chega de fugir. Não deixe que o medo do incerto te impeça de viver todas as maravilhas que se escondem no "e se".

96

EU DIRIJO ATÉ A RUA DE CASA e estaciono perto da esquina. Alison abre a caixa azul-turquesa do Fitzbillies e me mostra os quatro *chelsea bun* maravilhosamente quentinhos e suculentos. Pego o primeiro e já dou logo uma mordida. Fecho os olhos de prazer. Essas eram as minhas rosquinhas favoritas da vida, tanto que estou comendo duas todo santo dia e até agora não saciei a saudade. Ela pega um pãozinho também e coloca a caixa em cima do painel do carro.

Pelas próximas horas, a gente observa o movimento da casa.

George vem para o lado de fora depois do almoço, alguns minutos após a gente estacionar. Ele coloca uma cadeira de balanço ao lado da porta e fica o resto da tarde sentado ali, lendo por horas a fio o que eu suponho ser a Bíblia — não dá para ter certeza de longe. Ele engordou um pouco, está com uma barriga saliente, e acho que usa óculos. O cabelo fica coberto por uma touca, de modo que ele poderia estar calvo ou grisalho; não saberia dizer. Ele ergue os olhos para a rua de vez em quando e, com frequência, leva a mão ao peito, apalpando o casaco no rumo do coração. Quando neva, George abre um guarda-chuva e permanece ali, fielmente sentado diante da casa.

Perto do fim do dia, mamãe aparece na porta, chamando-o. Ela continua magrinha, mas pintou o cabelo de louro. Talvez para esconder os brancos? E a Hannah, meu Deus, ela está enorme. Quando o George entra, ela sai para tirar a neve da calçada. Está uma mocinha, mais alta do que eu, loira de cachinhos bem encaracolados. Seguro o choro toda vez que a vejo.

Todos os dias, eu venho aqui dizendo que vou falar com eles e, todos os dias, volto para o Airbnb dizendo "amanhã". Todos os dias, Alison me assegura de que dará tudo certo. Ela passa a tarde toda comigo no carro; nunca reclama nem insiste para que eu vá até lá, apenas come pacientemente seu *chelsea bun* enquanto lê revistas ou resolve palavras cruzadas e *sudokus*. A paz dela me dá um pouco de esperança.

Vejo Hannah bater os pés no tapete, entrar em casa e fechar a porta. Dou partida no carro. Os postes iluminam a rua e, no céu, as primeiras estrelas aparecem.

— Amanhã é véspera de Natal — falo, ainda observando a casa. — Amanhã eu prometo que vou falar com eles.

— Será o dia perfeito — Alison diz com um sorriso, pacientemente.

Sorrio de volta. Um sorriso contido e temeroso.

VIAJANTES INTERPLANETÁRIOS
Grupo com 4 membros

732 mensagens não lidas

HOJE

~Astra
@Alison:) VOCÊ NÃO PODE ME IGNORAR PARA SEMPRE!

VIU A MENSAGEM QUE MANDEI HOJE CEDO????

!!!!! O NAVIO ENCOSTOU NO VIDRO !!!!

REPITO: NÃO HÁ MAIS ESPAÇO NO AQUÁRIO
PARA SUPORTAR O CRESCIMENTO DO JOLLY ROGER!

VOCÊ ENTENDE A GRAVIDADE DISSO????

AGORA É QUESTÃO DE HORAS!!

******HORAS!!!!******

@Alison:) saiu do grupo

97

FAZ QUASE CINCO HORAS QUE ELE está sentado ali, não posso esperar por mais tempo. Já é noite e eu imagino que, daqui a pouco, eles vão comer a ceia de Natal. Olho para as minhas mãos trêmulas e aperto uma na outra. Encosto a testa no volante. Meu coração bate forte. No colo da Alison, a caixa turquesa contém os dois *chelsea bun* que eu não comi. Meu estômago vazio arde, gelado. Fecho os olhos. Inspiro fundo. Então abro a porta e saio do carro. Assim, de uma vez, como se arrancasse um curativo.

Fecho a porta atrás de mim e cruzo os braços tentando me proteger do frio. Quando ergo a cabeça para a casa, ele ainda está lá, sentado. Uma silhueta solitária. Travo a mandíbula, mas os olhos se enchem d'água mesmo assim. O que eu vou dizer? O que posso dizer além da raiva e da mágoa? Estou com as mãos tão fortemente fechadas que as unhas apertam a minha carne. Talvez eu deva dizer que vou perdoá-los; não porque eu queira fazer isso ou seja verdade, mas porque dói e eu preciso deixar ir. Então vou repetir essas palavras até um milhão de vezes, se for necessário. Vou repetir até que seja verdade. Até que eu esteja livre.

Atravesso a rua, cabisbaixa, e, passo a passo, faço o caminho de volta. O mesmo caminho que fiz há doze anos, de coração partido, puxando uma mala. Desta vez, eu o refaço de mãos vazias, chorando. A raiva ainda faz meu rosto arder. Meu coração nunca se recuperou.

Paro diante da casa. Os soluços se libertam do meu peito e fazem meus ombros balançarem. Quando ergo o rosto quente e molhado, vejo que ele ficou de pé e me olha incrédulo. Ele larga desajeitado o livro sobre a cadeira de balanço, atrapalha-se para se levantar e vem caminhando rápido na minha direção.

Sou compelida a fugir. Dou um pequeno passo para trás, virando o rosto.

— Helen, espere!

Sua voz humilde, urgente e quebrada me detém. Continuo com o rosto virado, escondendo dele a minha expressão de dor. A raiva me consome até os ossos.

— Por favor, ao menos leve isso com você.

Ergo a cabeça para ele, que parou a três passos de distância. George põe a mão trêmula no peito, abre o zíper do casaco e retira um papel dobrado de dentro do bolso que fica no rumo do coração. Suas mãos continuam tremendo quando ele estende os braços para mim, oferecendo o papel.

Não consigo pegar. Não consigo me mexer. Só consigo permanecer com os pés grudados no chão, os braços me envolvendo como uma corrente protetora, os olhos encarando-o cheios de acusação e rancor. Por dentro, minha alma grita silenciosamente.

George me olha suplicante, o rosto vermelho marcado por rugas e lágrimas. Ele parece muito mais velho, mais cansado, quase outra pessoa.

— "Nove de julho de 2017, Cambridge" — diz ele devagar, a voz embolada nas emoções. — "Querida Helen"...

Ele para, olha para o papel em suas mãos e chora alto. Dói. Dói pra caramba ter tanta raiva de alguém não só pelo que ele fez, mas sobretudo por não ter sido a pessoa que você precisava que ele fosse. Dói querer perdoar, mas não saber como. Dói pra caramba.

— Quando... — ele tenta falar, mas não consegue. Precisa fungar e se esforçar mais para que as palavras encontrem um caminho em meio às lágrimas. — Quando você perde uma filha e entende que foi culpa sua, porque falhou em conquistar o amor dela, você nunca esquece as palavras da carta que mais te doeu escrever.

Ele abaixa a cabeça, vencido pelo choro. A carta escorrega de suas mãos, gira no ar e cai aos meus pés. Lentamente, eu me abaixo e pego o velho papel. Ele está bem dobradinho e tem mancha de tinta borrada no formato de gotas d'água. Com cuidado, desfaço a dobradura. Ali estão as palavras que ele recitou, escritas em letras garranchadas. A dor comprime meu peito.

— "Eu espero que um dia esta carta chegue até você — George continua recitando. Sua voz é rouca e cambaleante, pesada pelo choro sincero. Não ergo os olhos para ele, não quero ver esse homem chorando, mas acompanho no papel as palavras que nunca pensei que fosse ouvir dele.

"Tenho tanta vergonha de admitir que levei um ano inteiro para perceber o meu erro. Um ano inteiro de coração endurecido, até que, finalmente, Deus me esmagou com a verdade. Eu pensei que estava te ensinando o bom caminho quando te forçava a andar em linha reta, quando te punia pelos tropeços, quando exigia passos perfeitos e constantes. E o pior de tudo é que não vi o quanto você estava se esforçando.

"Hoje, de coração contrito e joelhos no pó do que antes foi o meu orgulho, sinto o arrependimento por não ter enxergado a sinceridade do seu primeiro amor pelo Senhor. Eu via a sua preguiça em acordar cedo no domingo, a indisposição para ler a Bíblia, a rapidez das orações, mas falhei em enxergar a forma como você dava louvores no culto, o carinho com que grifava os versículos favoritos, a sinceridade de cada oração curta.

"Oh! Como dói ouvir do Senhor que eu falhei com você! Como dói ser confrontado com a história de Hagar e perceber que fui como Sara, oprimindo a serva a ponto de ela fugir para o deserto. Como dói perceber que perdi a minha amada primogênita e que, talvez, nunca mais vá encontrá-la. Ah, Senhor! Tenha misericórdia de mim e permita-me ver a minha filha uma vez mais."

Minha garganta dói, arde, queima. Aperto as folhas, reunindo forças, então viro a página.

— "Primeiro de agosto de 2018 — recita George, palavra por palavra, em sua voz profundamente aflita.

"Hoje eu fui consolado pelo Senhor depois de um ano de muitas angústias. Nos últimos meses, fui confrontado dia após dia pela minha falta de paciência e misericórdia. Como pude esquecer que Deus é o bom pastor? Como pude não refletir sua mansidão em minha paternidade? Lamento tanto não ter dito 'Eu te amo' o suficiente. Não ter te abraçado o suficiente. Não ter aproveitado a sua presença o suficiente. Quando olho para trás e me lembro dos meus gritos, das minhas exigências, de como fui impaciente com você... Ah, como eu gostaria de voltar no tempo! Como eu daria tudo para ouvir sua risada de novo!"

Ergo a cabeça para ele. Meus lábios tremem, as lágrimas escorrem quentes no rosto frio. George me olha com ternura.

— "Mas hoje eu fui consolado pelo Senhor. — Ele sorri com tristeza. Linhas aparecem em seu rosto molhado. — Porque a verdade é que eu falhei, mas o Senhor nunca falha. Ele nunca deixará de ser o bom pastor. O bom pastor que dá a vida pelas ovelhas. Ele confiou uma preciosa ovelhinha a mim e eu falhei, mas ele diz: 'Eu mesmo apascentarei as minhas ovelhas e as farei repousar. Buscarei as perdidas, trarei de volta as desgarradas, enfaixarei as quebradas e curarei as doentes.' E, nisso, eu me conforto. Você vai ficar bem porque ele está contigo. Ele é o seu pai que não vai te desamparar. E eu esperarei por você, minha querida Helen. Todos os dias, eu esperarei por você."

A gente se encara tremendo pelos soluços. George abre um pouquinho os braços.

— Pode me perdoar, filha? — Fecho os olhos. — Eu sinto muito — diz ele. — Por tudo...

Mal posso acreditar em mim mesma quando sinto meu corpo dando passinhos curtos, um após o outro, até encostar no peito dele. Estou encolhida de lado e ele me abraça assim mesmo. Me envolve com suavidade, como se eu fosse feita de fumaça e fosse desaparecer caso ele não tomasse cuidado. Me encolho um pouco mais e, chorando, perco as forças. Quando começo a escorregar, ele abraça forte. E então, percebendo que sou eu mesma, de carne e osso, bem aqui em seus braços, ele me aperta e sustenta o abraço. E chora alto, um choro contrito de puro alívio.

O meu choro, porém, é amargo e dolorido. Ainda estou quebrada. Ainda estou profundamente machucada. Mas, pelo menos, a velha raiva está enfim escorrendo por entre as rachaduras.

98

POSSO OUVIR O CHORO DELE. O choro alto de um pai que recuperou a filha. Abraço minhas pernas e choro também enquanto os observo se abraçarem sob as estrelas e a luz dos postes. Ficam daquele jeito por um bom tempo. Depois, ele se afasta um pouco e aponta para a casa. Ela abaixa um pouco a cabeça, enxugando o rosto. Ele se coloca ao lado da filha e, com um braço ao redor dos ombros dela, os dois entram na casa.

O carro está escuro e frio.

Encosto a cabeça na janela e, encolhida o máximo que consigo, fecho os olhos.

99

GEORGE ABRE A PORTA.

— Mary! — grita, eufórico. — Hannah!

Entrar na casa é como um mergulho. Em uma fração de segundos, sinto a fria percepção dos móveis que mudaram, a úmida tristeza pelas memórias ruins que as paredes escondem, a pressão dos sonhos abandonados no piso e as bolhas de saudade por cada momento feliz que eu vivi aqui. É repentino e tira meu fôlego. Quero sair correndo de volta ao meu cantinho seguro no carro, mas, antes que essa fração de segundos termine, eu vejo mamãe na sala. Ela esteve olhando pela janela esse tempo todo? As minhas rachaduras partem de uma vez e esmiúçam meu coração.

Ela vem devagar ao meu encontro. As mãos pequenas como se analisassem uma miragem, o choro preso nas feições tristes e nos olhos cheios d'água. Eu não aguento mais e fujo. Mas fujo para a maciez de seu abraço, para o cheiro suavemente doce, a voz mansa, o jeitinho distraído e, ainda assim, amoroso. Quero dizer que senti a falta dela, que ainda a amo; quero dizer tantas coisas que elas ficam entaladas na garganta.

Alguém nos abraça.

— Hannah! — soluço.

A gente encosta testa com testa. Meu Deus, minha irmãzinha era só um bebê! Quantos aniversários eu perdi? Quantos momentos marcantes e primeiras vezes que simplesmente não voltam mais?

As três mulheres da família Carter choram abraçadas.

— Sinto muito — sussurro.

Eu não queria ter perdido tudo. Não queria ter perdido elas.

— Ah, minha filha, minha filha! — Mamãe me enche de beijos. — Eu te amo tanto, tanto, tanto.

— Essa é a minha irmã? — Uma voz infantil soa atrás de mim.

A gente desfaz o abraço triplo. Quando eu me viro, surpresa pela voz, dou de cara com um garotinho de cabelo castanho-escuro como os da mamãe costumavam ser. Pisco, boquiaberta.

— Sim, é ela. — George põe a mão nos ombros do garoto. — Helen, este é Ben. Seu irmão.

Ai. Meu. Deus. Eu tenho um irmão.

Não sei se é por causa da minha reação chocada, mas o menino dá um passo e se esconde atrás do pai.

— Oi — diz ele sem me olhar nos olhos, segurando o braço do George.

— Oi — digo num sussurro emocionado. — Oi, Ben.

— Benjamin — George se ajoelha —, por que não fala para ela aquilo que você ensaiou?

— Ele tem toda uma apresentação planejada — explica Hannah.

Porém essa atenção toda só constrange o garoto ainda mais e ele se encolhe.

— É um prazer te conhecer. — Estico minha mão.

O menino ergue seus olhinhos castanhos para mim, dá um sorrisinho e, saindo de trás de seu esconderijo, aperta a minha mão.

— Oi, eu sou o Ben, tenho oito anos, sou um filho da pandemia e um dia eu vou escrever um livro com esse título, mas em vez de corongavírus...

— *Coronavírus* — corrigem pai, mãe e irmã ao mesmo tempo.

— ... vai ser um vírus de zumbis!

Dou uma risada solta e leve, então me abaixo num joelho para ficar da altura dele.

— Se você escrever esse livro... — Faço uma expressão de suspense. — Prometo que edito para você.

Ele me olha de volta com o sorriso congelado.

— Eu não sei o que é isso, mas tá bom. — E dá de ombros.

Todos riem. Só que a minha risada murcha quando a mágica termina e me vejo de volta à realidade. Fico de pé e encolho os ombros, sem graça.

— Então, eu, hã...

— Chegou em um momento perfeito — George se apressa em falar. — Vamos comer a ceia de Natal.

Mamãe pega a minha mão.

— Você vai cear conosco, não é? — pergunta cheia de expectativa.

Olho para Hannah, mas desvio rápido. É doloroso reconhecer nos cachinhos dourados aquela bebê que eu tanto amava. De repente, sinto um toque macio envolver minha outra mão. Ergo os olhos para ela de coração apertado.

— Por favor, Helen. Fique.

— É claro que ela vai ficar! — Ben corre para o sofá e sobe nele, pulando. — Ela acabou de chegar!

Meu sorriso vem acompanhado de um arder nos olhos pelo choro que está voltando de mansinho. Eu já amo o Ben. Engulo em seco para desfazer o nó da garganta e pisco algumas vezes.

— Eu vou ficar.

George ergue os braços e vibra como se o time dele tivesse marcado gol. Ben pula do sofá e corre para os braços do pai. A vontade de sair correndo faz as minhas mãos tremerem. Vendo-os assim, parece até que, das minhas cinzas, nasceu a família com a qual eu tanto sonhava. Não é justo.

— Venha. — Mamãe envolve meus ombros. — Vamos celebrar o milagre do Natal.

Eu os sigo para a sala de jantar. E, quando vejo a árvore decorada, a mesa posta com velas, e pisca-pisca no velho móvel de madeira, sinto uma pontada no estômago. Abaixo a cabeça e coço o nariz para disfarçar.

Só depois de todos se sentarem à mesa e sobrar um lugar vazio na ponta, eu me lembro dela.

— Ai, meu Deus. Alison! — Eu me coloco de pé. — Estou com uma amiga, ela ficou no carro.

— Por favor, vá chamá-la. — Mamãe sorri. — Será um prazer recebê-la também.

Todos eles me olham em suspense.

— Tá, tá bom. — Assinto.

Saio a passos decididos para a sala. Ao abrir a porta, começo a correr. Corro o mais rápido que posso, aliviada em fugir dali, e só paro quando chego na esquina. Então apoio as mãos nos joelhos e grunho de dor, como uma raposa abatida em caçada. Deixo meu corpo cair de joelhos, ergo os olhos aos céus e continuo chorando.

Como fugir pode doer tanto quanto doía ficar?

100

BATIDAS NO VIDRO. Abaixo a cabeça um pouco mais e tento secar o rosto sem que ela perceba antes de abrir a janela. Helen está com as mãos nos bolsos, cílios molhados e nariz vermelho.

— Sinto muito ter demorado. — Ela ergue os ombros.

— Tudo bem.

Helen morde o lábio inferior e olha na direção da casa. Está se balançando pelo frio. Ou seria ansiedade?

— Como foi? — pergunto.

— Eles querem te conhecer. — Arregalo um pouco os olhos. Quando ela se volta para mim e vê a expressão do meu rosto, balança a cabeça. — Mas a gente não precisa ir. Eles vão comer a ceia de Natal agora.

Helen fica parada do lado de fora do carro, com as mãos nos bolsos do casaco, me encarando. Sei que ela quer me dizer algo com esse olhar, está praticamente gritando em silêncio, e é frustrante não entender sua mensagem.

— Hã... — Estreito os olhos. — Você quer que eu vá contigo?

Ela não responde de primeira.

— Só se você quiser.

Viro o celular e encaro a mensagem que Astra mandou no grupo hoje cedo. Ele disse que o navio encostou no vidro e que é só uma questão de horas até a magia se quebrar, mas o Levi ainda não me ligou. Eu sei que, quando for urgente *de verdade*, ele vai me ligar. Então talvez ainda dê tempo de comer com eles.

— Eu quero — respondo, abrindo a porta do carro.

— Sério? — O meio-sorriso dela é de puro alívio. — Obrigada.

Enfio as mãos nos bolsos e a sigo pela calçada, andando sempre um passo mais devagar. Helen toda hora vira o rosto, mas não comenta nada. Quanto mais a gente se aproxima da casa, menor fica o meu coração. Estou prestes a conhecer pessoas que só vou ver uma vez na vida. Não posso me apegar. *Não posso me apegar.*

Helen abre a porta e me deixa passar primeiro. Bato a neve no tapete e entro analisando o lugar. A casa está quentinha, com um cheiro delicioso de comida. É estranho ver onde ela morava, como ouvir ecos de um passado que não me pertence.

— Por aqui. — Helen mostra o caminho.

Por dentro dos bolsos, eu cerro os punhos.

— Eu falei que ela ia voltar! — grita um garotinho assim que a gente aparece.

Todos se levantam. Helen não me contou sobre o menino, me pergunto quem ele é. A mãe, baixa e franzina como a filha, é a primeira pessoa que vem ao meu encontro. Tiro uma mão do bolso para cumprimentá-la, mas sou surpreendida por um abraço.

— Então você foi o anjinho que Deus enviou para trazer a minha filha de volta?

Ela me fita de um jeito caloroso, como a Amelia costumava me admirar. Sorrio constrangida e viro o rosto para Helen, que põe uma mão protetora sobre o meu ombro.

— Sim, ela é o meu anjinho.

— Meu nome é Mary — cumprimenta a mãe, ainda com o olhar de manteiga.

— E-eu sou a Alison.

— Estou feliz em conhecê-la, Alison.

Meus olhos ardem, só consigo balançar a cabeça em resposta.

— Oi, eu sou o Ben e eu tenho oito anos! — A criança vem abraçar minhas pernas. — Você é muito bonita.

— Obrigada. — Passo uma mão em seu cabelo. — E você é um garotinho adorável.

— Oi.

Ergo os olhos. A moça me oferece uma mão, que eu aperto em cumprimento.

— Sou a Hannah.

— É um prazer te conhecer.

— Alison, não é? — O pai diz com um sorriso tímido e, com a mão, acena discretamente. Assinto de volta. — Você não faz ideia do presente que acabou de nos dar. Obrigado por ser amiga da minha filha e... — Ele pigarreia, olhando para a Helen. — E obrigado por fazer parte desse momento especial. Isso aqui é muito importante pra gente.

— Fico feliz que ela esteja em casa — consigo responder.

— O peru vai esfriar — avisa Mary.

— Vamos comer! — grita Ben, saltitando até uma cadeira.

— Aqui, Alison. — Helen me puxa para a cadeira de uma das pontas.

Ela se senta à minha direita e Mary, à esquerda. Ao lado da Helen, fica Ben e, na frente dele, Hannah. George se senta na outra ponta. Todos dão as mãos.

— Se importa se a gente orar? — pergunta George para Helen.

Ele não disse isso com um tom de provocação ou teste, foi só uma pergunta sincera e educada; mesmo assim, ela ergue a cabeça, surpresa.

— Não, eu não me importo.

Eles fecham os olhos. Eu fico observando a forma como Mary sorri e chora ao mesmo tempo, a expressão indecifrável da Hannah, o jeito como Ben lambe os lábios de olhos bem fechados, e o queixo trêmulo da Helen, sua testa franzida.

— Querido Deus, Fundador do Universo...

Meu coração se agita, de súbito reconhecendo sua presença aqui.

— ... obrigado pelo melhor presente de Natal que nós já recebemos — George continua, com a voz profundamente honesta e a expressão humilde. — O Senhor enviou seu único filho para nos resgatar e, por doze anos, nós experimentamos um pouco dessa dor. Obrigado por cuidar da Helen todo esse tempo, mas, acima de tudo, obrigado por nos dar uma segunda chance. Por favor, complete a obra que começou nessa família e restaura-nos por completo, no nome de Jesus.

— *Amém* — respondem Mary, Hannah e Ben.

— Amém — sussurra Helen depois.

Experimento a palavra nos lábios, sem pronunciá-la.

— *NHAM!* Que fome!

— Quer que eu te ajude? — Helen aponta para o prato do irmãozinho.

— Sim, por favor.

Sinto um toque carinhoso na minha mão e viro o rosto para Mary, que sorri.

— Fique à vontade, você está em casa.

Tento não me deixar ser atingida por essas palavras.

— Obrigada.

Pego meu prato e me levanto para alcançar as batatas. Mary me ajuda a pegar uma fatia do peru e me passa o molho. Helen coloca dois *pigs in blankets* no meu prato, então eu me sento. Estou com a garganta travada e os talheres tremem de leve na minha mão. Os olhos da mãe estão sobre mim.

— Com licença. — Levanto-me, deixando o guardanapo sobre a mesa.

Saio da sala de jantar sem direção, procurando o banheiro, mas termino na sala de estar. Envolvo minha barriga com um braço e tapo a boca com a outra mão. A cabeça dói pelo esforço de conter o choro. Eu não esperava conhecê-los, não mesmo. E muito menos viver uma cena em família, com todos felizes ao redor de uma refeição. Quantas vezes eu não imaginei como seria? Quantas vezes desejei saber como era?! Mas eu nunca ousei sonhar além disso; nunca me imaginei aqui, com eles. É uma sensação doce e dilacerante.

— Querida, você está bem? — A voz suave surge atrás de mim. — Seja lá o que estiver partindo o seu coração, eu sinto muito.

Não respondo, apenas fungo para me recuperar.

— Se eu puder te ajudar com alguma coisa...

— Eu... eu só preciso ir ao banheiro rapidinho.

— Fica naquela porta.

Viro-me para ela. Mary aponta a direção e me olha com tanto amor que, por meio segundo, quase acredito que ela sabe quem eu sou.

— Me perdoe se a constrangi — diz ela, envergonhada. — É que me sinto muito grata.

— Tudo bem. — Dou um sorriso, secando as lágrimas. — E me desculpe por essa reação, eu sou uma boba emocionada. Estou muito feliz pela Helen e por vocês. Hã... — Aponto para a porta que ela indicou. — Já volto.

— Fique à vontade.

Lavo o rosto com bastante água, seco-o com uma toalha e respiro fundo três vezes ao encarar o reflexo do meu rosto vermelho.

— Eles são a família da Helen — sussurro enfaticamente. — E apenas dela. Mas está tudo bem, não precisa se sentir mal por isso. A sua família está te esperando na Terra do Nunca.

Quando retorno para a mesa, já recomposta, Helen me observa.

— Tudo bem? — Ela se inclina. — Podemos voltar pro...

— Não, eu estou legal. — Sorrio para provar.

Na mesa, Ben é praticamente o único que conversa, alheio à estranheza da situação toda. É como se tivesse uma densa sombra entre nós.

— Senhora Carter... — começo a dizer.

— Por favor, me chame de Mary.

— Ah, sim. Claro. Hã... A comida está deliciosa.

— Fico feliz que tenha gostado, mas não posso levar o crédito sozinha. — E olha para Hannah, ao seu lado. — Na verdade, se não fosse por essa mocinha aqui, estaríamos comendo as sobras de ontem.

As duas irmãs trocam um olhar.

— Então, Helen... — George começa a dizer enquanto corta um pedaço de carne. — Onde você tem morado?

Breve silêncio.

— No Sul — responde ela, sem tirar os olhos da comida.

A sombra ganha densidade. Estou consciente demais do meu próprio corpo, dos movimentos calculados de todos os adultos da mesa, do silêncio prolongado entre uma frase e outra. Não imaginei que, quando Helen voltasse, cada um daqueles doze anos de distância pesariam tanto. Achei que a alegria pelo reencontro seria um pouco maior.

— Alison, você já viu um zumbi? — Ben se estica na mesa para me olhar.

Hannah faz uma careta típica de quem já se cansou de ouvir sobre o assunto.

— Não — respondo, e uma ideia faz meu sorriso entortar. — Mas já vi um gato azul gigante.

O som de talheres fica mudo de repente.

— Sério?! — pergunta ele com os olhos grandes.

— Ah, sim. Quando eu era criança, mais ou menos da sua idade, eu e meu amigo Levi criamos um lugar imaginário só para nós dois. Era cheio de magia e criaturas fantásticas, a gente viveu muitas aventuras de mentirinha.

— Tipo o quê? — pergunta Hannah, subitamente interessada.

Todos os olhares permanecem sobre mim.

— Tipo... quando eu fui para uma arena competir na Batalha de Verão.

Então eu conto para eles de um lugar distante, de um estádio de pedras amarelas e de crianças competindo contra feras. E, como nas muitas vezes que mudei de vila, quando lia um volume de *As aventuras de Evelyn* para os meus colegas de viagem, agora eu também faço caras e bocas, dou entonações diferentes e envolvo por completo a minha pequena audiência, até que eles terminam de cear sem um único silêncio constrangedor.

101

ELA TEM O MESMO DOM da minha mãe para contar histórias. A forma como nos leva a rir, prender o fôlego e suspirar de alívio é fascinante. O melhor de tudo, porém, é perceber que a família inteira relaxou e que não estamos mais estranhando a situação toda. E eu espero, de coração, que ela saiba o quanto sou grata por isso.

— Agora os meninos vão limpar a mesa — George anuncia, estralando todos os dedos de uma só vez.

— Ah, mas eu quero ouvir outra história! — Ben faz um biquinho.

— Amanhã, meu amor — responde mamãe. — Hoje a titia Alison precisa descansar.

— E ainda temos que abrir os presentes. — Hannah pisca um olho para ele.

— Os presentes!

— Então é melhor *sermos rápidos*. — George começa a retirar a mesa com movimentos velozes e desajeitados, para a gargalhada do meu irmãozinho.

— Vou ajudar. — Levanto-me também. George me olha surpreso, ao que desvio os olhos para o Ben. — Quanto mais rápido a gente terminar, mais rápido vamos abrir os presentes, né?

— *Sim!*

— Obrigado, minha filha.

Forço um sorriso educado e me concentro na tarefa. Eu queria ser capaz de parar de compará-lo com o homem que eu conhecia, parar meus pensamentos de superanalisarem cada atitude e palavra dele. É exaustivo e estressante.

— Gostaria de ver o álbum da família? — pergunta mamãe para Alison.

— *Manhê!* — dizemos Hannah e eu ao mesmo tempo.

— O quê? Só estou oferecendo.

— Vocês ainda revelam fotos?

— Ela gosta dessas coisas *old fashion*. — Hannah gira os olhos.

— Não é por isso. — Me sinto na obrigação de defender as fotos impressas. — Eu acho que é uma herança muito legal revelar fotos, mas a Alison provavelmente não...

— Eu adoraria — a peste me interrompe. — Tem foto da Helen criança?

— Ah, sim. *Muitas*. — Mamãe faz aquela cara de quem está prestes a envergonhar a prole.

Balanço a cabeça em desaprovação, um sorriso preso nos lábios. Pego a pilha de pratos que juntei e levo-a para a cozinha. George está retirando as panelas limpas da máquina de lavar e entregando-as para Ben, que as guarda embaixo da ilha. Fico ao lado deles, jogando os restos de comida no lixo e colocando os pratos dentro da pia.

— Eu fui promovido — diz George. — Duas vezes. Ainda na mesma empresa, mas estou conseguindo trabalhar menos horas e ficar mais em casa.

— Ah.

— Papai joga basquete comigo — Ben muda de assunto.

— Eu tento. — George ri.

— Sou muito melhor que o papai!

— Eu acredito em você — comento com um sorriso.

— Ei!

George me olha de um jeito tão leve e divertido que, por um momento, as minhas feridas latejam. Desvio a atenção para os pratos.

— Vou terminar de limpar a mesa. — Giro o corpo e saio sem que ele tenha tempo de reagir.

Começo a passar o pano sobre a madeira quando as vozes na sala de estar me alcançam. Elas parecem felizes. Decido observá-las escondida. Alison está no meio do sofá, folheando o álbum, com Hannah de um lado e mamãe do outro. Elas trocam comentários e mamãe conta histórias curtas por trás das fotos. Alison olha com carinho para as imagens. Dou um sorriso triste.

Volto a limpar a mesa, esfregando o pano com mais força do que o necessário. Pisco para afastar as lágrimas. Quando retorno à cozinha, a fim de lavar o pano sujo, Ben está puxando George pela mão.

— Vamos abrir os presentes! — grita meu irmãozinho.

— Já vou.

— Helen. — George toca no meu braço.

No mesmo instante, eu me afasto. Ele recolhe a mão.

— Deixa isso aí, depois a gente termina.

Antes que eu possa insistir, Ben segura a minha mão livre.

— Vamos logo!

Dou um sorriso sem graça e jogo o pano sobre a ilha. Me deixo ser levada por Ben, que puxa tanto eu como George pela mão até a sala de estar, onde as meninas estão. Só quando ele larga a gente na porta e corre para a lareira é que eu percebo os presentes ao redor dela e as meias penduradas acima. Um gosto amargo invade minha língua.

— Está ficando tarde.

— Tem doze presentes para você — diz George baixinho.

Ergo a cabeça para ele.

— Um para cada Natal.

Engulo em seco e, devagar, caminho até a lareira. Ben está rasgando seu presente.

— É um skate! É um skate! — Ele fica de pé e ergue o presente. — Obrigado, Papai do Céu! Eu amei!

Ajoelho-me no chão. Os presentes estão datados: HELEN, 25 de dezembro de 2022; HELEN, 25 de dezembro de 2018; HELEN, 25 de dezembro de 2027... Pego o presente de 2016, o mais antigo, do fatídico ano. Com cuidado, desfaço o velho embrulho. Meu queixo treme quando vejo o porta-joias em formato de carrossel. Ao abri-lo, uma musiquinha toca. É delicado, retrô e artístico, bem o tipo de coisa que eu teria adorado colocar na prateleira.

— Querida... — George se abaixa perto de mim e estende um pequeno pacote de cartas, todas envoltas por um barbante. — Aquela foi a primeira. Eu escrevi uma carta para cada momento importante que vivemos.

Pego-as com as mãos trêmulas.

— Você nunca deixou os nossos corações. — Ele dá dois tapinhas no meu ombro e se levanta.

Fecho os olhos. Dentro de mim, todos os muros estremecem ao mesmo tempo. Cada um deles, construídos ao longo de anos e anos, rocha sobre rocha, barreiras de proteção que agora ameaçam ruir sobre mim. Não posso fazer isso. Não consigo.

102

TEM ALGO ERRADO, POSSO SENTIR. Helen está ajoelhada, com a cabeça baixa e os ombros tensos.

— Preciso ir — murmura ela ao se levantar.

No mesmo minuto, eu também fico de pé.

— Mas já?! — diz Mary. — Ainda tem a sobremesa, a gente vai comer abrindo os presentes.

— Fica, Helen — implora o menino, esquecendo-se do brinquedo. — Por favor!

— Eu sinto muito.

— Estou cansada. — Tento chamar a atenção deles com um bocejo alto. — Acho melhor a gente ir. Obrigada por tudo, pessoal. Eu adorei conhecer vocês.

— Você volta amanhã? — Ben não larga a mão de Helen.

— Amanhã a gente vai almoçar na casa do pastor Jeff — explica Mary. — Adoraríamos se você fosse com a gente.

— Eu... vou pensar.

George estende a bolsa de supermercado cheia de presentes, mas Helen já segura o carrossel e o pacote de cartas. Me adianto e pego a bolsa. Saio agradecendo, enquanto Helen praticamente foge.

— Espera!

A voz da irmã nos detém. Ela vem correndo e para diante da Helen. As duas se olham em silêncio, até que Hannah a abraça e Helen cai no choro. Dou alguns passos para trás, só para me tornar um pouquinho mais invisível.

— Eu sinto muito — diz Hannah. — Por ter te odiado um pouquinho todo esse tempo. Sei que não foi culpa sua, mas, cada vez que passava o meu aniversário e você não ligava... eu te odiava um pouco mais.

Helen não responde, o rosto dela está escondido no abraço.

— Mas eu não te odeio de verdade — Hannah continua. — Eu só odeio ter perdido a minha irmã a ponto de me esquecer dela. Odeio que o tempo tenha levado embora quase todas as minhas memórias de você.

Helen cerra os punhos nas costas da irmã.

— O papai e a mamãe te amam. O Ben te adora. E eu... eu adoraria ter a Leli de volta. Então, lembre-se disso antes de fugir mais uma vez.

— Eu não vou — responde Helen, baixinho.

— Promete? Promete mesmo?! Porque eu acho que te odiaria de verdade se você partisse meu coração de novo.

Não consigo ouvir a resposta, mas Helen a puxa para outro abraço, soluçando. E elas ficam assim, abraçadas na neve, por uma fração congelada de tempo. Depois, Hannah passa por mim secando as lágrimas. Abaixo a cabeça antes de apressar o passo para alcançar a Helen. Coloco a bolsa no banco de trás e sento-me no do passageiro.

Sem dizer nada, Helen dá partida e a gente segue para casa. A casa que não é o lar de nenhuma de nós duas, apenas uma construção de tijolos, mas que pode ser muito bem um local de refúgio.

— Estou muito orgulhosa de você — comento. Ela ri. — Estou falando sério. É fácil fugir, mas é preciso coragem para voltar e pedir perdão.

— Eu não pedi perdão.

— Você precisa ser valente para dar uma segunda chance a quem te magoou — insisto. Lágrimas escorrem nas bochechas dela. — Está arrependida de ter voltado?

Helen nega com a cabeça.

— Vai levar um tempo até vocês se recuperarem dos fantasmas, mas seja forte. Não desista da sua família. No fim, sei que vai valer a pena.

— Obrigada — diz ela entre lágrimas.

Viro a cabeça, admirando as luzes lá fora.

— De verdade, Alison. Muito obrigada por tudo.

103

NÃO CONSIGO RESPIRAR DIREITO. Meu corpo inteiro arde. Estou encarando o teto liso há um tempão com o rosto ensopado, as mãos fechadas uma na outra repousando fracamente sobre o peito. Eu tremo pelo choro silencioso, pelas palavras que não consigo pronunciar nem mesmo em pensamentos. Quero falar com ele como fazia antigamente, tenho tantas coisas a dizer, mas não consigo. Minha boca está cheia de espinhos e o coração é duro como uma rocha. Ele pesa e me prende no lugar.

Sento-me de uma vez na cama e ofego, transpirando. Preciso respirar.

Giro as pernas para o lado e encosto os pés descalços no chão. Na outra cama, Alison dorme com o rosto voltado para a parede. Pé ante pé, vou até a janela e me ajoelho diante dela. Pelo recorte do vidro, vejo apenas a sombra de uma árvore.

Abaixo a cabeça com uma mão na garganta, tentando desfazer a corda que aperta o meu pescoço. Eu me encolho contra o peito, pressionada pela dor. Não consigo falar. Não consigo tecer palavras. Tudo o que eu consigo fazer é sufocar no desejo. O desejo de voltar no tempo e consertar as coisas. Por que eu permiti que a raiva contra os meus pais me afastasse do Senhor? Por que fiz tanta questão de uma liberdade que, no fim, se provou ser mentira? Porque eu o conhecia. Eu o amava. Eu falava com ele. E, certa vez, ele também falou comigo. E eu nunca mais me esqueci do timbre de sua voz.

Eu cresci ouvindo falar de um Deus que aceita os rejeitados, que perdoa os condenados e liberta os cativos. Um Deus que estendeu a mão e tocou naqueles que a sociedade mantinha à distância, que acolheu mulheres e deu família aos solitários. Mas eu sei que, quando a igreja diz "venha como está", ela não pensa em mulheres como eu. Porque mulheres como eu, que cruzaram a linha do inaceitável, não são desejadas por eles. Eu sei que não somos. Ainda assim, se pudesse falar diretamente com o Senhor, eu clamaria por liberdade e diria o quanto desejo ser inteira de coração. Porque acredito, do fundo da minha alma, que ele é o único capaz de fazer isso.

Por anos, eu ouvi sobre a alegria e a paz que ele derrama sobre seus filhos, sobre o amor e o perdão, sobre a graça e a misericórdia. Coisas que nunca senti de verdade, mas desejo de todo coração. Meu Deus, como eu desejo isso! Mas como eu teria coragem de pedir qualquer uma dessas coisas depois de tudo o que aconteceu?

Quem te separará do amor de Cristo?

Aquela voz, aquela doce, antiga e profunda voz, retorna ao meu coração mais forte e cristalina do que nunca, e o quarto é preenchido pela mesma presença que senti há tantos anos, lá na igreja. Eu me encolho, chorando.

Nada. Nada vai me separar de você.

Nem a sua angústia. Eu me lembro de todas as latinhas de bebida, dos remédios para dormir e das tantas vezes que chorei sozinha no meu apartamento em Hillbourne. *Nem a altura de suas mágoas.* George queimando meus livros, esfregando o batom da minha boca, gritando comigo enquanto eu saía de casa pela última vez. *Nem a profundidade do seu trauma.* O banheiro imundo de sangue, meu corpo se contorcendo de dor no chão. *Nem a morte.* Eu gritando com a faca na mão, depois cravando-a na mesa. *Nem a vida.* O trem parado em Hillbourne e eu descendo ali, ciente de que ninguém mais no mundo sabia onde eu estava. *Nada vai te separar do meu amor.*

Abro os olhos. No lugar do chão de madeira do quarto, o que vejo são os ladrilhos brancos do banheiro da Olivia. Fico de pé num rompante, arfando assustada. Mas o banheiro está limpo. Ele reluz branquinho. Não há uma única gota vermelha. Olho para as minhas mãos. Limpas. Meu pijama. Alvo como a neve. Meu coração bate forte no peito.

Eu derramei o meu sangue por você, Helen, e o meu sacrifício é o bastante. Seus pecados estão perdoados. Encosto a cabeça na parede atrás de mim e choro. Choro amargamente, de contrição, de constrangimento, de tristeza. *Abra a porta, minha filha. Você está livre.* O choro aumenta. Choro de alívio, de gratidão, de esperança.

Viro a cabeça pro lado. Com o estômago frio, estico a mão até a maçaneta. Inspiro fundo e giro o metal. Há um campo gramado do outro lado. Tem florezinhas nele e um sol cálido. Dou um passo para fora. A grama é macia, o cheiro de flores é fresco e puro.

Caio de joelhos e ergo a cabeça. As lágrimas continuam lavando meu sorriso.

Estou livre.

104

SUA PRESENÇA GLORIOSA ME ACORDA. Coço os olhos, sonolenta. É como no deserto, quando o amor preencheu o mundo.

Ao erguer a cabeça, vejo Helen ajoelhada diante da janela e sinto meus braços se arrepiarem. Uma luz azul e brilhante atravessa o vidro e prolonga a sombra dela, de joelhos. Mas há também a sombra de outra pessoa, invisível, abraçando-a.

105

O DESPERTAR É LENTO E CONFORTÁVEL. Eu me espreguiço aos poucos, aproveitando ao máximo o quentinho das cobertas. Pisco, inspiro fundo e bocejo. Só então abro os olhos. E um sorriso incontrolável estica minhas bochechas. É tão bom se sentir bem, tão revigorante não ter aquele peso nas costas, que, por um segundo, eu perco o controle e começo a rir.

Estou leve como uma pluma. E o céu, para onde olhei toda a vida desejando voar, agora é meu.

— Alguém acordou de bom humor — diz Alison, espreguiçando-se.

Minha risada vira uma gargalhada débil e solta. Ela começa a rir também.

— O que foi?

— Nada. — Um sorriso largo fica de resquício em meu rosto. — Só me sinto muito bem.

— Isso não é "nada".

Continuo admirando o teto com um braço atrás do pescoço. Eu fico esperando que a paz murche e seque, que a alegria caia no chão e se espatife, que o sentimento de liberdade voe pela janela. Eu espero, espero e espero... mas nada acontece. Eles continuam aqui, preenchendo o meu peito por completo.

— Helen. — A voz dela é cautelosa demais. Giro o corpo para vê-la. Alison tem um rostinho cansado e meio triste. — Eu acho que preciso ir.

Sento-me na cama.

— Sério? A gente não pode participar do almoço antes? Eu não quero ir sem você.

Ela engole em seco. Parece confusa. Abaixa a cabeça e confere algo no celular.

— Eu, hã...

— Por favor.

Estou usando o almoço como desculpa, claro. Embora eu realmente não ache que conseguiria fazer isso sozinha, a razão principal é que não quero voltar a Hillbourne só para me despedir dela. Alison me disse que a empresa do Levi ainda estava finalizando a burocracia para a viagem deles, e eu, sem sombra de dúvida, não estou pronta para me despedir dela. Mal comecei a reatar laços, não quero me desfazer de um — ainda mais um tão importante.

Alison suspira e ergue os olhos para mim.

— Acho que ainda tenho algumas horas.

— Ebaaaa!

A gente troca de roupa e faz as malas. Depois do encontro, vamos direto para Hillbourne — a menos, é claro, que eu consiga convencê-la a ficar mais alguns dias comigo.

Ao chegarmos em casa, George abre a porta.

— Bom dia, garotas! — diz como um técnico de futebol.

— Bom dia, senhor Carter — cumprimenta Alison com um leve aceno de cabeça.

Enquanto ela entra na casa seguindo o som das vozes, ele retribui o gesto com toda a timidez. Sorrio de lado. Eu tinha me esquecido de como o papai podia ser... Fico séria. Bem nesse instante, George olha para mim e sua expressão muda também.

— Aconteceu alguma coisa?

Não desvio os olhos dele. Há quanto tempo não penso em George como "papai"?

— Helen?

Admiro sua pele enrugada, os olhos castanhos cheios de ternura e preocupação, as mechas brancas, o cheiro de loção pós-barba.

— Não é nada, pai — respondo suavemente.

— Ah, tudo bem, eu pensei... — Então ele para. E volta a me fitar, surpreso.

Dou um sorriso triste.

— Bom dia, pai.

Os olhos dele se enchem d'água.

— Ah, não, por favor, não chore! — Estico uma mão e toco no braço dele. — Só diga "Bom dia para você também" e vamos fingir que isso não é grande coisa.

Ele ri, colocando uma mão sobre a minha.

— Bom dia para você também, filhota.

Então ele puxa um lencinho do bolso e começa a limpar os óculos, todo metódico.

— Elas estão na cozinha fazendo cookies e torta de chocolate com castanhas.

— Vou ajudá-las.

— O Ben está quase torrando a paciência da sua irmã.

— Vou ajudá-las *imediatamente* — digo risonha, imaginando a cena.

Mas, quando chego na cozinha, o menino não está mais ali. Apenas Hannah e mamãe, ambas com aventais.

— Cadê ele? — Abro os braços. — Papai disse que o Ben estava torrando a sua paciência.

— Lá fora. — Hannah aponta com a cabeça. — Alison prometeu contar a história de quando conheceu a cidade das fadas se eles fossem para o quintal.

— Ela é muito criativa, não é? — mamãe comenta.

Antes que eu possa respondê-la, sou esmagada por um abraço. Eu resmungo e me debato sem sucesso até dar um beijo na bochecha dela, o preço pelo meu resgate. Então mamãe me liberta e usa o dedo sujo de farinha para tocar em meu nariz. Faço uma careta.

— Aqui. — Hannah joga um avental para mim. — Vem me ajudar com isso.

— Cuidado, Helen — diz mamãe em tom de aviso. — Ela é muito exigente. Não sei a quem puxou.

A gente ri, e Hannah se defende dizendo que não é exigente coisíssima nenhuma, apenas zelosa. Visto o avental por cima da roupa e, enquanto lavo as mãos, observo pela janela a Alison gesticulando para Ben, que a escuta hipnotizado.

Volto-me para a ilha e a gente passa o resto da manhã fazendo cookies e tortas. George nos ajuda lavando as louças e entregando os objetos solicitados. Uma música alegre, louvor das antigas, preenche o ambiente e acompanha nossas conversas. Eles querem saber tudo acerca de onde eu moro, quem são meus amigos, o que faço da vida. E eu me pego falando livremente, até sorrindo, ao me lembrar das histórias de Hillbourne, do Olden Times e das pessoas excêntricas que vivem ali.

Com tudo pronto, mamãe chama o Ben para se arrumar. A família vira um corre-corre para dar conta de tudo a tempo. Eu ajudo guardando os cookies e embalando as tortas. Alison fica recostada no balcão da pia, olhando o celular a todo instante.

Na hora de seguirmos para a casa do pastor Jeff, Ben faz questão de ir no meu carro. Hannah, papai e mamãe vão no outro, indicando o caminho. Alison fica no banco de trás do nosso veículo alugado com o menino que não para nem por um minuto sequer. Olho de relance, pelo retrovisor, a forma como ela o ensina a fazer origami. Meu coração lateja de leve. Não imaginei que Ben fosse afeiçoar-se tanto a ela. Acho que vou ter que comprar uma passagem para ele também quando eu for visitá-la.

A nova casa do pastor Jeff fica em Cottenham, a meia hora de Cambridge. Segundo mamãe, eles se mudaram para lá faz alguns anos, logo depois de o primeiro filho ter nascido. O caminho é tranquilo e, só depois de vários quilômetros, Ben finalmente se distrai com o videogame portátil, deixando a minha amiga livre para conversar.

— Preciso te contar uma coisa — começo.

— Espero que seja uma coisa boa. — Alison me olha pelo retrovisor.

— É, sim. Eu vou pedir demissão do Olden Times.

— O quê?!

Mordo o lábio, disfarçando o sorriso.

— Venho juntando dinheiro em uma conta de investimento, sabe? Posso ficar alguns anos sem trabalhar.

— Mas...

— Eu quero abrir a minha editora, Alison.

Olho de relance pelo retrovisor. Ela parece surpresa e confusa.

— É claro que antes eu preciso fazer um curso, definir uma estratégia de mercado para conseguir os primeiros clientes...

— Espere, eu também preciso te contar uma coisa.

— Uma coisa boa?

— Poderia ser. A senhora Mackenzie cogita te indicar para o cargo de CEO do Olden Times quando ela se aposentar.

Abro a boca, um gritinho de "o quê?" fica preso na língua.

— Mas não conte para ela que eu te contei isso! Ela... Bom, acho que não importa.

Alison olha de novo para o celular.

— O que estou tentando dizer — ela continua — é que você tem oportunidades te esperando no Olden Times. Você pode...

— Não, Alison. — Balanço a cabeça e aperto o volante. — Eu não quero isso. Cansei de me refugiar em lugares que considero seguros só porque tenho medo demais de me arriscar a fazer o que sonho.

Pelo retrovisor, vejo a forma como os olhos dela brilham.

— Eu vou ser uma editora. — Meus lábios se inclinam em um sorriso emocionado. — Ou pelo menos tentar.

— Você vai conseguir, sei disso.

— Se eu publicar ao menos um livro que cause impacto no mundo, já estarei muito feliz e realizada.

— Não precisa impactar o mundo inteiro — comenta ela baixinho, olhando para a janela. — Às vezes mudar o mundo significa mudar o mundo de uma única pessoa.

Degusto a ideia do que ela acabou de falar.

Sim, acho que o mundo seria um lugar melhor se a gente parasse de idealizar a mudança do planeta inteiro de uma vez e se esforçasse para melhorar os pequenos mundos que estão ao nosso alcance. Exatamente como ela fez comigo.

✦ ✦ ✦

A casa do pastor Jeff é grande, de tijolos, e tem vários carros estacionados na frente.

— Chegamoooos! — Ben larga o videogame no banco, abre a porta do carro e pula para fora assim que eu estaciono.

Ele trouxe seu skate novo e tenta deslizar com ele pela rua. Mamãe vem gritando para que ele só brinque na calçada.

— Você está bem? — Alison me olha pelo retrovisor.

Assinto, as mãos ainda no volante.

— Aham, já vou.

Ela sai do carro e fecha a porta.

Fico parada com as duas mãos apertando forte o volante. Está na hora de levantar a cabeça e encarar essas pessoas. Apesar de saber que elas não vão me rejeitar, eu ainda preciso fechar os olhos e respirar fundo; preciso soltar o fôlego devagar e me lembrar daquela voz profunda e amorosa dizendo "meu sacrifício é o bastante".

Só depois disso é que eu abro a porta e saio do carro.

106

FAZ MAIS DE 24 HORAS que Astra mandou aquela mensagem e eu saí do grupo. Estou começando a ficar apreensiva, mas Levi ainda não me ligou, o que só pode significar que ainda tenho tempo. Quanto, exatamente, não sei.

Abro o aplicativo da câmera de vigilância. O aquário continua intacto. Na tela, aparece a indicação: *Integridade do vidro — 78% comprometida.* Ele está dentro de um outro aquário, maior e retangular. A ideia dos meninos foi ganhar um pouco de tempo. O problema é que a gente não sabe se a magia vai suportar uma segunda mudança de refratário. Ou quanto tempo vamos ganhar com isso. Talvez seja apenas uma hora. De qualquer forma, quando o aquário menor quebrar, é melhor que eu esteja a caminho de Hillbourne, ou corro o risco de...

Enfio o celular no bolso e começo a roer uma unha. Não sei se estou tremendo de frio ou de nervoso. Procuro Helen com os olhos, bem a tempo de vê-la entrar na casa com Hannah de um lado e Ben do outro.

Eu não deveria me sentir excluída. Eles são a família dela e, em poucas horas, nunca mais tornarei a vê-los, contudo, saber disso não alivia o aperto no coração.

— Está com frio, querida? — Mary me abraça de lado. — Vamos entrar, o vento está gelado.

Forço um sorriso e, talvez por perceber que estou deslocada, Mary não me solta mais. Ela me acompanha com George até a casa e me apresenta para as pessoas. Todos me recebem com carinho, tanto que fico meio desnorteada. Na troca de sorrisos, palavras educadas e apertos de mão, preciso repetir mil vezes "não se apegue".

Noto a forma como Helen abraça o casal dono da casa, chorando com eles. A comoção é tão forte e genuína que parecem ser família.

Depois de todos se acomodarem na ampla sala, o pastor Jeff — um homem alto, de cabelo crespo e pele negra — se coloca de pé, no meio do cômodo, segurando um livro. Ele compartilha uma breve mensagem sobre "quando o Verbo se fez carne e habitou entre nós". Ele fala de um homem, nascido de uma virgem, que era o Messias prometido, o próprio Deus encarnado. Ele conta da época em que esse Cristo viveu entre nós, nos ensinando a verdadeira humanidade, até que morreu em uma cruz. Olho para as minhas próprias mãos, lembrando-me das cicatrizes de Pórthica. De repente, as histórias que ouvi na Ordem começam a fazer mais sentido. Como se eu recebesse a peça que faltava.

— Então, por mais que estejamos aguardando a Grande Redenção — ele se vira para Helen —, é maravilhoso observar o poder de Deus operando pequenas redenções todos os dias. E *essa* é a nossa esperança do Natal.

Ela tem lágrimas nos olhos e um sorriso feliz.

Um rapaz ruivo começa a dedilhar um violão no canto da sala. O pastor Jeff vai para o teclado, e todos entoam uma canção sobre a maravilhosa graça que redime pecadores. Eu fecho os olhos e me deixo embalar pela música, pelas vozes em coro e pela esperança de que, um dia, não precisaremos mais dizer adeus.

✦ ✦ ✦

Helen se senta na cadeira reclinável ao meu lado.

— Você correu muito hoje, hein! — graceja.

— Ai, nem me fale. — Suspiro, exausta.

Ben me apresentou para todos os seus coleguinhas, e eu tive que ensinar várias brincadeiras para eles. Brinquei de mata-pirata, pega-dragão e pula-para-não-morrer até perder o fôlego. Eles só me deixaram em paz há cinco minutos, quando a tia Ava, esposa do pastor, os chamou para uma sessão de filme e pipoca. Então vim para o quintal a fim de relaxar na cadeira reclinável.

— Acho que estou com ciúmes — diz Helen.

— Como assim?

— Parece que o Ben gostou mais de você do que de mim.

Dou uma gargalhada.

— Pare com isso, eu sou apenas a tia doida das histórias.

É a vez da Helen de gargalhar.

— Eu falo sério, Alison. Acho que vou ter que levá-lo comigo quando eu for te visitar em seja lá qual país você e o Levi estiverem.

Meu sorriso míngua até desaparecer. Volto a fitar o céu. O silêncio se prolonga entre nós.

— Olha. — Ela aponta para cima. — A primeira estrela.

Olhando para o firmamento azul-clarinho, sinto vontade de chorar. A estrela é brilhante e solitária e me traz lembranças de quando eu olhava para elas imaginando como seria conhecer mamãe. Foram anos e anos sonhando com isso, e agora que eu a conheci, que me tornei sua amiga e vivi momentos incríveis, agora preciso me despedir. Um adeus para valer.

— Aquela é você — sussurra Helen.

Preciso de alguns segundos para conseguir responder sem tropeçar nas palavras.

— Como assim?

Helen me conta sobre uma aula que ela teve no museu quando criança. Sobre a importância das estrelas nos tempos antigos, os navios à deriva e o perigo que um céu encoberto poderia significar.

— Por anos, eu me senti perdida em alto-mar, sofrendo as ondas de uma tempestade infinita. E, depois de tantos anos de escuridão, você foi a primeira estrela que apareceu.

Viro a cabeça de lado.

— Eu sei que você não me salvou, nenhum ser humano pode salvar o outro, mas você foi como a estrela de Belém que Deus mandou para me guiar de volta para ele.

Sorrio com o coração apertado.

— Você sempre será a minha estrelinha, Alison.

Lágrimas molham o meu sorriso.

Ah, Helen... Se você soubesse.

107

SAIO DO BANHEIRO E PEÇO DUAS MANTAS para a tia Ava. O clima está ficando cada vez mais frio conforme a noite se aproxima. Ela me entrega e eu volto para o quintal. O pastor Jeff está com papai e mais alguns homens, eles tentam acender uma fogueira para assarmos *marshmallows*. Na caixinha de som, músicas alegres acompanham o som de conversas. Sento-me na cadeira ao lado da Alison.

— Aqui, podemos assistir ao pôr do... Meu Deus. O que houve?!

Alison está branca como as nuvens, tremendo e ofegando.

— Preciso ir. *Agora*.

— O quê?

— É o Levi, eu preciso ir agora, *nesse segundo*.

Seu tom de voz, aflito e assustado, desperta um instinto voraz dentro de mim. Largo as mantas de qualquer jeito e me levanto.

— Vamos.

A gente corre até a sala, eu pego a chave do carro e abro a porta, então disparamos a correr até onde estacionei. Alison entra primeiro e eu vou logo atrás. Já me sento puxando o cinto, bato a porta e dou partida no carro.

— O que aconteceu? — pergunto olhando para o retrovisor enquanto dou ré.

— Só dirige, por favor.

Saio cantando os pneus.

— Mas ele está bem?!

— Não. — Alison começa a chorar.

O telefone dela toca.

— Astra!

Ela afasta o aparelho do ouvido. Seja lá quem for esse cara, ele está gritando. Parece um completo surtado ao berrar coisas como "Eu avisei, vou ficar pobre e na rua!". Alison leva a região do microfone até a boca.

— Pare de gritar comigo!

Ela devolve o telefone para a orelha e assente enquanto escuta, então desliga.

— Direto para o Parker's Piece.

— Ok.

— Helen?

— Sim?

Olho de relance para ela, que está com o rosto apavorado.

— Eu preciso que você pise fundo no acelerador.

Estralo o pescoço e aperto o volante.

— Segure firme.

Afundo o pé e dou graças a Deus por ser feriado, só assim para não ter carros na rua. Me concentro na pista e em dirigir o mais rápido que consigo. Alison balança uma perna ao meu lado enquanto rói a unha. Sussurro uma prece desejando que, seja lá o que estiver acontecendo, o Senhor cuide para que tudo termine bem.

Sou forçada a diminuir um pouco a velocidade quando entro na cidade e sigo direto para o parque, onde, bem no meio do gramado, um helicóptero está acabando de pousar. Arregalo os olhos e me inclino para frente.

— Mas que... — Refreio o palavrão.

Alison solta o cinto. Paro o carro de qualquer jeito em um lugar onde com certeza é proibido estacionar. Ela abre a porta e corre para o porta-malas, onde pega sua mala e começa a correr na direção do helicóptero. Fecho as portas bem depressa, aciono o alarme e corro atrás dela.

— Quem é essa? Ela vem com a gente?

Alison diz "não" ao mesmo tempo que eu falo "claro!". Volto-me para ela com uma expressão indignada.

— Se você acha que eu vou...

— Ela só vai até Hillbourne! — grita Alison para o rapaz de cabelos despenteados enquanto sobe no helicóptero.

— Como assim? — grito por cima do barulho. — Pra onde vocês vão?

— Todo mundo vai para Hillbourne, querida!

— Não me chame assim! — Quem esse cara pensa que é?

Alison já está acomodada ao lado dele. Eu entro também e me sento no banco de frente para eles. O rapaz mal tem tempo de fechar a porta do helicóptero e o piloto já começa a decolar. Me apresso em apertar o cinto e encaixar o *headset* nos ouvidos.

— O que está acontecendo? — falo no microfone.

Ninguém me responde, inclusive a Alison, que procura por algo em sua mala de mão.

— Quem são vocês? — insisto.

— Somos pessoas normais — responde o piloto. — Ninguém aqui está envolvido em nada ilegal nem com organizações secretas.

Faço uma careta. Pelo que posso ver de suas costas — e do perfil do rosto quando ele olha para o lado —, trata-se de um senhor por volta dos setenta anos. Será que uma pessoa tão velha assim poderia estar pilotando? Não faço a menor ideia. O rapaz sentado ao lado da Alison, quem eu suponho ser o tal de Astra, gira um dedo no rumo da têmpora.

— Não ligue para ele. — E continua girando o dedo para reforçar a mensagem.

Eu o encaro, nada convencida. Alison pegou um papel e está rabiscando nele.

— Alison? — chamo, mas ela não ergue os olhos do papel. — Quem são eles?

— Meu nome é Astra, eu trabalho na mesma empresa que o Levi.

Ele está carregando uma caixa preta no colo, protegendo-a com os braços.

— O que é isso?

Astra abaixa a cabeça e aperta o abraço.

— Esta é a minha obra-prima, a melhor inteligência artificial já criada.

Alison enfim ergue os olhos do papel.

— Está brincando?! Você vai levar o Jarvis?

Jarvis?

— Ele acha que as fadas vão transformá-lo em um garoto de verdade — responde o piloto com uma risada.

— *Cale a boca* — dizem Astra e Alison ao mesmo tempo.

Santo Deus, no que essa garota está metida?

— Estou avisando — insiste o piloto —, você está confundindo os contos de fadas. Isso aqui não é *Pinóquio*.

Alison olha para mim com uma expressão de “sinto muito” e volta a escrever.

— Eu não estou confundindo nada — resmunga Astra ao olhar para a caixa preta. — Mas, se alguém consegue transformar um boneco de madeira em um garoto de verdade, deve ser muito mais fácil transformar uma mente artificial em um homem.

Me recosto melhor no banco. Lá fora, no céu que cortamos, o pôr do sol colore as nuvens de laranja. Encaro a Alison com o coração disparado. Ela escreve rápido, com a angústia marcada no rosto.

Eu a olho como se fosse a primeira vez.

Como se não tivesse ideia de quem ela é.

108

TERMINO DE ESCREVER, DOBRO A CARTA e puxo a mala de volta para o meu colo. Pego o embrulho de papel pardo e encaixo cuidadosamente a carta entre o barbante.

— Ai! Meu! Deus! — grita Helen.

Ao erguer a cabeça para a janela, quase me engasgo com o susto. Na baía de Hillbourne, um grande e imponente navio pirata navega em direção ao mar com suas velas negras infladas. Astra grita, empolgado. Helen olha para mim, assustada. Desvio os olhos, incapaz de explicar qualquer coisa a ela.

Quando sobrevoamos o píer, percebo que o *Jolly Roger* destruiu parte da construção. O glorioso píer de Hillbourne, destruído. Aí está um crime pelo qual eles jamais vão nos perdoar. E testemunhas não faltam, há literalmente uma pequena multidão na praia.

— O que é aquilo?! — Helen parece ter recuperado a voz.

A gente se aproxima do navio. Levi está segurando o leme firmemente com a mão e o gancho, tal qual um verdadeiro capitão pirata. Ele parece olhar diretamente para mim.

— Vocês terão que saltar no mar — avisa o piloto.

— O quê?! — Helen grita.

— Você, não — respondo.

— Não se preocupe, Jarvis. Papai veio preparado!

Astra pega uma capa protetora e envolve a caixa preta nela.

— Alison? — implora Helen.

Sua voz parte meu coração.

— Eu sinto muito.

Não consigo sustentar o olhar assustado dela.

— Aguente firme, amigo, estamos quase lá. — Astra beija o Jarvis e retira os grandes fones de ouvido.

O helicóptero gira perto do navio, então desce um pouco e o piloto autoriza o salto. Astra prende a caixa em suas costas, afivela os cintos para garantir que ela está presa, ajusta os óculos de mergulho e corre para fora do helicóptero em um verdadeiro salto ornamental. Helen dá um gritinho, encolhendo as pernas.

É a minha vez.

Com as mãos trêmulas, estico os braços para ela e entrego o embrulho em suas mãos. Helen não quer segurar, mas eu pego suas mãos e as encaixo firme no presente.

— Eu amei te conhecer — falo com a voz estremecida.

Helen balança a cabeça segurando o choro.

— Não, não faz isso, por favor. O que está acontecendo?

Aperto suas mãos. Minhas lágrimas escorrem saudosas e molham o sorriso triste.

— Helen, essas foram as melhores 36 semanas da minha vida, você precisa saber disso.

Por favor...

— Mas eu preciso ir agora.

— Não.

Fecho os olhos.

— Alison, não vá...

— Escute, *por favor* — eu imploro de coração apertado. — Nessa carta tem o último passo. Você está pronta.

— Não. — Ela balança a cabeça, soluçando.

— Sim, você está. — Sorrio, orgulhosa. — E eu amei acompanhar a sua jornada.

— Você fala como se nunca mais fosse me ver.

Em sua voz, Helen parece reconhecer a despedida. Puxo as mãos e abaixo a cabeça.

— Mocinha, o navio está afundando — diz o piloto. — Você não tem muito tempo.

Eu nunca tive muito tempo.

— Alison, eu não posso deixar você ir. — Helen volta a segurar minha mão.

Meu Deus, por que é tão difícil?! Ergo o rosto molhado.

— Está tudo bem, Helen. A verdade é que eu poderia passar uma vida inteira aqui na Inglaterra com você e, ainda assim, não seria o bastante.

— Por favor... eu já perdi tanto...

Solto o cinto e me ajoelho na frente dela, encostando nossas testas. Seguro seu rosto com uma mão.

— Escute-me e nunca se esqueça disso — falo com firmeza. — Eu sempre te amei, *sempre*. Mas agora você vai me deixar ir... e vai viver uma vida linda. Ouviu, Helen? Você vai viver uma vida linda. Vai fazer valer a pena a segunda chance que recebeu e, toda vez que sentir saudade, você vai procurar no céu a primeira estrela que aparecer. Porque, onde quer que eu esteja, também estarei olhando para ela. Eu nunca vou me esquecer.

Solto o rosto dela e, com toda a força que tenho, me afasto devagar. Helen segura o pacote contra o peito, olhando-me desconsolada como se... como se soubesse de alguma coisa.

Retiro o fone. Meu coração está disparado, mas cada metade bate em um compasso diferente. Olho para a porta aberta do helicóptero. O *Jolly Roger* já afundou quase que por completo agora, apenas a popa está acima das ondas. Eu me preparo para saltar. Helen estica a mão. Olho uma última vez para ela.

Com o movimento dos lábios, Helen diz “eu”, “te”, “amo”. Hesito por um segundo enquanto memorizo suas feições. “Eu nunca duvidei disso”, respondo.

Então me lanço para fora e me preparo para o impacto.

109

POR UM MOMENTO, ENQUANTO MEU CORPO afunda nas águas geladas, eu tenho a sensação de voar. Abro os olhos. É um mundo embaçado, em tons de azul. Na minha frente, está o enorme navio. Levi continua segurando o leme, mesmo sob a água, a postura impassível.

Nado até ele. Levi segura minha mão e aponta com o gancho para a portinhola da cabine atrás de si. A gente nada até ela, mas, quando ele tenta girar a maçaneta, a porta não se abre. Um medo primitivo aperta minha garganta. Levi empurra a porta com o corpo e eu tento ajudar empurrando também, mas nada faz a madeira ceder. O navio continua afundando e a gente tem que se agarrar nele para não ser deixado para trás. Meu fôlego está no fim. Começo a bater na porta. Pelas frestas, uma luz dourada escapa. Bato desesperada e, já incapaz de segurar o fôlego por mais um segundo sequer, solto o ar.

Nesse instante, a porta se abre de uma vez e a gente é sugado para dentro da sala. Só que, em vez de cairmos no chão, caímos voando.

Girando no ar, eu tusso a água que engoli e massageio a testa. Meu nariz queima. Ao abrir os olhos, entendo o que está acontecendo. Foi Astra quem abriu e fechou a porta; a água escorre pelo chão enquanto todo o resto, cada objeto, flutua no ar. A cabine brilha em dourado. Não há uma única vela acesa, mas o cômodo inteiro resplandece com pó mágico. Astra passa flutuando por mim, de braços abertos, gargalhando. A caixa preta flutua também.

Procuro Levi. Ele está do outro lado do cômodo, girando com dificuldade. Dou uma risadinha. Ele consegue apoiar os pés na parede e se lança pela cabine. Estico os braços e o puxo quando ele se aproxima, nossos corpos colidem. Levi me envolve em um abraço apertado enquanto planamos no ar.

— Achei que você não fosse conseguir.

Ele coloca a mão na minha nuca e leva sua boca ao encontro da minha. É um beijo intenso, de desespero e alívio. Levi encosta a testa na minha. Inspiro o cheiro dele, sentindo seu torso contra o meu, os corações entrando em sincronia.

— Eu falei — sussurro para só ele escutar. — Você nunca vai me perder.

Querida Helen,

Obrigada por todos os momentos incríveis que vivemos juntas. Eu amei brincar na chuva com você, assistir a filmes com você, trabalhar ao seu lado, cantar e dançar no meio da noite, compartilhar refeições, dividir cafés e escrever histórias de um lugar que conquistou o meu coração. Muito obrigada. Foi incrível!

Gostaria que você soubesse que eu não queria partir. Eu teria ficado para sempre ao seu lado... Mas a verdade é que eu não pertenço a esse mundo e que está na hora de voltar para casa. Espero que entenda ou, pelo menos, que consiga seguir em frente. Eu não quero que você olhe para trás com amargura, mas, sempre que se lembrar de mim, por favor, lembre-se dos bons momentos.

Um dia, não haverá mais terra e terra, céu e céu, e todas as lágrimas serão consoladas. Nesse dia, a gente vai se reencontrar. E, quando isso acontecer, eu vou te abraçar bem forte e nós vamos contar uma para a outra tudo o que vivemos. É com essa esperança, e apenas com ela, que eu suporto a ideia de partir.

Mas não posso ir embora sem te contar qual é o último passo da sua jornada. Helen, você já admitiu que errou, pediu perdão para a pessoa que mais feriu, perdoou sua família e se reaproximou de Deus. Agora, o último passo é aceitar que já foi perdoada. Mas não se engane, esse é um passo que dura a vida inteira e requer cuidados constantes. Porque talvez você vá se esquecer de que foi perdoada; talvez, ao ser ferida de novo, você fique tentada a guardar rancor. Não deixe que as mágoas e a culpa voltem a criar raízes que te prendem no solo. Continue, todos os dias, a liberar perdão para os outros e para si mesma.

Voe, querida Helen. O mais alto que puder, o mais longe que conseguir.

Nunca deixe de voar.

Com amor,

Alison Rivers Hazy Carter

Sua estrelinha.

EPÍLOGO

EM CIMA DA LAREIRA, ficam apenas dois objetos. Os mais preciosos que ela possui. É um antigo caderninho de couro repleto de desenhos infantis e, sobre ele, um espelho com os cacos de vidro cuidadosamente encaixados. Dentro do caderno, bem dobradinha, está a carta que ela já releu muitas vezes ao longo da vida.

Seguindo a parede do corredor, uma sequência de fotos conta certa história.

A primeira, em preto e branco, é de duas jovens em uma estação de trem. Ela está fazendo careta, enquanto a amiga diz "Espera". Embaixo dessa foto, fica uma menor, também em preto e branco, de uma garota gargalhando no meio de uma fábrica abandonada. Ao lado desses registros, está um recorte de jornal emoldurado. "Alienígenas em Hillbourne?", diz o título da matéria, com a foto de um navio pirata e o cais da cidade parcialmente destruído. Acima do recorte, há o *lettering* de um versículo:

E lhes enxugará dos olhos toda lágrima, e a morte já não existirá, já não haverá luto, nem pranto, nem dor, porque as primeiras coisas passaram.

Seguindo essa parede, ficam os demais registros. A primeira e maior foto é a do casamento dela, com a família inteira reunida: pai, mãe, irmã, irmão, noivo, sogro, sogra e os dois cunhados. O noivo é um homem ruivo, está olhando para ela enamorado enquanto ela ri para a câmera. Ao lado dela, o pai e a mãe têm os olhos cheios de vida. Mais cedo naquele mesmo dia, ela conseguiu dizer "Me perdoem", as palavras mais difíceis que já pronunciou na vida. Eles choraram muito conforme ela pedia perdão por cada ato de rebeldia e por cada fissura que causara em seus corações. Ironicamente, no dia em que eles deram a filha em casamento, foi quando a recuperaram por completo.

Depois dessa moldura, tem uma foto menor, da viagem em família à Disney. Na imagem, vê-se ela, o marido, o filho mais velho e a menina no colo, todos diante do Magic Kingdom. Ao lado disso, um quadro exibe o bonito papel couchê com os dizeres "Prêmio Revelação: Helen Carter, editora do ano". Então a foto da formatura do rapaz, depois a da moça, o casamento dele e outra com ela já bem adulta, recebendo um troféu.

A parede acaba. Mais alguns passos e vem o quintal. Ali está acontecendo uma festa de aniversário. Ela está completando oitenta e cinco anos. Balões brancos e outros de um rosa-bordô enfeitam o churrasco. Em uma mesa, está o bolo de três andares. Todos se fazem presentes: marido, irmãos, sobrinhos, netos, amigos. Entre os amigos, Olivia Wilson. Sentada ao seu lado, Ollie ri de uma piada. A amizade e o companheirismo das duas transparece na forma como elas dão as mãos e, mesmo depois de tantos anos, ainda conseguem ter assunto para conversar.

— Mãe, vem pra gente cantar os parabéns. — A mulher oferece uma mão para ajudá-la.

Ela se levanta com dificuldade, vai para trás da mesa e espera pacientemente enquanto eles batem palmas e cantam. Seu rosto está enrugado, tem pintinhas, manchinhas e um sorriso amoroso. Os cálidos olhos castanhos admiram a primeira estrela que acabou de aparecer no céu, e o coração dela se enche de esperança.

Eles terminam de cantar, felizes.

Ela se inclina sobre o bolo, fecha os olhos e assopra.

Agradecimentos

Em um livro que gira em torno do relacionamento de mãe e filha, eu gostarla de começar agradecendo à minha mãe: uma mulher nordestina que deixou tudo para seguir o chamado missionário e, em Minas Gerais, onde estudava teologia, conheceu um mineiro tímido. Ela criou seus três filhos em outro continente, no início dos anos 2000, longe de tudo o que conhecia e sem a facilidade tecnológica que temos hoje em dia. Poeta de alma e pedagoga de coração, mãezinha, você me ensinou tantas coisas! Obrigada por todos os seus sacrifícios e por ler as minhas histórias de "viagem na maionese", mesmo não sendo a sua praia, só porque você me apoia. Obrigada.

Ao meu pai, que me deu a herança mais preciosa de todas: a fé no Senhor. Obrigada por me ninar no seu colo cantando o hinário quase inteiro até que eu adormecesse, pelas histórias contadas antes de dormir e por ter me ensinado quem é o nosso verdadeiro Pai. Um dia, eu espero ter pelo menos a metade da sua devoção.

A Ester Gonçalves Dias, escritora e amiga, obrigada por ter analisado a minha escaleta e ter me tranquilizado quanto à qualidade do planejamento — além, é claro, de ter acompanhado os meus surtos ao longo desse processo de criação.

Gabriela Fernandes e Queren Ane, escritoras de ficção cristã e amigas do peito, muito obrigada por lerem o primeiro rascunho deste livro e pelos comentários que me ajudaram a melhorá-lo. Sara de Andrade e Raiany Keury, leitoras que me acompanham há anos e por quem eu tenho muito carinho, agradeço imensamente a disponibilidade de betarem o manuscrito desde as suas primeiras versões. Camila Lima (minha revisora da época independente), sou fã do seu trabalho! Obrigada. E, por fim, Noemi Nicoletti e Giovana de Araújo, por lerem uma cena importante.

Também gostaria de agradecer ao time da Thomas Nelson Brasil pelo capricho editorial. Sou encantada pelo trabalho de vocês! Em especial, agradeço à minha editora, Brunna Prado, pela sensibilidade e cuidado com o texto. E às minhas amigas que, de um jeito ou de outro, contribuíram para que eu não desistisse dessa história. Obrigada!

Aos meus leitores (inclusive você, oi!), obrigada por dividirem essas memórias comigo. Histórias têm o poder de conectar pessoas, e nós certamente compartilhamos uma grande jornada aqui. Obrigada por cada resenha, post, avaliação... Isso tudo ajuda o livro a alcançar mais leitores. Amo vocês!

Por último, e o mais importante de todos, gostaria de agradecer a Deus por me confiar a grande responsabilidade de contar essa história. Pai, você esteve comigo nesses longos anos de processo criativo e, se eu consegui chegar até aqui, você foi a razão disso. Obrigada por nunca ter desistido de mim. Espero que essa seja a primeira de muitas histórias que vamos contar juntos para o mundo.

Bônus

Esta é a recompensa para os leitores
que vão até a última página.
Obrigada por lerem,
até a próxima!

A SALA DELES É UM CÔMODO bastante confortável. Tem alguns brinquedos espalhados pelo chão que Alison já pediu para as crianças guardarem, mas ainda não foram devidamente colocados em seus lugares. A mesa de jantar é grande o suficiente para acomodar toda a família e fica bem debaixo de um bonito lustre. O mais belo de tudo nessa sala, porém, é a estante de madeira. Um móvel robusto, com portas de vidro que protegem as lembranças.

Na prateleira do meio, orgulhosamente exposto sobre um pedestal de livro, está um álbum de capa preta com a foto de duas garotas e a data "12 de julho de 2028" escrita à mão em tinta branca. Espalhadas pelas prateleiras, ficam as lembrancinhas que ele trouxe. Há uma cabine telefônica vermelha, um conjunto de pedras com os dizeres "Eu visitei Inverness", uma pequena Torre Eiffel e um Coliseu em miniatura. Há também um conjunto de casinhas brancas com teto azul, o castelo com "München" escrito na base, e um galo de porcelana lindamente pintado, além de dezenas de outros *souvenirs*.

Na última prateleira, dobrado com delicadeza, está um vestido de noiva e a gravata preta que ele usou. Acima do móvel, centralizado tal como uma coroa, fica o quadro pintado à mão. Na imagem, vê-se um prédio em dia de sol, bicicletas e um conversível estacionados.

De repente, uma pequena algazarra invade a sala. São quatro crianças correndo do pai, que finge ser um dragão. Mas todos eles se escondem quando ouvem os passos dela descendo as escadas.

— Levi, cadê você? As crianças já tomaram banho? Eles vão chegar a qualquer momento.

Levi sai de trás de uma cortina. O rosto dele está maduro, alguns fios brancos despontam na negritude das ondas, mas os lábios continuam escondendo um sorriso maroto. Alison não consegue manter a postura séria quando ele a puxa pela cintura e beija sua boca. As crianças reagem com nojo, correndo dos esconderijos. Ela sorri com a boca ainda na dele. Ao se afastar, olha para o topo da escada, por onde um grupinho de crianças fugiu.

— Se eu for aí e pegar alguém sem ter tomado banho, vou virar um dragão de verdade, hein?!

Levi a puxa para outro beijo. Ela retribui só um pouquinho, mas logo o afasta.

— E o senhor? Já tomou banho?

Ele prende as duas mãos na cintura dela.

— Não, quer tomar comigo?

Alison se desvencilha dele com um tapa em seu peito.

— Anda logo, tenho mais o que fazer.

Levi ainda tenta convencê-la, mas parece que ele já foi melhor nisso. Alison recolhe os brinquedos do chão e, depois, acende a lareira apenas com o movimento de alguns dedos. O fogo reluz no diamante da aliança que ela usa. Então volta para a cozinha, onde o feérico trabalha decorando uma ave assada. Ele está de visita, não mora com a família, e a anfitriã já avisou que não precisa fazer isso, mas parece que ajudar o próximo está em sua programação básica.

— Como estamos, Jarvis?

— Quase tudo pronto, senhora

Ele é alto, possui a tez de marfim e o cabelo negro como o mar da meia-noite. As orelhas pontudas ficam expostas pela forma como prende o cabelo curto.

Alison começa a organizar as panelas e bandejas na mesa de jantar. Lá fora, o céu está ficando colorido. Ela vai à janela para procurar a primeira estrela. Depois, bate duas palmas, e todas as velas se acendem de uma só vez. Então pega a caixa com as decorações e termina de enfeitar a sala.

O som da aldrava ecoa bem na hora em que ela termina os afazeres. Uma criança corre para abrir a porta.

— Olááá! — Thomas abre um sorriso e os braços.

A criança se lança em cima dele.

— *O tio chegou!* — grita por cima dos ombros.

Os demais descem as escadas correndo, sob os protestos da mãe.

— Cadê a Claire? — pergunta Alison enquanto abraça o amigo.

Levi retorna para a sala com o cabelo úmido e abotoando a manga da blusa. Ele cumprimenta Thomas com um forte aperto de mãos e um abraço mais forte ainda.

— Onde está a Claire? — repete ela.

Thomas coloca um braço ao redor do pescoço de Levi e outro ao redor dos ombros da Alison. No meio deles, olhando a porta, ele diz:

— Ela está bem ali. Vocês estão prontos?

As crianças ao redor deles prendem o fôlego, encarando a porta aberta. Uma pirata espia por entre os batentes, dá um sorriso e vem para o meio da porta. Então, ao lado dela, surge uma garotinha tímida. Alison é a primeira a gritar.

Ela corre para abraçar a amiga, enquanto os dois melhores amigos também se abraçam. A pobre criança fica com os ombros encolhidos, olhando para a roupa que Claire escolheu com tanto cuidado para ela.

— Quando saíram os papéis? — pergunta Levi, animado.

— Há três dias — responde Thomas com um sorrisão. — Eu sou pai! Dá para acreditar? Oficialmente pai.

— Já estava na hora, né?! — Levi bate o punho cerrado no ombro dele. — Mas só uma?

— Calma aí, não sou tão emocionado quanto você.

— Qual é, tem que aproveitar que são jovens!

Na porta, Claire tem os olhos úmidos.

— Parabéns, amiga. — Alison beija a bochecha dela.

— Obrigada. — Então ela se ajoelha e sorri para a filha dos cabelos cor de fogo. — Louise, essa é a sua tia Alison.

Jarvis chega ao recinto e logo vira o centro das atenções infantis. Todos querem que ele use pó mágico para fazê-los voar, mas os papais e mamães dizem que só depois do jantar. A pequena Louise é tímida e continua se escondendo atrás da saia da Claire, embora Cath, a filha mais velha da Alison, seja persistente e logo, logo vá conquistá-la.

— Papai, conta para ela a história de quando você fez a sua mão crescer com o poder mágico! — Luke, o filho mais novo, aponta para a recém-chegada Louise. — Ela tem que ouvir essa história!

— Não é poder mágico, filho — corrige Alison. — Chama-se "dom".

Levi pega a criança no colo, rugindo pelo esforço, o que faz o menino gargalhar. Ele finge que perdeu as forças e cai no chão, usando seu corpo para proteger o filho da queda. As outras crianças, quando veem que Levi está no chão, correm para subir em cima dele. Alison até que tenta controlar o caos, mas ela não é páreo para eles.

No meio da algazarra, Claire escuta a aldrava. Ela deixa a filha recém-adotada com o marido e vai abrir a porta.

— Cheguei, cambada! — grita Astra, eufórico.

Jarvis abre um sorriso e vai direto abraçar o amigo. O ex-hacker está bronzeado, com o cabelo longo trançado, e veste roupas típicas da Ilha de Pollux. Os dois têm muito para conversar, já que Astra tem viajado há três meses em seu navio, enquanto Jarvis ficou na cidade das fadas.

Agora, sim, com todos reunidos, eles podem começar a celebrar o Dia do Nunca, uma festa típica cujo propósito é relembrar as bênçãos recebidas. Nesta família, eles mesclam a tradição local com aquelas que aprenderam no outro mundo.

A sala está banhada de dourado. Os adultos riem, conversando alto ao redor da mesa. As crianças comem no chão, perto da fogueira, divertindo-se com histórias.

Lá fora, o mundo continua um pouco caótico e tão complicado como sempre foi. Mas, ali dentro, o amor e a esperança forjam pequenos universos, distintos de tudo o que já se viu.

Este livro foi impresso pela Braspor para a Thomas Nelson Brasil em 2025. O papel do miolo é pólen natural 70 g/m², e o da capa é cartão 250 g/m², e há quem diga que foi costurado pelo Capitão Gancho, em um terminal de Heathrow, enquanto pensava se embarcaria em mais uma aventura ou se estava na hora de voltar para casa. A verdade é que todos carregamos alguma saudade — e certas histórias só nascem quando temos coragem de procurá-las, mesmo sem saber o final.